Frank Goldammer
Vergessene Seelen

AF214841

Im Sommer 1948 stürzt die große Währungsreform das besetzte und aufgeteilte Nachkriegsdeutschland in eine Krise. Wie überall sind auch in Dresden mühsame Wiederaufbauarbeiten im Gange. Die Stadt ist voller Baustellen. Karin Heller arbeitet freiwillig als Trümmerfrau. Kriminaloberkommissar Max Heller macht sich Sorgen – um seine Frau und seine ganze Familie. Was wird aus Pflegekind Anni? Und werden sie jemals Sohn Erwin wiedersehen, der seit Kriegsende im Westen lebt?

Eines Tages wird in einer leeren Baugrube ein toter Junge entdeckt. Die Todesursache ist unklar. Bei den Ermittlungen stößt Heller auf eine Wand des Schweigens. Nicht einmal die Eltern scheinen vom Tod des Sohnes betroffen zu sein. Der Fall wird zu Hellers persönlichem Alptraum – weckt er doch Erinnerungen in ihm, die er für alle Zeiten vergessen wollte.

Frank Goldammer, Jahrgang 1975, ist Handwerksmeister und begann schon früh mit dem Schreiben. Die Bände seiner historischen Kriminalromanreihe über den Dresdner Kommissar Max Heller landen regelmäßig auf den Bestsellerlisten. Goldammer lebt mittlerweile als freier Autor in seiner Heimatstadt Dresden. www.frank-goldammer.de

Frank Goldammer

Vergessene Seelen

Kriminalroman

dtv

Von Frank Goldammer
sind bei dtv außerdem erschienen:
Großes Sommertheater
Zwei fremde Leben
Im Schatten der Wende
Die Verbrechen der Anderen
Tod auf der Elbe

Die Max-Heller-Reihe:
Der Angstmann
Tausend Teufel
Roter Rabe
Juni 53
Verlorene Engel
Feind des Volkes
In Zeiten des Verbrechens

Ungekürzte Ausgabe 2019
6. Auflage 2024
© 2018 dtv Verlagsgesellschaft mbH & Co. KG, München
Umschlaggestaltung: Isabelle Hirtz, Inkcraft, unter Verwendung
von Fotos von Trevillion Images/Mark Owen und
SLUB Dresden/Deutsche Fotothek/Walter Möbius
Satz: Fotosatz Amann, Memmingen
Gesetzt aus der Palatino 9,6/13,6
Druck und Bindung: Druckerei C.H.Beck, Nördlingen
Printed in Germany · ISBN 978-3-423-21811-5

Heller blieb stehen und stellte seine Tasche ab, indem er sie zwischen seine Beine klemmte. Bis auf ein paar spielende Kinder war er zwar allein auf der Plattleite, doch man wusste nie, ob nicht einer der Burschen ihm die Tasche stehlen und damit über den steilen, sandsteingepflasterten Weg abhauen würde. Heller hätte keine Chance, ihn zu schnappen.

Vorsichtig legte Heller den kleinen Blumenstrauß auf die steinerne Mauer, die den Weg begrenzte. Die Blumen, bei einer vormittäglichen Dienstfahrt am Wegesrand gepflückt, ließen bedenklich ihre Köpfe hängen. Selbst in einer schönen Vase würden sie ein trauriges Bild abgeben. Trotzdem warf er sie nicht weg, weil er hoffte, dass allein die Geste seiner Frau Freude bereiten würde.

Er zog ein Taschentuch aus seiner Jackentasche, hob die Schiebermütze an und wischte sich über die Stirn. Missbilligend betrachtete er die dunkelroten Staubränder auf dem karierten Stoff. Es war nicht zu ändern. Der Staub war allgegenwärtig. Er faltete das Tuch zusammen und steckte es wieder ein.

Er hatte sich heute extra Zeit genommen und das Dienstende eine Stunde vorgezogen, um dann einen weiten Umweg zu gehen, am Königsufer entlang. Er wollte Karin überraschen, doch er hatte seine Frau nicht gefunden. Nun war aus der Vorfreude eine leise Qual geworden, ein überlanger Spaziergang durch die beinahe hochsommerliche Hitze.

Unterhalb von ihm, auf der Schillerstraße, klapperten

Pferdehufe, ratterten hölzerne Räder auf dem Kopfstein-
pflaster und quietschten ungeschmierte Radlager.

Heller öffnete die Tasche, nahm seine blecherne Trinkflasche heraus, schüttelte sie skeptisch, schraubte den Deckel
auf und trank den dürftigen Rest in einem Zug. Auch dies
nicht mehr als eine Geste an seinen Körper. Aber der Weg
nach Hause war nicht mehr weit, wenn auch sehr steil. Er
musste trotzdem schmunzeln angesichts der Tatsache, dass
er eine Sentimentalität nun mit brennenden Oberschenkel-
muskeln und dem vertrauten giftigen Stechen im Fuß be-
zahlen musste.

Ehe er weiterging, warf er einen Blick auf die Stadt, doch
die Blätter der Platanen, Linden und vor allem die Kastanien
mit ihren weißen Blütenkerzen versperrten ihm die Sicht.
Das Laub raschelte sommerlich leise im Wind, was aber nicht
darüber hinwegtäuschen konnte, dass tausendfach das Klingen von Hämmern auf Ziegelstein wie ein hartnäckiger
Tinnitus über der Stadt lag. Auf den Elbwiesen türmten sich
Berge von Ziegeln, die dort von Putz und Mörtel gesäubert,
dann gestapelt und zum Bau wieder abtransportiert wurden.
Es waren Gleise verlegt worden, auf denen von Dampfloks
gezogene Lorenbahnen täglich Zehntausende Ziegelbrocken
aus den Ruinen transportierten. Die mühselige, eintönige
Arbeit wurde von Frauen verrichtet, die sich selbst Trümmerfrauen nannten. Obwohl es eine schier endlose Aufgabe war,
waren die Frauen meist fröhlich, denn was sie taten, erfüllte
einen Zweck. Und das war es doch, worauf es ankam in diesen Zeiten. Sie sangen, erzählten sich derbe Witze und machten sich lustig über die ihnen zugeteilten Männer, meistens
Nazimitläufer, die ihre Strafe mit »Schippen« abdienen mussten. Viele der Frauen hatten noch immer kein richtiges Dach
über dem Kopf, viele warteten auf ihre Ehemänner und Söhne
und viele hatten alles verloren. Doch wenigstens konnten sie

etwas tun, sie hatten eine Aufgabe und sahen den Erfolg, auch wenn es nur ein paar Dutzend Ziegel waren, die jede von ihnen am Tag putzte. So wuchsen doch die Stapel zu stattlicher Höhe.

Ein wenig beneidete Heller die Trümmerfrauen. Sie sahen wenigstens den Erfolg ihrer Mühen. Er dagegen musste sich Tag für Tag mit dem trüben Satz der Menschheit herumschlagen, mit Diebstahl, Plünderung, versuchtem Raub, schwerem Raub, Raub mit Totschlag und Mord aus Habgier. Selten genug war seine Arbeit erfolgreich, was vor allem an den wenigen jungen, unerfahrenen, eilig ausgebildeten Kriminalisten lag, die zur Verfügung standen, und an der Vielzahl der Delikte.

Doch heute war der Tag zu schön für solcherart Gedanken. Heller sammelte die Blumen von der Mauer wieder auf und ging weiter. Eigentlich hatte er die Standseilbahn benutzen wollen, doch der Andrang war so groß gewesen, dass er bestimmt eine Stunde oder länger auf eine Fahrt hätte warten müssen.

Wenig später bog er in den Rißweg ein und ging die letzten hundert Meter bis zum Haus von Frau Marquart, in deren Haus sie seit Februar fünfundvierzig untergekommen waren, nachdem sie in der Bombennacht ihre Wohnung mit allem Hab und Gut verloren hatten. Für einige Sekunden hielt er sich am Gartentor fest, um wieder zu Atem zu kommen. Die alte Dame war immer sehr besorgt um ihn und vermutete hinter jeder kleinen Schwäche gleich einen Herzinfarkt.

»Vati!«, rief da eine helle Stimme, und ein kleines blondes Mädchen von ungefähr vier Jahren kam um das Haus gesaust. Heller öffnete das Tor, stellte schnell seine Tasche ab, fand aber keine Gelegenheit, die Blumen in Sicherheit zu bringen. Er fing das Kind auf, hob es hoch und ließ es auf seinem Unterarm sitzen. Das Mädchen schlang ihm die Arme um den Hals.

Im selben Augenblick erschien Frau Marquart und versuchte mit gespieltem Ärger, Heller die vermeintliche Last abzunehmen. Doch diese erwies sich als widerspenstig und umklammerte Heller.

»Lassen Sie nur«, lachte Heller und übergab ihr stattdessen die Blumen, die Frau Marquart mit skeptischem Blick entgegennahm.

»Da hätten Sie aus unserem Garten schönere haben können.«

»Die wären aber eben aus dem Garten gewesen«, erwiderte Heller und stupste dem Mädchen die Nase. »Anni, sag guten Tag.«

»Guten Tag«, sagte das Mädchen ernst.

»Ist Karin zu Hause?«

Anni schüttelte den Kopf.

»Warst du brav heute?«

Sie nickte stumm.

»Warst du Frau Marquarts Heinzelmännchen?«

»Ja, das war sie«, kam Frau Marquart dem Mädchen zuvor. »Schuhe hat sie geputzt.«

Heller warf Frau Marquart einen bittenden Blick zu. Er wollte das Mädchen, das sich viel zu selten äußerte und beängstigend oft in seiner eigenen Welt versunken schien, selbst zum Sprechen bringen.

»Schuhe hast du geputzt? Aber meine sind noch ganz staubig.« Heller sah demonstrativ nach unten, und Anni folgte seinem Blick. Sie dachte kurz nach und lächelte dann, weil sie ihn durchschaut hatte. Aber sie sagte kein Wort.

»Es liegt ein Paket auf der Post«, unterbrach Frau Marquart die Stille. »Man wollte es mir aber nicht aushändigen«, fügte sie vorwurfsvoll hinzu.

»Das ist so bei Auslandspaketen«, beschwichtigte Heller die alte Dame, ärgerte sich aber insgeheim auch über sie. So oft hatte er ihr die Zusammenhänge schon erklärt. Bestimmt hatte Erwin wieder ein Paket aus Köln über Schweden geschickt, weil die Sowjets solche Pakete nicht öffneten. Es kam genau zur rechten Zeit. Eine Woche schon war seine Pajok überfällig.

Heller setzte das Kind ab. »Anni, magst du mit mir zur Post gehen, das Paket holen?«, fragte er und Anni nickte.

»Sag doch mal ›Paket‹. Tu's für mich«, bat er das kleine Mädchen.

Anni sah ihn mit großen Augen an und flüsterte etwas. Heller musste sich weit zu ihr hinunterbeugen, um etwas zu verstehen. Dann lächelte er.

»Wenn Sie zurück sind, müssen die Beete noch gegossen werden«, trompetete Frau Marquart. Heller hatte den Eindruck, sie torpedierte unbewusst immer wieder seine Bemühungen, Anni zum Reden zu bringen. Er seufzte. Seine Vermieterin war subtilen Botschaften gegenüber noch nie empfänglich gewesen. Jetzt hielt er Anni die Hand hin. Das Mädchen ergriff seinen Zeigefinger, und einträchtig liefen sie in Richtung der Bautzner Straße, in der sich die Poststelle befand.

Es war noch hell, als Karin am Abend nach Hause kam.

»Mutti!«, rief Anni, die schon gewaschen und im Nachthemd war, und rannte die Treppe hinunter. Karin kam gar nicht dazu, ihr Kopftuch abzubinden. Sie nahm die Kleine in die Arme und küsste sie.

Heller war hinter Anni die Treppe hinuntergekommen, hielt eine Hand auf dem Rücken und begrüßte seine Frau mit einem Kuss. »Es ist wieder ein Paket von Erwin gekommen.«

»Dieser gute Junge«, freute sich Karin.

»Ach, übrigens: Alles Gute zum Hochzeitstag«, murmelte Heller. Er zog die Hand hinter dem Rücken hervor und reichte Karin die beinahe schon verwelkten Blumen.

Karin konnte sich ein Lachen nicht verkneifen, ließ das Mädchen hinunter und nahm den kümmerlichen kleinen Strauß entgegen. »Wie lieb von dir, Max. Ich stell sie aber lieber schnell zurück in die Vase.«

»Ich wollte dich besuchen heute, aber ich habe dich nicht gefunden.«

Karin sah Anni nach, die in die Küche lief, und wandte sich dann an ihren Mann. »Dann hast du mich übersehen. Du hättest einfach rufen sollen.«

Heller schwieg peinlich berührt. Er hatte ja gerufen, aber hatte von den anwesenden Frauen nur Spott geerntet. Kariiinchen, Kariiinchen, hatten sie ihn nachgeäfft.

Karin zog sich das Kopftuch vom Haar und schüttelte es durch die offene Haustür aus. »Sie suchen schon nach Freiwilligen für die Ährenlese. Und Vroni meinte, es würde wieder ein so trockener Sommer werden wie letztes Jahr. Ihr Mann kam gerade von seiner Delegiertenreise zurück. Er sagt, im Westen hätten alle satt zu essen, es gäbe keinen Hunger mehr.«

Heller mochte so etwas nicht hören. Selbst wenn es so war, was nützte das Gerede? »Bestimmt hat man ihnen absichtlich immer nur das Beste vorgesetzt.«

»Da magst du recht haben.« Karin zog sich die schweren Schuhe aus und dehnte ihren Rücken. Heller strich ihr fürsorglich über den Arm, nahm dann ihre Hand in seine und fuhr sanft über ihre Handinnenfläche. Sie war ganz rau. Eine richtige Arbeiterhand, dachte er. Dabei müsste Karin das nicht tun. Jeden Tag so früh aus dem Haus, die harte körperliche Arbeit, die schweren Steine und die staubige Luft. Doch er hatte längst den Widerstand aufgegeben und sah ja auch, wie gut Karin diese Arbeit tat, wie die Farbe in ihr Gesicht zurückkam.

»Du bist spät heute«, sagte er.

»Die Bahn ist ausgefallen. Ich musste ein ganzes Stück laufen und dann hat mich ein Russenlaster mitgenommen.«

Heller runzelte die Stirn, schwieg aber. Er mochte es nicht, wenn sie so etwas machte. Dabei war er es, der ständig allen erklärte, dass man sich mit den Russen arrangieren musste, dass sie längst nicht die Barbaren waren, für die man sie noch immer hielt.

»In Räcknitz musste heute ein Blindgänger entschärft werden, da war für Stunden alles gesperrt«, erzählte Karin.

Heller hatte davon gehört. Er wunderte sich immer wieder, wie viele Bomben nicht detoniert waren. Es würde wahrscheinlich Jahrzehnte brauchen, sie alle zu finden.

»Hast du schon in das Paket geschaut?«, fragte Karin.

Er schüttelte den Kopf. »Habe erst die Beete gegossen. Ich fürchte übrigens, jemand hat uns Möhren gestohlen.«

»Ach!« Karin sah ihn entrüstet an. »Dabei hast du doch den Zaun gebaut.«

»Als ob das jemanden davon abhält, in den Garten zu steigen! Die Arbeit hätte ich mir sparen können«, bemerkte Heller resigniert. Eigentlich müsste man eine Wache aufstellen, so wie all die zu Beeten umfunktionierten Grünflächen in der Stadt bewacht wurden. Aber er konnte von Frau Marquart kaum verlangen, auf Anni aufzupassen, Besorgungen zu erledigen und noch auf die Beete zu achten. Vielleicht kamen die Diebe aus der direkten Nachbarschaft und konnten genau beobachten, wann jemand zu Hause war und wann nicht. Nach dem letzten dürren Sommer und dem darauffolgenden bitteren Winter war der Hunger noch immer das größte Übel. Und wer hungerte, ließ sich auch von Wachen und Schildern nicht abschrecken.

Karin zog Heller in die Küche. »Komm, lass uns anschauen, was Erwin geschickt hat.«

Frau Marquart wartete schon auf sie, und Anni hatte sich neugierig auf einen Stuhl gekniet. Erwins Pakete zu öffnen war für sie längst ein Ritual geworden, beinahe so feierlich wie das Weihnachtsfest. Heller nahm eine Schere, durchschnitt den Paketstrick, öffnete das verklebte Papier an der Seite und zog vorsichtig den Karton heraus. Auch das Packpapier und der Strick waren wertvoll und wurden sorgfältig aufgehoben. Der Karton war noch einmal mit Strick zugebunden, und Heller versuchte, den festen Knoten zu lösen. Karin kam ihm zu Hilfe.

»Schau mal«, sagte Karin staunend und holte zwei Tafeln amerikanische Schokolade heraus. Nach und nach packte sie in braunes Ölpapier eingewickelte Seife aus, eine Tüte Kaffeebohnen, eine Konservendose mit Corned Beef, eine große Packung Camel Zigaretten, allein die war ein wahres Vermögen wert, Kakaopulver und zwei Büchsen Ölsardinen. Zuletzt kamen noch eine Pappschachtel mit Taschenlampenbatterien zum Vorschein und eine große Blechdose.

Heller betrachtete die Dose von allen Seiten. Es war nicht zu erkennen, was sie enthielt. Er versuchte den Deckel aufzustemmen, nahm einen Schraubenzieher zu Hilfe. Ratlos blickte er auf das weiße Pulver in der Dose und hielt es dann Karin hin, die daran roch.

»Waschpulver«, erklärte sie.

Wortlos schüttete Heller das Pulver in die Schüssel, die Karin zum Waschen benutzte.

»Was tust du denn?«, fragte sie erstaunt. Heller fischte etwas aus dem Pulver und klopfte es ab. »Das sah mir doch gleich nach einem Kassiber aus«, sagte er und gab ihr ein kleines, fest mit Papier umwickeltes Päckchen.

Karin runzelte die Augenbrauen und öffnete es. »Geld! Warum schickt der Junge Geld?«

»Und so viel!«, staunte Frau Marquart.

Heller nahm seiner Frau das Bündel ab und begann zu zählen.

»Scholade«, flüsterte Anni.

»Ja, das ist Schokolade«, erklärte Karin. »Magst du ein Stück?«

Anni nickte artig.

»Sagst du es mir auch?«, fragte Karin und lächelte.

»Anni. Schokolade. Bitte«, sagte das Mädchen mit leiser Stimme.

Karin riss die Verpackung auf, brach ein kleines Stück ab, kaum größer als ein Daumennagel, und gab es Anni. Dann brach sie auch für die Erwachsenen jeweils ein Stück ab und steckte ihrem Mann eines in den Mund.

Heller war auf das Zählen konzentriert gewesen und sah jetzt auf. »Dem Jungen scheint es nicht schlecht zu gehen«, sagte er und ließ die Schokolade langsam im Mund zergehen. »Das sind über neunhundert Mark. Hast du ihn darum gebeten?«

»Natürlich nicht!«, empörte sich Karin.

»Wenn er nur keine Dummheiten anstellt«, murmelte Heller.

»Nicht doch. Unser Erwin ist ein schlauer Junge«, beruhigte sie ihn.

Das war eine gute Eigenschaft, dachte sich Heller, doch nicht jeder wusste damit umzugehen. Heller hatte genug mit jungen Burschen zu tun, die sich für besonders schlau hielten.

»Was sollen wir damit machen?«, fragte er. »Ob er will, dass wir es aufbewahren?«

Karin zuckte die Schultern. »Es war kein Brief dabei, oder?«

Heller durchsuchte den Karton und das Packpapier, fand aber nichts.

»Also, was machen wir?«, fragte er noch einmal.

»Wir bringen es zur Bank«, bestimmte Karin und schlug Anni spielerisch auf die Hand, weil diese noch einmal nach der Schokolade langen wollte. »Gleich morgen werde ich das erledigen.«

»'n Morgen, Chef.« Oldenbusch sah zur Tür hinein.

»Werner! Schon zurück?« Heller sah auf und schob einen schweren Ordner beiseite. Oldenbuschs Erscheinen war eine willkommene Abwechslung zu seiner derzeitigen Arbeit. Er versuchte gerade eine Einbruchsserie mittels Indizienbeweisen einer organisierten Bande zuzuordnen. Die Arbeit war müßig. Es gab täglich Dutzende gemeldete Einbrüche und Diebstähle, und die Polizei kam nicht mehr hinterher. In zwei anderen Aktenmappen warteten mehrere Fälle von Totschlag auf ihre endgültige Aufklärung. Dabei wusste Heller, dass man etwas gegen den Hunger, gegen die allgemeine Not unternehmen müsste. Denn wer nicht hungerte, stahl auch kein Essen und schlug niemanden tot, nur um an dessen Kartoffeln oder Bettwäsche zu kommen.

»Wie war es in Berlin, Werner?«

Oldenbusch nahm den Stuhl, der gegenüber Hellers Schreibtisch stand.

»Max, ich sage Ihnen, es gibt nichts Langweiligeres auf dieser Welt als so eine Konferenz«, stöhnte er und schwitzte bereits sichtbar, obwohl der Tag erst anfing. Trotz des Hungers und der Entbehrungen der letzten Jahre hatte er erstaunlicherweise nichts von seinem Leibesumfang eingebüßt. »Nie wieder mache ich so etwas mit.«

Heller konnte sich ein Lächeln nicht verkneifen. Dabei war sein Assistent vor der Reise begeistert gewesen, zu der Delegation gehören zu dürfen.

Aber Oldenbusch war es ernst. Er beugte sich zwar vertraulich vor, sprach aber keinen Deut leiser.

»Die kriechen den Russen doch nur in den Arsch. Es gibt zu allem nur ein Ja und Amen. Diskussionen kommen gar nicht erst auf. Die lesen alle ihre Reden ab, beschwören den Sozialismus, die deutsch-sowjetische Freundschaft und danken den Befreiern. Druschba, Druschba überall. Immer die gleichen Phrasen! Da weiß keiner, wie der Mann auf der Straße redet.«

Heller wollte etwas erwidern, aber Oldenbusch war nicht zu bremsen.

»Nicht mal gutes Essen gab es. Nur dünne Brühe und trockenes Brot. Wie zu Hause. Und ich sage Ihnen, auch in Berlin ist kein Stein auf dem anderen geblieben. Unser Hotel war eine halbe Ruine. Bettzeug musste man beim Abgeben mit Stempel quittieren lassen. Ein Unding!«

»Werner …«, versuchte es Heller noch einmal vergeblich.

»Selbst Niesbach ist eingeschlafen! Das hält kein Mensch drei Tage aus«, polterte Oldenbusch weiter.

»Nun, Werner, als Parteigenosse müssen Sie Pflichten wie diese …«

»Überall wird man kontrolliert. Und Scheine braucht man. Wehe du verlierst einen. Pass, Reiseschein, Passierscheine für Berlin, für jede Zone. Sonderlebensmittelmarken, Fahrkarten für den Zug, und dann muss man sich auch noch streiten, obwohl man Sitzkarten hat, weil jemand die Plätze blockiert. Und raten Sie, wer? Bonzen, wie früher!«

Heller hob resignierend die Hände, aber Oldenbusch beachtete ihn nicht. Er wurde sogar noch lauter.

»Überall wird man beklaut. Und die Bauern haben satt zu essen, und in der Stadt kommt nichts an. Was nützt da die Enteignung der Junker?«

»Fragen Sie mich das jetzt, Herr Kommissar?«, sagte Heller deutlich.

Das brachte Oldenbusch zur Räson. Etwas verlegen wischte er sich Staub von seiner Jacke. »So viele sind schon in den Westen gegangen«, murmelte er trotzig. »Wenn man hier wenigstens selbst entscheiden könnte, nach deutschen Belangen. Doch es wird nur gemacht, was die Russen wollen.«

»Die Sowjets, Werner, es sind die Sowjets.«

Oldenbusch nickte ergeben und versank in die Betrachtung des dunkelroten Linoleumbodens. Heller musterte ihn amüsiert. Er kannte Werner Oldenbusch schon sehr lang und wusste, dass der Mann nie lange niedergeschlagen sein konnte. Doch heute wollte sein Assistent nicht so schnell von seiner bedrückten Stimmung lassen. Deshalb zog Heller seine Schreibtischschublade auf, brach ein Stück von der Schokolade ab, die Karin ihm mitgegeben hatte, und hielt es Oldenbusch hin. Der blickte durch Hellers Hand hindurch und zeigte keine Regung. Heller legte das Schokoladenstückchen an der Schreibtischkante ab.

»Was das noch werden soll, Max«, raunte Oldenbusch. »Die Deutschen im Westen sind alle satt und bekommen von allem das Beste. Wir werden nur hingehalten. Hat mich doch wirklich einer gefragt, wie es sich lebt in Sowjetdeutschland. Ich sage Ihnen, Max, die haben unser Land längst unter sich aufgeteilt. Insgeheim ist der Anschluss an die Sowjetunion längst gebilligt.«

Heller atmete tief durch. Wenn Oldenbusch, selbst SED-Mitglied, schon die Absichten der Partei hinterfragte, was redeten dann erst die Leute auf der Straße. Beinahe alles, was die Politiker taten, war ungeschickt. Noch immer demontierten die Befreier ganze Fabriken, noch immer fingen sie Leute von der Straße weg und steckten sie in Lager. Die Westmächte ließen die Kriegsgefangenen alle frei, während die

Sowjets Millionen Männer nicht nach Hause ließen. Sie hielten tönende Reden und priesen die Errungenschaften des Sozialismus an, während die Menschen hungerten.

»Kommen Sie, Werner, Sie wissen selbst, es wird immer weitergehen«, argumentierte Heller etwas lahm.

Oldenbusch schnaufte und nickte. Dann angelte er sich die Schokolade vom Tisch und warf sie sich in den Mund.

»Von Ihrem Erwin?«, fragte er schmatzend.

Heller nickte. »Wir fragen uns nur, ob er es übrig hat oder sich vom Mund abspart. Er schreibt ja immer, dass es ihm gut geht. Er hat eine kleine Wohnung und studiert Jura.« Dass Erwin auch jedes Mal schrieb, dass sie zu ihm kommen sollten in den Westen, erzählte er Oldenbusch nicht. Ein heikles Thema. Heller war noch nie auf den Gedanken gekommen, seine Heimat zu verlassen. Und was Karin dachte, traute er sich nicht zu fragen. Sie sprachen nicht darüber. Wenn sie zu Erwin gingen, was wäre mit Klaus? Der würde niemals gehen.

Das Telefon klingelte. Heller nahm ab, meldete sich knapp, lauschte kurz und machte sich Notizen, die Oldenbusch interessiert versuchte mitzulesen.

»Ein Unfall?«, fragte er, als Heller aufgelegt hatte.

»Wir werden sehen. Ist der Wagen fahrbereit?«

»Ich will's hoffen, sie wollten ihn flottkriegen, bis ich wiederkomme.«

Heller beugte sich über das Loch in der Erde, ohne zu dicht heranzutreten. Er sah kaum mehr als die nackten Fußsohlen eines Menschen.

»Chef, Obacht!«, rief Oldenbusch. Heller tat wieder einen Schritt zurück und überließ Oldenbusch das Feld. Aufmerksam betrachtete er die Umgebung an der Rennersdorfer Straße. Die Gegend nahe der Weißeritz hatte vor allem unter dem letzten Bombardement der Amerikaner gelitten, die es auf das Reichsbahnausbesserungswerk am anderen Ufer des kleinen Flusses abgesehen hatten. Auch hier waren die Straßen geräumt und einige Ruinen schon abgetragen. Andere lagen noch genauso da, wie sie vor drei Jahren zusammengestürzt waren. Es gab viele Freiflächen und doch einige Häuserzeilen, die allen Bomben getrotzt hatten. Auf den Straßen fanden Schachtarbeiten statt. Weiter oben auf der Lübecker Straße standen Arbeiter und schauten der Polizei zu. Als Heller sich ihnen näherte, formierten sich die Männer zu einer Reihe, so dass Heller sich einer Front abweisender Gesichter und vor der Brust verschränkter Arme gegenübersah.

»Guten Morgen«, grüßte Heller.

»Morsche!«, erwiderte der Älteste von ihnen, offensichtlich der Vorarbeiter, ein großer, kräftiger Mann von etwa sechzig Jahren in schwarzer Arbeitskluft.

»Was ist das für ein Schacht?« Heller deutete hinter sich auf die Stelle, wo der Tote kopfüber in dem Loch steckte.

»Ein Sichtschacht. Zur Überprüfung. Dort wird ein Bach unterirdisch in einen Kanal geführt. Da muss irgendwo ein Rohrbruch vorliegen. Der Schacht war jedenfalls vorschriftsmäßig abgesichert.«

»Daran zweifle ich nicht.« Heller hatte die hölzernen rotweiß bemalten Absperrzäune wahrgenommen, die man natürlich auch nachträglich noch hätte hingestellt haben können.

»Hat einer von Ihnen die Leiche gefunden?«

»Der Horstel.« Der Ältere zeigte auf einen jungen Mann, der gerade sechzehn, höchstens siebzehn Jahre alt war. Seine Mundwinkel zuckten, als wollte er etwas sagen, traute es sich aber nicht. »Der hat aber nichts angefasst, nur sein Schuhabdruck ist da. Das haben wir den Genossen von der Vopo schon mitgeteilt.«

»Woher wussten Sie, dass die Person tot war?«, fragte Heller den Jungen.

Horstel öffnete den Mund, da kam ihm der Polier zuvor.

»Wir sind schon drei Stunden auf der Baustelle gewesen. In dieser Zeit ist da keiner reingestürzt, das hätten wir sehen müssen.«

»Ich hatte nicht Sie gefragt«, sagte Heller, ohne den Mann anzusehen.

»Der Horstel hat mich aber gleich gerufen, er kann also auch nicht mehr wissen als ich.«

Jetzt wandte sich Heller doch dem Vorarbeiter zu und nahm sein Notizbuch heraus. »Ihr Name!«, forderte er ihn auf.

»Bodefeld, Manfred.«

»Wann haben Sie zuletzt in den Schacht hineingesehen? Gestern?«

»Gestern nicht. Dienstag, oder?« Die anderen Männer nickten.

»Halten Sie sich zur Verfügung«, befahl Heller und ging zu seinem Assistenten zurück.

»Dienstag? Also konnte der Tote schon drei Tage in dem Loch stecken«, bemerkte Oldenbusch. »Nicht viel zu holen hier«, sprach er weiter, »auf dem Gras gar nichts, hier auf den Granitplatten auch nicht. Nur ein Schuhabdruck auf dem zertretenen Erdklumpen, aber der ist von einem der Arbeiter. Lassen wir den Toten hinaufziehen?«

Heller stimmte nickend zu und winkte die zwei Bestatter heran, die schon seit einiger Zeit bereitstanden. Die Männer trugen trotz der Wärme schwarze Mäntel und Handschuhe. Anscheinend hatten sie alles schon besprochen und gingen pragmatisch an die Sache heran. Einer hatte eine Schlinge in ein starkes Seil geknüpft, die legten sie nun um die Füße der Leiche, zurrten sie fest und versuchten, den Körper nach oben zu ziehen. Das erwies sich als schwierig, denn der Leichnam steckte fest in dem engen Loch. Erst nach mehrmaligem Ziehen gab es einen Ruck und der Tote rutschte ein Stück hoch. Der Hose nach war es ein Mann. Einer der Bestatter ließ das Seil los, stellte sich breitbeinig über das Loch, um den Toten an den Beinen zu packen, und zog mit Leibeskräften. Der korpulente Körper rutschte noch etwas weiter hinauf, wobei die Jacke umklappte, den Kopf verdeckte und die Arme schlaff nach unten fielen. Mit vereinten Kräften zogen sie den Toten ein Stück weg von dem Schacht und legten ihn bäuchlings auf der Straße ab. Dann zogen sie die mit Erde verdreckte Jacke wieder nach unten und drehten den Toten um. Entsetzt fuhren sie zurück. Trotz aller Abgebrühtheit war der Anblick des Toten, der eine ganze Zeit lang im Wasser gehangen haben musste, selbst für sie abstoßend. Bis zum Hals war er völlig verquollen, die Haut war weiß und schwammig. Die offenen Augen starrten sie milchig trüb an und die Pupillen waren kaum zu erkennen. Die Zunge hing wie ein toter schwarzer Molch aus dem Mund, die Lippen waren lila-blau und erinnerten an madige Pflaumen.

Heller bückte sich und suchte in der Jacke des Toten nach einer Brieftasche. Er fand einige Geldscheine, die er Oldenbusch gab, und einen schmalen Packen Papiere, die er auseinanderfaltete und las.

»Wilfred Stiegler, geboren 1912, wohnhaft in …« Heller sah sich um. »Hier. Wo ist die Pennricher?«

»Diese Richtung, da die Straße hoch«, erklärte einer der Bestatter. »Vielleicht kam er aus der Kneipe in Altcotta.«

Heller nestelte den einen Gummihandschuh, der ihm noch geblieben war, aus seiner Jackentasche. Der andere war vorletzte Woche zerrissen und es hatte sich noch kein Ersatz gefunden. Eigentlich war der verbliebene für die linke Hand, doch Heller zog ihn sich kurzentschlossen über die rechte. Er nahm den Kopf des Toten und drehte ihn erst nach links, dann nach rechts. Das Wasser lief dem Toten aus Nase und Mund und eine Wolke süßlichen Gestanks stieg auf. Heller drehte kurz sein Gesicht weg, dann tastete er den Schädel der Leiche nach Verletzungen ab, anschließend auch den Hals und den Oberkörper, aber er fand keinen noch so kleinen Hinweis auf einen Kampf oder Überfall.

»Vielleicht war er nur neugierig und wollte einen Blick reinwerfen und ist hineingestürzt. Vielleicht war er betrunken«, spekulierte Oldenbusch.

Heller zog sich den Handschuh ab. »Immerhin fehlen ihm Schuhe und Strümpfe. Seiner Kleidung nach konnten es recht gute Schuhe gewesen sein.«

»Genauso gut könnte ihm jemand die Schuhe abgenommen haben, als er schon da drinnensteckte.«

Denselben Gedanken hatte Heller auch schon gehabt. »Wir müssen ihn zu Doktor Kassner ins Pathologische Institut bringen lassen. Ich gehe von einem Unfall aus. Befragen wir noch mal die Arbeiter, wie das Loch genau abgesichert war. Und es muss jemand in die Kneipe geschickt werden, Zeugen suchen. Salbach soll das machen. Kümmern Sie sich, Werner.«

Als sie am späten Vormittag ins Büro zurückkamen, klingelte bereits Hellers Telefon.

»Heller ... Ja ... Ich verstehe ... Und Kassner ist nicht da?«, kommentierte Heller die Nachricht des Anrufers. »Dann muss das eben so lange warten. Sie darf weder den Angehörigen noch dem Krematorium übergeben werden ... Ja, ich notiere mir das. Bleiben Sie an der Sache dran.« Heller legte auf.

»Salbach hat keine Angehörigen gefunden. Ein paar Zeugen haben außerdem ausgesagt, Stiegler hätte seine Stammkneipe vorletzte Nacht mit einer Frau verlassen, andere sagen, er sei allein gegangen«, erklärte er dem erwartungsvoll blickenden Oldenbusch. »Salbach will ...« Das Telefon klingelte erneut.

»Heller ... Aha ...« Heller schrieb mit, während Oldenbusch sich den Hals verrenkte, um das Geschriebene mitlesen zu können. »Wir kommen.«

Mit Wucht knallte Heller den Hörer auf die Gabel. »Können Sie nicht die zwei Sekunden abwarten, bis ich Ihnen sage, was geschehen ist?«

»Entschuldigung«, murmelte Werner.

Heller stand auf und nahm seine dünne Blousonjacke wieder vom Haken. Sie war aus Fallschirmstoff. Erwin hatte sie geschickt. »Heute ist kein guter Tag. Offenbar ein totes Kind.«

Oldenbusch bremste den schwarzen Ford Eifel ab und bog in
die Mommsenstraße ein, um zu halten. Heller kurbelte das
Seitenfenster hoch und stieg aus. Obwohl der Wagen gerade
erst aus der Werkstatt zurück war, gab der Motor schon wieder seltsame Geräusche von sich.

»Ich lasse ihn lieber laufen«, meinte Oldenbusch mit besorgtem Blick. Heller nickte nur, warf die Tür zu und sah dem
uniformierten Polizisten, der sie schon erwartet hatte, auffordernd entgegen.

Der Polizist, der eine blau gefärbte Wehrmachtsuniform
trug, grüßte mit der Hand am Tschako. Heller gab den Gruß
zurück und sah sich dann kurz um. Auf dem Gelände der
Technischen Hochschule wurde gebaut. Die Erde war aufgerissen und Rohrleitungen wurden verlegt. Ziegelberge türmten sich und eine mächtige Planierraupe schob sich abseits
durch den Schutt, in Staubwolken eingehüllt, die sich mit
den schwarzen Dieselabgasen vermengten. Weiter hinten
auf der Baustelle wurden dicke Ziegelwände gemauert. Ze-
mentmischer rumpelten vor sich hin. An dem Ausleger eines
auf Gleisen stehenden Krans flatterte eine rote Fahne träge
im Wind. Auf der linken Seite erhob sich die leere Fassade
eines hohen Gebäudes, hinter dessen Mauern Presslufthämmer knatterten. Durch die Fenster der obersten Etage konnte
Heller den Himmel sehen. Doch die Ruine war stabilisiert
und zum Wiederaufbau freigegeben. Direkt vor ihnen jedoch
standen alle Maschinen still. Ein Vorkriegsbagger der Firma

Menck & Hambrock hatte seine Schaufel abgestellt. Drei Arbeiter hatten sich in den Schatten der Maschinen zurückgezogen und sprachen kein Wort. Zwei Polizisten standen in ihrer Nähe. Heller ließ sich von dem Uniformierten auf das Gelände führen.

»Wir vermuten einen Unfall. Der Bauingenieur, Genosse Friedrichs, bestand jedoch auf eine genaue Untersuchung«, erklärte der Polizist.

»Liegt er noch da?« Heller musste genau achtgeben, wohin er seinen Fuß setzte. Die Spuren, die von Lastkraftwagen und Baggern nach dem letzten Regen vor einigen Wochen in den Schlamm gedrückt worden waren, waren durch die anhaltende Dürre festgebrannt und steinhart. Kleinere Lehmklumpen zerbrachen unter Hellers Schuhsohlen.

»An der Stelle, wo er gefunden wurde. Seine Lage wurde jedoch verändert, weil man zuerst glaubte, ihm helfen zu können. Achtung, da vorn ist ein Graben!« Der Polizist nahm zwei Schritte Anlauf und sprang darüber. Heller tat es ihm gleich, landete mit dem linken Fuß, wie er es sich angewöhnt hatte. Für Oldenbusch mit seinem kriminaltechnischen Handwerkszeug mussten sie einen anderen Weg finden, stellte Heller fest.

»Dort ist es.« Der Polizist blieb stehen, deutete auf einen weiteren Graben, im Schatten der Ruine.

Heller kam näher und sah hinunter. Obwohl er sich kaum angestrengt hatte, schwitzte er schon wieder in der heißen Mittagssonne. Er nahm sein Taschentuch heraus, setzte seine Mütze ab und wischte sich über Stirn und Genick. »Gehört er nicht zu den Arbeitern?«, fragte er.

»Laut Aussage des Poliers nicht. Angeblich hat ihn noch nie jemand gesehen.«

Heller ging in die Hocke, stützte sich mit einer Hand ab und sprang in den Graben.

Der Junge hatte dunkles Haar und lag auf den Rücken, doch die linke Gesichtshälfte sah seltsam platt gedrückt aus, die Nase war ganz schief. Er hatte auf dem Bauch gelegen, jemand hatte ihn umgedreht. Heller betrachtete die schreckliche Totenmaske, bückte sich dann, um den Jungen am Jackenärmel anzuheben. Er war vollkommen steif. Er musste mindestens seit zwölf Stunden hier liegen. Die Hitze beschleunigte die Totenstarre.

»Und man hat ihn erst vor etwa einer Stunde entdeckt?« Vielleicht konnte ein Bestatter den Jungen ein wenig herrichten, wenn die Starre nachließ. In diesem Zustand würde man ihn seinen Eltern nicht zeigen können. Sofern er welche hatte. Heller knöpfte dem Jungen die Jacke und das darunterliegende Hemd auf. Er suchte im Kragen nach einem eingenähten Namen oder einem anderen Hinweis.

Der Uniformierte sah auf seine Uhr. »Vor zirka vierzig Minuten, ja.«

»Und er gehört wirklich nicht hierher? Ein Lehrling vielleicht. Wie alt mag er sein? Vierzehn?«

»Da müssen Sie die Arbeiter noch einmal dazu befragen«, sagte der Polizist.

Heller erhob sich und betrachtete den Toten nachdenklich. Seine Hosen waren viel zu weit, obwohl sie schon eingenäht waren, die Hosenbeine waren dagegen viel zu kurz. Die Jacke wirkte abgewetzt und hatte Aufnäher an den Ellbogen. Die Schuhe des Jungen waren riesig und mehrfach geflickt, und die Sohle schien aus alten Autoreifen geschnitten zu sein.

Jetzt blickte Heller zu dem Polizisten hoch, dem das Unwohlsein in das junge blasse Gesicht geschrieben war. Vielleicht hatte er noch nie einen Toten gesehen, dachte Heller, obwohl das eigentlich kaum möglich sein konnte. »Ist das Gelände in der Nacht abgesperrt?«, fragte er ihn.

»Es ist von einem Bretterzaun umgeben. Der wird nach Feierabend geschlossen. Er stellt jedoch kein großes Hindernis dar.«

Heller legte seinen Kopf in den Nacken, sah an der Hauswand hinauf. »Ist die Ruine gegen Zutritt gesichert?«

Der Schupo nickte und schüttelte dann trotzdem den Kopf. »Es ist ebenfalls abgesperrt, aber wer hier hineinwill, der kommt auch hinein.«

Heller hockte sich noch einmal neben die Leiche und untersuchte den Boden genauer. »Wissen Sie, wer den Jungen umgedreht hat?«

Der Uniformierte wollte etwas sagen, schloss dann aber schnell wieder den Mund und schüttelte nur den Kopf.

»Falls Sie sich erbrechen müssen, entfernen Sie sich bitte vom Fundort«, befahl ihm Heller.

»Es geht schon wieder.« Der junge Mann schnappte nach Luft.

Heller gab die Suche auf. Auf dem steinharten Boden war es unmöglich, irgendwelche Spuren zu finden. Der Junge war äußerlich nicht verletzt, er hatte nicht einmal geblutet. Um aus einem der Fenster gestürzt zu sein, lag er ein wenig zu weit weg von der hohen Fassade. Es sei denn, er wäre abgesprungen, überlegte Heller. Doch warum sollte er das tun?

»Helfen Sie mir hinauf«, bat Heller und hielt dem Schutzmann eine Hand hin. Der griff zwar zu, doch schaffte es nur mit Müh und Not, Heller herauszuziehen. Beinah verlor Heller den Halt und musste sich mit dem Knie im Dreck abstützen.

»Hören Sie, solche Dinge kommen vor.« Heller klopfte sich den Schmutz von der Hose. »Sie müssen lernen, damit umzugehen.«

Der Schupo nickte zwar, wirkte aber immer noch niedergeschlagen. Heller klopfte ihm auf die Schulter. »Sie schaffen das schon.« Etwas Besseres war ihm angesichts der Situation nicht eingefallen. Wenn man Polizist werden wollte, musste man solche Dinge akzeptieren lernen. »Gehen Sie zum Kranführer. Er soll den Kranarm hier herüberschwenken.«

»Jawohl.« Der Schutzmann wollte abtreten.

»Warten Sie noch«, befahl Heller. »Ihren Namen?«

»Weesmann, Georg.«

Heller notierte es sich in seinem Notizbuch. »Nur für das Protokoll. Sagen Sie den Herren, dass ich sie gleich noch befragen werde. Sie sollen sich nicht entfernen.«

Der Schutzmann grüßte noch einmal militärisch, blieb aber stehen. »Glauben Sie, dass es ein Unfall war? Denken Sie, er ist auf den Kran geklettert?«

»Vermutlich.« Heller nickte und steckte das Notizbuch weg. Er hatte Oldenbusch kommen sehen, der einen Umweg um den Graben gefunden hatte und jetzt schwitzend und ächzend seinen Koffer neben sich abstellte.

»Jetzt ist der vermaledeite Motor von allein ausgegangen. Bestimmt ist das Benzin schlecht«, murrte Oldenbusch, nachdem der Schupo abgetreten war.

Heller nickte gedankenverloren und beobachtete den Kranführer, der gerade den Unterwagen bestieg, auf dem der Kranturm befestigt war. Wenige Sekunden später sprang der Motor an und der Ausleger schwenkte langsam zu ihnen hinüber. Heller winkte den Kran näher heran, der sich daraufhin langsam auf seinen Gleisen auf ihn zubewegte, und drehte sich zu Oldenbusch um.

»Was meinten Sie, Werner?«, fragte er.

Oldenbusch sah nach oben und verzog den Mund. »Warum sollte er auf den Kran geklettert sein?«

»Eine Mutprobe?«

Der Kranführer war jetzt aus dem Führerhaus geklettert und schlenderte auf Heller zu.

»Kriminaloberkommissar Heller«, stellte Heller sich vor. »Waren Sie es, der den Jungen entdeckt hat?«

»Nee, das war der Schreiber, Hans.« Der Kranführer, ein Mann von über fünfzig, mit Schnauzer und Halbglatze, hatte seine Hände in die Taschen der grauen Arbeitshose gesteckt.

»Wie heißen Sie?« Heller hielt Stift und Notizbuch parat.

»Schmidt, Christian.«

»Sind Sie der Einzige, der diesen Kran bedienen kann?«

»Nee, das können auch andere.« Schmidt blickte ernst, es war nicht auszumachen, ob er sich über Heller lustig machte. Heller beschloss, gelassen zu bleiben.

»Aber Sie sind der Einzige, der diesen Kran auf der Baustelle bedient?«

»Das bin ich.«

»Und können Sie sich erinnern, ob Sie ihn gestern zum Feierabend in dieser Position verlassen haben?«

»Das weiß ich nicht mehr genau.«

Heller sah den Mann forschend an. Er wusste, dass vor allem unter den Arbeitern Unzufriedenheit herrschte. Sie fühlten sich bevormundet und von den Sowjets unterdrückt. Sie arbeiteten hart, mussten ihre Vorgaben erfüllen und hatten trotzdem das Gefühl, dass alles, was sie taten und bauten, den Russen und den neuen Eliten zufiel. Niemand wagte den offenen Widerstand, doch gemurrt wurde viel. Für jemanden wie Schmidt war auch er nur ein Handlanger der Sowjets.

»Haben Sie den Kran heute Morgen in dieser Position vorgefunden?«

»Denken Sie denn, jemand hat das Ding in der Nacht bewegt?«, fragte Schmidt zurück.

Oldenbusch mischte sich in barschem Tonfall ein. »Die Baustelle wird doch bewacht, nicht wahr?«

Schmidt nickte eifrig. »Freilich, sonst würde sich hier jeder bedienen!«

»Also, haben Sie den Kran in dieser Position vorgefunden?«

»Weeß ich nicht mehr so genau, kann schon sein.« Der Kranführer zuckte mit den Achseln.

Heller reichte es jetzt. »Da liegt ein toter Junge, der vielleicht vom Kran gestürzt ist. Ich bin auf Ihre Unterstützung angewiesen, um diese Sache zu klären, verstehen Sie das?«

»Wenn der Bengel sich hier herumtreibt, ist das nicht meine Angelegenheit.«

»Wir können es aber zu Ihrer Angelegenheit machen«, knurrte Oldenbusch.

Der Kranführer zuckte sichtbar zurück und seine Hände fuhren aus den Hosentaschen.

Heller hob beruhigend die Hand. »Gehen Sie noch einmal in sich. Vielleicht können Sie sich mit Ihren Kollegen beraten. Niemand verlässt die Baustelle, bis ich nicht mit jedem gesprochen habe, der heute anwesend war.«

Der Mann wandte sich ohne Widerworte ab und ging zu seinem Kran zurück.

»Was soll das denn heißen, ›zu Ihrer Angelegenheit machen‹?«, fragte Heller Oldenbusch verärgert.

»Na ja, ich wollte nur ein wenig …«

»Genau das erwarten sie von uns. Die betrachten uns nicht als Freunde oder Helfer. Für die sind wir ein Teil der Obrigkeit.« Heller sah dem Mann nach. »Wieder einmal«, fügte er seufzend hinzu. Er sah zu dem toten Jungen.

»Kommen Sie, Werner, ich will Ihnen etwas zeigen.« Heller ging in die Hocke, stützte sich mit einer Hand auf und ließ sich in den Graben hinabgleiten.

Doch Oldenbusch zögerte, sah sich suchend um, entdeckte etwas und ging es holen. Mit einer hölzernen Leiter kehrte er zurück, stellte sie in den Graben und kletterte an ihr hinunter.

Heller hatte sich bereits zu dem Jungen hinuntergebeugt, ihm die Kleidung geöffnet und seinen mageren Oberkörper freigelegt. Unter der Haut des Toten zeichneten sich die Rippen deutlich ab.

Oldenbusch betrachtete den Körper nachdenklich.

»Wenn es eine Mutprobe gewesen sein soll, muss es Zeugen geben«, überlegte er laut. »Er muss es schließlich vor jemandem beweisen können.«

»Es sei denn, er hatte es auf die rote Fahne auf dem Kranausleger abgesehen«, widersprach Heller. »Als Beweis dafür, dass er auf dem Kran gewesen war. Aber vermutlich haben Sie recht, Werner, jemand wird es gesehen haben. Bestimmt sind die anderen einfach davongelaufen, nachdem er abgestürzt war. Aber Werner, sehen Sie mal.«

Heller war auf etwas aufmerksam geworden, das er jetzt aufhob. Es war eine Stofftasche, aus einer alten Gardine mit groben Stichen zusammengenäht, braun, kaum vom Lehmboden zu unterscheiden. Mit spitzen Fingern öffnete er die Tasche, betrachtete den Inhalt und nahm dann ein Stück nach dem anderen heraus. Er fand ein kleines Klappmesser, ein Taschentuch, etwas Speck, in Butterbrotpapier eingewickelt, eine aufgewickelte Schnur, zwei verdörrte Zwiebeln, ein kleines Fläschchen und einen Kanten hartes Brot, kaum groß genug, um eine Mahlzeit zu sein. Heller hob das braune Fläschchen mit zwei Fingern hoch und hielt es gegen das Licht. Es war leer und der Schraubverschluss fehlte. Heller roch daran, konnte aber keinen markanten Geruch ausmachen. Es war offensichtlich ein Medizinfläschchen, auf dem die Beschriftung fehlte, doch es war die Stelle zu erkennen, an der ein Etikett geklebt hatte. Vorsichtig tat er es in die Tasche zurück und überreichte sie Oldenbusch.

»Hier, Werner, vielleicht sagt Ihnen der Inhalt etwas.« Dann blickte er wieder auf den Jungen. »Schauen Sie sich das mal an.« Er deutete auf den Oberkörper, der mit blauen und schwarzen Flecken übersät war.

»Das kommt nicht vom Sturz«, schlussfolgerte Oldenbusch nach einigem Zögern. »Eher von einer Prügelei.«

Heller knöpfte das Hemd des Jungen wieder sorgfältig zu. »Ich will ihn auch zu Kassner bringen lassen. Diese Flecken sind nicht von einer Prügelei. Die Blutergüsse befinden sich in verschiedenen Stadien der Heilung. Manche sind schon Wochen alt, andere sind ganz frisch.«

Eine schlimme Ahnung schwang in seinen Worten mit. Heller betrachtete das Gesicht des Jungen, ohne es wirklich zu sehen. Ein anderes Gesicht hatte sich auf einmal davorgeschoben. Eine Erinnerung. Eine, von der er wünschte, es gäbe sie nicht.

Da näherten sich Schritte, ein Mann trat an den Graben.

»Entschuldigen Sie. Aber meine Leute würden jetzt gern zu Mittag essen. Wenn se nach zwölfe kommen, wird in der Kantine nichts mehr da sein.«

»Mit wem habe ich denn bitte die Ehre?«, fragte Heller, der es nicht leiden konnte, wenn er von jemandem angesprochen wurde, der sich nicht vorstellte.

»Mein Name ist Flossel, Herbert Flossel. Ich bin der Polier. Genosse.«

»Heller, Oberkommissar.« Grundsätzlich verstand Heller das Anliegen des Poliers, wusste er doch nur zu gut, wie viele Gedanken man an die nächste Mahlzeit verwenden konnte, vor allem wenn man befürchtete, sie zu verpassen. Er selbst dachte seit Dienstbeginn an sein Mittagessen.

»Schreiben Sie mir eine Namensliste aller Männer. Dann

schicken Sie sie zum Essen. In einer Stunde sollen alle wieder zurück sein. Ausnahmslos. Und bringen Sie mir eine Plane, bitte, oder ein Tuch, mit dem wir den Jungen zudecken können. Sagen Sie, wissen Sie etwas von einer Bande, die sich hier vielleicht in der Gegend herumtreibt?«

»Hier gibt es einige Banden. Die stellen eine Menge Unfug an. Manchmal brechen sie in die Bauwagen ein oder stehlen Armierungseisen und Kabel von der Baustelle. Die verkaufen sie dann beim Altmetallhändler. Andere beschmieren den Bauzaun oder legen auch mal Feuer.«

»Geschieht es oft, dass sich jemand illegal auf der Baustelle aufhält?«

»Die machen sich einen Spaß daraus, den Posten zu foppen, der nachts die Baustelle bewacht. Die einen lenken ihn ab, die anderen stiften Unheil.«

»Sie haben aber diesen Jungen noch nicht gesehen?«

Flossel zog die Mundwinkel nach unten. »Die sehen doch alle gleich aus für mich, Lumpenpack, allesamt.«

»Meinen Sie denn, das sind Waisenkinder? Flüchtlinge vielleicht?«

»Ach was, der Spuk geht immer los, wenn die Schule vorbei ist. Die müssen hier in der Gegend wohnen, streunen immer nur nachmittags herum und nachts. Auf der Nöthnitzer und der Coschützer gibt es Schulen. Vielleicht fragen Sie da mal.«

18. Juni 1948,
Nachmittag

Als Heller das Gebäude der 55. Grundschule in der Nöthnitzer Straße wieder verließ, steckte in seinem Notizbuch ein Zettel des Schulleiters mit etwa zwanzig Namen von Kindern, die nicht zum Unterricht erschienen waren. Es hatte mehr als eine Stunde gedauert, diese Namen zusammenzutragen. Da die Schüler der zerstörten 39. Volksschule auch dort unterrichtet wurden, waren die Klassen mit an die vierzig Kindern überfüllt. In dem teilweise zerstörten Gebäude besaßen einige Zimmer immer noch keine Fensterscheiben, an den Tischen mussten die Kinder zu viert sitzen. Die Lehrer konnten die Ordnung nur mit außerordentlicher Strenge aufrechterhalten. Einige Klassen mussten erst durchgezählt werden, was in beinahe militärischer Manier geschah. Manche der Kinder hatten sich noch nicht einmal das Hackenknallen abgewöhnen können. Die Neulehrer, selbst gerade erst dem Schüleralter entwachsen, störten sich nicht daran. Sie waren in der Nazizeit groß geworden und kannten es nicht anders. Obwohl ihnen eine eilige sozialistisch geprägte Ausbildung angediehen worden war, wollte Heller sich nicht ausmalen, wie viele nationalsozialistische Ideale und Vorurteile nach wie vor in ihnen steckten. Vom Sozialismus überzeugt waren die wenigsten. Pragmatismus war eine Überlebensstrategie. Stolz nur ein Hindernis. Die Parteizugehörigkeit ein Vorteil. Kompetenz zählte nur bedingt. Es schien sich nie etwas zu ändern.

Heller war nicht zufrieden. Er hatte sich mehr erhofft von

dem Besuch in der Schule. Letztlich waren die Kinder auf der Liste allesamt zu jung, als dass eines von ihnen der Junge gewesen sein konnte. Und sein Magen knurrte lauter als zuvor. In der Grundschule hatte es nach Essen gerochen. Doch die Mittagszeit war vorbei gewesen und die Kinder hatten nichts übrig gelassen, oder aber es war in den Töpfen der Essensfrauen verschwunden. Nicht einmal einen Kanten Brot hatte man für ihn.

Heller lief jetzt in Richtung des Plauener Rathauses und bog dann links ab in die Coschützer Straße. Unwillig registrierte er den steilen Anstieg der Straße. Doch es half nichts, er musste zur Oberschule Dresden Süd hochlaufen.

Die steil stehende Sonne brannte ihm auf den Rücken und trieb ihm den Schweiß aus den Poren. Es war nicht weit, doch die Straße war steil und der Anstieg nicht minder beschwerlich wie am Vortag die Plattleite hinauf. Schülergruppen kamen ihm entgegen. Die Schule war aus, und wenn er sich nicht beeilte, war die Schule womöglich sogar geschlossen. Heller ärgerte sich. Hätten sie mehr Leute bei der Polizei zur Verfügung, wären diese Schulbesuche nicht seine Aufgabe gewesen.

Seine Befürchtung, den Weg heute umsonst gemacht zu haben, schien sich zu bewahrheiten, denn nun stand Heller am Haupteingang und rüttelte vergeblich an der verschlossenen Tür. Ein Plakat war an der Tür angeschlagen: *Schüler, helft beim Aufbau des Sozialismus, sammelt Glas.*

»Wo wolln Se hin? Die Lichtspiele beginnen erst um sechse abends«, sagte eine Stimme.

Heller sah sich um und entdeckte einen Mann mittleren Alters, der in den Gemüsebeeten vor der Schule gearbeitet hatte und nur noch seinen linken Arm besaß.

»Guten Tag. Oberkommissar Heller. Ich muss zum Schuldirektor.«

»Neubert, mein Name.« Er kam humpelnd näher. In seiner Hand hielt er eine kleine Egge, die er sich jetzt unter seinen Armstumpf klemmte. Dann nahm er seine schirmlose Kappe ab, die wie die Kopfbedeckung einen Sträflings aussah. Er knüllte sie in seine Hosentasche, holte einen Lappen aus der Jacke und wischte sich über die Glatze. »Da haben Sie aber Pech.«

»Bin ich zu spät?«

»Nein, das nicht, aber Sie müssen mit einer Direktorin vorliebnehmen.« Der Mann setzte seine Kappe wieder auf und grinste amüsiert.

Heller betrachtete den Mann. Sein Alter war schwer zu schätzen. Und es war absurd, dass man sich fragen musste, in welchem Krieg er seinen Arm verloren hatte. Einige gab es, die in beiden Kriegen gekämpft hatten. Als ob nicht schon der erste Grund genug gewesen wäre, nie wieder Krieg zu führen.

»Sie sind wohl der Hausmeister hier?«

Der Mann nickte. »Und im Winter Heizer, wenn es was zum Verheizen gibt. Neulich waren welche da, die haben sich die Orgel angesehen. Der Frost der letzten Winter hat ihr nämlich mächtig zu schaffen gemacht. All das Holz und die Röhrchen brauchen gleichmäßige Temperaturen, sonst springt das alles oder beginnt zu rosten.« Der Mann zögerte. »Na, ich seh schon, das interessiert Sie nicht.«

Heller machte eine entschuldigende Geste. »Ich bin in einer ernsten Angelegenheit hier.«

Der Hausmeister setzte eine sachliche Miene auf. »Dann will ich Sie mal zu Frau Doktor Schleier bringen.«

Frau Doktor Schleier war eine kleine, schmale Frau um die vierzig, mit kurzgeschnittenem Haar und einer Brille, die nicht für sie gemacht zu sein schien, sie wirkte viel zu groß.

Tatsächlich schob die Direktorin ihre Brille mit einer fahrigen Handbewegung nach oben, kaum dass sie sich vorgestellt hatten.

Sie wirkte resolut, doch Heller spürte eine skeptische Zurückhaltung in ihrem Verhalten, als sie ihn in ihr Zimmer bat. Ihm war es, als würde sie ihn kennen. Nicht weil sie ihm bekannt vorkam, sondern weil sie sich gab, als hätte sie Grund, sich vor ihm zu fürchten.

Mit einer knappen Handbewegung deutete sie auf einen Stuhl. »Wenn Sie mir Ihr Anliegen schildern würden, ich bin in Eile.« Sie selbst nahm hinter ihrem Schreibtisch Platz. An der Wand hinter ihr blickte Stalin auf sie herab. Eine rote Sowjetfahne links und eine rote Fahne mit dem Emblem des FDGB rechts rundeten das Ensemble ab.

Hellers Blick blieb ein wenig zu lang daran hängen. Er fragte sich, ob den Parteigenossen nicht selbst die Ähnlichkeit zu Hitlers Machtinsignien auffiel. Dieser Art von Heiligsprechung, die Aufmärsche mit Fahnen, Fackeln und Fanfaren. Sie hatten nur die Abzeichen, nicht einmal die Farben gewechselt. Seine Skepsis war ihm wohl anzusehen.

»Einer muss führen!«, sagte die Schleier barsch. »Wenn nötig mit harter Hand. Man sollte nur genau überlegen, wem man folgt. Einem Wahnsinnigen oder einem Visionär.«

Sofern man das unterscheiden kann, dachte sich Heller, doch er sprach es nicht aus. Deswegen war er nicht hergekommen. Frau Doktor Schleier wirkte zornig, zerfahren, als hätte sie alle Mühe, sich zu beherrschen.

»Heute Morgen wurde ein Junge auf einer Baustelle ganz in der Nähe tot aufgefunden. Er ist etwa vierzehn Jahre alt. Seine Identität konnte noch nicht festgestellt werden. Nun versuche ich eine Liste aller männlichen Schüler in diesem Alter zu erstellen, die heute nicht zum Unterricht erschienen sind.«

»Die kann ich Ihnen morgen geben. Frau Kühne, meine Sekretärin, ist schon weg. Und ich kann nicht dafür garantieren, dass alle Namen gelistet sind, denn manche Schüler kommen zwar morgens, lassen sich mitzählen und verschwinden dann wieder. Nur zum Essen tauchen sie wieder auf.« Die Direktorin erhob sich.

»Bitte«, sagte Heller eindringlich, »ich brauche die Liste jetzt. Wenn Sie mich in die Schulbücher einsehen lassen, kann ich mich auch selbst bemühen.«

»Meinen Sie nicht, die Eltern des Jungen würden ihn vermisst melden?«, fragte Frau Doktor Schleier unfreundlich.

Heller kam es vor, als würde die Frau gleich aus der Haut fahren. Sie zuckte zusammen, sobald er nur ein wenig die Hand bewegte. Er konnte sich ihr Verhalten nicht erklären. Hatte sie wirklich Angst?

»Ich möchte die Eltern des Jungen nicht im Ungewissen lassen. Außerdem ist es nicht gesagt, dass sie ihr Kind als vermisst melden. Nicht wenige in seinem Alter versuchen in den Westen zu kommen«, sagte Heller betont sachlich und ruhig.

»Nun gut.« Schleier erhob sich und ging ins Nebenzimmer. »Welches Alter, sagten Sie? Vierzehn? Das schließt einige Klassenstufen aus.«

Heller stand auf und folgte der Direktorin langsam zur Tür. »Dreizehn möglicherweise«, sagte er und prallte im selben Augenblick fast mit der Frau zusammen, die ihm bereits wieder entgegenkam. Ihr entfuhr ein Schrei und die Klassenbücher fielen zu Boden.

Heller murmelte eine Entschuldigung und bückte sich, um die Bücher aufzuheben. Unwirsch riss die Direktorin ihm diese aus den Händen, klappte sie auf und begann im Stehen die Namenslisten mit den Zeigefingern abzufahren.

»Schreiben Sie!«, forderte sie Heller auf, der wortlos sein Notizbuch zückte.

»Schiller, Hans, dreizehn. Bruckner, Matthias, dreizehn. Hamann …«

Die Tür öffnete sich und der Hausmeister sah hinein. »Kann ich helfen?«, fragte er und sah Heller prüfend an.

»Nein, danke, Herr Neubert«, antwortete die Schleier rasch. Der Hausmeister nickte und schloss die Tür wieder.

»Also, Hamann, Joseph, zwölf. Kummrau, Adolf, vierzehn. Kummrau, Heinrich, zwölf. Utmann, Albert, vierzehn. Helfrich, Heinz, vierzehn …« Die Frau hielt inne und sah auf.

Heller schrieb unaufhörlich. »Sprechen Sie nur weiter, ich komme mit.«

»Wie sah der Junge aus?«, fragte Frau Doktor Schleier.

»Recht schmal, dunkles Haar, dunkle Augen. Durchschnittliche Größe.«

»Ist Ihnen sonst etwas aufgefallen?«

Heller sah der Frau einige Augenblicke direkt in die Augen, bis sie ihren Blick senkte. »Er hatte Hämatome am gesamten Oberkörper«, antwortete er dann.

Nun ließ die Frau sich auf ihren Stuhl sinken. »Doch nicht der Albert«, murmelte sie.

»Albert Utmann?«, fragte Heller. Die Direktorin nickte. Dann stand sie rasch wieder auf, ging erneut ins Nebenzimmer und kam mit einem weiteren Buch zurück. Sie begann zu suchen, zählte die Spalten ab, las stumm und ihre Lippen bewegten sich stumm.

»Utmann, Alfons, zwölf. Sein Bruder war heute beim Unterricht anwesend. Hat sogar einen Eintrag wegen ungehörigen Verhaltens bekommen.«

»Und Albert fehlte?«

Frau Doktor Schleier sah auf und nickte.

»Der Bruder, Alfons, ist der schon nach Hause gegangen?«

»Davon gehe ich aus. Zwar arbeitet unsere FDJ-Gruppe noch in unserem Schulgarten, doch die Eltern der Utmanns verweigerten den Jungen den Eintritt in die Freie Deutsche Jugend.«

»Ist es üblich hier an der Schule, der FDJ beizutreten?«

Die Direktorin zögerte einen Moment, betrachtete Heller mit demselben misstrauischen Blick, mit dem sie ihn schon empfangen hatte. Es ärgerte Heller, dass er keinen Zugang fand zu dieser Frau. Eigentlich sollte sie doch auch Interesse an der Klärung der Todesumstände des Jungen haben.

»Es ist natürlich die freie persönliche Entscheidung eines jeden, und es gibt in meinen Augen keinen Grund, nicht dem Ruf unseres Ersten Sekretärs des FDJ Zentralrats, Erich Honecker, zu folgen oder schlimmer noch, seinem Kind diesen Wunsch zu verweigern.«

»Vielleicht sind sie abgeschreckt, wegen der Fackelaufzüge und Fanfaren«, bemerkte Heller trocken.

»Ich weiß, worauf Sie anspielen. Aber uns Kommunisten gehörten die Fanfaren und Fackelzüge. Die Nazis haben uns das weggenommen. Wir haben sie uns nur wiedergeholt. Das kann nichts Schlechtes sein!«

Nun langte sie nach einem Stapel Flugblätter im DIN-A5-Format und reichte ihn Heller.

Heller las: *Deutscher Junge, deutsches Mädel, steh nicht abseits. Hilf auch du beim Wiederaufbau unseres Landes, hilf bei der Erhaltung der deutschen Einheit, bei der Schaffung eines neuen Deutschlandes unter den Idealen der Freiheit, des Humanismus, der kämpferischen Demokratie, des Völkerfriedens und der Völkerfreundschaft und der Förderung des Gemeinschaftsgeistes.*

Heller beugte sich vor und legte das Flugblatt wieder auf den Schreibtisch. Direktorin Schleier ließ es liegen, als hätte sie gar nicht erwartet, es zurückzuerhalten.

»Ich benötige die Wohnadresse der Utmanns«, sagte Heller, ohne ein Wort über das Flugblatt zu verlieren.

»Ich notiere Sie Ihnen, dann müssen Sie mich bitte entschuldigen.«

Heller nickte, doch er war keineswegs zufrieden. »Kann es sein, dass Sie mir etwas über Albert Utmann sagen wollten?«

Die Direktorin erhob sich und reichte Heller mit barscher Geste einen Zettel über den Tisch. »Nein, das kann nicht sein.«

Heller blieb nichts übrig, als sich ebenfalls zu erheben und den Zettel zu nehmen.

»Auf Wiedersehen«, wünschte die Schleier knapp und begann dann, die Bücher und Papiere auf dem Schreibtisch zu sortieren.

Als Heller wieder im Foyer der Schule stand, trat plötzlich der Hausmeister hinter einer Säule hervor. Offenbar hatte er auf Heller gewartet.

»Sie hat doch vorhin aufgeschrien, nicht wahr?«

Heller wich ein wenig zur Seite, da ihm der Mann unangenehm nahe gekommen war, und sah ihn fragend an.

»Na, als Sie bei ihr im Zimmer waren«, erklärte der Mann.

»Ein kleines Missverständnis. Sie war erschrocken.«

»Die war im KZ, in Buchenwald, als Politische. Hat wohl einiges durchmachen müssen. Und jetzt …« Neubert hob die ihm verbliebene Hand und beschrieb mit dem Zeigefinger zwei kleine Kreise an seiner Schläfe.

Heller ging nicht näher darauf ein. Er hörte von so vielen schrecklichen Dingen und Schicksalen, auch von seinem Sohn Klaus, der in Russland gewesen war. Er wollte nicht darauf eingehen. Es führte zu nichts.

»Sagen Sie, die Kaitzer Straße ist doch hier in der Nähe?« Er hielt dem Hausmeister den Zettel mit der Adresse hin.

Neubert nickte. »Das ist hier, die Straße weiter hinauf, an der Aussicht Hoher Stein.«

Heller sog unauffällig den Zigarettengeruch des Mannes ein, beschloss, sich selbst etwas zu gönnen, und griff in seine Jackentasche. »Bekomme ich hierfür etwas zu essen bei Ihnen?« Er holte drei Zigaretten aus einer Packung und bot sie Neubert an.

Der nahm sich eine, steckte sie sich gleich in den Mund und nickte dabei. »Wenn Sie nicht wählerisch sind«, sagte er und die Zigarette wippte zwischen seinen Lippen.

»Und telefonieren müsste ich auch. Es gab zwar im Zimmer der Direktorin ein Telefon, aber ich hatte keine Gelegenheit …«

Neubert unterbrach ihn mit eiligem Nicken. »Ich habe noch einen Anschluss im Keller.« Er hatte aus seiner Hose eine Streichholzschachtel geholt, öffnete sie und zog geschickt ein Streichholz heraus.

»Warten Sie.« Heller wollte helfen, doch Neubert klemmte sich die Schachtel schon unter seinen Armstumpf, riss ein Streichholz an und hatte die Zigarette schneller angezündet, als Heller es wahrscheinlich gekonnt hätte.

»Man gewöhnt sich eher daran, als man glaubt. Wenn man sich erst einmal selbst davon überzeugt hat, dass man gut davongekommen ist. Andere sind erfroren und verhungert. Und selbst die sind noch gut davongekommen, was?« Der Mann zwinkerte, als wäre es ein Spaß. »Kommen Sie.«

Heller folgte ihm.

Mit einer Scheibe krümeligem Brot und etwas dünner Kohlsuppe im Bauch ging Heller nun die Coschützer Straße weiter hinauf und bemühte sich, nicht länger darüber nachzudenken, ob die schwarzen Körnchen in der Suppe Kümmel gewesen waren oder Mäusedreck.

Zwei Jungen, die einen Handkarren über das Kopfstein-pflaster zogen, überholten ihn.

»Guten Tag. Sagt mal, ihr beiden, kennt ihr Albert Utmann?«, sprach Heller sie an. Beide schüttelten den Kopf und beeilten sich dann weiterzukommen. Heller, der seinen rechten Fußknöchel schonen wollte, musste kurz verschnaufen. Es war nicht nur der verletzte Fuß, der ihm zu schaffen machte, das ahnte er schon länger. Die mangelhafte Ernährung zehrte an ihm und vor allem das ständige Nachdenken über das Essen. Immerzu hatte man das Gefühl, nicht richtig satt zu sein. Man aß Dinge, die einem zwar den Magen füllten, doch darüber hinaus kaum Nährwert besaßen. Man gierte nach Zucker und Fett und sann in ruhigen Stunden Mahlzeiten nach, die längst der Vergangenheit angehörten. Ranziger Butter trauerte man nach, die man vor Jahren weggeworfen hatte, und alten Kartoffelschalen und dem Kaffeesatz, den man heutzutage zwei- oder dreimal aufbrühen würde. Man fragte sich, ob aus den Honiggläsern nicht noch etwas herauszukratzen gewesen war und ob man damals wirklich das letzte bisschen Fleisch vom Hühnerknochen genagt hatte. Das machte alles überhaupt keinen Sinn, und trotzdem quälten einen die Gedanken.

Und selbst wenn Erwin Schokolade und andere Delikatessen schickte, war das kaum mehr als ein Tropfen auf den heißen Stein. Man hortete es für den nächsten Winter, und es war einem bewusst, dass nur eine kleine Unpässlichkeit, eine Krankheit oder auch Schlimmeres all die vom Mund abgesparten Reserven innerhalb weniger Tage aufzehren würden. Wie gern hätte er mal einen von Erwins Schokoladeblöcken genommen und ihn aufgegessen. Einfach so. Ohne schlechtes Gewissen. Ohne Nachdenken. Einmal wieder richtig satt werden. Warum nur konnte Erwin so viele gute Sachen schicken? Warum hieß es, im Westen seien alle satt?

Wie sollte die Einigkeit Deutschlands erstes Ziel sein, wenn schon jetzt solche Diskrepanzen herrschten?

Die Hitze hatte noch keinen Deut nachgelassen, als Heller am Hohen Stein angelangt war. Er überprüfte noch einmal den Zettel mit der Adresse und lief dann weiter nach links in die Kaitzer Straße hinein. Er musste auf der Straße laufen, denn der gesamte rechte Fußweg war aufgeschachtet, weil neue Gasleitungen verlegt wurden. Doch die mehrere Hundert Meter lange Baustelle war um diese Uhrzeit schon verwaist und die Arbeiten eingestellt.

Zuerst konnte Heller keine Hausnummer ausfindig machen, deshalb wusste er nicht, ob das erste Haus, das vom Feuer völlig zerstört war, bereits zur Kaitzer Straße zählte. Im Garten des Grundstücks nebenan spielten zwei kleine Kinder. Auch dieses Haus war vom Feuer schwer beschädigt. Es hatte zwei Stockwerke, wobei die Erdgeschossfenster vernagelt waren und das Dach zu großen Teilen fehlte. Es war mit Brettern, Planen und Pappen geflickt und bedurfte nach Regen und Sturm wahrscheinlich halsbrecherischer Pflege. Als die beiden Kinder Heller sahen, unterbrachen sie sofort ihr Spiel. Eines war fünf oder sechs Jahre alt und hatte die Haare kurz geschoren. Das kleinere Kind war höchstens zwei.

»Wohnt hier Familie Utmann?«, fragte Heller, woraufhin das ältere Kind das kleine hastig hochnahm, es unter den Achseln packte und unter der Last schwankend im Haus verschwand.

Heller wartete einige Augenblicke, ob vielleicht ein Erwachsener erscheinen würde, doch vermutlich waren die Kinder auf sich gestellt. Das war keine Seltenheit heutzutage, wenn die Väter ausgeblieben waren und die Mütter arbeiten oder Besorgungen machen mussten. Als kein Erwachsener sich blicken ließ, ging Heller ein Stück weiter.

»Sagen Sie, wohnen hier die Utmanns?«, fragte er beim nächsten Grundstück über den Zaun hinweg eine junge Frau, die gerade eine Wäscheleine aufwickelte.

»Da drüben.« Sie deutete auf das Haus, in dem die Kinder verschwunden waren. Eine Haarsträhne war aus ihrem Kopftuch gerutscht, schnell schob sie sie wieder darunter.

»Und die Kinder sind allein?«

»Darf ich fragen, wer Sie sind?«, fragte die Frau. »Es hat nämlich gerade schon mal jemand nach denen gefragt.«

»Ich bin vom Wohnungsamt«, log Heller.

»Soll also doch jemand einquartiert werden?«, erkundigte sich die Frau neugierig.

»Möglich.«

»Alma kommt meist gegen vier am Nachmittag. Ihr Mann kurz darauf, er ist bei den Stadtwerken angestellt. Aber …« Die Frau unterbrach sich, stieg mit großen Schritten über ihre Beete hinweg, um dicht am Zaun vor Heller stehen zu bleiben. Die Leine war noch immer über ihren gespreizten Daumen und den Ellbogen gewickelt.

»Seien Sie vorsichtig.«

»Warum?«

»Man hört ihn oft. Den Mann.« Die Frau blickte vieldeutig.

»Gut, ich will mich vorsehen.« Heller griff zum Gruß an die Mütze.

Nachdem er die wenigen Meter zum Grundstück der Utmanns zurückgegangen war, sah er auf die Uhr. Es war kurz vor vier, also müsste Alma Utmann bald zurück sein. Lieber wäre es ihm aber, wenn Oldenbusch vorher mit dem Wagen vorbeikäme. Wie lange würde es dauern, bis man ihn informiert hatte? Fraglich, ob er überhaupt noch vor Ort gewesen war, und noch viel mehr, ob der Wagen noch funktionierte.

»Entschuldigen Sie?«, sagte eine leise schüchterne Stimme.

Heller fuhr herum. Eine Frau von etwa fünfunddreißig Jahren stand vor ihm, klein und schmal, mit hängenden Schultern, von denen die Gurte ihres Rucksacks gleich herunterrutschen mussten, und mit einem Kopftuch mit Stirnknoten. Über ihrem abgetragenen Kleid trug sie eine Kittelschürze. Rechts und links trug sie mit Kartoffeln und Rüben prall gefüllte Stoffbeutel.

»Sind Sie Frau Utmann?« Er hatte sie aus der Stadt kommend erwartet, nicht von oben, vom Stadtrand.

»Ja, das bin ich«. Der Frau war sichtbar der Schreck in die Glieder gefahren. Heller sah, wie die Henkel der Beutel ihr in die Finger schnitten. Er streckte seine Hand aus, um sie ihr abzunehmen. Widerstandslos überließ ihm Alma Utmann die Taschen.

»Ich bin Oberkommissar Heller, von der Kriminalpolizei. Können wir bitte ins Haus gehen. Ich habe ein paar Fragen an Sie.«

Die Frau nickte. Heller fielen ihre geweiteten Pupillen und die Schwellung unter dem einen Auge auf. Ihm war klar, was für eine schwere Aufgabe ihm jetzt bevorstand. Hatte er nicht eben erst den jungen Polizisten auf der Baustelle ermahnt, die Dinge nicht so sehr an sich herankommen zu lassen? Nun war es an ihm, sich an seinen eigenen Rat zu halten. Und da war noch was. Eine Angelegenheit, der er nachgehen musste. Mit aller Sachlichkeit.

Mit den beiden schweren Beuteln in der Hand balancierte Heller jetzt über ein Brett, das die Arbeiter als Zugang zum Grundstück über den Schacht gelegt hatten. Ein sich abzweigender weiterer Schacht endete direkt am Haus, wo das Gasrohr in der Mauer verschwand.

»Wissen Sie, wann Ihr Mann nach Hause kommt?«, fragte er, als sie den Hausflur betraten. Er stockte. Ein beißender Geruch schlug ihm entgegen.

»Warum?«, hauchte die Frau. »Er kommt gegen halb fünf. Meist. Manchmal erledigt er noch etwas.«

Allein diese Gegenfrage war für Heller ein weiteres Indiz. »Sie haben da eine Verletzung im Gesicht«, sagte er und blickte Frau Utmann direkt in die Augen.

»Ich bin gegen eine Tür gelaufen«, erwiderte Alma schnell.

Heller nickte. »Genau das hatte ich vermutet.«

Alma Utmann schwieg und bewegte sich schleppend durch das Treppenhaus.

»Im Parterre wohnt niemand?«, fragte Heller und wunderte sich. Das war nicht üblich bei der heutigen Wohnungsnot.

Alma blieb stehen und sagte sehr leise etwas, das Heller nicht verstand.

»Bitte?«

»Da drin haben die Russen gewütet«, wiederholte die verschüchterte Frau.

»Gerade eben?«

»Nein, vor zwei Jahren schon, deshalb ist sie unbewohnbar. Nach dem Krieg haben sie das Haus als Treibstofflager verwendet und ihre Kanister befüllt, mit Schöpfkellen und Trichtern. Da wurde viel verschüttet. Auch der Keller ist unbenutzbar. Man müsste alles Holz aus dem Boden reißen und den Putz abschlagen, meint Karl. Aber er ist erst seit ein paar Wochen zurück und niemand hilft uns.«

Heller nickte. »Darf ich?«, fragte er und deutete auf die Wohnungstür.

Alma nickte und machte die Tür auf. Heller wollte vorgehen, doch der Gestank von Treibstoff verschlug ihm fast den Atem. Augenblicklich fuhr er zurück und drehte seinen Kopf weg.

»Das ist ja grässlich!«, entfuhr es ihm. Alma schloss schnell die Tür.

»Wollen Sie nicht die Bretter von den Fenstern wegnehmen?«

»Dann macht man den Weg für Einbrecher frei, meint Karl.« Alma zuckte entschuldigend mit den Schultern. Gemeinsam stiegen sie nun nach oben.

»Ich bin es, die Mutti!«, rief Alma Utmann und klopfte sacht an ihre Wohnungstür. Heller hörte, wie von innen ein Schlüssel gedreht wurde, und dann öffnete sich die Tür. Das ältere der beiden kleinen Kinder sah Heller und erstarrte. Das andere Kind umklammerte das Bein seiner Mutter und krallte seine kleinen Finger in ihren Kittel. Heller betrat die Wohnung und stellte die Einkaufsbeutel an der Küchentür ab.

Auch in dieser Wohnung hatte es gebrannt. Die Wände hatte man mit Schlemmkreide übertüncht. An den Türen und Fenstern waren die Brandspuren noch deutlich zu sehen, der Lack war aufgesprungen und wellte sich spröde. Zwar war der Ruß entfernt worden, doch für neuen Lack hatte es nicht gereicht. Die Holzdielen waren mit einem Hobel abgezogen worden, doch in ihren Vertiefungen und Fugen konnte man das Werk der Flammen noch erkennen. Teppiche oder Läufer gab es keine. Durch die offen stehenden Türen sah Heller verschiedene zusammengesuchte Möbel, ein Sofa im Wohnzimmer, sogar einen gepolsterten Lehnstuhl, eine vom Feuer beschädigte Vitrine und einen selbst gezimmerten Esstisch. Die Küche bestand aus zwei verschiedenen Anrichten, einem Gasherd und einem Ofen mit Herdplatte.

»Der Alfons ist noch nicht daheim?«, fragte Heller.

»Bestimmt ist er mit seinen Kameraden unterwegs. Er sollte daheim sein, bevor sein Vater kommt.«

»Und diese beiden?«

Alma zeigte auf den etwa Fünfjährigen, der Heller anstarrte. »Das ist der Alfred und das der Heiner.« Sie nahm den Kleinen hoch.

Albert, Alfons, Alfred und zuletzt Heiner, überlegte Heller. Und Karl war erst seit Kurzem zurück.

»Ihr Mann war im Krieg?«

Alma nickte, setzte den Kleinen wieder ab und schob ihn zu seinem Bruder. »Geht raus, spielen. Und wenn der Vater kommt, sagt artig guten Tag.« Sie wartete, bis die Kinder die Wohnung verlassen hatten.

»Karl war in Russland. Bei den Panzern. Dann musste er in den Westen, im Sommer vierundvierzig. Der Ami nahm ihn gefangen. Vor zwei Monaten kam er aus der Gefangenschaft wieder.«

Endlich setzte die Frau den Rucksack ab und stellte ihn auf den Küchentisch. Dann nahm sie die beiden Beutel, um sie auch auf den Tisch hochzuhieven, und geriet dabei ins Taumeln. Heller griff rasch zu und nahm sie ihr wieder ab. Alma stützte sich mit den Handflächen auf den Tisch und versuchte sich mit geschlossenen Augen wieder zu fangen.

»Trinken Sie etwas«, ermahnte Heller sie.

»Sagen Sie schon, warum sind Sie hier?«, fragte ihn Alma Utmann, ohne die Augen zu öffnen.

Heller zögerte, doch wie er es drehte und wendete, es wurde nicht besser.

»Heute Morgen wurde ein Junge tot aufgefunden. Auf einer Baustelle, nicht weit von hier. Ich war in zwei Schulen, um nach fehlenden Schülern fragen. Aus der Oberschule an der Kantstraße bekam ich den Namen Ihres Alberts. Ist er da? War er daheim, inzwischen?«

Endlich öffnete Alma die Augen und sah Heller starr an. Dann schüttelte sie beinahe unmerklich den Kopf.

»Er trug ein zu großes weißes Hemd. Schwarze geflickte Schuhe, kurze dunkelblaue Hosen, eine graue Jacke, Aufnäher an den Ellbogen, sein Haar ist dunkel und glatt.« Heller hielt kurz inne. »Ich erwarte ein Fahrzeug. Ich muss Sie oder Ihren Mann auffordern mitzukommen und uns bei der Identifikation des Jungen zu helfen.« Er sah die Frau forschend an. Sie stand immer noch unbewegt da, an den Tisch gelehnt mit durchgedrückten Armen.

»Albert kam letzte Nacht nicht heim«, presste sie jetzt leise hervor.

Heller streckte seine Hand nach der Frau aus, berührte sie dann aber nicht. »Haben Sie ein Foto von dem Jungen?«

Alma Utmann nickte und zeigte endlich eine Regung. Sie verließ die Küche und ging ins Wohnzimmer. Heller hörte, wie sie eine Schublade aufzog und offenbar in Papieren kramte. Dann kam sie mit einem kleinen Heftchen wieder.

Mitglieds-Ausweis Deutsches Jungvolk, las Heller, noch ehe die Frau es ihm gegeben hatte.

»Sie bringen sich in Teufels Küche, wenn Sie so etwas behalten«, schimpfte Heller. Die Frau ging nicht darauf ein. Dann schlug Heller den Ausweis auf und betrachtete das Passbild.

»Er ist es«, sagte er dann ohne Umschweife und beobachtete die Reaktion der Frau. Ihr Gesicht zeigte nicht mehr die wächserne Starre. Es sah aus, als ob sie ihre Augen schließen wollte, doch sie kämpfte dagegen an. Ihre Kiefer pressten sich aufeinander und die Adern an ihren Schläfen schwollen an. Heller streckte noch einmal die Hand aus, doch die Frau wich zurück, bis sie mit ihrem Rücken an die Anrichte stieß. Dann schien der Gefühlsanflug vorüber zu sein.

»Und nun?«, fragte sie mit schwacher Stimme.

Heller wäre es fast lieber gewesen, sie hätte sich gehen lassen, geschrien, geweint oder wäre auf ihn losgegangen, wie es manchmal geschah, wenn jemand die traurige Nachricht nicht wahrhaben wollte. Jeder brauchte ein Ventil. Sie war eine Mutter. Sie konnte den Tod ihres Kindes doch nicht so hinnehmen.

»Wissen Sie, was der Junge auf der Baustelle am Münchner Platz gesucht haben könnte?«

Die Frau schüttelte nur den Kopf und starrte durch Heller hindurch.

Heller griff in seine Jacke und holte eine Tüte aus braunem Papier hervor, die Oldenbusch ihm mitgegeben hatte. Darin war die kleine braune Flasche, die er in Alberts Tasche gefunden hatte.

»Wissen Sie, was das ist? Ist das aus Ihrem Haus?«

»Nein, nie gesehen.«

Heller beugte sich etwas zu der Frau hinunter, um den Augenkontakt wieder herzustellen.

»Frau Utmann, Sie müssen trotzdem mitkommen und ihn identifizieren.«

Alma nickte mechanisch. Sie sah sich suchend um, dabei fielen ihr die Einkaufstaschen auf.

»Wir müssen auf Karl warten. Und ich muss erst die Sachen verstauen. Und Wasser aufsetzen. Und ich muss …«
Sie sah sich unruhig um und suchte nach Worten.

Doch Heller hatte sie schon verstanden. Sie wollte allein sein.

»Ich gehe und warte unten.«

Draußen stellte sich Heller in den Schatten zweier hoher Tannen, wo er, geschützt vor den Blicken der Nachbarin, wartete. Rechts und links entdeckte er diverse Stümpfe von Bäumen, die die letzten beiden Winter nicht überstanden hatten. Noch so ein bitterer Winter, und auch diese Tannen würden gefällt werden, dachte er.

Sein Blick fiel auf die beiden kleinen Utmann-Kinder, die auf einem kleinen Flecken Wiese spielten, der nicht zu einem

Beet gemacht worden war. Es war ein freudloses Spiel, ohne Elan und Einfallsreichtum. Der größere Junge schob ein Blechauto durch das verdörrte, schon gelbfleckige Gras. Er schien das Spiel mehr als Pflicht zu betrachten und nicht als Spaß. Heiner, der kleinere Junge, saß einfach nur da und zupfte linkisch mit seinen Fingerchen an den Halmen.

Heller löste sich aus dem Schatten und ging langsam auf die beiden Kinder zu. Alfred sah auf. Er hatte keine Scheu mehr. Dass Heller mit seiner Mutter gesprochen hatte, machte ihn in den Augen des Jungen offensichtlich unverdächtig. Heller hockte sich hin.

»Darf ich?«, fragte er und zeigte auf das Auto. Der Junge gab es ihm. »Das ist ein Silberpfeil. Ein W 125 von Mercedes-Benz«, sagte Heller bewundernd, doch der Junge sah ihn nur an. »Der konnte mehr als dreihundert Kilometer pro Stunde fahren. Der war schnell wie ein Blitz.« Heller ließ den Wagen durch die Luft sausen und gab ihn dann dem Jungen wieder. Als Alfred danach griff, nahm Heller schnell seinen Arm und schob den Ärmel des Hemdes hoch. Der Oberarm des Jungen war voller blauer Flecken.

»Mach mal Muskel«, bat Heller und der Junge spannte brav seinen kleinen Bizeps an.

»Bist ein rechter Sportler, was?« Heller war wieder aufgestanden und in den Schatten zurückgegangen. Im Augenwinkel bemerkte er die Nachbarin, die geschäftig tat.

Dann näherte sich ein Motorengeräusch, dessen leises Klingeln Heller mittlerweile sehr vertraut geworden war. Oldenbusch kam im alten Ford Eifel die Straße hinaufgefahren, gefolgt von einer schwarzen Abgaswolke. Heller war schnell über das Brett auf die Straße gegangen und winkte Oldenbusch heran. Sichtlich erleichtert, seinen Vorgesetzten gefunden zu haben, parkte dieser den Wagen am Bordstein und stellte den Motor ab.

»Kassner war nicht aufzufinden«, sagte Oldenbusch schon beim Aussteigen. »Ich hab den Jungen in der Pathologie gelassen.«

»Hoffentlich kann er sich bald entscheiden, die Stelle als Gerichtsmediziner anzutreten. Ich bin es leid, dass unsere Fälle immer nur zweitrangig behandelt werden«, murmelte Heller. Pathologe Doktor Kassner war ein sehr fähiger Mann, und das weckte überall Begehrlichkeiten. »Außerdem weiß ich, um wen es sich bei dem toten Jungen handelt«, sagte Heller noch leiser und warf einen vielsagenden Blick zum offenen Küchenfenster hinauf.

Oldenbusch quittierte das mit einem kurzen Anheben der Augenbrauen. »Bezüglich Kassner habe ich schon anderes gehört. Man hat ihm wohl eine Institutsleitung angeboten.«

Heller seufzte. »Habe ich auch gehört. In Jena.«

»In Jena?«, hakte Oldenbusch ungewohnt spitz nach und ließ dadurch erkennen, dass er sehr wohl ahnte, woher das Angebot wirklich kam.

Heller seufzte. Es war wirklich deprimierend. Wo war sie nur hin, die Erleichterung, dass der Krieg endlich aus war? Mit dem ersten Magenknurren war sie schon verpufft. Nun hieß es für viele oft nur noch, rette sich, wer kann. Und wer konnte, ging in den Westen.

»Waren Sie auf der Baustelle erfolgreich, Werner?«

»Es sind noch Genossen vor Ort mit der Spurensicherung beschäftigt. Ich habe klare Anweisungen gegeben. Aber ich überprüfe deren Arbeit dann noch einmal. An der Sache mit der Bande scheint etwas dran zu sein. Das örtliche Polizeirevier kann eine lange Liste von Straftaten aufweisen, die einer oder mehreren Banden zuzurechnen sind. Unter anderem ein recht schwerwiegender Vorfall mit scharfer Munition. Hatten sie wohl in Straßenbahngleise gelegt.«

»Dem gehe ich nach.«, sagte Heller und machte eine Kopfbewegung, die Oldenbusch zurückweichen ließ. Ein Mann kam langsam die Straße hinauf. Er hatte die beiden Polizisten wohl gesehen, verzog aber keine Miene. Er hatte eine viel zu weite Hose an, die ihm um die Beine schlackerte. Die Jacke war für die Temperaturen zu warm, doch den Mann schien das nicht zu stören. Auf dem Kopf trug er die sandbeige Schirmmütze eines Afrikakämpfers.

»Wollen Sie zu mir?«, fragte er barsch. Ihm fehlten einige Zähne. Das Gesicht war sehr schmal, und er sah aus, als fieberte er ein wenig. Auf der Nase und in den Mundwinkeln hatte sich ein Ausschlag ausgebreitet.

»Vati!«, rief Alfred und rannte seinem Vater entgegen. Der schob ihn beiseite, ohne ihn zu beachten.

»Sie sind Karl Utmann? Alberts Vater?«

Der Mann nickte und seine Pupillen zuckten unstet. Doch er hatte noch nicht ein einziges Mal geblinzelt, seit Heller ihn anschaute.

»Was hat der Bursche angestellt?«

»Wollen wir ins Haus gehen?«

Utmann schnaubte. »Es gibt nichts, was Sie mir nicht auch hier sagen könnten.«

»Herr Utmann, ich muss Ihnen mitteilen, dass ihr Sohn Albert vermutlich bei einem Unfall ums Leben gekommen ist. Er muss identifiziert werden. Entweder Sie oder Ihre …«

Utmann unterbrach ihn, ohne nur eine Sekunde nachgedacht zu haben.

»Ich, ich mach das! Fahren wir.« Und zu seinem Sohn gewandt sagte er: »Alfred, sag der Mutter, dass ich noch einmal wegfahre.«

»Was der Junge sich nur denkt«, sagte Karin nachdenklich. Sie hatten das Licht bereits gelöscht, doch eine kleine Kerze brannte. Anni schlief schon seit Stunden in ihrem kleinen Bett, das Heller aus Sperrholz gezimmert hatte. Damit sie ein kleines Kämmerchen für sich haben konnte, hatten sie ein Stück vom Treppenflur mit Holzbrettern abgetrennt. Als Tür diente nur ein Vorhang aus einem alten Bettbezug. Nun fehlte zwar das Tageslicht im Treppenhaus, doch sie hatten das Mädchen in ihrer Nähe, wenn es in der Nacht aufwachte, was häufig geschah.

Heller antwortete nicht. Es war so warm im Schlafzimmer, dass er sich nicht zudecken wollte. Nicht einmal mit dem dünnen Bettbezug, den Karin, statt einer Decke, bereitgelegt hatte. Außerdem sirrte eine Mücke durch das Zimmer. Schon zweimal war sie dicht an seinem Ohr vorbeigeflogen.

Heute war noch ein zweites Paket von Erwin gekommen, bereits einen Tag nach dem ersten. Karin hatte es geholt, da sie heute früher zu Hause gewesen war. Es hatte Schmierfett enthalten, Kerzen und eine Konservendose, deren Deckel nur aufgepresst und nachträglich verlötet worden war. In ihr hatte wieder ein Bündel Geld gesteckt. Vierhundert Reichsmark. Kein Brief, keine Erklärung. Sie hatten das Geld zu dem anderen getan und im Kohlenkasten neben dem Herd versteckt. Es zur Bank zu bringen, hatte Heller Karin ausgeredet. Wie hätte sie das erklären sollen? Dass sie es gefunden hatte?

Heller musste wieder über das Schmierfett nachdenken. Sie konnten es gebrauchen, keine Frage, man konnte alles gebrauchen. Doch sie hatten Erwin nicht darum gebeten. Fürchtete Erwin, die Pakete würden von Suchhunden beschnüffelt werden, und hatte er versucht, dadurch den Geldgeruch zu vertuschen? Doch er behielt seine Gedanken besser für sich.

»Ob ihn das Gewissen plagt?«, fragte Karin, drehte sich zu Heller um und legte ihre Hand auf seine nackte Brust. Sie fühlte sich kühl an, angenehm. »Weil er nicht heimkommt.«

Heller nahm ihre Hand in seine.

»Geht es dir gut?«, fragte er sie.

Karin lächelte und runzelte belustigt die Augenbrauen. »Was fragst du so?«

»Nur so.« Max sah wieder hinauf zur Decke. »Erwin wird schon nach Hause kommen, irgendwann. Vielleicht entspannt sich die Lage ein wenig. Ich hoffe nur, er konzentriert sich auf sein Studium.«

»Woher er all das Geld wohl hat?« In Karins Stimme schwang Skepsis. Heller erwiderte nichts. Er hoffte darauf, dass ihre Erziehung gefruchtet hatte. So lang hatten sie ihren jüngeren Sohn nicht gesehen. Vier Jahre, fast fünf. Sicherlich war er längst nicht mehr der schmale Bursche, der mit Witz und Hartnäckigkeit seinen nachdenklichen Bruder manchmal zur Weißglut gebracht hatte. Erwin war auch klug und vor allem praktisch veranlagt.

Heller machte sich auf eine lange Nacht gefasst. Er ahnte, dass er nicht schlafen würde. Da war etwas in ihm, etwas, das er beinahe vergessen hatte. Etwas, das lange im Verborgenen geblieben war, tief im Morast seiner schwarzen Träume. An diesem Vormittag jedoch, als er in der grellen Sonne auf den toten Jungen blickte, da hatte er es auf einmal wieder gespürt. Als er die Flecken auf dem Körper des Jungen sah, für die es nur eine Erklärung gab. Max Heller wusste nur zu gut, was sich da in ihm geregt hatte: sein Gewissen.

Er schaute Karin an. »Wir waren doch gut zu den Jungen?«, fragte er so leise, dass auch eine lauschende Frau Marquart nichts verstehen konnte.

Karin richtete sich ein wenig auf und stützte ihren Kopf in die Hand. »Bekommst du den toten Jungen nicht aus dem Kopf?«

Heller atmete tief durch. »Diese Familie ...« Mehr brachte er nicht raus, so sehr deprimierte ihn dieses erbärmliche Leben der Frau und der Kinder. Er erzählte Karin fast immer von seinen Tagen. Sie wollte es wissen, auch die schlimmen Dinge. Wahrscheinlich wollte sie verhindern, dass er alles mit sich selbst ausmachte und in sich vergrub. Doch manches wollte er vergraben wissen, tief vergraben, und am besten noch mit Steinen beschwert, damit es für immer verborgen blieb.

»Dem Vater war es tatsächlich ganz egal, dass sein Junge tot war?«, fragte Karin leise.

»Ich weiß es nicht. Es war jedenfalls merkwürdig. Ich hatte dem Jungen das Tuch vom Gesicht genommen und er sah ihn an, als ... als warte er darauf, dass der Bursche die Augen aufmacht und er ihn wieder anraunzen kann. Ich habe den Mann beobachtet. Da war keine Regung im Gesicht. Ja, das ist Albert, sagte er dann nur und wandte sich gleich ab.«

»Wahrscheinlich war ihm alles zu viel in dem Moment. Da verhält man sich schon mal seltsam«, sagte Karin beschwichtigend.

Heller schwieg. Karin hatte nicht die versteinerte Miene des Mannes gesehen, wie er sich weggedreht hatte von seinem toten Sohn, als sei er in Eile und müsse sich um Wichtigeres kümmern. Er verstand nicht einmal, dass Heller ihn nach den Freunden des Sohnes befragte, er wusste auch nichts über sie, oder wollte nichts wissen. Vielleicht wäre es doch besser gewesen, sie hätten die Mutter mitgenommen, aber Utmann hätte das nicht zugelassen. Vielleicht war es auch gut so, denn diese schmale, geschundene Frau wäre unter Umständen zusammengebrochen. Und wer weiß, wie die Frau hinterher noch dafür hätte büßen müssen.

»Der Junge hatte am ganzen Körper blaue Stellen«, sagte Heller so leise, dass Karin ihn kaum noch verstand. »Der Fünfjährige auch. Und Frau Utmann konnte die Schwellungen in ihrem Gesicht nicht verbergen. Sie hat die Jungen ausdrücklich angewiesen, dem Vater ordentlich Guten Tag zu sagen. Ich bin sicher, sie tat das, damit sie gewarnt war, wenn der Mann heimkommt.« Heller hielt inne, als ihm bewusst wurde, was er gerade erzählt hatte. Er sah seine Frau an. »Karin!«, flüsterte er.

Karins Lippen waren nur noch ein schmaler Strich. Sie schlug die Augen nieder, drehte sich auf die andere Seite und zog die Beine an sich heran. Heller starrte auf ihren Rücken und sah, wie sich ihr ganzer Körper verkrampfte. Er verfluchte seine Gedankenlosigkeit. Das war nicht seine Absicht gewesen. Er schob sich auf Karins Seite, zog sie zu sich heran und umarmte sie.

»Morgen werde ich der Sache nachgehen«, murmelte er.

Karin nickte. Heller drehte sich zur Seite, um die Kerze auszublasen, und nahm dann seine Frau wieder in den Arm.

»War denn die Kleine heute artig?«, fragte er, um abzulenken.

»Sie war ganz lieb«, antwortete Karin abwesend. Doch er fühlte fast schmerzhaft, dass sie in Gedanken ganz woanders war.

Heller schloss die Augen. Am liebsten hätte er seine Worte ungesagt gemacht. Jetzt standen sie zwischen ihnen wie eine Mauer. So viele Jahre lagen dazwischen, Zeit genug, um mit den Erinnerungen umzugehen. Doch der Mensch blieb nun einmal derselbe, egal wie alt er war. Und auch was er getan und erlebt hatte, blieb. Die Erinnerungen wurden zwar blasser, die Details verschwammen. Doch nichts verschwand ganz. Und manchmal kam es zurück, mit einer Vehemenz, die einen glauben ließ, dass es gerade eben geschehen war.

19. Juni 1948,
Morgen

Oldenbusch sah von seinen Akten auf, als Heller das Büro betrat.

»Die Staatsanwaltschaft lässt fragen, welche Erkenntnisse die Ermittlungen im Falle Albert Utmann gebracht haben.«

Heller blieb auf halbem Weg zum Schreibtisch stehen und sah seinen Assistenten forschend an. Aber die Frage war offenbar ernst gemeint. Bei Oldenbusch wusste man das nicht immer. Manchmal war diese Art von Humor ganz erfrischend, wie Heller insgeheim zugab, doch nach dieser Nacht hatte er keinen Nerv für Späße.

»Ich scherze nicht«, betonte Oldenbusch, der den Blick ganz richtig gedeutet hatte. »Vermutlich wollen sie nur wissen, ob man mit einem Ermittlungsverfahren rechnen muss.«

»Aber wir ermitteln doch schon.« Heller schüttelte den Kopf, hängte seine Jacke an einen Bügel, ging zu seinem Schreibtisch und setzte sich. Er schrieb es der Ungeduld der Jugend zu, denn die Staatsanwaltschaft bestand zum größten Teil aus jungen Anwälten, die ihr Studium gerade erst beendet hatten.

»Gibt es schon die Berichte von Doktor Kassner?«, fragte er, nachdem er seine Papiere gesichtet hatte.

»Noch nicht und das wird auch nicht so bald was, wenn Kassner gestern keine Zeit mehr gehabt hat.«

Das hatte Heller schon vermutet. Wahrscheinlich würde Kassner auch keine neuen Erkenntnisse liefern können, denn dass der Junge abgestürzt war, schien eindeutig. Es war jetzt an ihm, zu klären, ob es infolge einer Straftat geschah.

»Ich will noch mal zur Schule und die Klassenstufe von Albert Utmann befragen. Wenn der Junge mit einer Bande unterwegs war, wird jemand davon wissen. Hat die Spurensicherung Ergebnisse vorzuweisen, Werner?«

Oldenbusch seufzte und zog eine Aktenmappe zu sich heran. Mit spitzen Fingern blätterte er das Deckblatt auf. Die Arbeit dieser neu aufgestellten Abteilung beleidigte ihn in seiner Seele. Die jungen Männer konnten es ihm nicht recht machen. Mit seinen dreiunddreißig Jahren fühlte Oldenbusch sich als der Alte unter ihnen.

»Bisher scheinen zwei Szenarien möglich. Erstens, der Junge ist den Kran hinaufgeklettert, balancierte oben auf dem Kranarm und ist dabei abgestürzt. Das setzt voraus, dass der Kran sich in ebender Position befunden hat, in die Sie ihn haben fahren lassen. Es gibt jedoch niemanden auf der Baustelle, der sagen kann oder sagen will, ob dem auch so war. Die Bauarbeiter glauben, wir wollen ihnen den Unfall anhängen. Außerdem konnten bisher noch keine verwertbaren Spuren an dem Kran gesichert werden. Das Gestänge ist teilweise sehr ölig, wegen der Dieselabgase, außerdem sind die Gelenke und Laufrollen geschmiert. Das zweite Szenario scheint mir trotzdem unrealistischer.«

»Ach ja?« Wie sehr wünschte Heller sich jetzt einen Kaffee. Der würde seine Lebensgeister wecken. Nun musste er sich anstrengen, dass er Oldenbuschs Ausführungen folgte. Diese blauen Flecken am Körper des Jungen …

»Der Junge könnte auch von dem Haus gestürzt sein. Das ist nicht auszuschließen. Er lag jedoch so weit entfernt, fünf Meter etwa, dass er mit Anlauf hinausgesprungen sein müsste. Ich wüsste nicht, warum jemand das tun sollte.«

Heller streckte seine Hand fordernd aus. Oldenbusch

reichte ihm den Hefter über den Schreibtisch. Heller las quer über die Berichte und musste Oldenbusch insofern recht geben, als dass diese sehr dilettantisch verfasst waren und der Informationsgehalt mehr als dürftig war. Heller schloss die Mappe und sortierte sie bei den Notizen und Protokollen vom Vortag ein.

»Halten wir fest: Der Junge hatte keinerlei Spuren von Öl oder Fett an den Händen, und auch an der Kleidung war mir nichts aufgefallen. Andererseits könnte er sich in der Etage geirrt haben, als er vielleicht in Panik oder Übermut aus dem Fenster sprang. Oder er sprang aus dem Parterrefenster, hat den Graben im Dunkeln übersehen und fiel einfach nur sehr unglücklich. Es sind schon Menschen gestorben, die im Schlaf vom Stuhl gekippt sind.«

»Aber aus dem Fenster springen? Mit Anlauf möglicherweise?« Oldenbusch verzog skeptisch das Gesicht. »Das hört sich nicht nach einer Mutprobe an.«

Heller sah Oldenbusch so lange an, bis er sicher war, dass dieser ihm all seine Aufmerksamkeit widmete. »Möglicherweise müssen wir in Betracht ziehen, dass der Junge Suizid begangen hat.«

»Wegen seinem Alten, meinen Sie?«

»Ich bin mir sicher, Utmann verprügelt Frau und Kinder regelmäßig. Sie haben ihn doch gesehen. Verschlossen, regelrecht verhärtet. Wer weiß, was der Mann im Krieg gesehen hat.«

Werner Oldenbusch nickte zwar, zuckte aber im selben Moment mit den Achseln. »Aber sich deshalb umbringen? Mit Anlauf aus dem Fenster springen?«

»Wir müssen in der Ruine nach Spuren suchen.« Heller sah, dass diese Idee bei Oldenbusch nicht gut ankam.

»Stellen Sie sich nur vor, Werner. Der Junge ist neun, als der Vater in den Krieg zieht. Zehn vielleicht, als der Vater das letzte Mal auf Urlaub kommt, wenn überhaupt. Dann ist der Vater weg. Ein kleinerer Bruder ist noch da, die Mutter erwartet ein zweites Geschwister. Die Front rückt näher, dann die Vernichtung der Stadt, sie überleben, schlagen sich zwei Jahre durch. Wir haben keine Ahnung, was sie behalten konnten. Die Mutter …« Heller hielt inne und überlegte. Alma Utmann hatte gesagt, dass die Russen gewütet haben. Natürlich, das war nur logisch. Das vierte Kind, Heiner.

»Nun jedenfalls, all das stehen sie gemeinsam durch. Der Junge wächst heran, übernimmt Pflichten. Dann plötzlich ist der Vater wieder da. Anfangs freut sich Albert, doch bald bemerkt er, der Vater ist ein anderer geworden. Vielleicht sieht er, wie dieser die Mutter schlägt, oder er bekommt zuerst Prügel. Plötzlich ist er machtlos, hat keine Stellung mehr in der Familie, muss sich womöglich sogar noch vor seinem Vater verantworten …« Es hatten sich Menschen schon wegen Geringerem umgebracht.

»Aber dem Vater können Sie deshalb nicht aufs Dach steigen, so oder so. Seine Kinder zu schlagen, ist keine Straftat«, hielt Oldenbusch dagegen.

»Ich weiß, Werner!«, fuhr Heller auf. ›Aufs Dach steigen‹, was war das für ein neumodisches Gerede. Er wünschte sich, Oldenbusch würde sich etwas mehr um Sachlichkeit bemühen. Dass es nicht strafbar war, hieß jedoch noch lange nicht, dass man dem Mann nicht Einhalt gebieten musste. Immerhin gab es noch die Frau und drei weitere Kinder.

»Vielleicht kann man das Jugendamt einschalten?«, schlug Oldenbusch vor.

Heller nickte, doch er wusste schon im Voraus, dass das Jugendamt zu wenig Personal und zu viele Aufgaben hatte. Er musste selbst der Sache nachgehen.

Frau Doktor Schleier klopfte nicht an und betrat das Klassenzimmer forschen Schrittes.

»Aaaach-tung!«, rief der Lehrer, ein schmaler junger Mann in einem viel zu weiten Anzug. Er trug eine rote Krawatte und eine Brille mit winzigen Gläsern. Die Jungen und Mädchen erhoben sich rasch in ihren Bänken.

»Guten Morgen, Frau Direktorin!«, riefen sie geschlossen im Chor. Der Lehrer sah Frau Schleier fragend an. Diese ignorierte ihn und trat vor die Klasse.

»Setzen!«, befahl sie. »Ich unterbreche den Unterricht in wichtiger Angelegenheit. Das hier«, sie deutete auf Heller, ohne den Blick von der Klasse zu wenden, »ist Kriminaloberkommissar Heller. Er wird euch jetzt einige Fragen stellen.«

Ein Raunen ging durch die Klasse, und die allgemeine Aufregung der fast vierzig Kinder steigerte sich zu einem beständigen Summen.

»Ruhe!« Die schrille Stimme der Direktorin schnitt wie ein Messer durch den Lärm. Augenblicklich herrschte Stille im Raum.

Heller sah sich im Klassenzimmer um. Ein selbstgestaltetes Banner sprang ihn förmlich an. *Für Frieden, Freiheit und Fortschritt – ein sozialistisches Vaterland nach dem Vorbild der Sowjetunion*, stand mit weißer Farbe auf rotem Stoff geschrieben. Dafür war Zeit, dachte er sich, für Banner, Plakate und Parolen. Als ob man nur lang genug etwas vorbeten musste, damit alle daran glaubten. Sein Blick war auf zwei Jungen gefallen, die sich nicht an dem Geflüster beteiligt hatten, stattdessen auf ihren Stühlen ein Stück nach unten gerutscht waren. Sie saßen getrennt voneinander in den beiden hinteren Ecken des Klassenzimmers. Heller räusperte sich.

»Es geht um euren Mitschüler Albert Utmann. Ich muss wissen, wer ihn kennt, wer mit ihm befreundet ist. Wer von euch hat ihn zuletzt gesehen, wer weiß, was er vorhatte? Ist er mit anderen Kindern aus der Schule befreundet?«

Ein Junge hob den Arm.

»Ja, bitte.«

Der Junge stand auf. Wie jedes Kind trug er abgenutzte Kleidung, die viel zu groß war, weil sie noch lange passen musste. Sein Haar war kurzgeschoren, und an seiner Brille fiel auf, dass deren Metallrahmen schon mehrfach gelötet worden war.

»Er ist tot, nicht wahr?«, sagte er und starrte Heller an.

Heller schwieg einen Moment und überlegte. Der Junge wusste es also und mit ihm wohl die ganze Klasse. Er hätte diese Information gern zurückgehalten, um die Kinder nicht abzuschrecken.

»Woher weißt du das?«

»Der Alfons hat's gesagt! Hat er's etwa nicht?« Mit Bestätigung einforderndem Blick sah der Junge sich um. Einer der beiden Burschen in der hintersten Reihe sah ihn hasserfüllt an.

»Alfons Utmann?«

»Ja, der Bruder vom Albert, der hat es heute Morgen erzählt.«

Heller nickte. »Setzen. Albert Utmann ist offenbar beim Spielen auf einer Baustelle ums Leben gekommen. Wir möchten klären, wie es zu diesem Unfall kam.« Heller vermutete, dass der Junge, der sich gemeldet hatte, mehr wusste, als er sagen wollte.

»Ich werde in der nächsten großen Pause im Sekretariat warten. Wer Angaben über Albert Utmann machen kann oder etwas darüber weiß, was er in den letzten Tagen getan oder gesagt hat, meldet sich dort. Ich muss euch aber warnen: Eine Falschaussage ist eine Straftat. Ebenso ist es nicht ratsam, etwas zurückzuhalten, weder aus Angst noch aus falscher Sympathie. Sollte ich den Verdacht haben, einer von euch weiß etwas und sagt es mir nicht, kann ich ihn ins Polizeipräsidium bestellen.« Heller wandte sich mit einem Nicken an die Schulleiterin, die sofort übernahm.

»Gut, ich habt es gehört. Ich hoffe, ihr handelt ganz im Sinne einer freien deutschen Jugend. Weitermachen!«

»Können Sie mir diesen Alfons bringen lassen?«, bat Heller, als sie wieder im Flur standen. Es wäre ihm zwar lieber gewesen, er hätte sich zuerst allein mit der Frau unterhalten können, um etwas mehr über die Familie Utmann zu erfahren. Doch die Schleier wirkte bereits wieder vollkommen angespannt, so dass er sich wenig Hoffnung darauf machte, etwas von ihr zu erfahren.

»Und diese beiden Jungen, die ganz rechts und links außen sitzen, möchte ich auch sprechen. Ich will aber erst sehen, ob sie von alleine kommen.«

Als hätte sie nur darauf gewartet, antwortete die Direktorin. »Ernst Sturberg, Franz Barth.«

Heller holte sein Notizbuch hervor und schrieb die Namen auf.

Wenige Minuten später saß Heller im Sekretariat am Schreibtisch der Sekretärin, Frau Kühne. Auf Oldenbusch hatte er bewusst verzichtet, um die Kinder nicht durch die Anwesenheit eines zweiten Mannes zu verschüchtern. Es klopfte leise.

»Herein«, rief Heller. Ein Junge betrat zögernd den Raum. Die Schulleiterin hatte unterdessen die Durchgangstür geschlossen, und Heller meinte sogar gehört zu haben, wie sich ganz leise der Schlüssel im Schloss gedreht hatte.

Heller stutzte kurz, winkte dann den Jungen zu sich an den Tisch. Alfons Utmann war seinem toten Bruder wie aus dem Gesicht geschnitten. Eine Sekunde lang hatte er gedacht, dass Albert vor ihm stand. Alfons war etwas kleiner, doch sein Körperbau, das Gesicht, sogar die Kleidung schienen identisch zu sein.

Der Junge wirkte nervös, sah unstet zu Boden, auf den Tisch, an die Wand hinter Heller, doch Heller selbst wagte er nicht anzusehen.

»Setz dich.« Alfons setzte sich.

»Magst du deine Jacke nicht ausziehen?«

Alfons schüttelte den Kopf.

»Alfons, du weißt, was geschehen ist?«

Der Junge nickte nur, zeigte aber keinerlei Regung. Heller konnte nicht einschätzen, in welchem Gemütszustand der Junge vor ihm sich befand. War ihm der Tod des Bruders egal oder tat er nur so?

»Alfons, dein Bruder ist tot.« Heller sah dem Jungen direkt ins Gesicht. Aber Alfons rührte sich nicht.

»Wart ihr gute Freunde, du und dein Bruder?«

Alfons hob die Schultern und ließ sie wieder fallen.

»Ihr wart lang allein, deine Mutter und du und Albert. Und der kleine Alfred. Der Vater war im Krieg, nicht wahr?«

Alfons nickte knapp.

»Hast du ihn vermisst, den Vater?«

Alfons schüttelte den Kopf. Dann aber besann er sich und nickte. Heller sah, wie die Kaumuskeln sich bewegten.

»Wahrscheinlich wart ihr oft unterwegs zusammen. Du und Albert. Hat er dir viel gezeigt? War er der Bestimmer?«

Wieder nickte Alfons.

»Und wärst du auch gern Bestimmer gewesen?«

Auf diese Frage reagierte Alfons nicht. Er kniff die Lippen zusammen, starrte die Schreibtischkante an.

»Alfons, wir müssen herausfinden, wie es zu dem Unfall kam. Wusstest du, wohin Albert gehen wollte? Wusste dein Vater davon? Kam Albert vorgestern überhaupt nach der Schule nach Hause oder blieb er gleich weg?«

Der Junge war wie erstarrt. Selbst seine flache Atmung schien er noch unterdrücken zu wollen. Wie ein kleines Tier, das sich tot stellte, schoss es Heller durch Kopf.

»Alfons, sieh mich an!« Der Junge hob die Augen, doch noch immer sah er Heller nicht an, sondern an ihm vorbei. Heller hob die Stimme.

»In die Augen sollst du mir blicken. Alfons, dein Bruder ist tot!«

Alfons zuckte zusammen. Nun senkte Heller die Stimme wieder.

»Warum trieb sich dein Bruder in der Nacht auf der Baustelle herum? Wollte er stehlen? War es eine Mutprobe? Zwang ihn jemand dazu?«

Alfons blinzelte, leckte sich die Lippen und rieb sie nervös aneinander. Ganz offensichtlich kämpfte er mit sich um eine Antwort. Gerade als er etwas sagen wollte, drehte sich der Schlüssel im Schloss und die Zwischentür öffnete sich.

»Genosse Oberkommissar!«, sagte Frau Doktor Schleier scharf.

Alfons sah sich nicht nach ihr um, zog aber instinktiv den Kopf ein, als erwartete er einen Schlag auf den Hinterkopf.

»Alberts Tod war ein Unfall, und es gibt keinen Grund, Alfons so zu bedrängen. Er hat genug auszustehen gehabt.«

»Wollen wir uns später darüber unterhalten?«, fragte Heller betont freundlich. »Das ist nicht meine erste Befragung. Ich versuche nur, weiteres Übel zu verhindern. Das sollte Ihnen doch genauso recht sein.«

Die Frau öffnete den Mund, wusste jedoch nichts zu erwidern. Trotzdem blieb sie stehen. Heller beschloss, sie vorerst zu ignorieren.

»Alfons, was wir hier besprechen, bleibt unter uns. Darauf gebe ich dir mein Ehrenwort. Wir wollen niemanden einsperren, weder dich noch deine Mutter oder deinen Vater, verstehst du das?«

Alfons wagte einen vorsichtigen Seitenblick zur Direktorin. Dann beugte er sich vor. »Vater sagt, ich soll niemandem etwas erzählen«, flüsterte er mit rauer Stimme.

»Warum?«

»Vater sagt, Sie wollen ihn ins Zuchthaus stecken, weil er nicht genug auf Albert aufgepasst hat, und Sie wollen uns die Mutter wegnehmen und uns ins Heim sperren.« Alfons sprach so leise, dass man ihn kaum verstand.

»Kannst du mir sagen, mit wem Albert befreundet war? War er oft weg in der Nacht?«, hakte Heller nach.

Der Junge schüttelte den Kopf. Heller deutete dies als Antwort auf die erste Frage. Alfons wollte nicht sprechen.

Heller lehnte sich zurück. Er durfte nicht enttäuscht sein, etwas anderes hatte er gar nicht zu hoffen gewagt. Wenn da nicht dieser eine Moment gewesen wäre, in dem der Junge weich zu werden schien. Aber dann hatte sich ausgerechnet die Direktorin wieder eingemischt.

»Du darfst gehen, Alfons.«

Der Junge sah hastig auf, als glaubte er, sich verhört zu haben. Heller zeigte auf die Tür. Alfons erhob sich, knallte die Hacken zusammen und deutete eine Verbeugung an. Gespannt verfolgte Frau Schleier, wie er zur Tür ging und das Zimmer verließ. Kaum hatte er die Tür hinter sich geschlossen, stürmte sie auf Heller zu.

»Was wollen Sie von ihm? Es war ein Unfall. Er war nicht dabei.«

»Dass es ein Unfall war, vermuten wir nur. Andere Möglichkeiten sind deswegen noch längst nicht ausgeschlossen. Haben Sie nicht bemerkt, wie verschlossen der Junge ist? Ich möchte wissen, was in der Familie vor sich geht.«

»Warum denn? Wissen Sie, was diese Familie alles durchmachen musste? Eine Mutter mit drei Kindern, ausgebombt, alles Hab und Gut verloren, der Vater ist für diese Naziverbrecher in den Krieg gezogen. Wie schwer muss es gewesen sein für sie, durchzukommen all die Jahre? Warum mussten Sie den Jungen derart brutal mit dem Tod seines Bruders konfrontieren?«

Dass die Frau auch noch von den Russen vergewaltigt worden war, hatte sie ausgelassen, stellte Heller fest.

»Das hat sein Vater schon getan. Ich habe lediglich versucht, etwas über den Umgang von Albert Utmann zu erfahren. Warum lässt der Vater ihn nicht sprechen? Warum interessiert er sich nicht für die Todesursache?«

»Das ist doch nicht die Sache des Jungen! Müssen Sie das an dem Jungen auslassen?«

»Frau Doktor Schleier, der Vater schlägt die Kinder und die Frau!«

»Das können Sie nur vermuten. Oder haben Sie das gesehen?« Die Direktorin blickte Heller herausfordernd an.

Heller hob besänftigend die Hand. »Sie haben recht, ich vermute das nur. Ich habe keine Beweise. Ist Ihnen an Albert etwas aufgefallen in den letzten Tagen? Benahm er sich anders?«

Frau Doktor Schleier zügelte jetzt ihren Ton wieder etwas. »Nein, dafür habe ich mit den Kindern zu wenig zu tun. Fragen Sie den Lehrer, Herrn Jungblut. Dem Klassenbuch zufolge fehlte Albert mehrmals unentschuldigt und war in den letzten Wochen mehrmals wegen Faulheit oder Ungehorsam verwarnt worden.«

Es klingelte zur Pause, was die Direktorin für ein paar Sekunden verstummen ließ.

»Neulich wurde ich zu einer Rauferei gerufen. Alfons prügelte sich mit einem viel größeren Jungen. Ich bin mir nicht sicher, ob es der Sturberg war. Ich trennte die beiden. Alfons'

Hose war zerrissen, deshalb konnte ich auf seinem Ober-schenkel einen schwarzen Fleck sehen, so groß wie meine Hand.«

Heller schwieg.

»Ich meine, es gibt keine Handhabe gegen so etwas, nicht wahr?« Die Direktorin sah Heller fragend an und fuhr dann fort. »Man kann das Jugendamt einschalten. Aber was hieße das? Die Familienverhältnisse würden geprüft werden. Soll-ten sie zu dem Schluss kommen, dass der Vater ein unge-höriges Maß an Gewalt ausübt, würde ein Verfahren gegen die Eltern eingeleitet und ihnen während dieser Zeit Erzie-hungsrecht abgesprochen werden. Die Kinder müssten ins Heim, sofern sie nicht bei Verwandten unterkommen kön-nen. In jedem Fall aber werden die Frau und die Kinder die Wut des Vaters ertragen müssen. Er wird ihnen zum Vor-wurf machen, ihn verraten zu haben.«

Heller wusste das und er wusste auch, dass die Direktorin recht hatte. »Sie meinen also, es ist besser, alles bliebe so? Und wenn sich der Albert nun wegen seines Vaters umge-bracht hat?«

In dem Moment klopfte es. Heller sah zur Direktorin, die nickte und dann in ihr Zimmer zurückging.

»Jawohl!«, rief Heller. Der Junge mit dem geflickten Bril-lengestell kam herein und schloss schnell die Tür hinter sich.

»Ich bin wegen dem Albert hier«, begann er hastig

»Setz dich. Dein Name?« Heller deutete auf den Stuhl.

»Friedrich Bach, aber alle nennen mich Fritz.« Friedrich setzte sich. »Also, der Albert, der hat mir erzählt, dass er viel Geld machen will. Dass er weiß, wo man gutes Zeug her-kriegt. Zigaretten und Schnaps. Schokolade und Marken. Massenweise!«

»Ach, und woher wollte er das wissen?«

»Das hab ich ihn auch gefragt, weil, ich hab ihm nicht

71

glauben wollen. Aber er hat gesagt, dass er mir das nicht verrät.«

»Warum hat er dir erzählt davon? Wollte er, dass du mitmachst?«

»Ich glaube, er wollte es nicht allein tun. Ich habe aber gesagt, ich mach nicht mit, weil, ich hab Angst vor der Polente und ich will nicht ins Zuchthaus. Da hat er jemand anderen gefragt.«

»Sturberg und Barth?«

Friedrich riss erstaunt die Augen auf, die durch die starke Brille noch riesiger wirkten. »Ja, die beiden. Ich sag Ihnen, die haben bestimmt schon Schlimmes angestellt. Die sind in einer Bande, die treiben sich herum. Die klauen, und angeblich haben sie schon mal einen ausgeraubt. Und wissen Sie …«, Friedrich beugte sich vor und versuchte zu flüstern, doch der Stimmbruch machte ihm einen Strich durch die Rechnung und ließ ihn beinahe quieken, »manche sagen, die haben sogar Knarren!«

Heller zog kurz die Augenbrauen hoch. »Woher sollen sie die haben?«

»Gefunden. Bestimmt waren die fünfundvierzig von Soldaten weggeworfen worden. Die haben sogar mal Munition auf die Straßenbahnschiene gelegt und die ging los, als eine Bahn drüberfuhr. Da hätte leicht wer tot sein können. Und außerdem hat gestern einer gefragt nach dem Albert. Ein Mann. Der stand am Schulhofzaun und hat ein Mädchen gefragt, ob sie den Albert kennt. Mich hat er das auch gefragt. Andere waren dabei.«

»Er hat nach Albert gefragt? Nicht nach Alfons?«

Fritz kaute nachdenklich auf seiner Lippe. »Ich weiß nicht, kann auch sein, dass er gefragt hat, ob es hier jemanden gibt, der Utmann heißt.«

»Was wollte er denn?«

Fritz lächelte nun schief. »Wir haben gesagt, die gibt's hier nicht. Weil wir dachten, der wäre von der Geheimpolizei.«

»Wie sah er denn aus?«

»Der hatte gute Klamotten an. Einen Anzug mit so einer Weste drunter, einen Schlips und einen Bart, so spitz am Kinn.«

»Wie alt?«

»Vielleicht so wie Herr Jungblut. Oder wie Sie.«

Heller schnaubte leise, zwischen dem Lehrer und ihm lagen mindestens fünfundzwanzig Jahre.

»Der hatte so die Haare weg hier.« Fritz malte sich mit dem Finger Geheimratsecken auf den Kopf.

Heller notierte sich alles.

»Und du? Hast du keine Angst, dass sie dir jetzt auflauern?«

»Kann schon sein, aber ich denke, das ist meine Pflicht, Ihnen das zu erzählen, oder? Man muss auf der Hut sein, sagt mein Vater, wir haben viele Gegner.«

»Wir?«

»Natürlich, Herr Oberkommissar, der Feind lauert überall und versucht, den Sozialismus zu unterwandern.«

Heller nickte wieder. Er wusste darauf nichts zu erwidern.

Ernst Sturberg und Wilfred Barth kamen nicht von allein. Heller ließ nach ihnen schicken. Doch anstatt der Jungen kam der Lehrer.

»Die beiden sind nicht mehr da. Sie haben noch während der Pause die Schule verlassen.« Jungblut nahm seine Brille ab und putzte die Gläser mit seiner roten Krawatte. Eine Geste der Verlegenheit.

»Setzen Sie sich. Den Jungen lasse ich nachforschen. Wir könnten die Gelegenheit nutzen und über Albert sprechen. War er ein ruhiger Schüler oder eher auffällig?«

»Ruhig zuerst. Ich kenne ihn, seit die Schule hier wieder

begonnen hat. Er war ein durchschnittlicher Schüler, sehr zuvorkommend, still, aber durchsetzungsfähig. Will sagen, er hat nicht mit sich umspringen lassen. Seit sein Vater wieder zurück ist, hat sich das jedoch geändert. Es gab Tage, da schien er völlig abwesend zu sein, an anderen war er wütend, an manchen völlig übergeschnappt. Einmal musste ich ihn sogar nach Haus schicken. In letzter Zeit fehlte er ab und an.«

»Ich habe gehört, dass Sturberg und Barth nach der Schule für allerhand Unruhe sorgen. Kann es denn sein, dass Albert sich an sie drangehängt hat?«

»Das hat er, allerdings. Sie haben manchmal heimlich auf dem Hof geraucht, er, die beiden und noch einige andere.«

Heller nahm den Stift auf. »Können Sie mir die Namen nennen?«

Oldenbusch ließ sich auf den freien Stuhl in Hellers Keller-
büro fallen, lockerte seine Krawatte und knöpfte den Hemd-
kragen auf.

»Hier ist es wenigstens kühl. Diese Wärme bringt mich
um«, murmelte er. »Dem ansässigen Revier zufolge gibt es
eine lange Liste von Straftaten im näheren Umkreis. Einbrüche, Diebstähle, mutwillige Zerstörung, vor allem von
Plakaten und Transparenten, zerworfene Fensterscheiben. Es
sind dabei schon einige Personen aufgegriffen worden, meist
Kinder, darunter auch einige von denen, die auf der Liste
stehen. Sturberg, Koslowski, Barth, Geißler. Wegen der Ge-
ringfügigkeit der Vergehen wurden keine Anzeigen erstattet.
Es gibt aber auch drei ungeklärte Fälle von bewaffneten
Überfällen in den letzten vier Monaten. Dabei wurden Pisto-
len verwendet, aber kein Gebrauch von ihnen gemacht. Die
Täter hatten ihre Gesichter unter Mützen und Tüchern verborgen. Nach Angaben der Überfallopfer muss es sich dabei
um junge Leute gehandelt haben. Die Beute bestand meist
aus Essbarem und Geld. Sturberg und Barth sind noch ab-
gängig. Ihre Mütter wissen nicht, wo sie sich aufhalten, oder
geben zumindest vor, es nicht zu wissen. Beide sagten aus,
ihre Söhne wären in der letzten Nacht daheim gewesen.«

Heller überlegte. Zu dem Fall mit der aufgeflogenen Die-
besbande lagen ihnen zwei Fälle von räuberischem Totschlag
vor. Eine Frau hatte ihre Nachbarin erschlagen, weil sie auf
deren Geschirr, Gardinen und Bettzeug aus war. Sie bestritt

die Tat, aber alle Indizien sprachen gegen sie, sogar die Initialen der Nachbarin waren ins Bettzeug gestickt. Nun saß sie in Untersuchungshaft. Es galt, den Fall gemeinsam mit der Staatsanwaltschaft für eine Anklage vorzubereiten. Bei dem zweiten Fall gab es kaum Aussicht auf Aufklärung. Ein Mann war auf offener Straße niedergeschlagen und beraubt worden. Der Mann war seinen Verletzungen erlegen, es gab keine Zeugen. Der Täter konnte jeder sein, der imstande war, eine Eisenstange auf den Kopf des Opfers zu schlagen. Und noch während Heller am Vormittag in der Schule recherchiert hatte, waren zwei neue Fälle von Raub auf seinem Schreibtisch gelandet. Dazu dann noch der Tote im Schacht. Es gab also genug zu tun.

Doch der Junge war wichtig. Hatte Albert sich wegen seines Vaters umgebracht, weil er es nicht mehr aushalten konnte? Wollte er ein Zeichen setzen, einen letzten Hilferuf, um wenigstens seine Mutter und seine Geschwister zu retten? Heller klopfte gedankenverloren mit dem Bleistift auf den Schreibtisch. Er durfte sich nicht in diese Idee verrennen, er musste objektiv bleiben. Dieser Fall hier hatte nichts mit seinem eigenen Leben zu tun. Heller hörte Oldenbusch schniefen. Das war seine Art, dezent auf seine Anwesenheit aufmerksam zu machen.

»Sind wir nun also einer Kinderbande auf der Spur?«, fragte Heller. »Immerhin wäre das ein ganz neuer Fall, den die Staatsanwaltschaft erst eröffnen müsste. Und möglicherweise müsste sich eine andere Abteilung damit befassen, weil wir hier mit Kapitalverbrechen ausreichend beschäftigt sind. Wenn wenigstens Kassners Bericht bald käme.«

Oldenbusch nickte mitfühlend. »Chef, ich sehe Ihnen doch an, dass dieser Utmann Sie beschäftigt. Aber viele Kinder werden geschlagen, daran können Sie nichts ändern.«

Heller schloss für einen kurzen Moment die Augen, um

die Wut zu bekämpfen, die in ihm aufflammte. Er wusste, Oldenbusch meinte es gut.

Oldenbusch interpretierte Hellers Reaktion ausnahmsweise mal nicht richtig. »Vielleicht hat sich die Frau wirklich den Kopf an der Tür eingeschlagen?«

»Werner!«, rief Heller. »Wollen Sie mich zum Narren halten?« Doch ehe er weitersprechen konnte, klingelte das Telefon. Heller nahm sofort ab.

»Wir kommen«, sagte er dann knapp, legte auf und stand auf.

»Kommen Sie, Werner. Wir müssen zum Revier auf der Münchner Straße. Dieser Franz Barth ist aufgetaucht und möchte eine Aussage machen.«

Heller hatte hinter dem Schreibtisch des Oberwachtmeisters vom Revier Platz genommen. Oldenbusch saß seitlich am Tisch und schrieb für Heller mit. Franz Barth stand Heller gegenüber vor dem Tisch. Heller hatte ihn absichtlich nicht sitzen lassen.

Nun stand also der Junge, fast schon ein junger Mann, mit den Händen an der Hosennaht, wie er es im Dritten Reich gelernt hatte. Heller wartete, bis Oldenbusch seine Aufzeichnungen beendet hatte. Barth hatte eine ganze Menge auszusagen gehabt. In der entstandenen Stille war nur das Kratzen von Oldenbuschs Stift auf dem schlechten Papier zu hören. Barth, dessen öliges Haar viel zu lang war, starrte die Wand direkt über Hellers Kopf an. Heller ließ den Jungen nicht eine Sekunde aus dem Auge. Dann setzte Oldenbusch hörbar einen letzten Punkt. Heller zählte innerlich von zehn abwärts.

»Du gibst also an, zu einer Bande zu gehören, die nach der Schule und manchmal auch nachts durch die Gegend streift«, begann er schließlich.

»Jawohl, Herr Oberkommissar«, bestätigte der Junge mit tiefer Stimme.

»Und zu dieser Bande gehören neben dir Ernst Sturberg, Reinhard Koslowski, Herbert Schütz, Wilfred Kleiber, Manfred Geißler …« Heller deutete auf die Liste.

»… Fred Müller und Helmut Burgmeister«, setzte Oldenbusch fort.

»Jawohl, Herr Oberkommissar. Und andere, die ab und zu dabei sind.«

»Und ihr stellt lediglich ein paar Dummheiten an, wie du sagst, nichts Schlimmeres?«

»Nur Dummheiten, Herr Oberkommissar.«

»Einbrechen und Stehlen nennst du also auch Dummheiten?«

»Nein, so was tun wir nicht! Wir werfen Scheiben ein und haben auch schon Dreck an die Plakate geworfen. Aber da hat man uns erwischt und wir mussten neue Plakate machen und eine Strafarbeit schreiben darüber, wie sich eine sozialistische deutsche Jugend zu verhalten hat.«

»Und obwohl ihr anscheinend wisst, wie sich ein sozialistischer Jugendlicher zu verhalten hat, streunt ihr durch die Gegend, besteht Mutproben und beschädigt Volkseigentum?«

Der Junge wurde immer nervöser, seine Hände öffneten und schlossen sich. Er wusste nichts darauf zu antworten, zuckte mit den Achseln und versuchte es mit einem schiefen Lächeln.

Heller fragte weiter. »Und du bist der Anführer? Oder macht ihr das gemeinsam, du und Sturberg?«

»Jawohl! Also ich.«

»Warum?«

»Ich verstehe nicht …«

»Warum bist du Anführer?«

»Das hat sich so ergeben, Herr Oberkommissar.«

Heller ging nicht weiter darauf ein. »Gestern Abend, sagst du, seid ihr alle zu Haus gewesen, und ihr wusstet nichts davon, dass Albert Utmann in der Nacht unterwegs war? Auch nicht, was er vorhatte oder wohin er wollte?« Heller ließ den Jungen nicht antworten. »Stimmt es, dass Albert bei euch mitmachen wollte? Stimmt es, dass man Mutproben bestehen muss, wenn man bei euch dabei sein will? Ich warne dich, lüg nicht.«

Jetzt lächelte Barth leicht. »Das ist nichts Schlimmes.«

»Auf einen Kran zu klettern? Etwas stehlen? Jemanden ausrauben?«

»Nein, so etwas doch nicht. Niemals!«

»Nein? Dann erzähl!«

»Also, bei uns muss man zum Beispiel in einer Ruine übernachten, und zwar in einer, wo noch Tote im Keller sind.«

»Das ist streng verboten!«, donnerte Heller.

»Das wussten wir nicht, Herr Oberkommissar!«, schoss es aus Barth heraus.

»Dann muss ich wohl euren Lehrer zur Rede stellen, dass er euch das nicht gesagt hat.«

»Nein, ich meine …«

»Wissen deine Eltern, dass du Anführer einer Bande bist?«, fragte Heller.

»Mutter weiß das nicht und der Vater ist tot.« Barth schluckte, der Schweiß stand ihm auf der Stirn. »Und wenn wir klauen, also wenn wir mal klauen, dann nur, damit wir was zu essen haben.«

Heller atmete durch. Wie sollte man all diesen jungen Menschen, deren Köpfe noch voller Nazispuk und deren Väter im Krieg geblieben waren, beibringen, was gut und richtig war? Sie konnten einem eigentlich allesamt nur leidtun.

»Also gut, wenn du vorgibst, von gestern Abend nichts zu

wissen, warum bist du hergekommen?«, lenkte Heller jetzt ein.

»Also, der Albert hat so Andeutungen gemacht. Er wüsste, wo groß was zu holen sei. Und wie man da rankommt. Er hat gesagt, dass er so was schon oft gemacht hat, nur eben nicht so groß. Er wollte, dass wir mitmachen. Schmiere stehen, tragen, vielleicht 'ne Tür knacken. Wir wollten aber nicht, das war uns zu heiß. Dann hat er versucht, uns zu ködern, mit Schokolade, Zigaretten und Marken, Brotmarken. Aber wir haben ihm das trotzdem nicht abgekooft.«

»Wie meinst du das, ihr habt ihm nicht geglaubt oder ihr hattet Angst?«

»Beides, irgendwie so …« Barth hob beinahe entschuldigend die Schultern.

»Du denkst also, Albert hatte einen Bruch vor und ist dabei ums Leben gekommen? Auf der Baustelle?«

Barth zog die Mundwinkel nach unten und zuckte wieder mit den Achseln.

»Warum seid ihr nicht gleich zu mir gekommen, in der Schule?« Heller war sich sicher, dass der Junge log. Er vermutete, dass Barth, Sturberg und die anderen sich getroffen hatten, um Diebesgut, vielleicht auch Waffen zu verstecken und um sich eine gemeinsame Geschichte auszudenken, die sie nun allesamt erzählen würden.

»Wir hatten Manschetten, dass Sie uns gleich abführen. Weil doch schon mal einer nach dem Albert gefragt hat. Der sah aus wie so'n Verbrecher.«

»Aha, wie denn?«

»Also, ich weiß nicht. Der hatte Sachen an, wie unser alter Schulleiter, der Hansen. Und einen Spitzbart hatte der. Vielleicht war das ja einer, für den der Albert was mausen sollte.«

»Welche Kleidung trug er?«

»So einen Anzug, schwarz, mit einer Weste drunter.«

Heller malte einen großen Kreis um diese Notiz. »Was ist mit Friedrich? Den hast du heute Morgen so böse angesehen. Warum?«

»Na ja, das ist ein Streber, der biedert sich bei allen Lehrern an.«

»Muss ich mir wegen ihm Sorgen machen? Weil ihr ihm auflauert?«

»Was? Nein, das würden wir nicht tun, Herr Oberkommissar.« Barth schüttelte entrüstet den Kopf.

»Du weißt, ich werde all deine Angaben überprüfen. Ich werde auch alle Jungen befragen, deren Namen du uns genannt hast. Wenn ich herausbekomme, dass du lügst, wirst du Ärger bekommen.«

Barth nickte eifrig, um gleich danach heftig den Kopf zu schütteln.

»Hat Albert euch gesagt, wo er seine Sachen aufhebt, die er gestohlen hat?«

»Nee, aber die hat er daheim.«

»Daheim? Wirklich?«

»Also, einmal ging er nach Hause und kam dann mit Schokolade wieder. Aber die war nicht mehr gut. Das war eklig.«

19. Juni 1948,
Nachmittag

Für Heller war es gut und gleichzeitig doch recht erschre-
ckend, zu erfahren, wie einfach es war, einen Durchsuchungs-
befehl für das Haus der Utmanns zu bekommen. Wahrscheinlich hätten sie nicht einmal den Weg zum Staatsanwalt auf
sich nehmen müssen. Ein Anruf wäre ausreichend gewesen.
Und das lag nicht nur an der Jugend und Unerfahrenheit des
Staatsanwalts. Hübner war ein ernster junger Mann mit locki-
gem Haar, das ihm auch nach wiederholten Kämmversuchen
immer etwas widerspenstig vom Kopf abstand. Ganz selbst-
verständlich hatte er das Antragsformular unterschrieben,
ohne die Hintergründe weiter zu erfragen. Allein der Verdacht, Utmann könnte Hehlerware in seinem Haus verstecken, genügte ihm. Nicht einmal der Umstand, dass dieser
Verdacht von einem Vierzehnjährigen geäußert wurde, der
wahrscheinlich nur versuchte, seine eigene Haut zu retten,
wurde von ihm berücksichtigt.

»Anscheinend steht heutzutage jeder unter Allgemein-
verdacht«, murmelte Heller mehr zu sich selbst, während sie
im Schritttempo den Umweg über die provisorisch instand
gesetzte Augustusbrücke nahmen. Der eingestürzte sechste
und siebte Brückenbogen war durch ein beinahe filigranes
Gerüst aus Holz ersetzt worden, über welches sogar die Straßenbahn fahren konnte. Und noch immer war es nicht ab-
zusehen, ob und wann die Carolabrücke jemals wieder repariert werden würde. Wie riesige Baumstümpfe ragten ihre
Pfeiler aus dem Elbwasser.

»Wie meinen?«, fragte Oldenbusch, und Heller sah ihm diesen lockeren Umgangston dieses Mal nach. Oldenbuschs fröhlichem Gemüt war sowieso nur schwer beizukommen.

»Es genügt ein einfacher Verdacht, um in das intimste Privatleben von Leuten einzudringen.«

»Aber das ist doch nicht schlecht? Wir können sehr schnell handeln. Und wenn der Verdacht unbegründet ist, löst sich alles in Wohlgefallen auf.« Oldenbusch lehnte sich zurück und folgte, mangels Überholmöglichkeit, einem von zwei Männern gezogenen Handkarren. Blecherne Farbtöpfe stapelten sich auf der Ladefläche, Kreidesäcke und Pappzuber. Eine Leiter lag obenauf. Der Lehrling, der wohl schieben sollte, hatte nur eine Hand auf den Karrenrand gelegt, lief gemächlich hintenher und rauchte heimlich aus der hohlen Hand.

»Aber ist es denn richtig, wenn schon ein vager Verdacht ausreicht? So wie es genügt, jemanden als Parteigenossen zu denunzieren, damit er von den Sowjets aufgegriffen wird? Und so einfach ist es nicht, dass sich alles auflöst, sollte der Verdacht unbegründet sein. Es spricht sich herum. Sie wissen selbst, ist man einmal in die Mühlen der Justiz geraten, kommt man so leicht nicht heraus.«

»Aber um das Wohl der Gesellschaft zu sichern, muss das Wohl des Einzelnen manchmal eben zurückgestellt werden. Der Gesellschaft dient es allemal, wenn man einem Verdacht schnell nachgehen und das Übel im Keim ersticken kann.« Oldenbusch sah in den Rückspiegel, beschleunigte dann und fuhr an dem Karren vorbei.

Heller betrachtete seinen Kommissar von der Seite. »Haben Sie das auf dem Kongress beigebracht bekommen? Hatten wir nicht erst einen solchen Staat? Wohin hat es denn geführt, dass die Gemeinschaft über das Individuum gestellt wurde?«

Heller brauchte gar keine Antwort. Sie tat sich vor ihnen

auf. Das zerstörte Bürgerhaus, die ausgebrannte Hofkirche, die eingestürzte Oper, die tote Fassade des Schlosses, die Reste des Taschenbergpalais und der Zwinger, dessen Überreste wie das Skelett eines riesigen Urzeittieres aus dem Boden ragten. Pflastersteine lagen gehäuft am Straßenrand und die Löcher in der Straße waren mit Schutt gefüllt.

»So einfach ist das nicht, Chef. Da muss man immer abwägen.« Oldenbusch wollte nicht klein beigeben, versuchte es aber in einem moderaten Tonfall.

Aber Heller wollte sich heute nicht mit ihm streiten und lehnte sich zurück. Seine Gedanken wanderten wieder zu Karins Verhalten in letzter Nacht und zu dem Abschiedskuss, den sie ihm heute Morgen gegeben hatte. Sie war nicht wirklich reserviert gewesen, nicht abweisend, eher ein wenig zurückhaltend. Als ob sie ihm noch etwas sagen wollte. Vielleicht hätte er warten sollen. Seit gestern Nacht war etwas zwischen ihnen, wie eine schmale Kluft. Was hatte er mit seinem unbedachten Gerede in ihr ausgelöst? Oder wusste sie etwas, das sie niemals hätte erfahren sollen? Heller sah auf seine rechte Hand, die zur Faust geballt war. Schnell streckte er die Finger wieder aus und warf einen raschen Seitenblick auf Oldenbusch. Hoffentlich hatte dieser nicht bemerkt, wie erschrocken er über sich selbst war.

Auf der gesamten Kaitzer Straße herrschte rege Betriebsamkeit. Viele Bewohner kehrten von ihrer Arbeit zurück, trugen Rucksäcke, Taschen oder Körbe. Durch das offene Fenster hörte Heller das Schlagen von Hämmern und Äxten. Eine Kreissäge mit stumpfem Blatt kreischte in der Ferne. Frauen knieten in den Beeten oder hängten Wäsche auf. Kinder rannten durch die Vorgärten, kletterten in den Bäumen, schlugen Reifen über die Straße oder jagten sich als Räuber und Gendarm.

Der Ford quälte sich mit jaulendem Motor die steile Straße hinauf. Hinter ihnen dröhnte ein Russenlaster heran, den die Sowjets der Volkspolizei überlassen hatten. Er zog eine schwarze Abgaswolke hinter sich her.

Das Haus der Utmanns lag dagegen still da, als sie es erreichten. Im Garten spielten weder die Kinder noch war Wäsche an der Leine zu sehen. Die Fenster im Obergeschoss standen offen.

Heller stieg aus und winkte dem Trupp Schutzpolizisten, vom Laster abzusitzen. Die sechs Männer verteilten sich ohne große Hast um das Grundstück herum. Es sollte nicht der Eindruck entstehen, dass hier eine Razzia durchgeführt wurde. Die Polizisten sollten nur im Notfall eingreifen. Natürlich dauerte es keine Minute, bis sich die ersten Kinder einfanden, die das Treiben beobachteten. Heller versuchte, das zu ignorieren. Die pure Neugierde trieb die Leute herbei. Radios waren noch rar und die Zeitungen schon wieder voll von Informationen, denen man nicht trauen konnte. Da war ein Erlebnis wie dieses eine willkommene Abwechslung, über das es sich noch nach Tagen zu sprechen lohnte.

Heller betrat das Haus, dicht gefolgt von Werner Oldenbusch.

Oldenbusch rümpfte sofort die Nase. »Stinkt ja schrecklich!«

Heller stieg unbeeindruckt die Treppe hinauf und klopfte energisch an die Wohnungstür. »Aufmachen! Polizei! Hausdurchsuchung!«

Zuerst war kein Geräusch zu hören, dann vernahm Heller leise Schritte und ein Tuscheln. Ein Kind begann zu weinen.

»Aufmachen! Frau Utmann? Sind Sie da?«

Die Schritte näherten sich der Tür und ein Schlüssel drehte sich im Schloss. Alma Utmann öffnete verschüchtert die Tür und versteckte sich dabei halb hinter dem Türblatt.

Heller holte den Durchsuchungsbescheid hervor und hielt ihn hoch. »Wer, außer Ihnen, befindet sich noch in der Wohnung?«

»Mein Mann und die zwei Kleinen«, flüsterte die Frau verschreckt.

»Wo ist Ihr Mann?«

»Er schläft.« Sie kam jetzt hinter der Tür hervor und schaute dabei nach links. In einem anderen Zimmer weinte ununterbrochen das Kind. Heller machte einen Schritt in die Wohnung und Alma Utmann wich zurück.

»Bleiben Sie stehen, Frau Utmann, und sehen Sie mich an!«, befahl Heller. Es tat ihm fast leid, die Frau so barsch angehen zu müssen. Jetzt schaute sie ihn direkt an. Ihr linkes Auge war zugeschwollen, das Jochbein war dick und es sah so aus, als ob ihr ein paar Haarsträhnen ausgerissen worden waren.

»Ihr Mann?«, fragte Heller.

»Im Schlafzimmer«, erklärte Alma, die die Frage wohl falsch ausgelegt hatte.

»Ich will die Kinder sehen!«

»Warum sind Sie denn hier?«, fragte Alma.

»Ich will die Kinder sehen!«

Alma ließ die Schultern sinken. Sie ließ die Türklinke los und schlurfte, ohne die Füße zu heben, durch den Flur zur hintersten Zimmertür.

»Sie humpeln, nicht wahr? Haben Sie Schmerzen?«

»Nein, es ist schon gut.« Die Frau schüttelte tapfer den Kopf, doch es war nun offensichtlich, dass sie auf dem linken Bein kaum stehen konnte. Sie nutzte allein die Spitze der großen Zehe, um das Gleichgewicht halten zu können.

»Gut, gehen Sie in die Küche, warten Sie dort.« Heller gab Oldenbusch ein Zeichen, die Frau zu beobachten. Dieser nickte und positionierte sich so im Flur, dass er in die Küche sehen konnte.

Heller wollte die Tür zum Kinderzimmer öffnen, doch er musste sie zuerst aufschließen. Der Schlüssel steckte von außen.

Die Kinder, Alfred und Heiner, hatten sich in der hintersten Ecke des Raums versteckt und sahen ihn völlig verängstigt an.

Heller blieb in der Mitte des Zimmers stehen und ging in die Hocke. »Alfred, komm mal zu mir«, sagte er mit ruhiger Stimme.

Der Fünfjährige gehorchte augenblicklich, obwohl er zitterte vor Angst. Heller lächelte ihn an, nahm dann sein Kinn und drehte den Kopf des Kindes hin und her. Aber er fand keine Auffälligkeiten. Nun zog er ihm vorsichtig das Hemd aus der Hose, drehte den Jungen einmal herum, fand aber auch am Oberkörper keine Verletzungen. Doch als er die Ärmel hochschob, entdeckte er an beiden dünnen Ärmchen des Jungen blaue und schwarze Hämatome.

»Hat der Vater dich gehauen?«, fragte Heller leise. Der Junge schüttelte den Kopf. Heller nahm ihn bei den Schultern und drehte ihn um.

»Zieh bitte die Hose herunter.«

Der Junge schüttelte wieder den Kopf.

»Hör zu, das ist ein Befehl von der Polizei!« Heller schämte sich für seine aufgesetzte Strenge, aber er musste Gewissheit haben.

Schließlich gehorchte der Junge, band den Stoffgurt auf, der als Gürtel diente, und ließ die Hose hinab. Er hatte keine Unterhose an und seine Pobacken waren rot, an einigen Stellen sogar wund, so oft musste er Schläge bekommen haben. Man konnte sogar den Abdruck einer Hand erkennen. Heller griff sich an die Nasenwurzel und schloss für einen kurzen Moment die Augen. Doch das half nicht, die Bilder aus seinem Kopf zu verdrängen.

»Gut, mein Junge, zieh dich wieder an« Heller erhob sich. »Weißt du, wo dein Bruder Alfons ist?«

Alfred schüttelte den Kopf und kniff die Lippen zusammen. Heller streckte die Hand aus, um seinen kurzgeschorenen Kopf zu tätscheln. Der Junge zuckte zurück, wagte es dann aber nicht auszuweichen. Heller berührte ihn nur kurz und wandte sich dann dem jüngeren Kind zu.

»Du bist der Heiner, hab ich recht? Weißt du, wer ich bin?« Heiner saß dicht in die Ecke gedrängt und starrte Heller mit großen Augen an. »Ein Polizist bin ich. Magst du nicht aufstehen?«

Zitternd stand das Kind auf. Nur seine Furcht hinderte ihn daran zu weinen. Heller winkte ihn zu sich heran. Er wünschte, er hätte daran gedacht, etwas einzustecken. Ein Bonbon vielleicht. Doch woher hätte er das nehmen sollen?

Heller streifte dem Jungen die Hosenträger ab, zog auch ihm das Hemd hoch und die Hose ein Stück nach unten. Aber an Heiner fand er keine Spuren von Gewalt. Nahm der Vater sich zurück, weil der Junge noch zu klein war? Oder war er ein Tabu, weil Heiner ein Russenkind war?

»Der Alfons, war der heut schon daheim?«

Der Kleine blieb stumm.

»Alfons bekommt mächtig Ärger, wenn er nicht heimkommt.«

Jetzt nickte Heiner und seine Mundwinkel verzogen sich nach unten. Wahrscheinlich bekam nicht nur Alfons großen Ärger.

Heller ließ die beiden Jungen jetzt in Ruhe und ging zurück in den Flur.

»Alma, wissen Sie, warum wir hier sind?«, fragte er die Frau, als er die Küche betrat. Die Frau, die auf einem Stuhl gesessen hatte, erhob sich langsam und unter Schmerzen. Oldenbusch räusperte sich und winkte mit den Augen hinüber zur Anrichte, als Heller ihn ansah. Heller folgte seinem Blick. Auf dem Schrank stand eine Schüssel mit bräunlichem Wasser, ein Tuch schwamm darin, das einst weiß gewesen sein mochte, nun war es mit Blut getränkt.

»Das ist nichts!«, erklärte Alma Utmann ungefragt. »Alfred hatte Nasenbluten.«

Das war offensichtlich gelogen, und Heller wusste, dass die Frau weiter lügen und Unfälle vortäuschen würde, um ihren Mann nicht zu verraten und sich selbst damit bloßzustellen. Sie konnte nicht gewinnen. Es gab keinen Ausweg für sie.

Heller starrte sie ganz bewusst einige Sekunden lang an. Alma konnte diesen Blick nicht erwidern, sah zu Boden, so wie ihre Jungen es getan hattten.

»Wir sind hier, weil wir das Haus und das Grundstück nach Diebesgut durchsuchen. Albert hat vor seinem Tod einigen Schulkameraden erzählt, er wäre schon mehrmals eingebrochen und hätte Lebensmittel und Marken entwendet.« Heller sprach leise, aber deutlich und betrachtete dabei das Mienenspiel der Frau. Sie kaute auf der Unterlippe, schniefte unmerklich, als wäre sie verschnupft. »Möglicherweise ist Albert sogar bei einem versuchten Einbruch ums Leben gekommen.«

Alma zuckte zusammen, als hätte ein Schlag sie getroffen. Ein seltsamer Laut wie ein Lachen entfuhr ihr. Dann sank sie leicht in die Knie.

Heller schob ihr rasch den Stuhl entgegen. »Setzen Sie sich wieder, sollen wir einen Arzt kommen lassen?«

Alma schüttelte nur den Kopf, setzte sich und bedeckte ihr Gesicht mit beiden Händen. Heller legte ihr seine Hand auf die Schulter. Er hätte ihr gern geholfen, doch sie musste seine Hilfe wollen, und er musste, obwohl die Frau einen solchen Verlust zu verkraften hatte und noch dazu die Gewalttätigkeit ihres Mannes ertrug, weiter seine Arbeit machen. Er beugte sich zu ihr hinunter.

»Hat Albert hier etwas versteckt? Brachte er manchmal etwas mit nach Hause, das er normalerweise nicht hätte bekommen können?«

»Nichts«, presste die Frau unter ihren Händen hervor. »Gar nichts, ich weiß nichts. Lassen Sie mich!«

Heller nahm seine Hand weg. »Gut, wir werden jetzt mit der Hausdurchsuchung beginnen. Wären Sie bitte so freundlich, Ihren Mann zu wecken.«

Alma nahm ihre Hände herunter. Das unverletzte Auge war gerötet, doch sie hatte nicht geweint. Wenn ihr Mann sie direkt mit der Faust auf das Auge getroffen hatte, so bestand die Gefahr, dass irreparable Schäden zurückbleiben würden. Doch Heller konnte sie ebensowenig zwingen, einen Arzt aufzusuchen, wie gegen ihren Mann vorzugehen.

»Ich will es versuchen«, schniefte Alma. Mühsam erhob sie sich wieder, schlurfte an Oldenbusch vorbei in den Flur Richtung Schlafzimmertür, wo sie zuerst anklopfte und lauschte, bevor sie hineinhuschte.

»Was für ein widerwärtiger Drecklump!«, platzte es aus Oldenbusch heraus.

Heller schwieg und konzentrierte sich auf die verschlossene Schlafzimmertür. Sollte Utmann die Frau in seiner Gegenwart schlagen, dann konnte er eingreifen. Doch vermutlich würde der Mann sich jetzt beherrschen.

»Und der zweite Bursche, der Alfons, ist der auch nicht daheim? Ist der vielleicht ausgebüchst? Hat er die Kleinen auch verdroschen?«

Heller nickte. »Ja, zumindest den Alfred. Der ist ganz wund am Hintern.«

»Mensch, dem müsste man direkt eins überziehen!« Oldenbusch schäumte vor Wut und hielt die Fäuste geballt.

»Werner, Sie selbst haben gesagt, dass man dagegen nicht vorgehen kann«, sagte Heller leise. Er stand jetzt dicht vor der Schlafzimmertür der Utmanns, um zu hören, was dahinter vor sich ging. Dann wich er schnell zurück. Alma hatte die Tür geöffnet und wollte sich durch den Spalt schieben, da hatte Heller blitzschnell seinen Fuß dazwischengeschoben. Die Tür schwang auf und Heller sah Karl Utmann im Ehebett liegen. Auf dem Rücken, alle viere von sich gestreckt, schlief er mit offenem Mund.

»Er lässt sich nicht wecken. Manchmal schläft er zwei Tage durch«, wisperte Frau Utmann.

Zwei Tage? Heller runzelte die Augenbrauen. »Und seine Arbeit?«

»Ich muss ihn dann krankmelden.«

»Und das wird geduldet?«, fragte Heller verwundert nach.

Alma nickte. »An anderen Tagen arbeitet er es nach.«

»Der lässt sich nicht wecken?«, fragte Oldenbusch, der sich jetzt ebenfalls in das Schlafzimmer gedrängt hatte. Ehe Heller es verhindern konnte, rüttelte er Utmann unsanft an der Schulter. Doch der grunzte nur, röchelte und schlief weiter.

»Utmann! Aufwachen!«, rief Oldenbusch und traktierte weiter den Schlafenden. Heller schob ihn beiseite, beugte sich über den Mann und schob mit dem Daumen ein Augenlid nach oben. Utmanns Pupille blieb starr und unverändert.

»Betrunken?«, fragte Oldenbusch. »Delirium?«

Heller wedelte sich den Atem des Mannes zu und schüttelte den Kopf. »Getrunken hat er, ja, aber nicht bis zur Besinnungslosigkeit.« Er sah auf. »Frau Utmann, kam er betrunken heim? Wurde er gebracht von jemandem?«

»Nein, er kam gestern Abend heim. Er sprach mit uns, wir aßen noch etwas und dann ging er ins Bett«, flüsterte die Frau, als fürchtete sie, ihren Mann aufzuwecken.

»Was macht Alfons jetzt gerade?«

»Er kam nicht heim«, sagte Frau Utmann mit besorgtem Blick. »Es wird Ärger geben, wenn Karl das erfährt.« Sie senkte den Kopf. Heller überlegte, wie er die Frau nur dazu bringen konnte, sich von ihrem Mann zu lösen.

»Schafft Alfons gerade etwas beiseite? Haben Sie ihn dazu angestiftet? Oder Ihr Mann?«, fragte er dann.

»Nein, ich weiß nicht, wo er ist. Ich hoffe nur, er kommt bald heim.«

»Also gut.« Heller sah sich um. »Beginnen wir hier. Frau Utmann, Sie und die Kinder bleiben hier in der Wohnung. Wenn Sie versuchen sollten, etwas aus der Wohnung zu schaffen, muss ich Sie wegen Verdunklungsgefahr in Gewahrsam nehmen. Haben Sie das verstanden?« Heller sah die Frau streng an. Alma nickte ergeben und verschüchtert.

Oldenbusch begann umgehend mit der Durchsuchung. Er öffnete die Schränke, nahm Wäsche heraus und alte Papiere, wovon nicht wenige halb verbrannt waren. Er entdeckte diverse Pappschachteln mit persönlichen Gegenständen, jedoch nichts davon hatte irgendeinen materiellen Wert. Schließlich legte er alles mit wenig Sorgfalt zurück. Während Oldenbusch sich der Kommode widmete, begann Alma Utmann sorgfältig, wieder aufzuräumen. Mühevoll kniete sich hin und verbiss es sich, ihre Schmerzen zu zeigen.

Heller half währenddessen Oldenbusch, die Schränke von der Wand zu ziehen, um die Rückwände anzusehen. Er klopfte auf die Deckplatten, immer auf der Suche nach Hohlräumen, wackelte an den Bodendielen, um zu sehen, ob eine davon locker war. Dann fielen die Blicke beider Männer auf die Matratze, auf der Utmann wie bewusstlos schlief.

»Nehmen wir uns zuerst die anderen Zimmer vor«, bestimmte Heller, zog sich die Jacke aus und krempelte die Hemdsärmel hoch.

»Wollen Sie uns nicht doch sagen, wo wir etwas finden können?«, fragte er die Frau nachdrücklich. Alma schüttelte nur stumm den Kopf.

Heller schwitzte und hatte Durst, doch er wollte nicht um Wasser bitten. Stattdessen half er Oldenbusch, der sich voll Eifer der Durchsuchung der Küche widmete, um schließlich ins Kinderzimmer zu wechseln, aus dem die beiden Kinder in die Arme ihrer Mutter flüchteten. Als sie auch dieses Zimmer ohne Ergebnis verließen und der Abort sich als winziger, karger Raum entpuppt hatte, in dem ein selbstgezimmerter hölzerner Kasten die Kloschüssel und ein Blecheimer den Spülkasten ersetzten, wendeten sie sich dem Wohnzimmer zu. Auch hier fanden sie nur Persönliches, brandfleckige Fotoalben, Frontbriefe, Urkunden. Als Heller in den Flur zurückkehrte, sah er Alma Utmann weinen. Sie tat das lautlos, versuchte es zu unterdrücken und betupfte sich die Augen mit einem Tuch. Aber sie konnte nicht verhindern, dass Heller die blutigen Tränen sah, die aus ihrem verletzten Auge liefen.

»Sie müssen zu einem Arzt«, sagte er noch einmal eindringlich. »Sehen Sie sich auf dem Dachboden um, Werner, ich nehme an, da wird es nicht viele Verstecke geben.« Heller deutete auf die Zimmerdecke, die voller Wasserflecken war. »Ich gehe derweil in die Parterrewohnung.«

»Chef, bitte nichts unnötig anfassen«, ermahnte ihn Oldenbusch mit wichtiger Miene, bevor er die Treppe hochstieg. Heller musste kurz auflachen, aber er nahm es ihm nicht übel. Er wusste, dass dies nur ein Beweis für die gewissenhafte Arbeit war, die sein Assistent immer wieder ablieferte.

Heller wartete einen Moment. »Frau Utmann, wenn Alfons wieder auftaucht, schicken Sie ihn gleich zu mir. Sagen Sie Ihrem Mann nichts, verstehen Sie?« Heller holte ein Stück Papier aus seiner Jackentasche und gab es der Frau. Darauf hatte er seine dienstliche Anschrift und die Nummer seines Fernsprechapparates notiert. Nur sehr zögernd nahm die Frau den Zettel und steckte ihn in ihren Kittel. Heller machte sich auf den Weg nach unten.

Er hatte nur einen Schritt in die Erdgeschosswohnung getan, schon verschlug ihm der penetrante Benzingestank den Atem. Die Räume waren ausgebrannt, die Wände voller schwarzem Ruß. Heller zog den einzelnen Gummihandschuh heraus, zwang ihn auf seine rechte Hand und rieb dann mit einer Fingerkuppe über die schwarze Wand. Rechts neben der Tür malte er einen kurzen Strich.

Es gab nicht viel zu sehen. Sämtliches Inventar war verglüht, der Holzboden verkohlt, stellenweise weggebrannt. Das Schüttgut unter diesen offenen Stellen wirkte schlammig. Der Boden war übersät mit unzähligen Stiefelspuren. Oldenbusch war bereits wieder die Treppe hinuntergekommen und stand nun neben Heller. Angewidert verzog er das Gesicht.

»Die Spuren sind wahrscheinlich allesamt alt und der ganze Boden ist mit Benzin verseucht.« Er wagte es, den Flur zu betreten, drehte eine Runde durch die Zimmer und kam dann wieder zurück. »Bliebe nur der Keller«, brummte er.

»Sofern es etwas zu finden gibt. Haben Sie eine Taschenlampe dabei?«

»Immer!« Oldenbusch griff in seine Tasche und holte eine DAIMON-Lampe heraus, der man mithilfe zweier kleiner Schieber eine rote und eine grüne Blende vorschieben konnte. Die Lampe war aus Wehrmachtsbestand. Wo Oldenbusch dieses Exemplar hatte auftreiben können, war Heller wieder einmal ein Rätsel.

Im Keller stank es noch schlimmer als in der Erdgeschosswohnung, das ganze Gemäuer schien mit Benzin vollgesogen zu sein. Fäkaliengestank mischte sich unter. Ölige Fäden hingen von der Decke herab, alte, mit Treibstoff getränkte

Spinnweben. Putz sandete von den Wänden. Auf dem Boden und in den feuchten Ecken war dennoch reges Treiben zu erkennen. Spinnen eilten davon, sobald Hellers Fuß den Kellerboden berührte, Asseln wuselten in die Ritzen, aufgeschreckt vom Licht.

Heller zögerte. Er wusste Oldenbusch hinter sich. Das war beruhigend und bedrückend zugleich, denn dieser verstellte den Ausgang und absorbierte mit seiner massigen Erscheinung das Licht. Allein der Geruch konnte einem den Verstand rauben. Heller wollte sich keine Blöße geben und überspielte sein Zögern, indem er mit dem Strahl der Lampe Boden, Wände und Decke ableuchtete. Noch erreichte ihn das Tageslicht, auch wenn es gedämpft war im finsteren Treppenhaus, doch noch drei, vier Schritte und er würde sich allein auf die Lampe verlassen müssen, und auf seinen Willen.

»Da sind Spuren zu erkennen gewesen. Leuchten Sie mal links, Chef.« Oldenbusch wusste von Hellers Ängsten nichts, oder tat wenigstens so. Heller nahm dies als Aufforderung und wagte sich tiefer in die Finsternis. Er versuchte nach außen zu lauschen und nicht in sich hinein. Beklemmung machte sich in seinem Brustkorb breit. Doch nicht einmal tief Luft holen konnte er hier unten. Er leuchtete Oldenbusch, der sich hinkniete und auf dem Boden nach etwas tastete, das sich als ein feuchter Sandklumpen entpuppte.

»Nein, hier ist nichts«, murmelte er.

Heller nickte nur, zwang sich, noch tiefer hineinzugehen, bog nach rechts ab, in einen Raum, der so schwarz wirkte wie ein bodenloses Loch. In der hintersten Ecke erkannte er Holzkisten. Das Holz fühlte sich feucht und verschimmelt an. Die Kisten waren leer und das Holz zerbrach zwischen Hellers Fingern, als er eine herunterheben wollte.

»Hier vielleicht, Chef?«, rief Oldenbusch.

Heller folgte der Stimme. Oldenbusch war ohne Lampe

weitergegangen und wartete auf Heller vor dem nächsten Raum. Nur ein schwacher Rest Tageslicht ließ sie die Konturen einer Tür erkennen.

Auch dieser Raum war leer. Eine Nische zeichnete sich ab, hinter der etwas versteckt sein könnte. Etwas reflektierte den Lichtstrahl wie die Augen einer Katze.

Heller hatte die Lampe, weshalb er sich gezwungen sah weiterzugehen. Er hätte Oldenbusch bitten können, die Lampe zu nehmen, er hätte ihn auffordern können, den Keller allein weiter zu durchsuchen. Er wusste das. Ganz bestimmt hätte sein Assistent kein Wort darüber verloren. Umso mehr bereute Heller nun seine Starrköpfigkeit, doch irgendwann musste er seine Ängste besiegen. Gerade als er den Raum betreten wollte, rieselte Sand von der linken Wand. Kleine Bröckchen verfingen sich in alten Spinnweben. Wie dumm man doch sein konnte, dachte Heller, kaum war das Licht verschwunden, begann man wie ein kleines Kind, an Geister zu glauben. Kurzentschlossen marschierte Heller nun auf die zwei leuchtenden Punkte zu, die nichts weiter waren als zwei verzinkte Schraubenköpfe an einem verrosteten Rechen. Erleichtert wollte Heller einen Fluch ausstoßen, da schlug oben die Tür zu.

Heller fuhr zusammen und die Lampe fiel ihm aus der Hand. Sie erlosch augenblicklich. Jetzt herrschte absolute Finsternis. Heller erstarrte. Kälte durchdrang seine Schuhsohlen, arbeitete sich an seinen Beinen empor. Schon kamen sie aus dem Schatten, in dem sie sich verborgen hatten, und wollten sich an ihn schmiegen. Die Seelen der verlorenen Kameraden aus dem Graben und die der Menschen, die im Keller erstickt waren. Sie wollten etwas von seiner Wärme haben. Jetzt hatte die Kälte seine Brust erreicht, schlang sich um ihn und presste zu wie eine riesige Schlange. Heller versuchte zu atmen, doch konnte er nur noch ausatmen, nicht mehr einatmen. Ihm wurde schwindlig. Panik schnürte ihm den Hals zu.

»Max, geht es Ihnen gut?«, fragte Oldenbusch. Er hatte auf dem Boden nach der Lampe gefischt, sie gefunden und wieder eingeschaltet. Heller drehte seinen Kopf weg, wehrte mit der Hand den blendenden Lichtstrahl ab. Dann ging Oldenbusch weg.

Schon öffnete sich die Tür und Heller holte erleichtert Luft. Er folgte seinem Assistenten die Kellertreppe hinauf und versuchte mit jedem Schritt, seine Fassung wiederzugewinnen.

Da schrie jemand auf.

Ein Schupo stand im Haus und hielt einen Jungen mit festem Griff am Ellbogen fest. Heller erkannte Alfons. Der Junge wehrte sich, gab aber auf, als er Heller sah.

»Was geht hier vor?«, fragte Heller.

»Der Bursche hat sich ins Haus geschlichen. Er ist über den Zaun geklettert«, antwortete der Polizist. »Ich bin ihm nach, dann kam er plötzlich wieder herausgerannt. Da hab ich ihn gekascht!«

»Alfons, hast du die Kellertür zugeworfen?«, fragte Heller.

»Wusst ja nich, dass Sie da drinne sind«, schnaubte der Junge.

»Wo kommst du her?«

»Bin rumgestromert.« Alfons schwitzte. Der Schweiß lief ihm über die Schläfen, und seine Augen huschten unruhig hin und her. Er schluckte unablässig.

»Bist du krank?«, fragte Heller und näherte sich dem Jungen, um ihm an die Stirn zu fassen. Blitzschnell, wie ein Boxer, wich der Junge aus. Der Polizist hatte Mühe, ihn zu halten.

Heller nahm seine Hand wieder runter. Er wollte, dass Alfons sich beruhigte. »Dein Vater schläft. Und er lässt sich nicht wecken. Geschieht das häufig?«

»Manchmal. Da schläft er lang.« Alfons lachte auf, als wär es ein Witz.

Heller ahnte, warum der Junge lachte. Es waren wohl die besten Stunden für die Familie, wenn der Vater schlief.

»Dein Vater schlägt dich«, sagte Heller ohne Umschweife.

»Aber nur, wenn ich's verdient hab!«

Hellers Bauchdecke verkrampfte sich. Nun trat auch ihm der Schweiß auf die Stirn, und hinter seinen Schläfen begann es zu pulsieren. »Hast du es denn oft verdient?«, fragte er gepresst.

Alfons versuchte, mit den Achseln zu zucken, doch der Polizist hielt ihn weiter fest. So zog er nur die Mundwinkel nach unten.

»Auch den Albert schlug er, nicht wahr? War das immer verdient?«

»Albert war frech, ja.« Alfons lachte wieder, doch seine Mundwinkel zuckten, seine Lider begannen zu flattern.

»Fürchtest du, dass du jetzt die Prügel abbekommst, jetzt, wo Albert nicht mehr da ist?« Das Pochen hinter Hellers Schläfen war jetzt zu einem bohrenden Schmerz geworden, als ob sein Kopf ihn ermahnen wollte, dass sie nicht deshalb da waren. Heller nahm sein Taschentuch hervor und wischte sich den kalten Schweiß von der Stirn. Dann faltete er das Tuch zusammen und steckte es wieder ein. Oben aus der Wohnung hörte er leise Geräusche. Alfons' Blick huschte nach oben.

»Dieser Franz Barth, ist der ein guter Freund vom Albert gewesen?«

»Nicht so dicke, früher mal, weiß nich, mir egal.« Alfons warf sich mit einer Kopfbewegung eine Strähne aus dem Gesicht.

»Aber du kennst die Bande?«

»Aber ich hab noch nie was mit denen zu tun gehabt. Auf

dem Pausenhof haun die alle zusammen, die nicht spuren. Der Albert, der hat dem Polak auch mal eine reingemacht, weil der ihn striezen wollte.«

»Dem Polak? Heißt der so?«

»Nein. Das ist der Koslowski. Wir sagen Polake, wegen seinem Namen.«

»Und der Barth, hat der auch versucht, deinen Bruder ...«

»Nee, nee, nee, der nicht, hat sich da rausgehalten!« Alfons wollte schon wieder auflachen, unterdrückte den Impuls jedoch. Er scharrte jetzt mit den Füßen und schwitzte.

»Sag, versteckt dein Vater manchmal was im Haus?«

»Nee!« Alfons schüttelte den Kopf, doch Heller hatte ein kurzes Zögern und seinen Seitenblick bemerkt. Er drehte sich um und versuchte zu entdecken, wohin der Junge gesehen hatte. Da war aber nur die Tür zur Parterrewohnung. In der waren sie schon gewesen. Dann aber kam ihm ein Gedanke.

Er bückte sich und betrachtete die breite hölzerne Türschwelle. Sie schien fest mit dem Türrahmen verbunden. Auch als Heller versuchte, an ihr zu wackeln, bewegte sie sich keinen Millimeter. Doch er gab nicht auf und hieb mit der Fußspitze dagegen. Dabei fielen ihm über der Schwelle parallel verlaufende Kratzer im Lack des Rahmens auf, die einen Viertelkreis bildeten.

»Haben Sie ein Eisen, Werner? Einen Schraubenzieher, ein Messer?«

Oldenbusch schüttelte den Kopf.

»Ich kann helfen«, sagte der Polizist und langte in seine Hosentasche. Den Moment nutzte der Junge, ließ sich mit seinem ganzen Gewicht fallen, krabbelte auf allen vieren zur Tür und stürmte über den Rasen. Ehe Heller an der Tür war, hatte sich der Junge mit einem Satz über den Zaun davongemacht. Zwar schrillte noch ein Pfiff aus einer Pfeife und zwei Uniformierte rannten los. Doch Alfons war zu flink, sauste über die Straße und war schon im nächsten Grundstück verschwunden.

Heller fluchte laut auf. Als könnte er seinen Fehler damit wiedergutmachen, hielt der Schupo Heller entschuldigend ein Klappmesser hin.

»Das war der einfachste Trick der Welt, und Sie haben sich überrumpeln lassen«, wies Heller den Polizisten zurecht. Dann nahm er ihm verärgert das Messer aus der Hand. Er kniete sich vor die Tür, schob die Klinge unter die Schwelle und hebelte nach oben. Mit einem Ruck gab das Brett nach und ließ sich hochklappen. Heller hielt es fest und betrachtete den Hohlraum darunter, der sich weit in die Wohnung dahinter erstreckte. Oldenbusch hielt jetzt das Brett fest, damit Heller nach einem in Segeltuch geschlagenen Paket langen konnte.

Heller ahnte schon, was es war, ehe er das Tuch öffnete. Er hatte es fühlen können. Es war Geld. Tausende Reichsmark, in Hundert-Mark-Scheinen, sauber gebündelt. Heller holte noch ein zweites Paket hervor, dann ein drittes und viertes, noch größeres. Als er es öffnete, pfiff Oldenbusch durch die Zähne, verstummte aber augenblicklich, als er sich selbst ertappte. Es waren Lebensmittelmarken und Raucherkarten. Hunderte. Ein Vermögen, heutzutage.

»Die sehen druckfrisch aus«, meinte Oldenbusch.

Heller fasste das Bündel nur mit den Fingerspitzen vorsichtig an den Seiten an, um es hochzuheben und näher zu betrachten

»Brot- und Kartoffelkarten. Sehen mir auf den ersten Blick nicht nach einer Fälschung aus. Sie sind sogar schon abgestempelt. Es dürfte schnell herauszufinden sein, wo und wann sie gedruckt wurden.« Heller roch an dem starken Papier. »Das riecht noch relativ frisch. Möglich, dass es erst gestern oder vorgestern hier deponiert worden ist.«

Heller warf noch mal einen Blick in das Loch unter der Türschwelle, das bis weit unter die Bodendielen der verseuchten Erdgeschosswohnung reichen musste. Weiter hinten sah er noch etwas Metallenes schimmern. Er langte hinein, kam jedoch mit seinem Arm nicht weit genug unter die Dielen.

»Machen Sie sich mal nützlich«, forderte er den Uniformierten auf und machte ihm Platz. Der Polizist kniete sich hin und griff tief in das Versteck und brachte eine kleine, runde Dose von etwa zehn Zentimeter Durchmesser mit orangem Aufdruck zum Vorschein. Der Polizist langte immer wieder hinein, bis sich schließlich vierzehn Dosen auf dem Boden stapelten. Ein letztes Mal steckte er seinen Kopf in das Loch und Oldenbusch leuchtete mit der Taschenlampe hinein.

»Nichts mehr drin.«

Heller betrachtete missmutig den ungewohnten Ausblick aus dem Fenster einer Schreibstube im ehemaligen Ministeriumsgebäude. Bei Arbeiten beim zerstörten Polizeipräsidium, in dessen Keller sich das Kriminalamt und somit sein Büro befand, hatte man eine Bombe gefunden. Der Bereich war nun zur Räumung gesperrt, weshalb man ihm für das Verhör kurzfristig diesen Raum zugewiesen hatte.

Auf der anderen Elbseite, vor der schwarzen Kulisse des ausgebrannten Amtsgerichts, herrschte reger Verkehr. Es war Feierabendzeit. Die Männer und Frauen, die in den Ruinen gearbeitet hatten, reihten sich in den Menschenstrom auf der notdürftig mit Kopfstein gepflasterten Straße ein. Die meisten von ihnen trugen Rucksäcke und Taschen, manche zogen einen Handwagen hinter sich her, denn jeder musste auf dem Heimweg noch Besorgungen erledigen. Einige hatten vielleicht auch etwas dabei, das sie in den Trümmern gefunden hatten. Doch kaum jemand achtete darauf. Größere Funde mussten zwar gemeldet werden, sonst riskierte man, wegen Plünderung hart bestraft zu werden. Doch es gab immer Mittel und Wege, die offizielle Kontrolle zu umgehen. Heller wusste, dass sowjetische Soldaten und deutsche Polizisten gegen gewisse Gegenleistungen gerne ein Auge zudrückten.

Auch Karin brachte manchmal solche Fundstücke mit nach Haus, wie erst kürzlich kleine Haken aus Messing, die Heller an ein Brett schraubte, das sie jetzt als Handtuchhalter nutzen konnten.

Manchmal überlegte er, ob jemand schon etwas aus den Trümmern ihres Hauses gezogen hatte, das ihnen einst gehört hat? Ob jemand vielleicht ihre Fotografien gefunden und weggeworfen hatte, weil sie für ihn bedeutungslos waren? Oder ob Russen sich aus den Seiten seiner Bücher Zigaretten gedreht hatten?

Heller riss sich von dem Anblick und von seinen Gedanken los und widerstand dem Drang, das Fenster zu öffnen. Es war warm und stickig im Zimmer, aber es würde trotzdem nicht kühler werden dadurch. Stattdessen würde sich binnen kürzester Zeit ein Staubfilm über alle Möbel gelegt haben.

Heller drehte sich um und blickte auf den Mann, der benommen auf seinem Stuhl saß.

»Herr Utmann!«, fuhr er ihn an. Oldenbusch hatte sich einsatzbereit hinter ihn gestellt. Nicht, um ihn an einer Flucht zu hindern, sondern um ihn zu halten, sollte er vom Stuhl kippen.

Utmann sah auf und blinzelte Heller an, als sähe er ihn zum ersten Mal.

In dem Moment klopfte es.

»Herein!«, rief Heller. Ein Justizbeamter brachte einen Henkelbecher Wasser, um den Heller gebeten hatte, und wollte es ihm geben. »Nein, das ist für ihn«, wehrte Heller ab.

Der Mann stellte den Becher vor Utmann ab.

»Trinken Sie das. Und dann reißen Sie sich endlich zusammen«, befahl Heller. Er merkte, wie ihm die Geduld schwand. Utmann, dessen Hände nicht gefesselt waren, griff zitternd nach dem Becher und trank gierig. Dann stellte er den Becher ab.

»Nun?«, fragte Heller.

»Nun?«, fragte Utman zurück.

Heller fiel auf, dass sich in Utmanns Gesicht ein Hautausschlag von der Nase her ausbreitete.

»Haben Sie diese Dinge hier schon einmal gesehen?« Heller deutete auf das Geld, die Kartoffel- und Brotkarten und die leicht angerosteten Dosen auf dem Tisch. *Scho-ka-kola* stand auf ihnen geschrieben. *Die stärkende Schokolade.* Heller kannte sie, auch wenn er sie noch nie probiert hatte. Sie enthielt Koffein und hatte wohl zum Fliegergepäck der Bomberpiloten gehört. Woher diese Dosen stammten, konnte man nur vermuten. Vielleicht von dem Fliegerhorst oder der Luftkriegsschule in Klotzsche. Ob das die Schokolade war, von der Barth gekostet hatte und die ihm verdorben vorgekommen war?

»Noch nie gesehen«, brachte Utmann mit schleppender Zunge hervor, und seine Augenlider wollten schon wieder nach unten klappen.

»Wie glauben Sie denn, wie das Geld und die Karten in das Versteck gelangt sind?«

Utmann wedelte mit der Hand. »Vielleicht war's schon da«, lallte er.

»Wussten Sie von dem Versteck?«

»Ich wusste von nichts. Fragen Sie doch die Frau!«

»Ihre Frau hat diese Sachen da versteckt?«

»Weiß ich, was die den ganzen Tag tut?«

»Ihre Frau haben wir schon vernommen. Sie behauptet, nichts zu wissen. Gibt es noch jemanden, der Zugang zu dem Haus hat?«, wollte Heller wissen.

Utmann legte die Unterarme auf den Tisch. »Weiß ich doch nicht. Vielleicht der Junge, der verzogene Bengel«, murmelte er und sein Kopf sank nach unten.

Heller hieb derart fest mit der Faust auf den Tisch, dass er sich selbst wehtat. Erschrocken fuhr Utmann hoch.

Heller wollte losbrüllen, beherrschte sich aber gerade noch. »Der Junge ist tot!«

»Aber weiß ich denn, was er getrieben hat? Der stahl sich nachts öfter aus dem Haus. Geschieht ihm ganz recht! Hätt er mal auf seinen Vater gehört.«

Heller starrte den Mann an. »Er ist tot! Ihr Sohn! Ihr großer Sohn!«

Utmann hob die Schultern. »Woll'n Sie, dass ich trauere? Das macht den auch nicht lebendig. Tot ist tot. Ich habe viele tot gesehen, von denen ist keiner wieder lebendig geworden. Nicht durch Gebete und nicht durch Gejammer. Fragen Sie mich nur, so viel Sie wollen, ich kann Ihnen nicht helfen.«

»Sie sagen also, Ihr Junge, Albert, hätte die Marken und das Geld beschafft?«

»Kann sein.« Utmann schien jetzt ein wenig munterer zu sein. Seine Müdigkeit war einer unterschwelligen Aggressivität gewichen.

»Die Schokolade, haben Sie die aus dem Krieg mitgebracht?« Heller zeigte auf die Dosen.

»Ich war in Gefangenschaft, beim Ami. Von dort hab ich gar nichts mitgebracht. War froh, wieder weg zu sein. Was ist das für ein Volk, wo Neger und Juden Soldaten sein dürfen?«

»Sie wissen also gar nichts?« Heller setzte sich. Dass dieser Mann seine Familie schlug, wusste er, doch darum ging es nicht, zumindest nicht primär. Dass er ihn dann gehen lassen musste, damit er daheim sofort seine Wut an den Kindern und der Frau auslassen konnte, das hinterließ in Heller ein Gefühl der Ohnmacht. Was, wenn sie als Nächstes Alfons irgendwo tot fänden? Müsste er dann ein schlechtes Gewissen haben? Heller wusste, dass die Antwort Nein lautete. Er tat schon, was er tun konnte. Aber er wusste, dass er sich trotzdem schuldig fühlen würde.

Es klopfte erneut. Salbach, der junge Polizist, der für Heller gelegentlich Schreiber und Dienstbote war, betrat den Raum.

»Jemand muss Sie dringend sprechen, Herr Oberkommissar«, meldete er.

»Das muss warten.«

»Er sagt, er sei Ihr Sohn.«

Für den Bruchteil einer Sekunde hatte Heller die Hoffnung, es könnte Erwin sein. Doch ebenso schnell wischte er den Gedanken wieder weg.

»Klaus? Führen Sie ihn rein. Werner, bringen Sie Utmann in eine Untersuchungshaftzelle. Er soll sich sammeln, wir werden die Vernehmung später fortsetzen.«

»Sie können mich nicht einsperren!«, empörte sich Utmann.

»Meine Vollmachten genügen durchaus, Sie hier einige Zeit festzuhalten. Unterdessen werden das Versteck und die Fundsachen nach Spuren und Fingerabdrücken untersucht. Inzwischen können Sie sich überlegen, ob es nicht doch etwas gibt, das Sie berichten können.«

»Das hab ich, das versuche ich ja. Sie wollen mir ja nicht glauben. Niemand glaubt mir! Alle verschwören sich gegen mich!« Utmann sprang auf und taumelte. Oldenbusch griff zu. Als Utmann versuchte, sich zu befreien, nahm ihn Oldenbusch im Polizeigriff und drehte ihm die Arme auf den Rücken. Salbach, der in dem Augenblick in der Tür stand, packte mit an, um Utmann zu bändigen.

»Die Bengel treiben sich herum und haben nur Flausen im Kopf«, rief Utmann. »Die klauen. Das hab ich denen nicht beigebracht, das ist die feine sozialistische Erziehung. So was lernen die vom Russen. Bei uns herrschte Zucht und Ordnung!«

Heller gab Oldenbusch ein Zeichen.

Klaus Heller, der das Zimmer nach Salbach betreten hatte, machte einen Schritt zur Seite, damit die beiden Polizisten Utmann abführen konnten.

»Ihr kriegt mich nicht!«, schimpfte der Mann und wandte

106

sich direkt an Klaus. »Ihr werdet mich nicht kriegen. Da könnt ihr noch so viele Spione schicken!«

Klaus sah den Männern nach, bis sie das Zimmer verlassen hatten, und schloss dann die Tür. Dann waren Vater und Sohn allein.

»Vater, wie geht es dir?«, fragte Klaus und reichte Heller über den Tisch die Hand.

Heller klopfte seinem Ältesten etwas linkisch mit der anderen Hand die Schulter. Sie sahen sich nicht mehr so oft, seit Klaus in den Polizeidienst eingetreten war. Einmal in zwei Monaten oder weniger. Sie wussten nicht genau, wie es ihm dort erging. Und ob Klaus mit einer Frau ausging, getrauten sie sich nicht zu fragen. Von sich aus hatte er seinen Eltern jedenfalls nichts erzählt. Klaus sprach generell nicht viel. Das war früher schon so gewesen. Ganz oft hatte er still und nachdenklich dagesessen. Die Zeit in der HJ war ihm ein Gräuel gewesen, das hatten sie registriert. Er verabscheute den harten Umgangston und den militärischen Drill. Wenn sein Sohn sich damals häufig in Gedanken verlor, hatte Heller den Eindruck gehabt, er träumte sich in eine bessere Welt. Heutzutage machte sich Heller Sorgen um ihn. Klaus wirkte so verbittert und ernst. Zu viel machte er mit sich aus, und er fürchtete, das hatte auch mit ihm, seinem Vater, zu tun.

»Gut, ja, nicht schlechter als anderen.«

»Und Mutter und die kleine Anni?«, fragte Klaus weiter.

»Danke. Es geht uns allen gut. Du könntest dich mal wieder sehen lassen, Klaus. Erwin schickt immer wieder Pakete. Mutter klopft noch immer Steine am Königsufer, sie lässt es sich nicht ausreden. Anni spricht nach wie vor wenig. Sie wacht nachts oft auf und weint. Vermutlich träumt sie schreckliche Dinge.«

Heller verstummte. Auch er hatte Albträume, ebenso wie

Klaus. Er wusste das. Bevor Klaus seine eigene kleine Wohnung bekommen und noch bei ihnen und Frau Marquart gewohnt hatte, war er in der Nacht oft aufgestanden und durch das Haus gelaufen. Manchmal hatte er stundenlang am Fenster gestanden und in die Nacht gestarrt. Heller hatte ihn mehr als einmal heimlich dabei beobachtet.

Heller bat Klaus, Platz zu nehmen, und sah sich um, ob er ihm etwas anbieten konnte. Aber es fand sich nichts. Klaus zog sein Jackett aus, setzte sich, um aus der Hemdbrusttasche eine Zigarettenschachtel herauszunesteln, und schüttelte eine Zigarette heraus. Heller beugte sich über den Tisch, gab Klaus mit einem Streichholz Feuer und schob ihm den Aschenbecher zu.

Verstohlen musterte Heller seinen Sohn. Man konnte nicht sagen, dass er wirklich aufgeblüht war in den anderthalb Jahren, seitdem er aus der russischen Gefangenschaft zurückgekehrt war. Sein Haar war ein wenig länger geworden. Die Wangen wirkten nicht mehr ganz so hohl und verhärmt, und er sah gesünder aus. Man sah ihm an, dass der Dienst ihm guttat. Er hatte eine Aufgabe gefunden, die seinem Leben einen Sinn zu geben schien.

»Und dir? Geht es dir gut?«, fragte Heller.

»Ich bin der SED beigetreten«, erwiderte Klaus, als sei das die Antwort auf Hellers Frage. »Und ich arbeite nun direkt für die DVdI.«

Die Deutsche Verwaltung des Inneren. Heller wusste nicht, was er davon halten sollte. Jetzt versuchte er erst mal, eine neutrale Miene zu bewahren.

Klaus sah ihn einige Augenblicke an und rauchte. Er hatte erst mit dem Rauchen angefangen, nachdem er bei ihnen ausgezogen war. Doch es sah aus, als täte er es schon ewig.

»Ich bin auch nicht zufällig hier, Vater«, begann er schließlich. »Dieser Mann, Karl Utmann. Warum hast du ihn hier?«

Heller lehnte sich zurück und atmete tief ein. Einige Male schon hatte er sich vorgestellt, wie es wohl sei, seinem Sohn bei der Arbeit zu begegnen. Damit war ja zu rechnen, da sie beide in einer nicht allzu großen Stadt mit einer halben Million Einwohner bei der Polizei arbeiteten. Besonders einfach hatte er sich diese Begegnungen nicht vorgestellt. Und er war immer davon ausgegangen, dass er dabei der Vorgesetzte seines Sohnes sein würde. Doch dass ihr erstes Treffen in einer solchen Konstellation stattfand, hatte er nicht ahnen können.

»Hab keine Sorge, Vater. Ich will mich nicht in die Ermittlungen einmischen«, versuchte Klaus ihn zu beruhigen.

»Warum fragst du dann nach Utmann?«

»Lass es mich dir erklären.« Klaus rutschte auf dem Stuhl herum. »In Zusammenarbeit mit dem MWD und dem MGB ermittelt unsere Truppe im Bereich politischer Straftaten.«

Heller nickte. Genau das wurde überall herumerzählt. Wenn auch mit etwas anderen Worten.

»Gestern hast du in der Oberschule Süd bei Frau Doktor Schleier nach einigen Schülern gefragt. Unter anderem nach Barth, Geißler, Koslowski, Burgmeister, Sturberg. Außerdem scheint Alfons Utmann flüchtig zu sein.«

Heller unterdrückte sein Erstaunen. Warum suchte ihn sein Sohn wegen dieser Jungen auf? Fragend schaute er Klaus an. Dieser erwiderte den Blick.

Klaus hat sich verändert, stellte Heller fest. Er war erwachsen geworden. Da war nichts Kindliches mehr an ihm. Seine Gesichtszüge wirkten hart. Ob der junge Max Heller auch so ausgesehen hatte, als er in den Dienst der Polizei getreten war? Heller hatte ein anderes Bild von sich, doch niemand konnte sich selbst objektiv beurteilen. Was wäre nur aus Klaus geworden, hätte es diesen Krieg nicht gegeben?

»Was ist mit den Jungen?«, fragte Heller und hoffte dabei,

sein Sohn würde nicht noch eine dieser filterlosen Russen-zigaretten in dem Zimmer rauchen.

»Ich muss dich bitten, die Nachforschung vorübergehend einzustellen und vor allem auf eine Vorladung und ein Ver-hör der Jungen zu verzichten.«

Heller hob den Kopf ein wenig. »Weshalb?«

Klaus rutschte wieder auf seinem Stuhl herum. Heller kannte seinen Sohn. Das war Klaus, wenn er sich unwohl fühlte, auch wenn er mittlerweile weitaus selbstsicherer auf-trat.

»Wir beobachten sie seit einigen Wochen. Seit einem An-schlag vor zwei Monaten, bei dem Handwaffenmunition auf Straßenbahngleise gelegt wurde, die sich durch das Über-fahren entlud. Durch die herumfliegenden Geschosse hätten Menschen ums Leben kommen können. Wir sind auf sie ge-stoßen, als einer der Burschen, Barth, dabei erwischt wurde, wie er ein Plakat in der Öffentlichkeit mit Schlamm be-warf. Seine Personalien wurden aufgenommen. Gegen das Versprechen, ohne Strafe davonzukommen, verriet er die Namen der anderen Jungen, die an der Tat beteiligt waren.«

Es klopfte und Oldenbusch trat zügig ein, wie er es ge-wohnt war. Heller warf ihm einen kurzen Blick zu, der ihm bedeuten sollte, auf jeden Fall zu schweigen. Klaus hatte seine Zigarette bis auf einen winzigen Rest aufgeraucht, zerdrückte die Glut mit den Fingern, behielt den Rest in der linken Hand.

»Wir ermitteln gegen die Bande wegen revanchistischer Umtriebe, subversiver Tätigkeiten, Desinformation der Bevöl-kerung, Provokation, Hetze, illegalem Waffenbesitz und vor allem wegen gezielter Sabotage und Spionage!«

Heller sah noch einmal zu Oldenbusch, der an der Tür lehnte.

»Sabotage«, wiederholte er, »und Spionage?«

Klaus nickte ernst. Oldenbusch stieß einen leisen Pfiff aus.

Heller blickte ihn strafend an, wandte sich wieder an seinen Sohn. »Ich soll meine Ermittlungen zurückstellen, damit deine Behörde weiter ermitteln kann?«

Klaus nickte. »Wir versuchen die Hintermänner aufzudecken. Irgendjemand organisiert die Jungen.«

»Gibt es schon Verdächtige?« Heller fragte sich, wer die Leute waren, für die Klaus arbeitete. Von wem waren sie geschult? Von den Sowjets? Wer hatte das Sagen? Oder waren sie nur ein Trupp junger politischer Eiferer?

»Es gibt einen kleinen Kreis von Personen, die für solche Taten infrage kämen. Leider konnten wir bisher keinem von ihnen eine Verbindung zur Südbande nachweisen.«

Vielleicht, weil es keine Verbindung gab, dachte Heller. »Gehört Karl Utmann zu diesen Verdächtigen?«

Klaus schien auf diese Frage gewartet zu haben. »Utmann ist seit drei Monaten aus der Kriegsgefangenschaft zurück. Er galt dort als ruhig und zurückhaltend, aber auch als ideologisch unbelehrbar. Wir sind dabei, ihn und sein Umfeld zu überprüfen. In seinem Arbeitskollektiv gilt er als wankelmütig, cholerisch veranlagt und unzuverlässig. Er besucht regelmäßig eine Spelunke, in der er sich betrinkt.«

Heller staunte. Sie besaßen sogar Berichte aus dem amerikanischen Kriegsgefangenenlager. Das wies auf ein umfangreiches Informationsnetz hin.

»Das fanden wir in einem Versteck in seinem Haus.« Heller deutete auf die Asservate auf seinen Tisch. »Er behauptet, davon nichts zu wissen. Ist es möglich, dass Albert Utmann zu dieser Bande gehörte? Wird ihnen denn auch Diebstahl vorgeworfen?«

Klaus nickte, machte aber keine Anstalten, sich die Fundsachen näher anzusehen.

»Wir vermuten, dass die Lebensmittelkarten gefälscht sind. Entweder beziehen sie diese aus einer Druckerei. Oder sie werden ihnen vom Klassenfeind aus dem Westen geliefert. Damit versuchen sie, den Aufbau und die neue sozialistische Ordnung zu unterwandern und Unfrieden zu schaffen.«

Heller sagte nichts dazu. Er mochte es nicht, wie Klaus sprach. Bei seinen Ermittlungen war er immer darauf bedacht, alle Möglichkeiten einzuschließen.

»Wie, meinst du, sollen wir mit Utmann verfahren?«

»Vater, ich bin nicht hier, um dir Vorschriften zu machen. Man bat mich, mit dir zu sprechen, weil ich dein Sohn bin und weil man hoffte, dass du deshalb eher Verständnis haben würdest. Niesbach hat sein Einverständnis schon erklärt.«

»Heißt das also, ich soll Utmann gehen lassen? Ihr beobachtet ihn weiter?«

»Es kann durchaus sein, dass er im Gefangenenlager Beziehungen geknüpft hat, die über die Grenze hinausgehen.«

»Die Grenze?«

»Zu den westlichen Besatzungszonen. Westberlin.«

Heller nickte und warf einen verstohlenen Blick zu Oldenbusch, der angestrengt auf den Boden sah und sich wohl wünschte, das Zimmer nicht betreten zu haben.

»Dieser Utmann prügelt seine gesamte Familie windelweich.« Heller betrachtete das Mienenspiel seines Sohnes genau. »Ich habe an der Leiche von Albert Anzeichen schwerer Misshandlung entdeckt, ebenso an Alfred, dem zweitjüngsten.« Heller sprach betont langsam. Er wollte sehen, wie Klaus damit umging. Doch dessen Gesicht schien wie aus Stein gehauen.

»Die Frau, Alma Utmann, konnte heute Morgen kaum laufen! Möglich, dass er ihr in die Nieren geschlagen hat. Und ihr eines Auge war vollkommen zugeschwollen.«

Endlich regte sich Klaus. Sein Blick, der hinter Heller in die Ferne gerichtet schien, kam wieder zurück in die Realität. Er sah seinem Vater kurz in die Augen und nickte knapp.

»Wir wissen das«, sagte er, dann sah er auf seine Schuhspitze.

Wir wissen das, mehr nicht? Heller wartete. Das konnte nicht die gesamte Antwort darauf sein. Doch ihm wurde schnell klar, er würde vergebens warten. Er kannte Klaus. In dieser Hinsicht hatte er sich nicht geändert. Wenn er schweigen wollte, schwieg er. Da halfen kein Zureden und keine Drohung.

»Klaus, ich halte es für möglich, dass der Junge freiwillig in den Tod ging, um seinem Vater zu entkommen.«

Sein Sohn senkte den Kopf zu einem unvollständigen Nicken. Vielleicht war es aber auch nur eine Geste, die zeigte, dass ihn dieser Gedanke nicht kaltließ.

Dann sog er Luft durch die Nase. »Wir glauben, dass Karl Utmann möglicherweise die Bande organisiert und sie zum Diebstahl und zur Sabotage animiert. Vielleicht hat er seinen Sohn auf den Kran geschickt, um ihn das Seil manipulieren zu lassen.«

»Womit?«

»Einer Eisensäge, um das Seil anzuschneiden.«

»Wir haben keine Säge gefunden«, warf Oldenbusch ein, obwohl Hellers Blick ihn zum Schweigen verdonnert hatte.

»Die hat sein Vater vielleicht entfernt oder einer der Jungen.«

Heller ließ Klaus nicht aus den Augen. Was wohl in seinem Sohn vor sich ging? »Wisst ihr etwas von einem Mann unbestimmten Alters, in Anzug und Weste gekleidet, mit Geheimratsecken und spitzem Bart?«

Klaus runzelte die Augenbrauen. »Nein.«

»Er soll Kinder auf dem Schulhof angesprochen und nach Albert oder wenigstens den Utmanns gefragt haben.«

Klaus ernste Miene wich einer Art Belustigung und ungläubigem Staunen. »Nein, von einem solchen Mann wissen wir gar nichts.« Plötzlich erhob er sich. »Ich würde gern am nächsten Wochenende zu Besuch kommen. Ist euch das recht? Ich bringe etwas zum Essen mit. Es wird aber nicht für alle genügen.« Klaus streckte ihm die Hand hin.

Heller erhob sich und nahm die Hand seines Sohnes. »Komm nur, wir freuen uns.« Forschend sah er Klaus in die Augen, suchte nach etwas, das ihm vielleicht verborgen geblieben war. Ihm konnte nicht egal sein, was mit dem Jungen geschehen war.

Nun hellte sich Klaus' Gesicht ganz auf. »Ich spiele übrigens wieder Fußball.«

»Ach ja? Das ist ja wunderbar. Bei Guts-Muts?«

»Dresden Johannstadt. Ja, zuerst nur Training, aber bestimmt darf ich bald spielen. Am siebenundzwanzigsten Juli ist übrigens Halbfinale der Zonenmeisterschaft, im Ostra-Gehege. Vielleicht wollt ihr mitkommen. Ich will sehen, dass ich Eintrittskarten bekomme.«

»Gern, Klaus, sehr gern. Gib uns Bescheid, du weißt, deine Mutter mag Fußball. Bestimmt freut sie sich zu hören, dass du spielst. Sag es ihr doch selbst. Ich werde es für mich behalten.«

Klaus nickte, und zum ersten Mal, seit sein Sohn aus der Gefangenschaft zurückgekehrt war, hatte Heller das Gefühl, er hätte sich ein wenig geöffnet.

Klaus löste den Handschlag und nickte Oldenbusch zu, der den Weg zur Tür frei machte.

Da fiel Heller noch etwas ein. »Ach, Klaus, hast du eigentlich den Heinz mal getroffen? Er hat mich nach dir gefragt.«

Klaus blieb stehen. »Der Seibling, Heinz? Ihm fehlt ein Bein. Der ist in der Bautzner, wegen Schmuggel und aufrührerischer Reden.«

»Der Heinz, auf der Bautzner Straße, in Haft?«

»Mit seiner Festnahme hatte ich nichts zu tun. Ich erfuhr es nur. Ich habe ihn kurz gesprochen.« Klaus zögerte. »Er war nicht mein bester Freund, früher«, fügte er leise hinzu. Dann verließ er den Raum.

Oldenbusch hatte sich auf den frei gewordenen Stuhl gesetzt. »Woher haben die so schnell erfahren, dass Utmann hier ist?«

Heller erhob sich und ging zum Fenster, um es nun doch zu öffnen. Sofort umfing ihn der hohe Geräuschpegel tuckernder Dieselmotoren, klingender Ketten der Treidler, die mangels Treibstoff und Maschinen wie vor zweihundert Jahren per Hand oder mit dem Pferd kleine Kähne die Elbe hinaufzogen. Das Klirren der Hämmer war zu hören, die quietschenden Lorenbahnen, das Knattern von Presslufthämmern, das Poltern der Steine, das schrille Kreischen der Straßenbahnräder in den Kurven. Doch er war bereit, das und die staubige Luft auszuhalten, wenn sich dadurch wenigstens der Geruch der russischen Zigaretten ein wenig verlor.

»Nun, wenn sie Utmann überwachen, bleibt es wohl nicht aus, dass sie davon wissen.« Heller wischte über den Schreibtisch, betrachtete missmutig die Spuren, die er dabei im Staub hinterließ.

»Was ist er denn, Ihr Junge? Leutnant, oder Kommissar?«, fragte Oldenbusch und ein leiser Vorwurf klang in der Frage mit.

Klaus hatte schnell Karriere gemacht. Heller erwiderte nichts, er musste nachdenken. Darüber, wie er mit der Bitte umgehen sollte, Utmann und all die Jungen unbehelligt zu lassen.

»Dass der Seibling in Haft ist, gefällt Ihnen nicht«, stellte Oldenbusch fest.

»Haben Sie denn etwas über die Karten in Erfahrung bringen können?«, fragte Heller dagegen. Oldenbusch nickte und fragte nicht weiter, stattdessen holte er einen vergilbten Zettel aus seiner Mappe.

»Die Brotkarten und auch die Raucherkarten zeigen keinerlei Anzeichen dafür, dass die gefälscht sind. Entweder sind es also sehr gute Fälschungen oder aber sie sind echt. Ich habe im Ernährungsamt anfragen lassen, ob es in letzter Zeit zu einem Diebstahl kam. Der Amtsleiter ist ein Herr Hempel, Edwin Hempel. Parteimitglied, soweit ich weiß.«

»Ein Nazi?«, fragte Heller.

»Nein, SED.« Oldenbusch lächelte verwundert. Heller schüttelte nur den Kopf. Die andere Partei. Die andere Polizei. Man müsste eigentlich lachen über die Absurdität, wenn es nicht so tragisch wäre.

»Was sagt dieser Hempel?«

»Die Anfrage muss geprüft werden.« Oldenbusch hob entschuldigend die Schultern.

Heller war nicht zufrieden. Kassner meldete sich nicht. Und im Amt musste erst geprüft werden, ob ein ganzer Stapel Lebensmittelkarten abhandengekommen war. Ein wahres Vermögen für einen einzelnen Mann.

»Und das Geld? Wie viel ist es?«

»Siebentausend Reichsmark. Es gibt jedoch keinen Grund, warum Utmann das Geld nicht gehören sollte.« Oldenbusch verzog den Mund, »es ist nicht verboten, sein Geld in seinem Haus zu verstecken.«

»Und nun?«, fragte Heller ungehalten. Sein Unmut galt nicht Oldenbusch. Doch der fühlte sich angesprochen.

»Wir sollten Utmann gehen lassen, wenn wir nicht der DVdI ins Handwerk pfuschen wollen.«

»Wir können nur hoffen, dass Alfons wieder heim findet und dass Utmann ihn nicht totschlägt.« So hatte Heller sich nicht vorgestellt, dass die Woche endete. »Dann veranlassen Sie, dass Utmann gehen darf. Und am Montag besuchen wir diesen Hempel.«

»Max!«

Heller öffnete die Augen. Karin hatte nach seiner Hand gefasst und deutete auf Anni, die hochkonzentriert eine Ameisenstraße betrachtete. Sie war dazu in die Hocke gegangen. Ihre mageren Knie ragten unter dem Kleidersaum hervor. Wie klein das Mädchen wirkte, dachte Heller bei sich.

»Was für eine Geduld sie hat«, sagte Karin und lächelte.

Nach einem anstrengenden Sonntagvormittag hatte sich Heller auf seinem hölzernen Gartenklappstuhl weit zurückgelehnt und war im Schatten eingedöst. Sie hatten Holz holen müssen. Später hatte er am Kaninchenstall im Waschhaus gebaut, die Türen gerichtet, das Heu ausgemistet und Futter gemacht, während Anni mit derselben Ausdauer, mit der sie die Ameisen beobachtete, das große Weiße streichelte. Sie würden es schlachten müssen, irgendwann. Heller versuchte, noch nicht daran zu denken. Er wusste, es würde an ihm hängen bleiben.

Währenddessen hatten Karin und Frau Marquart die ersten Beeren in den Büschen gepflückt. Bestimmt hätten sie noch eine Weile reifen können. Doch besser, man pflückte sie selbst, ehe ein anderer es tat. In der Nacht.

Ein dumpfer Donner wie ein fernes Gewittergrollen schreckte die beiden auf. Karin sah ihn erschrocken an.

Heller lief ins Haus, rannte die Treppen hoch und warf aus dem Treppenhausfenster in Annis Schlafnische einen Blick über das Elbtal. Karin folgte ihm mit Anni auf dem Arm, die dafür schon recht schwer geworden war. Auch Frau Marquart, die in ihrem Zimmer geschlafen hatte, kam dazu.

»Da ist ein Blindgänger detoniert. Eine Sprengung am Sonntag wäre ungewöhnlich«, mutmaßte Heller.

»Da!« Im Südwesten stieg eine graue Rauchwolke langsam in den Himmel auf. Heller atmete aus und versuchte sich nicht anmerken zu lassen, wie sehr ihm der Donner unter die Haut gefahren war.

Unruhig wälzte sich Heller im Schlaf. Er wusste, er befand sich in einem Traum, wie er das immer wusste. Doch wie er sich nicht wehren konnte gegen die Erinnerungen an blutigen Schlamm, an Ratten und an das ewig hämmernde Feuern französischer Kanonen, deren Geschosse tagelang systematisch die ganze Front umgruben und ihn gemeinsam mit einem Dutzend Kameraden in den hölzernen Unterstand zwangen, so konnte er sich auch nicht gegen diesen Traum wehren.

Er schwitzte. Er schwitzte im Bett und im Traum. Wie immer war es der Zorn, der ihn schwitzen ließ. Finsterer Zorn, der in ihm wallte und kochte. Heller hasste diesen Zorn, weil der ihn einfach überkam, weil es ihn alle Mühe kostete, diesen Zorn zu beherrschen. Doch dieser Zorn war mächtig, ließ ihn mit den Zähnen knirschen, ließ ihn die Fäuste ballen und rote Bilder in ihm aufsteigen. Dann schmeckte er den Schlamm zwischen seinen Zähnen, dann hörte er das Schrillen der Granate, die seinen Holzbunker zerfetzen würde mitsamt seinen Kameraden, die mit ihm stinkend, hungernd und fiebernd in dieser künstlichen Höhle Schutz gesucht hatten.

Nicht alle waren gleich tot. Viele schrien noch, auch er, bis Hilfe kam. Die Schreie waren es, die in den Sekunden des Zorns in seinem Kopf gellten. Rote Bilder und die Schreie der sterbenden Kameraden. Dieses tote Gewicht auf seiner Brust, das ihn in den Schlamm presste, ihn tiefer sinken, ihn nach Luft schnappen ließ. Dann ballte er die Fäuste, bis alles Blut aus ihnen wich und sie zu Steinen wurden.

Und dann diese Augen, wie sie sich im Schreck weiteten, als die steinernen Fäuste auf sie niederfuhren. Diese Augen würde er nicht vergessen. Wo war nur Karin, dass sie ihn weckte?

Heller fuhr auf. Schreie gellten durch das Haus. Nur mit der Unterhose bekleidet sprang er aus dem Bett und lief zu Anni.

»Ruhig!«, rief er. »Es ist gut!«

Doch Karin war schon bei dem Mädchen, hielt es im Schoß und wiegte es hin und her. Auch Frau Marquart war da. Anni schrie und schrie und wehrte sich, doch Karin hielt sie unerschütterlich fest, während die alte Frau dem Kind über den Kopf strich.

»Sch…sch…sch«, flüsterte Karin. Sie presste das Kind an sich, und als sie zu Heller aufsah, glänzten ihre Wangen im trüben Licht der Straßenlaterne. Langsam verloren Annis Schreie an Kraft, sie schluchzte nun und ihr kleiner Körper schüttelte sich wie unter einem Krampfanfall. Fast entschuldigend sah Karin ihren Mann an.

»Ich hab dich hören können«, flüsterte sie. »Aber ich konnte doch nicht weg von ihr.«

Heller sah verlegen zu Frau Marquart, die seinem Blick schnell auswich. Heller fühlte sich bloßgestellt. Ihm war, als müsste er etwas sagen zu ihr, sich erklären. Doch ihm fiel nichts ein.

Zu seinem Erstaunen erhob sich Frau Marquart und machte ihm den Platz neben Karin frei. Dabei berührte sie ihn kurz am Ellenbogen.

»Sie müssen sich nicht genieren. Kein Mensch kann das immer alles bei sich behalten«, sagte sie, ging zurück in ihr Zimmer und schloss leise die Tür hinter sich.

Es dauerte lange, bis Anni sich beruhigt hatte. Heller und Karin blieben noch eine geraume Zeit an dem Bett sitzen, um sicherzugehen, dass das Mädchen nicht noch einmal aufwachte. Sie würden jetzt sowieso nicht einschlafen können, so aufgewühlt, wie sie waren. Karin hatte sich erschöpft an Heller gelehnt.

»Was ist?«, fragte sie, kaum hörbar.

Heller wollte sich aufrichten, um zu lauschen. Doch dann verstand er Karins Frage.

»Ich weiß es nicht. Nicht genau«, log er.

»Es ist dieser Mann, der seine Kinder verprügelt, nicht wahr.«

Karin kannte ihn zu gut und spürte jede noch so kleine Veränderung bei ihm, als dass er ihr etwas hätte vormachen können.

Er spürte ihre Hand auf seinem Rücken, die ihn sacht streichelte.

»Es ist so lang her«, hauchte Karin. »So lang schon. Versuch es wieder zu vergessen.«

»Das sagt sich leicht.« Heller hob den Kopf und warf einen Blick auf Karins Gesicht. Aber es blieb im Dunkel.

Ob sie davon wusste? Ob sie wirklich wusste, was sie da von ihm verlangte. Zu vergessen. Heller war sich nicht sicher. Sosehr er sich wünschte, einmal mit ihr darüber sprechen zu können, sosehr hoffte er auch, dass es für immer sein Geheimnis blieb.

Ihre Hand lag jetzt ruhig auf seinem Rücken. »Versuch es wenigstens.«

Da schluchzte Anni noch einmal auf und der zarte Körper des Kindes bebte.

»Was sie nur gesehen haben muss …«, murmelte Karin und erschauderte.

Heller nahm sie in den Arm. »Frag dich das bitte nicht.«

»Doch, ich kann nicht aufhören, mich das zu fragen. Was hat Klaus gesehen? Und was Erwin? Was hast du gesehen? Dieser verdammte Krieg. Immer und immer wieder dieser verdammte Krieg. Wie schaffen es die Menschen nur, dieses Elend jedes Mal aufs Neue zu verdrängen?«

Heller dachte lange über eine Antwort nach. Weil es Menschen sind, war er versucht zu sagen. Doch wenn nicht der Mensch in der Lage war, sich zu erinnern und zu erkennen, was für schreckliche Folgen ein Krieg nach sich zog, wer sollte es sonst sein?

»Guten Morgen, Max. Wieder eine schlechte Nacht gehabt?«
Oldenbusch nahm Heller vor dem Haus mit besorgtem Gesicht in Empfang.

Heller versuchte es mit einem Lächeln, merkte aber, wie
kläglich er daran scheiterte. Er hatte kein Auge mehr zugetan in der letzten Nacht, stattdessen im Wohnzimmer gesessen und die Gedanken kreisen lassen.

Als er jetzt die Autotür öffnen wollte, kam Oldenbusch
ihm zuvor und hielt ihm die Tür auf.

»Werner, ich hab Ihnen doch gesagt, das müssen Sie nicht!«

»Ich stand doch nur gerade hier«, verteidigte sich sein
Assistent, lief um den Ford herum und ließ sich auf den Fahrersitz fallen. »Fahren wir zum Neuen Rathaus, Hempel besuchen? Oder haben wir einen anderen Plan?«

»Nein, so wie geplant.«

»Haben Sie den Blindgänger gehört gestern?«

Heller nickte. »Ja, haben wir.«

»Soll Tote gegeben haben.« Oldenbusch schnalzte mit der
Zunge und schüttelte den Kopf.

Trotz Oldenbuschs vorsichtiger Fahrweise ratterten die
geschundenen und allzu oft geflickten Reifen des Autos über
das Kopfsteinpflaster. Und obwohl er versuchte, jedes Schlagloch zu meiden, blieb es nicht aus, dass die Federn des Ford
harte Schläge einstecken mussten. Die Laster der Sowjets und
vor allem deren Panzer, welche die Kasernen regelmäßig zu
Übungszwecken verließen, zerstörten meist in Sekunden, was

die wenigen Straßenarbeiter mühevoll repariert hatten. So blieb oft kaum mehr Zeit, als die aufgerissenen Stellen mit Schutt und Sand zu füllen.

Die Fahrt führte sie vorbei an langen Kolonnen von Arbeitern und Arbeiterinnen, die im Morgengrauen in Richtung Innenstadt marschierten, und vorbei an den überfüllten Straßenbahnhaltestellen. *Alle fassen zu! Was tust du?*, konnte Heller auf Plakaten lesen. Und *Zufassen ist die Losung des Tages!* Heller sah hinaus, doch er konnte seinen Blick nirgendwo festmachen, weder an den Menschen in ihrer grauen Arbeitskleidung und mit müden Gesichtern noch an den unzähligen Fahnen und Bannern, deren rote Farbe dumpf wirkte angesichts der frühen Stunde und der Erwartung eines neuen, sehr heißen Tages.

Er musste eingenickt sein, denn plötzlich fand sich Heller vor dem Rathaus wieder. Oldenbusch war schon ausgestiegen, hatte die Tür fest zugeworfen und tat nun so, als hätte er vom kurzen Schlaf seines Chefs nichts mitbekommen.

Auch Heller stieg aus, setzte sich seine Mütze auf und straffte die Jacke. Er überlegte einen Moment, ob er nur die sichergestellten Karten mitnehmen sollte und seine Tasche im Wagen lassen. Doch zu groß war das Risiko, dass jemand die Gelegenheit nutzte und die Scheibe des Autos einschlug, um sie zu stehlen.

Das große Gebäude wirkte fast fehl am Platz, inmitten dieser nicht enden wollenden Trümmerwüste. In einem Kilometer Entfernung waren die Überreste des Hauptbahnhofs sichtbar. Für einen Fremden musste es unmöglich erscheinen, dass dies einmal das Zentrum einer Stadt gewesen war.

Am Rathaus wurde seit Monaten gebaut. Noch immer war es vollkommen eingerüstet, von der Fassade wurde Putz geschlagen, verbrannte Fresken abgehackt und an anderen Stellen schlichte glatte Steinplatten eingesetzt. Es war nicht mehr die Zeit für Pomp und Schnörkel. Allein der goldene Rathausmann auf der Spitze des Turms sollte erhalten bleiben. Das Dach wurde neu gedeckt, aber ob man damit fertig war, konnte Heller von hier aus nicht sehen. Angesichts des Wohnraummangels schienen dieser riesige Bau und der Verbrauch an Arbeitskraft, Zement, Ziegeln, Holz und Glas die reinste Verschwendung zu sein. Doch eine funktionierende Behörde war lebenswichtig, damit der Aufbau der Stadt voranschreiten konnte.

Schon jetzt hatten sich an den verschiedenen Eingängen lange Schlangen von Menschen gebildet, die auf der Suche nach Obdach waren, Melde- oder Lebensmittelscheine beantragen mussten oder andere Hilfe benötigten. Einige schienen schon seit Stunden zu warten, stumm und ohne Murren. Die Menschen hatten längst gelernt, dass Beschwerde und Widerstand nur zu weiteren Verzögerungen und Unmut in der Behörde führte. Alles schob man auf die Russen.

Heller und Oldenbusch kannten den Diensteingang und eilten raschen Schrittes an den Wartenden vorbei. Drinnen wurden sie von kühler Luft empfangen. Auch hier wurde gearbeitet. Scheinwerfer erhellten die Gänge, in denen gemauert oder gekalkt wurde und Tischler dabei waren, Türen zu bauen. Einige Treppenhäuser waren gesperrt. Heller und Oldenbusch mussten Umwege gehen und hatten Mühe, sich in dem Gebäude mit seinen vier Innenhöfen zurechtzufinden. Eine junge Verwaltungsangestellte zeigte ihnen schließlich den Weg zum richtigen Büro.

Die Sekretärin, eine kleine ernste Frau, sprang sofort auf, als Heller den Raum nach kurzem Klopfen betreten hatte. Sie meldete dem Amtsleiter ihre Ankunft und bat sie in dessen Büro. Dann lief sie eilig durch ihr Vorzimmer hinaus in den Gang.

Hempel kam Heller entgegen und schüttelte erst ihm, dann Oldenbusch die Hand. Er war ungefähr sechzig und sehr groß, ging aber krumm, als litte er unter Rückenschmer-zen. Er trug trotz der Wärme Weste, Anzug und Krawatte. Eine kleine Nadel zeigte seine Parteizugehörigkeit an. Seine Glatze versuchte er zu überdecken, indem er einige lange Strähnen von links nach rechts über seinen Kopf gekämmt hatte. Ein dünner Bart zierte seine Oberlippe und der Mann blickte geschäftig durch seine Brillengläser.

»Sie müssen verzeihen, dass Ihre Anfrage nicht gleich be-arbeitet werden konnte«, entschuldigte er sich umgehend. »Wir sind gerade erst wieder in unsere Räumlichkeiten zu-rückgekehrt. Dazu sind wir noch immer damit beschäftigt, Ordnung in das Tohuwabohu zu bringen, die Überreste unserer Akten zu sichten und die unzähligen Anträge zu be-arbeiten. Ich gebe auch unumwunden zu …«

In dem Augenblick klappte eine Tür und Hempel ver-stummte. Er wartete ab. Die Sekretärin kehrte zurück und trug ein Tablett, das sie nun auf dem Tisch abstellte. Stumm begann sie drei Untertassen, drei Tassen, drei Löffel, eine Zuckerdose, ein Milchkännchen und eine Kanne abzustellen. Dann goss sie Kaffee ein, verteilte die Tassen, nahm dann das Tablett auf und eilte wieder hinaus.

»Kaffee, die Herren?« Hempel zeigte freundlich auf die Tassen.

Es war echter Kaffee. Heller hatte das schon gerochen. Genau, was er jetzt gebraucht hatte. Angenehm stieg ihm der Geruch in die Nase. Trotzdem rührte er seine Tasse noch nicht an, nickte nur dankend und zwang damit Oldenbusch, sich ebenfalls zurückzuhalten.

»Sie wollten etwas sagen«, forderte Heller den Amtsleiter auf.

»Ganz recht. Ich gebe zu, dass es in den ersten Monaten nach Wiederaufstellung unserer Abteilung ganz zwangs-läufig zu einigen Unregelmäßigkeiten gekommen ist.«

»Die sich wie darstellten?« Es war Heller ganz klar, dass es einigen Menschen leichter fiel, an Kaffee, Zucker und Milch zu gelangen. Manche bekamen es geschickt aus dem Westen, so wie er selbst Pakete von Erwin bekam. Andere bezogen noch immer Pajok von den Sowjets, mit denen diese sich die Gunst ihrer deutschen Zöglinge sicherten. Auch er bekam noch solche Pakete und nahm sie gern an, selbst wenn er wusste, was dafür eigentlich von ihm erwartet wurde. Doch das Eintrittsgesuch in die Partei lag unangetastet und nicht ausgefüllt in einer Schublade im Wohnzimmerbuffet. Doch in einer Gesellschaft, die angeblich vom Volk geführt wurde, in der der Arbeiter denselben Stellenwert haben sollte wie der Bauer, der Lehrer, der Ingenieur und der Amtsleiter, müsste eigentlich jeder die Möglichkeit haben, Kaffee zu trinken, dachte sich Heller. Alles andere war Heuchelei.

»Nun, es kam zu Unregelmäßigkeiten bei der Ausgabe verschiedener Karten. Da viele provisorische Ausweispapiere im Umlauf sind, unablässig Zugereiste, Flüchtlinge und Rückkehrer in die Karteien einfließen, andere wegziehen von hier, kann es schon vorgekommen sein, dass Karten doppelt zugeteilt wurden. Viele melden außerdem ihre verstorbenen Verwandten nicht ab.«

Heller gab Oldenbusch mit einem Nicken zu verstehen, dass er sich gern am Kaffee bedienen konnte, was dieser auch umgehend tat.

»Nicht nur einmal soll es sogar vorgekommen sein, dass man die Toten noch über Monate zu Hause behalten hat.«

»Gibt es statistische Erhebungen, wie oft das vorgekommen ist?«, unterbrach Heller.

Hempel schüttelte den Kopf. »Tut mir leid, die Quote ist wohl aber nicht so hoch. Im einstelligen Prozentbereich.«

Immerhin mindestens einer von Hundert. Das war nicht

wenig. »Besteht nicht die Möglichkeit, dass es zu Diebstählen kommt?«

»Aber natürlich. Es gab und gibt immer wieder Einbruchversuche an den Ausgabestellen, vielleicht auch in den Druckereien ...«

»Und hier, innerhalb Ihrer Abteilung?«

Hempel sah auf und wirkte eher erstaunt als entrüstet. Heller bückte sich nach seiner Tasche, nahm die mit lateinischen und kyrillischen Buchstaben bedruckten Brot- und Kartoffelkarten und die Raucherkarten heraus. Er reichte sie Hempel, der sie fachmännisch betrachtete.

»Die fanden wir bei einer Hausdurchsuchung in einem Versteck. Sechsundachtzig Karten. Eine nicht unerhebliche Menge, nicht wahr?« Nun hatte Hempel etwas, womit er sich beschäftigen konnte. Das gab Heller die Gelegenheit, sich seinem Kaffee zu widmen. Obwohl er ihn mit Milch und ohne Zucker mochte, tat er sich jetzt zwei Löffel Zucker hinein, einfach nur um des Genusses willen. Die Milch war echt, kein Pulver. Wie oft hatten sie schon angestanden, um Milch für Anni zu bekommen. Heller verdrängte diesen Gedanken schnell. Bedächtig nahm er den ersten Schluck aus der Tasse, genoss den allzu lang vermissten Geschmack und die Süße, die ihm fast schon wieder zu viel war. Über den Tassenrand beobachtete er den Amtsleiter, der sich Notizen machte.

»Der Stempel könnte natürlich gefälscht sein«, murmelte Hempel. »Möglicherweise sind diese Karten auf dem Transport aus der Druckerei zu den Vergabestellen abhandengekommen. Sie machen auf mich einen recht neuwertigen Eindruck. Ich werde veranlassen, dass sich darum gekümmert wird.« Hempel sah freundlich auf.

Heller war irritiert. Schließlich war er nicht zum freundlichen Kaffeeplausch hierhergekommen. Das ungewohnte

Koffein des Kaffees schoss ihm in die Adern und machte ihn streitlustig.

»Sie sollten sich längst darum gekümmert haben. Es war leidlich viel Zeit dazu. Die Stempel können wir vergleichen. Das bringt zwar einigen Aufwand mit sich, aber dafür haben wir Leute.«

Hempels Gesichtszüge verkrampften sich. »Viel Zeit haben Sie uns nicht gegeben. Es gibt viel zu tun«, versuchte er sich zu verteidigen.

Heller stellte Tasse und Untertasse ab. »Jeder hat viel zu tun. Doch Sie stehen diesem Amt vor und wir sind nicht irgendwer, sondern von der Polizei. Unsere Arbeit sollte Hand in Hand gehen, es sei denn, Sie hätten kein Interesse daran, aufzuklären, auf welchem Wege diese Karten in fremde Hände gelangten.«

Der Amtsleiter suchte nach passenden Worten, doch er hatte Heller nichts entgegenzusetzen. Heller sah ihn unverwandt an. Er wollte dem Mann keine Möglichkeit geben, sich aus seiner Aussage herauszuwinden.

Hempel rutschte auf seinem Stuhl herum und zog einige Schubladen auf.

»Es gab vor einigen Tagen einen Einbruch an einer Vergabestelle am Münchner Platz. Warten Sie einen Moment, ich suche nach dem Akteneintrag.« Hempel stand auf und verschwand in seinem Vorzimmer.

Oldenbusch beugte sich zu Heller. »Den haben Sie aber ganz schön rangenommen, Chef.«

Heller nickte abwesend. »Ich mag es nicht, hingehalten zu werden«, murmelte er. Vielleicht tat er dem Mann unrecht, es war offensichtlich, dass alle Behörden und Ämter aufgrund der Zerstörung, des Nachkriegschaos, der Völkerwanderung und des akuten Personalmangels nur das Nötigste tun konnten.

Doch der tote Junge ging ihm nicht aus dem Kopf und Alfons, von dem er noch nicht einmal wusste, ob er heimgekommen war, und dieser Vater, der hemmungslos gewalttätig gegen seine Familie vorging. Und noch etwas nagte an ihm. Die Begegnung mit Klaus. Sein eigener Sohn, der sich anmaßte, ihm die Einstellung der Ermittlungen gegen einen Tatverdächtigen anzuraten.

Diese Lebensmittelkarten waren die einzige Spur, an der er sich gerade festhalten konnte, sein einziger Kontakt zu diesem Utmann, um ihn vielleicht dingfest machen zu können und so zu verhindern, dass dieser nicht irgendwann seine Familie totschlug.

Schon kehrte der Amtsleiter zurück mit einem vollen Ordner unter den Arm geklemmt. Er schlug ihn auf und begann, mit spitzen Fingern zu blättern.

»Hier. Vergabestelle 6, Südvorstadt, Sedanplatz. Es kam zu einem Einbruch. Den Dieben gelang es, eine provisorische Bretterwand auf der Rückseite des einstöckigen Gebäudes aufzubrechen.« Hempel las stumm weiter. »Nein, offenbar wurden sie gestört, ehe es ihnen gelang, etwas zu entwenden.« Hempel blätterte, las, wälzte dann einen ganzen Stapel Blätter zur Seite.

Ungeduldig beobachtete Heller den Amtsleiter, bis ihm der Geduldsfaden riss. »Ich nehme an, dass sämtliche Diebstähle, Einbrüche oder Unregelmäßigkeiten polizeilich erfasst sind?«

Hempel schüttelte den Kopf. »Nein, nur Einbrüche und Diebstähle. Wenn es bei den Abrechnungen zu Unregelmäßigkeiten kam, wurde dies intern aufgeklärt. Meist handelte es sich dabei um Druckfehler oder Zahlendreher.«

Heller trank seinen Kaffee aus. »Ich höre heraus, dass es Ihnen unmöglich ist, herauszufinden, ob und wann diese Karten entwendet wurden?«

»Zumindest ist es recht schwierig.«

»Dann werden wir Ihnen die Arbeit abnehmen, wenn Sie uns den Ordner für einige Tage zur Prüfung überlassen.« Heller erhob sich und streckte auffordernd die Hand aus.

Hempel klappte umständlich den Ordner zu und übergab ihn an Heller, der ihn an Oldenbusch weiterreichte und auf die Lebensmittelkarten deutete. »Es hat erst vor drei Wochen eine Überprüfung meiner Stelle durch das Lebensmittelversorgungsamt unter der Leitung von Genosse Lenkow, Major der Sowjetischen Streitkräfte, und Doktor Naumann gegeben. Es gab keinerlei Beanstandungen, alle Abweichungen hielten sich im normalen Rahmen und erwiesen sich als umstandsbedingt.«

Hempel reichte Heller die Karten.

Heller nickte. »Vielen Dank für den Kaffee. Den Ordner lasse ich Ihnen zurückbringen, sobald wir ihn nicht mehr benötigen. Einen guten Tag wünsche ich.«

Hempel schien mit dem Ausgang dieses Gesprächs nicht glücklich zu sein, entließ aber die Kriminalisten mit einem freundlichen Lächeln.

An der Zwischentür empfing sie die Sekretärin.

»Wir finden schon allein hinaus«, sagte Oldenbusch leichthin und schien froh zu sein, wieder an die Luft zu kommen. Die Sekretärin verzog keine Miene, schloss die Tür hinter ihnen und beeilte sich, ihnen die Tür zum Gang zu öffnen. Heller war ihr schon zuvorgekommen.

»Auch Ihnen einen schönen Tag noch«, wünschte er ihr. Da reichte ihm die Frau die Hand. Heller wunderte sich, bemerkte dann aber, dass sie ihm auf diese Weise einen Zettel überreichen wollte.

»Danke, gleichfalls«, sagte die Frau, ging zurück in ihr Zimmer und schloss die Tür.

Heller entfaltete den Zettel und bemühte sich, die mit dünnem Bleistift geschriebenen Buchstaben zu entziffern: *Glaser, Peter, Leiter Vergabestelle Südvorstadt.*

Er zeigte Oldenbusch den Zettel. »Unser nächstes Ziel.«

Die Vergabestelle für Lebensmittelscheine war eine massive Holzbaracke, etwas größer als eine Gartenlaube. Ihre Fenster waren mit Eisenstäben vergittert. Ein bewaffneter Sowjetsoldat wachte über den friedlichen Ablauf der Geschäfte.

Es war für Heller und Oldenbusch nicht schwer, sich Zutritt zu verschaffen, nachdem sie den Soldaten darüber informiert hatten, zu wem sie wollten. Doch die Gesichter der Anstehenden sprachen Bände. Man hielt sie für Vordrängler und mancher der Wartenden behielt seine Meinung nicht für sich. Wirklich laut aber wurde niemand.

Heller hämmerte jetzt gegen die Seitentür. »Kriminalpolizei!«, rief er und unmerklich wichen die Menschen in der Schlange ein wenig zurück.

Ein erschrocken aussehender, blasser junger Mann öffnete. Er fuhr sich über die Stirn, um eine Strähne aus dem Gesicht zu wischen.

»Peter Glaser?«, fragte Heller.

»Nein, Fuchs mein Name. Herr Glaser ist heute nicht da. Möchten Sie herein?«

Sein Tonfall verriet, dass er die Tür am liebsten sofort wieder schließen wollte. Heller sah sich um und betrachtete die Wartenden. Die Stimmung schien seltsam aufgewühlt. Es gab Getuschel, gebremste Entrüstung.

»Vorwärts, es gibt viel zu tun für mich«, rief jemand von weiter hinten.

»Ja, los, machen Sie mal hin!«, beschwerte sich ein anderer.

Nun erst fiel Heller auf, dass auch der wachhabende Soldat nervös wirkte und sich nach Verstärkung umsah. Das Gewehr trug er zwar geschultert, doch seine Finger umkrampften den Gurt.

»Wissen Sie denn, wo Glaser wohnt?«, fragte Heller den jungen Mann. Der schüttelte nur den Kopf.

»Sagen Sie, sind Sie wegen der abhandengekommenen Scheine hier?«, wollte Fuchs schließlich wissen. »Ich habe meine Aussage dazu gemacht. Es gab einen versuchten Einbruch …«

Heller schüttelte den Kopf, drückte den jungen Mann sanft, aber bestimmt in die Hütte. »Werner, warten Sie beim Wagen!«, befahl er und schloss die Tür hinter sich. »Sind Sie allein?«, fragte er. Der Raum, in dem sie standen, war Lager und Büro zugleich.

»Nein, Ursula ist vorn am Ausgabefenster.«

»Sicher kann sie für einen Moment allein arbeiten. Gab es einen Vorfall in letzter Zeit? Amtsleiter Hempel sprach davon.«

»Es gab einen Einbruch.« Fuchs zeigte auf das eingedrückte Fenster. »Sie haben offenbar mit einem Stock oder etwas Spitzem versucht, ein paar Scheine zu entwenden, doch es können nicht viele gewesen sein. Ich habe gleich nachgesehen. Aber Glaser hat dann viel mehr als gestohlen gemeldet. Das habe ich auch zu Protokoll gegeben.«

»Wem gegenüber?«

»Hempel und Doktor Naumann. Und einem Russen.«

»In welchem Verhältnis stehen Sie zu Glaser? Sind Sie befreundet?«

Fuchs schüttelte den Kopf. »Ich kenne ihn nicht gut. Bin erst seit Kurzem hier und Ursula auch.«

Draußen hämmerte jemand provozierend gegen die Holzwand.

»Was ist denn heute los?«, fragte Heller.

»Jemand hat im Radio gehört, im Westen haben Sie wohl neues Geld eingeführt. Im amerikanischen und im britischen Sektor. Die Deutsche Mark. Da gilt die Reichsmark nichts mehr. Sie haben es vor einer halben Stunde durchgesagt. So was spricht sich schnell rum, aber nichts Genaues weiß keiner.«

Neues Geld, und die Reichsmark galt nichts mehr? Und im Radio hatten sie es durchgesagt? Bestimmt im RIAS. Hatte Erwin deshalb Geld geschickt, fragte sich Heller besorgt, hätte er es denn nicht eintauschen können? Heller versuchte den Gedanken beiseitezuschieben, dazu war er nicht hier. »Und Glaser?«

»Unpässlich. Er war da, um Bescheid zu geben.«

»Aha. Hat er etwas mitgenommen?«

»Ich habe ihn nicht beobachtet.«

»Das muss ja nichts bedeuten«, murmelte Oldenbusch und umkurvte mit dem Wagen zwei mit Schutt beladene Pferdefuhrwerke.

Heller erwiderte nichts. Es bedeutete natürlich schon etwas, wenn in großen Teilen Deutschlands plötzlich eine andere Währung galt als bei ihnen. Oldenbusch machte sich da bestimmt auch nichts vor. Wahrscheinlich wollte er sich nur selbst beruhigen mit solchen Sprüchen.

Er hätte jetzt gerne mit Karin gesprochen. Für sie beide bedeutete die neue Währung vor allem auch ein weiterer Schritt zur Distanzierung und Trennung der Besatzungszonen und somit von Erwin. Ob Karin die Neuigkeit schon gehört hatte? Bestimmt, solche Dinge verbreiteten sich rasend schnell.

Schweigend setzten die beiden Männer ihre Fahrt fort, bis sie beim alten Polizeipräsidium angelangt waren. Die Bombe war fortgeschafft, die Kellerbüros wieder freigegeben worden.

»Versuchen Sie, über die Meldestellen etwas über den Glaser herauszufinden. Und vielleicht gelingt es Ihnen, einen Zusammenhang zwischen Glaser und Utmann herzustellen«, wies Heller seinen Assistenten an, als sie ausgestiegen waren.

»Denken Sie denn …«, fragte Oldenbusch zögernd.

»Ich denke die ganze Zeit über, Werner. Vielleicht können wir so Klaus ganz unverhofft bei seinen Ermittlungen unter die Arme greifen. Ich will jetzt zu Niesbach und mich mit ihm über das weitere Vorgehen beraten. Hempel hat uns wohl nicht die ganze Wahrheit gesagt. Später will ich noch einmal zur Kaitzer Straße. Vielleicht ist Alfons aufgetaucht. Werner, rufen Sie doch vorher in der Schule an, fragen Sie da zuerst.«

Niesbach empfing Heller freundlich, bot ihm Tee an und sortierte die Zeitungen, die er vor sich auf dem Tisch liegen hatte. Heller erkannte die Tägliche Rundschau, die Sächsische Zeitung, Junge Welt, Neues Deutschland, Sächsisches Tageblatt, die Union und die National-Zeitung.

»Das wird alles ändern«, meinte Niesbach ungefragt. Zwar konnten die Schlagzeilen der Zeitungen vor ihm noch nichts von der Währungsumstellung im Westen berichten, doch es war eindeutig, was er meinte.

»Das ist ein Ergebnis der Schuhmacher'schen Spaltungspolitik, die Einigung Deutschlands rückt damit in noch weite Ferne. Einwohner der westlichen Besatzungszonen dürfen wohl ein bestimmtes Kontingent an Reichsmark eintauschen, der Rest verfällt. Nun müssen unsere Grenzkontrollen verstärkt werden, um ein Einfließen von überschüssiger Reichsmark zu verhindern.«

»Kennen Sie Hempel vom Amt für Lebensmittelversorgung?« Heller war nicht hier, um über Politik zu sprechen. Außerdem hatte Niesbach seine eigenen Befürchtungen bereits in Worte gefasst. Während der Fahrt hatten sie schon lange Schlangen vor den Banken und noch längere vor den Lebensmittelgeschäften gesehen. Die einen wollten ihr Geld einzahlen, die anderen ausgeben. Wie schnell würde daraus eine Panik werden?

»Kenne ich, ja.« Niesbach schob die Zeitungen beiseite. »Ein wichtiger Mann. Zeichnete sich im Dritten Reich durch unerschütterliche Standhaftigkeit aus. Vier Jahre KZ überlebt. Folter. Hunger.«

Heller rieb sich das Kinn. »Mir scheint, er hält mich in einer Angelegenheit ein wenig hin.« Er wollte es erst einmal diplomatisch versuchen.

Niesbach nickte. »Ich weiß darüber Bescheid.«

»Ich bekam die Information, einen Vergabestellenleiter namens Glaser zu überprüfen ...«

»Von Hempel?«, fragte Niesbach schnell und leichte Verwunderung schwang in seinen Worten mit.

Heller gab ihm keine Antwort, sondern sah seinen Vorgesetzten nur an.

Es funktionierte. Niesbach verlor das Duell, kaum dass es begonnen hatte. »Vermutlich wollen Sie wissen, wie Sie damit umgehen sollen. Gehen Sie dem nach, Heller. Ich will Ihnen nur raten ...«, Niesbach suchte nach Worten, »Hempel ist ein wichtiger Mann.«

Heller seufzte und stand auf. Niesbach erhob sich mit ihm.

»Haben Sie gestern die Detonation des Blindgängers gehört?«, fragte er.

»Allerdings.«

»Zwei Jungen sind dabei ums Leben gekommen. Dabei war die Fundstelle markiert und abgesperrt, die Bombe sollte noch am Abend abtransportiert werden.« Niesbach war sichtlich betroffen. »Noch immer tötet dieser Krieg, obwohl er längst vorbei ist.«

Heller schwieg. Er wusste, dieser Krieg war noch nicht zu Ende, besser gesagt ein neuer hatte längst begonnen.

Heller nickte seinem Vorgesetzten kurz zu und machte sich auf den Weg in seine Schreibstube. Er fühlte sich niedergeschlagen und war voller Unruhe, weil ihm der Gedanke an das Geld nicht aus dem Kopf ging.

Oldenbusch erwartete ihn bereits.

»Schon fertig mit der Recherche?«, fragte Heller.

Oldenbusch schüttelte knapp den Kopf. »Schlechte Nachrichten! Wir müssen zur Schule.«

Frau Doktor Schleier sah Heller vorwurfsvoll an, als sei er allein für alles verantwortlich. Mit sichtbarem Unbehagen hatte sie die beiden Polizisten in ihrem Büro begrüßt, wo ein weiterer Mann anwesend war. Heller schätzte ihn auf siebzig. Er war steif und würdevoll und trug Vorkriegskleidung, einen Anzug, der beinahe wie ein Frack aussah. Er stellte sich als Oberstudienrat Dorfler vom Schulamt vor.

Da setzte sich die Schulleiterin an ihren Tisch, legte ihre Brille ab und verbarg das Gesicht in beiden Händen. Dorfler starrte auf das Plakat an der Wand. Oldenbusch kratzte sich nervös einen imaginären Fleck von der Hose. Und Heller wünschte sich, er würde damit aufhören.

Schließlich reichte es ihm und er räusperte sich. »Frau Doktor Schleier, wir müssen zur Sache kommen. Oder erwarten wir noch jemanden?«

Die Schulleiterin nahm die Hände herunter, schüttelte den Kopf und setzte die Brille wieder auf. Ihre Gesichtshaut war gerötet und der Abdruck ihrer Hände blieb einige Sekunden sichtbar, bevor er verblasste.

»Ich gehe davon aus, dass unsere Lehrer die Schüler im Umgang mit Waffen, Munition und Munitionsteilen instruiert haben. In den Klassenbüchern jedenfalls ist diese Beleh-

139

rung in allen Klassenstufen hinterlegt. Da der Bombenfund, wie ich hörte, markiert war und das Gelände abgesperrt, muss ich davon ausgehen, dass die Jungen absichtlich in den abgesperrten Bereich eindrangen. Warum die Bombe explodierte, ist noch nicht geklärt.« Die Frau nahm die Brille wieder ab, rieb sich die Augen. Entweder machte sie der Tod der Kinder schwer betroffen oder aber sie fürchtete sich vor drohenden Konsequenzen.

»Wie sicher wissen Sie denn, dass es sich bei den Jungen um Schüler Ihrer Oberschule handelt?«, fragte Heller. »War es eine dieser Mutproben gewesen?«

Die Schulleiterin setzte die Brille wieder auf, warf einen kurzen Blick auf den Oberstudienrat, der sich aber bis jetzt zurückhielt. »Heute fehlten sieben Kinder zum Unterricht. Herbert Schütz, Ernst Sturberg, Manfred Geißler, Franz Barth. Alles Schüler einer Stufe. Dann Alfons Utmann.« Schleier sah kurz zu Heller auf, anscheinend um seine Reaktion zu sehen. »Außerdem noch Johanna Zeil und Bernhard Koslowski, der große Bruder von Reinhard.«

»Es besteht also bei allen Kindern, außer vielleicht dem Mädchen, ein möglicher Zusammenhang zu der Bande.« Heller hatte laut gedacht, um Oldenbusch Zeit zu geben, seine Notizen zu beenden.

Frau Schleier stöhnte auf, als leide sie Höllenqualen. »Johanna Zeil wird eine enge Freundschaft zu Ernst Sturberg nachgesagt. Sie ... es heißt, sie hätte schon eine Abtreibung durchführen lassen.«

»Wie alt ist sie?«, fragte Heller. Eigentlich wollte er der Frau ein wenig Raum verschaffen. Allein die Anwesenheit von drei Männern in ihrem Büro schien bei der Direktorin Angstzustände auszulösen. Wahrscheinlich litt auch sie an einer Neurose. Heller wusste, was das bedeutete.

»Vierzehn«, erwiderte die Schulleiterin knapp.

»Werner, gehen Sie ins Nebenzimmer und rufen Sie beim Revier an. Jemand soll die Adressen der fehlenden Kinder anfahren.«

»Aber …«, hob Oldenbusch an.

Heller wischte seinen Einwand mit einer Handbewegung weg. Diese Sache bedurfte einer kriminalistischen Untersuchung, keiner politischen. Oldenbusch stand auf und verschwand in das Nebenzimmer.

»Nehmen Sie Sturberg von der Liste«, bat Frau Doktor Schleier. »Er ist als einziger der Toten identifiziert. Die Polizisten vor Ort waren sich nicht sicher, ob es noch ein oder zwei weitere Opfer gibt, vielleicht mehr. Von der Zeil und dem Sturberg weiß ich aus sicherer Quelle, dass sie diese Nacht nicht daheim waren.«

Heller wollte die Frau erlösen und stand etwas unvermittelt auf. »Vielen Dank. Jungblut und seine Klasse dürfen das Schulgebäude ohne meine Erlaubnis nicht verlassen.«

Da meldete sich auf einmal Oberstudienrat Dorfler zu Wort. »Meinen Sie nicht, dass Sie Ihre Befugnisse überschreiten?«, fragte er.

Auf einen solchen Einwand hatte Heller schon gewartet.

»Sie haben natürlich recht, Herr Oberstudienrat. Dann veranlassen Sie das.«

Frau Doktor Schleier sprang wütend auf. »Nein, *ich* veranlasse das!«

Ein Polizist wollte ihnen den Weg versperren, als sie sich mit dem Ford der Reichenbachstraße näherten, wo die Explosion stattgefunden hatte. Das war nicht weit von der Russischen Kirche, die als beinahe einziges Gebäude im weiten Umkreis vom Bombenhagel fünfundvierzig verschont geblieben war. Mit ihren blauen Kuppeln und goldenen Kreuzen gab sie ein seltsames Bild ab inmitten der Trümmerflächen. Auch hier standen Schaulustige, hauptsächlich Kinder und Jugendliche. Über das Gelände stakten Polizisten mit großen Schritten, suchten den Boden ab, klaubten gelegentlich mit behandschuhten Händen etwas auf.

»Heller, Kripo!« Heller zeigte dem Uniformierten seinen Dienstausweis durch das geöffnete Seitenfenster, woraufhin dieser grüßte und den Wagen durchließ.

»Ist ein Sachverständiger vor Ort?«

»Jawohl, da drin, der Herr im Blaumann.« Der Polizist deutete auf den Krater, der sich vor ihnen aufgetan hatte.

Heller stieg aus dem Auto und näherte sich vorsichtig dem Abbruchrand. Zwischen dem ganzen Schutt suchte er nach einem Weg hinunter, den er seinem rechten Fuß zumuten konnte. Es gab keinen. Am Grund des etwa fünf Meter tiefen und im Durchmesser zwanzig Meter großen Kraters standen zwei Männer, einer davon im blauen Arbeitsanzug, der andere in Feuerwehruniform.

»Guten Tag«, rief Heller. »Oberkommissar Heller, Kripo, wären Sie so freundlich, zu mir hinaufzukommen.«

Die Männer nickten und kletterten umsichtig hinauf. Heller reichte die Hand, ihnen über die letzten Meter aufgetürmten Schutts zu helfen.

»Berger, Feuerwehrhauptmann«, stellte sich der eine vor. »Das ist Genosse Schuhmichel, unser Experte in Sachen Sprengmittelbeseitigung.«

Schuhmichel, ein kleiner, ernster Mann mit Glatze, zog schnell seinen ledernen Handschuh aus und reichte Heller die Hand. »Genosse Heller, inwiefern bist du informiert?«

Heller ignorierte es, dass er als Genosse bezeichnet und damit auch geduzt wurde. Er war es leid, sich ständig als Nichtparteimitglied erklären zu müssen. Was er überhaupt nicht mochte, war das Duzen. Das nahm einem die Distanz zu Leuten, die man gar nicht kannte.

»Ich wurde nur dazugerufen, da es sich bei mindestens einem der Opfer um einen Jugendlichen handelt, der im Fokus meiner Ermittlungen stand.«

Schuhmichel seufzte wie jemand, der zum wiederholten Mal dasselbe erzählen musste. »Vorgestern wurde bei Räumarbeiten der Fund einer nicht detonierten Luftmine gemeldet. Es handelte sich dabei um eine Sprengbombe mit einem Gewicht von etwa anderthalb Tonnen. Möglicherweise durchschlug sie das Dach des Hauses, welches dann nach weiteren Bombeneinschlägen einstürzte und die Mine unter sich begrub. Nachdem sie am Samstag gefunden wurde, sicherten wir das Gelände weiträumig, sperrten dafür die Werder-, Uhland- und einen Teil der Reichenbachstraße.«

»Waren Posten aufgestellt?«

Schuhmichel kniff einen Moment die Lippen zusammen. »Wir haben das Gelände gesperrt, es war die Aufgabe der Polizei, das Gebiet zu sichern. Soweit ich weiß, ist das auch erfolgt. Aber sieh es dir selbst an, Genosse, es ist sehr unübersichtlich, und Personal nur begrenzt vorhanden. Außerdem sollte der gesunde Menschenverstand ausreichen, um zu wissen, dass man sich nicht in der Nähe von Bomben aufhält.«

»Der Krater kommt mir gar nicht so riesig vor«, sagte Heller und schaute in die Tiefe.

»HC-Bomben nennt man diese Art Minen bei der RAF, High Capacity, auch Blockbuster, also Blockknacker, weil sie ganze Häuserblocks zerreißen können. Die Tommys nennen sie Cookies. Sie werden von Lancaster-Bombern abgeworfen, in der Luft gezündet und decken im großen Umkreis Dächer ab, damit Brandbomben eine bessere Wirkung erzielen können. Es gibt keine große Splitterwirkung. Die Druckwelle ist jedoch verheerend. Sie verursacht noch in hundert Metern Entfernung tödliche Lungenrisse. Eines der Opfer, das iden-

143

tifizierte, starb vermutlich an einem solchen. Die Mine lag frei auf beinahe ebener Fläche. Der Explosionsdruck entweicht unter diesen Umständen hauptsächlich nach oben und zu den Seiten, deshalb ist der Krater nicht so imposant, wie man meint.«

»Ich wollte Ihr Wissen nicht infrage stellen, es interessiert mich nur. Wo haben Sie sich qualifiziert?«

»Ich war Feuerwerker bei der Wehrmacht. Zuerst in Frankreich, dann in Italien. Bin dort in amerikanische Gefangenschaft geraten. Wurde zur Kampfmittelbeseitigung gezwungen. Das hat vermutlich ein paar jungen Männern das Leben gerettet. Die Amis sind nicht zimperlich und schicken einfach ihre Gefangenen zur Minenräumung. Sachen hab ich gesehen, sag ich dir.« Zum ersten Mal verlor sich der Blick des Mannes.

»Und hier, die Opfer?« Heller hatte keine Zeit.

»Der tote Junge und die Überreste, die man gefunden hat, sind ins ehemalige Landgericht gebracht worden«, wusste Berger.

»Was meinen Sie, Herr Schuhmichel, wie bringt man eine solche Bombe zur Explosion? Ist es leicht?«

Schuhmichel zögerte, vielleicht war ihm bewusst geworden, dass Heller ihn siezte, oder er sann über eine Antwort nach. Dann lächelte er traurig. »Du siehst, sie fällt mehrere Tausend Meter und nichts geschieht. Und dann genügt eine Berührung, eine leise Erschütterung. Ich nehme an, es hat einen Schlag auf einen der drei Kopfzünder gegeben. Bei erster Begutachtung vorgestern sah ich, dass einer der drei Zünder noch nicht scharf war. Auch schien die Bombe eines ihrer Leitwerke verloren zu haben. Daher kam sie wohl ins Trudeln, schlug seitlich auf und war deshalb nicht explodiert.«

»Ein Schlag auf den Kopfzünder? Warum sollten sie das tun? Eine Mutprobe? Eine Wette?«

»Nun, ich habe schon gestern einen Verdacht geäußert, der jedoch bei deinen Kollegen eher Spott hervorrief. Die Zünder selbst besitzen eine Sprengladung, die etwa der einer Handgranate gleichkommt. Vielleicht hatten sie es darauf abgesehen.«

»Nun, es erfordert doch sicherlich einiges an Geschick und Mut, sich an dem Zünder zu vergreifen.« Selbst Heller konnte seine Skepsis kaum verbergen.

»Ja, oder eine gehörige Portion Dummheit.«

Heller reichte dem Mann zum Abschied die Hand. Dann ging er zu Oldenbusch zurück. Der stand neben dem Auto und sah seinen Vorgesetzten unglücklich an.

»Wir fahren zum Landgericht?«, fragte er.

»Ja, warum?«

»Nun, der Genosse dort hatte das vermutet«, er zeigte auf einen Uniformierten, »und bat mich, das mitzunehmen!« Oldenbusch deutete mit dem Kinn auf einen Blecheimer. Heller trat näher, verzog das Gesicht, ging aber trotzdem in die Hocke, um sich den Inhalt des Eimers genauer zu besehen.

Es handelte sich hauptsächlich um Stoffreste, ein verbranntes Stück Seil, wie manche es als Gürtel trugen, und einen Fetzen, der verbrannte Haut sein konnte, mit Resten daran, wie ein Büschel Haare.

»Genosse Oberkommissar!«, rief jemand von weit her. Heller sah auf. Ein weiterer Schutzpolizist, der eine flache Holzkiste vor sich hertrug, kam auf ihn zugelaufen.

»Das hier fanden wir gerade«, schnaufte er.

Heller nahm die Kiste entgegen. In ihr lag ein Fuß. Er steckte noch in seinem Schuh, war knapp über dem Knöchel abgerissen. Genau da, wo ihm die Chirurgen neunzehnfünfzehn im Feldlazarett den Fuß hatten abtrennen wollten. Ein Stück Knochen ragte noch heraus, das Fleisch war verbrannt.

Vom kurzen Strumpf war noch ein guter Rest vorhanden. Am wildledernen Schuh ersetzte ein Paketstrick den Schnürsenkel. Die Schuhspitze war aufgetrennt worden, damit der Träger ihn noch länger nutzen konnte, auch wenn er längst herausgewachsen war.

Heller stellte die Kiste auf der Motorhaube ab. Mit spitzen Fingern öffnete er die Schleife des Schuhs, zog ihn auf und bog die Lasche nach oben. Ins Leder gestanzt stand da: F. Barth.

Heller hatte sich die Jacke ausgezogen und über die Schulter geworfen. Es war heiß und er suchte den Schatten, sofern es Bäume und Häuser gab, die Schatten spenden konnten. Nachdem er die Münchner Straße ein Stück hinaufgelaufen war, hatte er sich in die Straßenbahn gesetzt. Die war jedoch unvermutet am Chemnitzer Platz stehen geblieben und fuhr nicht, wie erhofft, weiter den Plauenschen Ring hinauf. Nun war er wieder gezwungen, eine steile Straße hinaufzugehen. Über die Gitterseestraße wollte er zur Schopenhauer Straße, wo Familie Barth wohnte. Es war zwar schon ein Polizist zu der Adresse geschickt worden, der hatte aber niemanden angetroffen.

Jetzt war es an Heller, die Eltern mit dem möglichen Tod ihres Jungen zu konfrontieren und sie zur Identifizierung des Schuhs zu zitieren. Andererseits bot es ihm vielleicht die Möglichkeit, sich ein Bild von den Eltern zu machen, wenn diese noch unvorbereitet waren. Alarmiert sollten sie jedenfalls sein, wenn ihr Junge in der Nacht nicht heimgekommen war.

Immer wieder sah Heller sich um, denn er hoffte, Oldenbusch käme bald nach. Der wollte noch Kassner kontaktieren, damit dieser sich der Leiche und der menschlichen Überreste annahm und endlich seinen Bericht über Albert Utmann und den toten Mann abgeben konnte. Dass es überhaupt so lange dauerte, ließ Heller das Schlimmste vermuten. In den Westen, in den Westen, hieß es jetzt immer öfter und lauter. Ingenieure gingen. Wissenschaftler. Ärzte. Spezialisten aus allen Bereichen. Sogar Hellers Briefträger, gerade aus der Gefangenschaft zurückgekehrt und eingearbeitet, war nach dem Westen gegangen.

Heller blieb stehen, stützte sich mit einer Hand an einem Torpfosten ab und wischte sich mit seinem Tuch über die Stirn. Er entlastete seinen rechten Fuß. Aber nicht, weil er schmerzte, was er fast immer tat, sondern weil er auf einmal ein ungewohntes Gefühl beim Gehen hatte. Leise stöhnte er auf, als er die Ursache dafür erkannte. Unter dem Fußballen war das Leder abgenutzt und durchgetreten und es hatte sich ein Loch gebildet. Nun musste er einen Ersatz für die Sohle finden oder wenigstens etwas zum Einlegen. Möglicherweise hatte die Kleiderkammer der Polizei ein Paar Schuhe für ihn, doch die Chancen waren sehr gering.

Heller zuckte zusammen, als in seiner Nähe eine Fahrradklingel schrillte und jemand laut aufschrie. Zuerst sah er nur einen Radfahrer, der beinahe gestürzt war. Wütend hob der die Faust und fuchtelte einem Jungen hinterher, der über die Kreuzung Richtung Pestitzer Straße rannte und hinter einem Haus verschwand. Heller überlegte nicht lang, lief die Straße wieder hinunter und bog nach rechts ab.

Bald erblickte er den Jungen wieder. Der lief schnell, hüpfte beinahe und holte wild mit den Armen aus. Immer wieder warf er den Kopf in den Nacken, als lachte er. Nun rempelte der Bursche einen Mann an, der ihm entgegenkam.

»Komm nur her!«, brüllte dieser. »Ich zieh dir die Löffel lang, Rotzlümmel!«

Der Junge sprang auf eine niedrige Mauer, aber konnte sein Gleichgewicht kaum halten, stürzte auf den Rasen und rappelte sich wieder hoch.

Nun war Heller sich sicher, wen er da beobachtete. »Alfons!«, rief er. »Alfons, warte!«

Der Junge hielt kurz inne, sprang dann wieder von der Mauer und rannte auf dem Gehsteig die Straße hinunter.

»Polizei! Halten Sie ihn!«, rief Heller einem Mann zu, der ihnen entgegenkam. Der wollte sich den Jungen greifen, doch der schlug einen Haken und rannte in Richtung eines kleinen Parks davon. Heller, der ihm gefolgt war, sah, wie Alfons taumelte und über unebene Gehsteigplatten stolperte.

»Halten Sie ihn!«, rief Heller wieder, als er zwei Frauen um die Ecke biegen sah. Die eine fasste reflexartig zu und erwischte Alfons Utmann am Kragen. Doch der wehrte sich mit einer solchen Vehemenz, dass ihm das Hemd zerriss und er freikam. Dabei lachte er schrill auf und stürzte sich in ein Gebüsch, von dem er sich wohl Deckung erhoffte. Doch nun war Heller da und packte Alfons an den Armen. Der war völlig durchnässt, schwitzte aus allen Poren, und sein Schweiß malte helle Spuren in den Dreck auf seinem Hals und im Gesicht. Unter seinem rechten Auge war das Jochbein geschwollen und färbte sich gelblich und blau.

»Junge!«, rief er, denn Alfons wehrte sich mit all seiner Kraft.

»Was ist denn mit dem?«, fragte eine der Frauen mitleidig. »Das ist doch einer der Utmanns.«

»Ich bin Polizist, ich will ihn nur etwas fragen«, erklärte Heller.

»Nu, sei doch vernünftig, Junge, der Mann will dir doch nichts«, redete die andere Frau auf Alfons ein. Doch der schien wie von Sinnen zu sein und wand sich unter Hellers festem Griff.

»Alfons, ich will dir nichts tun. Ich lasse dich los, wenn du aufhörst, dich zu wehren.«

»Der nicht!«, schrie Alfons. »Der nicht, der kriegt mich nicht. Den hau ich tot, ich mach's! Ich mach es wirklich!«

149

»Ach, Gott«, keuchte die erste Frau schockiert. »Die Augen! Schauen Sie nur seine Augen.«

Könnte ich nur, dachte sich Heller, hatte er doch alle Mühe, den Jungen überhaupt zu bändigen. Dann hupte es und ein wohlbekanntes Motorengeräusch näherte sich. Es war Oldenbusch. Er bremste ab und sprang aus dem Wagen.

»Handschellen!«, befahl Heller. Oldenbusch griff nach einem Arm des Jungen und legte ihm, dessen Arme auf den Rücken gedreht waren, erst links, dann rechts die Handschellen an. Dann hob er ihn hoch, bis die Füße des Jungen den Bodenkontakt verloren. Alfons warf seinen Kopf hin und her, begann zu strampeln, trat nach Heller, der versuchte, die Tritte abzuwehren und seine Beine festzuhalten. Nun halfen auch die Frauen und gemeinsam drückten sie den Jungen zu Boden. Heller war gezwungen, sich auf die Beine des Jungen zu kauern und fasste ihn am Kinn, damit er endlich mit dem beängstigend wilden Kopfschütteln aufhörte.

»Alfons«, sagte er mit betont ruhiger Stimme. »Alfons, ich will dir nichts tun, beruhige dich. Junge! Ich will dir helfen, hörst du?«

Doch es hatte keinen Zweck. Inzwischen zuckten die Augen des Jungen unkontrolliert hin und her, die Pupillen waren extrem geweitet. Es sah aus, als sei er blind.

»Was ist nur mit dem?«, fragte die eine Frau erschrocken und mitleidig.

»Der ist vom Utmann, du weißt doch ...«, meinte die andere.

»Was wissen Sie denn von dem?«, fragte Heller.

»Furchtbarer Kerl, widerlich. Der verdrischt die Kinder, und der nimmt sich seine Frau ... na, Sie wissen schon. Schreien tut sie manchmal, wie ein Vieh, dann haut er ihr eine runter und dann ist Ruhe. Und nicht nur das. In der

Nachbarschaft vergreift er sich wohl auch hin und wieder. Der hat vom Krieg was mitgebracht, sag ich Ihnen. Ins Irrenhaus müsste der!«

»Vergriffen, wie?«

»Der Nachbarin ist er an die Wäsche gegangen. Hat sie ins Haus zerren wollen. Und einmal, da gab es einen Überfall auf eine Frau am Annenfriedhof. Da hat ihr einer den Rock zerrissen.«

»Bestimmt ein Russ!«, flüsterte die andere Frau.

»Nee, ich schwöre, das war der Utmann. Erst ist er ihr zwischen die Beine gegangen und dann konnt er nich und ist wütend geworden und hat sie geschlagen. Der ist nicht geheuer!«

»Ist der Vorfall denn angezeigt worden?«, fragte Heller, der immer noch mit aller Kraft den jungen Utmann zu Boden drückte.

»Ach was, vor dem hat doch jeder Angst hier, und vor allem Angst um die Kinder. Der schlägt sonst noch eins tot, irgendwann. Und der große Junge, der ist wohl schon abgehauen. Sagt man.«

Heller hatte nicht vor, diese Information zu korrigieren. Vielmehr war ihm daran gelegen, die Frau am Reden zu halten. »Aber den Kleinen, den schlägt er nicht, oder?«

»Das wagt der nicht. Das ist von einem Russen.«

»Aber wovor fürchtet er sich?«

Die Frau warf einen prüfenden Blick auf den Jungen, der aber noch immer wie von Sinnen war. Dann beugte sie sich zu Heller »Es heißt, sie hätte mit einem von denen angebändelt!«

»Dass es gar keine Notzucht war?«

»Sie wissen davon?«, wunderte sich die Frau.

»Von dem Russenkind, ja. Und Familie Barth, die kennen Sie auch?«

»Die von der Gitterseestraße, gleich bei mir um die Ecke? Die hat auch einen Burschen, der stellt allerlei Unfug an. Dem schleicht schon die Gestapo nach.«

»Die Gestapo gibt es nicht mehr!«, fiel Oldenbusch ihr hart ins Wort.

»Na, Sie wissen schon, was ich meine. Die geheime Polizei. Die arme Frau hat auch einiges auszustehen. Wo doch ihr Mann gerade erst gestorben ist.«

Einen Moment lang glühte es in Hellers Brust auf. Das hatte er vergessen. Nun musste er der Frau auch noch die Nachricht vom Tod des Sohnes überbringen. Doch dann stutzte er.

»Gerade erst gestorben, sagen Sie?« Heller war davon ausgegangen, dass der Barth im Krieg gefallen war, als Franz sagte, sein Vater sei tot.

»Das ist gar nicht lang her. Gerade ein paar Wochen«, erläuterte die Frau.

»Nun gut«, Heller stemmte sich hoch. Alfons hatte sich mittlerweile ein wenig beruhigt. Er wirkte erschöpft und wehrte sich nur noch schwach. Seine gerade noch glühenden Augen waren jetzt matt.

»Vielen Dank für die Hilfe«, sagte Heller. Die Frauen erhoben sich ebenfalls, klopften sich die Knie ab und nahmen ihre Taschen.

»Werner, der Junge muss zum Arzt«, wandte sich Heller an Oldenbusch. »Ich will wissen, was mit ihm ist. Haben Sie Doktor Kassner erreicht?«

»Allerdings«. Oldenbusch machte ein betrübtes Gesicht.

»Nun, was ist?«

»So viel ich da rauslesen konnte, ist Albert nicht abgestürzt. Außer den Hämatomen weist er keinerlei Verletzungen auf. Anscheinend ist er an Herzversagen gestorben.«

»An Herzversagen? Keine Vergiftung? Keine inneren Blu-

tungen? Kein Milzriss? Nierenversagen? Einfach so?« Heller
konnte es nicht fassen.

Oldenbusch zog die Mundwinkel nach unten. »Einfach so.
Steht im Bericht.«

Eine Weile stand Heller wie erstarrt. Hatte er sich da womöglich in eine Idee verrannt? Dass Utmann ein Unmensch
war, dass er seine Kinder und seine Frau schlug, war nicht
von der Hand zu weisen. Doch hatte er, Heller, vielleicht
noch mehr auf diesen Mann projiziert? Etwas, dass er eigentlich mit sich selbst ausmachen müsste?

»Und der andere Tote? Stiegler?« Heller sah Oldenbusch
fragend an.

»Auch an ihm konnte Kassner keinerlei Fremdwirkung
feststellen. Weil er kopfüber hing, hat ihn der Blutstau wohl
schnell bewusstlos werden lassen. Dadurch ist sein Körper
erschlafft und tiefergerutscht. Er scheint in dem offenen Rohr
ertrunken zu sein. Keine Anzeichen auf Fremdeinwirkung.
Die Kleidung des anderen toten Jungen, Sturberg, habe ich
untersucht. In einer Hosentasche fand ich einen Fetzen Papier, die Ecke eines Lebensmittelscheins. Die andere Hosentasche war aufgerissen, der Inhalt verschwunden. Schuhe
hatte er keine mehr. Ich fürchte, er ist gleich nach der Explosion gefleddert worden.«

Heller wollte keinen Gedanken an die Gewissenlosigkeit
der Leute verschwenden. Hunger und Not kannten keine
Moral.

»Lassen Sie uns den Jungen ins Auto auf die Rückbank
bringen. Sie fahren ihn ins Präsidium, dort muss er vom
Haftarzt untersucht werden. Dann soll er da bleiben. Aber
nicht in einer Zelle. Ich will zu Frau Barth. Und zu Sturbergs
Eltern. Holen Sie mich dort ab.«

»Chef, ich hab kaum noch Benzin im Tank …« Oldenbusch
wiegte bedenklich den Kopf.

»Werner, dann besorgen Sie welches! Wir können den Jungen hier nicht so liegen lassen. Er ist vollkommen überhitzt und dehydriert.«

Oldenbusch ergab sich mit hängenden Schultern seinem Schicksal. Dann sah er plötzlich auf. »Und die Schüler? Die sollten doch warten!«

Heller schloss für einen kurzen Moment die Augen. Er selbst musste auch etwas trinken, dringend. Er merkte, wie er sich immer weniger konzentrieren konnte.

»Also gut, bringen Sie den Jungen auf das Revier. Geben Sie meine Anweisung weiter. Dann kommen Sie her und nehmen Frau Barth und die Sturbergs zur Identifizierung mit, sofern sie daheim sind. Ich werde zur Schule gehen, nachdem ich die Familien über den Tod ihrer Söhne unterrichtet habe. Holen Sie mich später von der Schule ab.«

Völlig verschwitzt und unangenehm riechend erreichte Heller das Haus von Familie Barth. Es war ein dreigeschossiges Mehrfamilienhaus. In der zweiten und dritten Etage war die Außenmauer repariert worden, so auch das Dach, dessen fehlende Dachziegel durch einfache Schieferplatten ergänzt worden waren. Die Mauerziegel lagen blank, ganz ohne Putz. Der aus den Fugen gequollene Mörtel war zu grauen Zapfen erstarrt. Die Mehrzahl der Fenster standen offen und nur wenige waren verglast. Die meisten Scheiben waren durch Pappen ersetzt worden. Aus den Fenstern hing Wäsche an selbst gebauten Gestellen. Heller hörte Gesprächsfetzen in der ihm nunmehr schon vertrauten schlesischen Mundart. Ein Hund kläffte. Neben dem Gebäude schlug ein älterer Mann Holz.

»Guten Tag«, rief Heller.

Der Mann legte die Axt weg, kam heran und wischte sich die Hände an seinen Hosenbeinen ab. »Sie wünschen?«

»Ich möchte zu Familie Barth.« Heller holte seinen Ausweis heraus und zeigte ihn kommentarlos vor.

»Hilde ist gerade zurück. Im zweiten rechts. Der Bursche wieder, was?«

Heller ging nicht darauf ein. »Sie ist allein? Witwe? Und Franz ist ihr einziges Kind?«

»Sie hat noch eine Tochter. Ulrike.«

Heller nickte und sah an der Fassade des Hauses hoch. Er wollte diesen Gang noch ein wenig hinauszögern und sich selbst ein wenig Kraft verschaffen.

»Haben Sie das repariert? Gehört Ihnen das Haus?«

Der Mann schüttelte den Kopf. »Nein, der Eisenbahnergenossenschaft. Aber ich habe es repariert. Ich musste alles selbst besorgen. Da drüben ins Grundstück ist eine Bombe hineingefallen und hat das halbe Haus aufgerissen. Hier oben war alles ausgebrannt. Von denen, die hier gewohnt haben, bin nur noch ich da. Die anderen waren bei einer Faschingsfeier, in einer Gastwirtschaft unten an der Chemnitzer. Ich bin hiergeblieben, weil ich meinen Enkel dabeihatte. Kein Einziger ist wiedergekommen.« Der Mann verstummte.

Heller wollte, dass er weitersprach. »Und die Barths? Was war mit denen?«, fragte er.

»Die Barths waren komplett ausgebombt. Die haben früher oben gewohnt, in der Kohlenstraße. Siggi, der Siegfried, ist im Krieg gewesen. Er kam Anfang sechsundvierzig zurück und wurde hier einquartiert, half mir beim Bau. Hilde ist nach dem ersten Angriff mit den Kindern nach Bayern gebracht worden. Kam erst Ende siebenundvierzig wieder, weil sie hier wohl noch ihre Mutter hat, dass der Siggi zurück war, wusste sie damals noch gar nicht.«

Heller nickte und sah zum zweiten Stock hinauf. »Sagen Sie, könnte ich etwas Wasser bekommen?«, fragte er.

Der Mann nickte. »Macht es Ihnen etwas aus, aus dem

Schlauch zu trinken? Wir haben einen Anschluss im Keller. Es soll nur niemand wissen, sonst kommen alle betteln.«

Heller schüttelte den Kopf und folgte dem Mann ins Haus. Mit Erleichterung nahm er die Kühle wahr, als sie in den Keller hinuntergingen. Der Mann reichte ihm das Schlauchende und drehte den Wasserhahn ein wenig auf.

Heller trank vornübergebeugt und gab dann ein Zeichen, dass es genug war.

»Und ihr Mann, der ist gestorben, Siegfried Barth?«, hakte er erneut nach.

»Ja, vor drei Wochen vielleicht. Tragische Geschichte. Der war aus dem Krieg zurück und hatte eine Bleibe bekommen, weil sein Haus zerstört war. Er hat aber gedacht, dass Frau und Kinder tot seien. Dann trafen sie sich zufällig auf einer Hamsterfahrt im Zug. Stellen Sie sich das mal vor. Und nur ein paar Wochen später dann das, dieser Unfall. Der hat ja als Eisenbahner gearbeitet und ist bei einer Nachtschicht vor einen rangierenden Zug gelaufen. Da kam jede Hilfe zu spät. Gleich hier ist das passiert, beim Bahnhof Plauen.«

Hilde Barth war eine schöne Frau. Groß, schlank, mit selbstbewusstem Gesichtsausdruck. Ihr blondes Haar hatte sie zu einem strengen Dutt gedreht. Sie trug ein langes Kleid mit ausgewaschenem Blümchenmuster.

»Bitte?«, fragte sie, die Türklinke noch in der Hand.

»Hilde Barth? Kriminaloberkommissar Heller.« Heller wies sich erneut aus.

Das Gesicht der Frau verlor mit einem Schlag alle Farbe.

»Geh in dein Zimmer, Ulrike!«, befahl sie ihrer Tochter. Das Kind, etwa acht Jahre alt, lief sofort in sein Zimmer.

»Es geht um Ihren Sohn Franz, Frau Barth. Wollen Sie sich vielleicht setzen?«

Hilde Barth nickte und trat ein paar Schritte zurück, um Heller hereinzulassen. Als sie in die Küche ging, musste sie sich kurz am Türrahmen abstützen. Heller bot ihr schnell die Hand und führte sie zum nächsten Stuhl. Dann setzte er sich ihr gegenüber an den Tisch.

»Ihr Sohn fehlte heute zum Unterricht in der Schule. Ich nehme an, er kam heute Nacht nicht heim?«

Hilde Barth stammelte etwas Undeutliches.

»Er ist häufiger nachts nicht heimgekommen?«, riet Heller und die Frau nickte.

»Wir müssen leider davon ausgehen, dass er bei der gestrigen Blindgängerexplosion ums Leben gekommen ist. Trug er Schuhe, die an der Spitze aufgetrennt waren und bei denen im Futter der Lasche F. Barth eingestanzt war?«

Die Frau nickte und ihre Finger verkrampften sich ineinander.

»Wir haben nur …«, Heller zögerte, »… wir haben nur einen Schuh von ihm finden können.«

Das Gesicht der Frau verzerrte sich wie im Krampf und an den Schläfen traten die Adern hervor, doch kein Laut kam aus ihrem Mund.

Heller machte sich darauf gefasst, dass die Frau zusammenbrechen würde. Ruhig sprach er weiter.

»Offenbar hat er mit einigen Kameraden das abgesperrte Gelände betreten und sich an der Bombe zu schaffen gemacht.«

»Niemals!«, entfuhr es Hilde Barth und ihre Hände schnellten vor und krallten sich um die Tischkante. »Niemals! Warum sollte er das tun?«

»Ich hatte gehofft, Sie könnten mir bei dieser Frage weiterhelfen.«

Hilde Barth schlug die Hände vors Gesicht. »Ach, du lieber Gott!«

»Ist er denn oft weggeblieben? Hat er häufiger solchen Unfug angestellt?«

»Aber doch nicht so etwas«, krächzte die Frau.

Heller hörte leise Schritte. Das Mädchen schaute schüchtern durch die offene Tür, huschte dann hinein und presste sich an seine Mutter.

»Hat er denn manchmal Dinge mit heimgebracht, die er nicht hätte haben dürfen?«

»Nein, das hat er nicht. Er ist ein guter Junge. Ein guter Junge!«

»Frau Barth, wir müssen versuchen den Fall aufzuklären, es muss doch einen Grund geben, dass er dabei war. Hat er vielleicht etwas gesagt, hat jemand ihn genötigt?«

Plötzlich richtete sich die Frau auf, kramte ein Taschentuch hervor, putzte sich die Nase und rieb sich die Tränen unter den Augen weg. Dann nahm sie die Hand ihrer Tochter. »Ich weiß nichts, ich weiß gar nichts.«

Heller sah die Frau einige Sekunden lang an. Sie erwiderte den Blick, ohne zu blinzeln, nur gelegentlich durchzuckte ein unterdrückter Schluchzer ihren Körper.

Heller stand auf. »Nun denn. Es wird gleich ein Kollege kommen, der muss Sie mitnehmen, damit Sie wenigstens den Schuh identifizieren. Vielleicht haben die Genossen vor Ort in der Zwischenzeit noch andere Dinge zur Identifizierung gefunden. Sind Sie bereit dafür?«

»Bereit, ja, ich bin bereit.« Hilde Barth blickte ihn unverwandt an.

Heller wusste nicht mit der Reaktion der Frau umzugehen. Sie beherrschte sich nicht wegen ihrer Tochter, sondern wegen ihm. Sie wollte ihre Gefühle bei sich behalten. Doch warum? Schämte sie sich?

»Und ich werde Sie ins Präsidium vorladen, zur Klärung der Sachverhalte«, sagte er.

»Tun Sie das, ja.«

Heller stand schon in der Küchentür, doch dann fiel ihm noch etwas ein, das er gleich wissen musste. »Sagen Sie noch, bitte …«

Hilde Barth, die gerade in sich zusammengesackt war, straffte sich erneut und sah ihn an, mit Augen, in denen sich eine gewisse Hysterie abzeichnete.

»Gibt es jemanden, den ich für Sie holen kann? Einen Arzt?«

»Nein! Niemand. Es gibt niemanden! War das Ihre Frage?« Es war, als würde sie jeden Moment in Ohnmacht fallen.

Heller schüttelte den Kopf. »Hat Ihr Franz jemals von einem Glaser gesprochen? Peter Glaser?«

»Nein, nie!«, kam es aus dem Mund der Frau geschossen, und ihre Tochter sah sie ängstlich an.

Heller ging noch einmal zum Tisch, holte einen kleinen Zettel mit seiner Fernsprechnummer heraus und legte ihn ihr hin. »Rufen Sie mich an, wenn Sie Hilfe benötigen.«

Zu den Sturbergs, wohnhaft am oberen Ende der Westendstraße, war die traurige Wahrheit schon durchgedrungen. Die ganze Nachbarschaft hatte sich in ihrem kleinen Haus eingefunden und versuchte, der Mutter Trost zu spenden. Frau Sturberg war nicht ansprechbar. Man fächelte ihr Luft zu und brachte ihr Wasser. Der Vater war noch arbeiten und wusste nichts von dem Unglück. Heller nahm den Großvater beiseite, einen betagten weißhaarigen Mann, der Pfeife rauchte. Er ertrug den Tod seines Enkels mit stummer Fassung.

»War denn der Ernst oft mit Franz zusammen?«

Der alte Sturberg rieb sich das stoppelige Kinn. »Dieser Barth. Dem Burschen hab ich nie getraut. Verrückter Hund, der hätte längst hinter Gitter gemusst.«

»War er hier gestern? Gingen die Jungen zusammen weg?«

»Nein, hier war er nicht. Ernst ging am frühen Morgen fort.«

»Hat er gesagt, was er vorhatte?«

»Angeln wollte er gehen. An der Elbe. Er ging aber zuerst den Berg hinauf.«

»Zum Franz?«

»Möglich, gesagt hat er nichts.«

»Ging er oft angeln? Hatte er denn eine Rute?«

»Jawohl, samt Rutentasche. Die hatte ich ihm geschenkt. Vor Jahren schon.«

21. Juni 1948,
später Nachmittag

Drei Stunden hatte die Befragung der Kinder und des Lehrers gedauert, dann hatte Heller sie in den Nachmittag entlassen. Befragungen, die alle im Beisein der Schulleiterin stattgefunden hatten und vollkommen ergebnislos geblieben waren. Dabei musste wenigstens dem Lehrer doch etwas aufgefallen sein. Grüppchenbildung, heimliche Gespräche, Zettelpost. Informationen drangen immer nach draußen, selbst in der geheimsten Organisation, erst recht in einem Klassenverbund mit vierzig Jungen und Mädchen. Es hatte absolute Stille geherrscht in der Schulklasse, nur gelegentlich hatte jemand aufgeschluchzt. Man wusste nicht, wer außer Sturberg und Barth noch ums Leben gekommen war. Von denen, die fehlten, war noch keiner gefunden worden. Im schlimmsten Fall musste man davon ausgehen, dass sie alle Opfer der Explosion geworden waren.

Lehrer Jungblut fürchtete offensichtlich, dass es ihm an den Kragen gehen würde. Immer wieder hatte er an seiner Krawatte gezupft und nervös seine Brillengläser gerieben. Nach der Logik der neuen Machthaber musste es für alles einen Schuldigen geben. Heller konnte und wollte Jungblut nicht helfen. Auch nicht der Schulleiterin. Anstatt ihm zuzuarbeiten, brachten sie ihm offenes Misstrauen entgegen. Ohne ein Wort waren er und Frau Schleier auseinandergegangen.

Heller hatte die Linie zweiundzwanzig genommen, die wenigstens bis zur Cottaer Straße fahren sollte. Das letzte

161

Stück zum Friedrichstädter Krankenhaus würde er laufen müssen. Nach einer ersten Untersuchung hatte man Alfons dahin gebracht. Sein Gesundheitszustand war sehr schlecht, hatte Heller am Telefon erfahren. Er schien in einen koma-artigen Schlaf gefallen zu sein. Der Arzt hatte darauf bestanden, Heller zu sprechen, weshalb jetzt Eile angesagt war, denn der Mann hatte nur bis achtzehn Uhr Dienst.

Die Stimmung unter den Fahrgästen war gedrückt. Es wurde verhalten getuschelt, die Gesichter waren besorgt. Heller hörte heraus, dass es ums Geld ging, was es noch wert war, ob es verfiel. Der eine hatte gehört, man solle alles zur Bank schaffen, andere wussten, dass man es schnell ausgeben sollte. Heller merkte, dass er nicht mit einbezogen wurde in die Unterhaltung, im Gegenteil, in seiner unmittelbaren Nähe verstummte bald jedes Gespräch. Sahen sie ihm an, wer sein Arbeitgeber war?

So weit war es also schon wieder gekommen.

Heller hatte die Kinderklinik sofort gefunden, ebenso den Chefarzt vom Dienst, Doktor Wittek. Er war jung, noch nicht vierzig, sprach mit leicht preußischem Dialekt und sah bei der Begrüßung auf die Uhr. Sein brünettes, streng nach hinten gekämmtes Haar glänzte pomadig. In seinem Büro stapelten sich Medikamentenschachteln und Verbandszeug an den Wänden. Sein riesiger Eichenholzschreibtisch, sicherlich aus einem Nazihaushalt requiriert, dachte sich Heller, war voller Papierstapel, die aber ordentlich sortiert nebeneinanderlagen. Neben dem Spind stand eine Tasche, die mit Kohlebrocken gefüllt war. Der Linoleumboden glänzte.

Wittek kam gleich zur Sache. »Der Junge ist in einem desolaten Zustand. Unmittelbar nach der Einlieferung erlitt er einen Blutdruckabfall und damit einhergehend einen Kreislaufzusammenbruch. Er hatte zuerst erhöhte Körpertemperatur. Neununddreißig acht. Diese ist in wenigen Minuten rapide gesunken. Seine Pupillen sprachen auf keine Lichtreize an. Mangels besserer Mittel griffen wir auf eine Kochsalzinfusion zurück und konnten ihn so wenigstens stabilisieren. Er schläft jetzt, allerdings grenzt sein Zustand an Bewusstlosigkeit. Er lässt sich nicht wecken. Im Moment halte ich das zwar nicht für bedenklich, sollte der Zustand jedoch bis morgen Mittag anhalten, werden wir ihn medikamentös wecken müssen.«

»Haben Sie eine Ahnung, worauf dieser Zustand zurückzuführen ist? Schock? Hysterie?«

Wittek verzog den Mund. »Der Begriff Hysterie ist veraltet und wird unter seriösen Medizinern nicht mehr verwendet«, erklärte er Heller etwas belehrend. »Hinter ihm verbergen sich verschiedene Psychosen und Belastungszustände, die wir jetzt nicht erörtern müssen. Die Amerikaner nennen das Stress. Ich weiß aber, worauf Sie hinauswollen, darüber sprechen wir auch noch.« Der Arzt trat an das offene Fenster und zündete sich eine Zigarette an. Dann fiel ihm ein, dass er Heller keine angeboten hatte, und holte das schnell nach. Heller lehnte ab.

»Ich würde ja gerne eine chemische Analyse der Blutprobe veranlassen«, fuhr Wittek fort, winkte dann aber gleich ab, was wohl bedeuten sollte, dass dies nicht möglich war. »Eine Theorie habe ich aber.« Er nahm einen Zug und blies den Rauch durch den Mundwinkel Richtung Fenster.

»Und die wäre?«, fragte Heller interessiert.

»Methamphetamin«, antwortete Wittek. »Irgendwie muss der Junge an diese chemische Droge gelangt sein. Man nennt sie auch Panzerschokolade oder Fliegermarzipan. Die Leute neigen dazu, sich solche anschaulichen Namen auszudenken. Es hat jedoch weder mit Schokolade noch mit Marzipan zu tun. Es sind Pillen. Pervitin heißt das Produkt. Hat man im ersten Kriegsjahr millionenfach an Panzersoldaten und Bomberpiloten ausgegeben. Die Droge kann über Tage wach halten, verursacht Euphorie und steigert die Leistungsfähigkeit. Man spürt keinen Hunger und keinen Durst mehr. Vor allem aber hat man keine Angst. Allerdings kann es zu Halluzinationen kommen, die wiederum können ganz irrationale Ängste auslösen. Außerdem wird das sexuelle Verlangen gesteigert, während im gleichen Maße die sexuelle Leistungsfähigkeit sinkt.«

Heller horchte jetzt auf, doch der Arzt sprach schon weiter. »Neunzehnhundertvierzig sprach man sich vor dem NSD-Ärztebund gegen die dauer- und massenhafte Verwendung Pervitins aus. Zwar hilft die Pille, sehr lange wach und aufmerksam zu bleiben. Doch der Phase des Rausches folgt meist ein rapider körperlicher Abbau, verbunden mit Depression und gesteigerten Angstzuständen. Das kommt einer totalen Erschöpfung gleich. Man kann den Körper nicht überlisten. Er holt sich, was er braucht, und was er braucht, ist Schlaf!« Wittek blickte aus dem Fenster und drehte die Zigarette zwischen den Fingern. »Bei dem Jungen deutet alles auf einen längeren Pervitin-Missbrauch hin. Seine Magerkeit können wir in den heutigen Zeiten der Mangelernährung nicht als Symptom gelten lassen, aber ich habe eine ungewöhnliche Zersetzung seiner Schleimhäute festgestellt, er hat starke Karies und die Urinprobe weist auf einen Nierenschaden hin.«

Nierenschaden. Das Wort hallte in Hellers Kopf nach. »Kann man daran sterben, am Gebrauch dieser Droge?«

»Grundsätzlich ja.«

»An Herzstillstand?«

Wittek zog an der Zigarette und blies den Rauch wieder aus dem Fenster. »Es ist durchaus möglich. Bei hoher Dosierung kann das Mittel sechsunddreißig Stunden wach halten.

Das und die Hitze, die Dehydrierung, die Euphorie, all das kann zum Herzstillstand führen. Sie fragen so gezielt?«

»Wir haben seinen Bruder tot aufgefunden. Doktor Kassner schloss auf einen Herzstillstand.«

»Unser Kassner? Aus dem Pathologischen Institut?«, fragte Wittek interessiert nach.

»Ja, Kassner hat bis vierundvierzig gelegentlich als Gerichtsmediziner ausgeholfen. Noch etwas anderes.« Heller holte die kleine braune Flasche hervor. »Kennen Sie das? Fanden wir bei dem toten Jungen. Seine Mutter hat es angeblich nie gesehen.«

Wittek betrachtete das Fläschchen, ohne es anzufassen. »Ohne Etikett ist das schwer zu sagen. War es leer? Dann hat er das vielleicht eingenommen. Starke Medikamente können in Verbindung mit Pervitin durchaus zu akutem Herzstillstand führen. Lassen Sie mich riechen!«

Heller hielt es dem Arzt hin, der roch daran, schüttelte knapp den Kopf. »Ist der Leichnam des Bruders noch hier?«

Heller nickte.

»Dann schau ich mir ihn morgen an. Heute muss ich sehen, dass ich heimkomme. Ich habe vorhin einen hysterischen Anruf meiner Frau bekommen ...« Wittek stutzte, als ihm bewusst wurde, welches Adjektiv er da gerade verwendet hatte. Er sah Heller an und lachte schnaubend auf.

»Ich weiß nicht, was die im Westen damit erreichen wollen. Es wird nur dafür sorgen, dass der Osten noch mehr ausblutet. Wer kann, haut ab, nach einem einigen Deutschland sieht das nicht mehr aus. Die Sowjets, Genosse Heller, werden das nicht zulassen, die machen eines Tages noch mal alle Grenzen dicht! Ich will es nicht beschreien, aber es kommt mir vor, als forcierten der Ami und der Russe einen neuen Krieg, den sie auf unserem Boden austragen werden.«

Heller hatte keine Lust auf diese Art von Spekulationen.

Lieber hätte er gewusst, was es denn war, das die Frau des Arztes hatte hysterisch werden lassen. Ging es um das Geld? Doch die Zeit lief ihm davon, er hatte noch einen Weg zu erledigen. Es zwang ihn zwar niemand dazu, doch er selbst hatte sich diesen Weg vorgenommen, das war Grund genug.

»Der Junge! Alfons!«

Wittek nickte eilig, nahm noch einmal einen tiefen Zug, drückte dann den Zigarettenstummel auf dem Sims aus und warf ihn auf die Straße. »Lassen Sie uns zu ihm gehen.«

Er riss die Tür auf, ließ Heller vorgehen und schloss die Tür hinter ihnen ab. Die Begrüßungen der vorbeilaufenden Krankenschwestern ignorierte er. Zuerst marschierte er schnellen Schrittes los, verlangsamte dann aber, als er bemerkte, dass Heller nicht so schnell mithalten konnte.

»Sie humpeln«, stellte er fest. »Sieht nach einem schlecht verheilten Bruch aus.«

Heller wartete mit seiner Antwort, bis eine Schwester vorbeigelaufen war und in einem Zimmer verschwunden war. »Eine Kriegsverletzung von neunzehnfünfzehn. Wie kommen Sie eigentlich auf dieses Pervitin? Ist das unter Ärzten bekannt?«

Wittek ging nicht gleich auf Hellers Frage ein. »Wo waren Sie? In Frankreich? Belgien?«

»In Belgien, in der Schlacht bei Vimy.«

»Vimy, das ist in Frankreich, in der Nähe von Belgien. Da begann es am ersten Mai, nicht wahr?«

»Am dritten Mai begann das Trommelfeuer, es hielt sechs Tage an, dann kam der Angriff«, antwortete Heller und hörte selbst die Schroffheit in seiner Stimme.

Wittek blieb unbeeindruckt. »Mein Vater war Frontarzt im Ersten Krieg. Er fiel neunzehnachtzehn kurz vor Kriegsende. Ich bin sozusagen in seine Fußstapfen getreten. Aber ich sehe es Ihnen an, Sie wollen nicht darüber sprechen.« Der Arzt machte eine kurze Pause. »Zum Pervitin. Schon vor dem Krieg experimentierte man mit Amphetaminen und anderen leistungssteigernden Mitteln. Das hat mich interessiert. Besäße ich Verbindungen und finanzielle Mittel, würde ich gern daran forschen. Unabhängig vom Krieg.«

Heller war verunsichert. Wie sollte er reagieren? Nach dreißig Jahren sein Beileid zum Tode des Vaters zu bekunden, war ebenso unnötig wie eine Entschuldigung für den harschen Ton vorhin. Schnell wechselte er wieder auf die Sachebene.

»Wer verfügt denn heutzutage noch über diese Pillen? Wie könnte der Junge da rangekommen sein?«

Wittek blieb abrupt stehen. Eine ältere Krankenschwester kam sofort auf ihn zu. »Herr Doktor …«, begann sie, doch Wittek brachte sie mit einem Fingerzeig zum Schweigen.

»Beim Zusammenbruch fünfundvierzig gab die Wehrmacht so gut wie alles auf. Sie warfen Waffen weg, Munition, Geschütze blieben stehen, sogar kistenweise Lebensmittel, nur um schnell in den Westen zu kommen. Die Leute haben sich reichlich bedient. Und wie Sie wissen, wird heutzutage alles einer Verwertung zugeführt. Vielleicht befanden sich die Pillen darunter. Außerdem waren auch nach dem Verbot reichlich Pillen im Umlauf und wurden unter der Ladentheke verkauft. Viele Frontsoldaten baten ihre Angehörigen, Pervitin zu besorgen.«

»Aber wozu?«

»Der Gebrauch von Pervitin führt sehr schnell zu Abhängigkeit. Es muss Tausende süchtige Soldaten geben. Noch dazu verändert dauerhafter Gebrauch die Toleranzgrenze. Das führt unweigerlich zu einer Dosissteigerung, um dieselben Effekte zu erzielen. Erstes Ziel eines Süchtigen, egal, von welcher Droge er abhängt, Opium, Kokain oder Pervitin, ist immer die Nachschubversorgung, mehr als alles andere.

Vielleicht hat sich einer rechtzeitig ein Depot angelegt. Oder ein Heimkehrer konnte etwas mitbringen oder ein Lager wurde geplündert. Wer weiß das schon. Wittek hielt jetzt vor einem Zimmer an, aus dem recht laute Stimmen drangen, und öffnete ohne zu Klopfen die Tür. »Hier ist es.«

Augenblicklich verstummten die Gespräche. Gespannt sahen die fünf Jungen im Alter von etwa acht bis zwölf Jahren zu Wittek.

»Heißt es nicht ›Guten Tag‹, wenn jemand das Zimmer betritt?«, fragte Wittek streng.

»Guten Tag!«, kam es nun wie im Chor.

»Ich hatte dir doch Sprechverbot erteilt, Holger. Willst du etwa nicht, dass dein Hals heilt?«

»Hab nich gesprochen, Herr Doktor«, log der Angesprochene mit rauer Stimme.

»Du sprichst ja schon wieder. Still jetzt! Otto, wann war zuletzt eine Schwester hier?«

»Gerade ist sie raus. Schwester Waltraud hat nach ihm gesehen«, antwortete der älteste Junge.

»Habt ihr eure Aufgaben erledigt?«, fragte Wittek und erhielt betretenes Schweigen zur Antwort.

»Dann macht sie jetzt. Otto, du fängst an.« Wittek wartete, bis die Kinder Schiefertafeln und Griffel hervorgekramt hatten.

»Sechs mal fünf, vier mal sieben, drei mal neun«, zählte Otto diverse Aufgaben auf. Wittek winkte Heller zu Alfons' Bett, das gleich vorn an der Tür stand. Sie wandten die Rücken den Kindern zu und betrachteten den Jungen.

Der Junge war fast komplett unter einer Decke verschwunden, nur sein Gesicht schaute hervor. Er sah so still und bleich aus, dass Heller im ersten Moment glaubte, er sei tot, dann bemerkte er die flachen Atemzüge.

Wittek beugte sich ein wenig zu Heller und flüsterte. »Wir

kontrollieren ihn, sooft es möglich ist. Leider habe ich kaum Geräte zur Verfügung.«

Der Arzt schlug die Decke zurück. Der Junge trug ein Krankenhaushemd, seine Arme waren voller schwarzer Flecke. Ohne dass es der Junge wahrnahm, packte Wittek ihn an Hüfte und Schulter und drehte ihn auf die Seite. Das hinten offene Hemd gab den Blick frei auf unzählige rote Striemen, von denen manche frisch, andere bereits vergrindet waren. Außerdem wies die Haut einige seltsame rechteckige Wunden auf.

Heller wusste, was sie bedeuteten. So sah es aus, wenn man mit einer Gürtelschnalle verprügelt wurde.

»Wer immer das war, gehört ins Zuchthaus, und zwar für lange Zeit«, flüsterte Wittek.

»Ich weiß, wer das getan hat. Doch es zu wissen und es zu beweisen, sind zwei Paar Stiefel«, sagte Heller und starrte auf den misshandelten Körper.

»Wenn Sie es wissen, finden Sie vielleicht einen anderen Weg, dem Einhalt zu gebieten.« Wittek legte den Jungen sacht zurück, maß noch einmal den Puls und deckte Alfons dann wieder zu.

Heller stand mit gesenktem Kopf vor dem Bett. Hinter seinen Schläfen begann es wieder zu pulsieren. Einhalt gebieten, wiederholte er in Gedanken. Das klang so einfach. Aber den Mann einzusperren bedeutete auch, der Familie den Versorger zu nehmen. Dem Mann zu drohen bedeutete, ihn wütend zu machen und damit unberechenbar. Und schließlich gab es noch einen Grundsatz, der nicht außer Acht gelassen werden durfte: Solange seine Schuld nicht bewiesen war, solange niemand aussagte gegen den Mann, musste er als unschuldig gelten.

Auf einmal war sich Heller der Stille im Raum bewusst. Langsam drehte er den Kopf. Die Kinder hatten aufgehört zu schreiben und starrten ihn an.

»Die Russen haben ihn gefoltert, nicht?«, flüsterte Holger heiser.

»Sowjets heißt das, und sie foltern nicht. Sie sind unsere Freunde, unsere Befreier, merk dir das, Dummkopf!«, ging der älteste Junge den jüngeren an.

Wittek sagte nichts dazu und blinzelte Heller nur mit leicht belustigter Miene an.

»Behalten Sie ihn hier, solange es möglich ist«, bat Heller, als sie wieder auf dem Gang standen. »Es gibt noch zwei Kinder in dem Haushalt, vielleicht kann ich sie in Sicherheit bringen und die Frau zur Aussage nötigen.«

Wittek schüttelte resigniert den Kopf. »Genosse Oberkommissar, glauben Sie mir, es ist ein unmögliches Unterfangen. Die Frauen solcher Männer schweigen bis ins Grab. Immer denken sie, er tut es nicht mehr, immer nehmen sie ihn in Schutz. Sie fühlen Scham, täuschen Unfälle vor, lügen für ihren Peiniger. All das ist besser, als eine verlassene Frau zu sein. So war es doch immer schon, die gute alte Schule, Familie über alles und den Mantel des Schweigens darüber.«

»Nun, Sie sagten es vorhin ja selbst: Irgendwas muss man tun.« Heller wollte sich schon verabschieden, da kam ihm ein Gedanke, der so einfach schien, dass er sich wunderte, warum er nicht eher darauf gekommen war. Er schaute den Arzt an. »Ob die Jungen das Pervitin nahmen, um die Prügel besser zu ertragen, um keine Angst mehr zu haben und keine Schmerzen zu spüren?«

Wittek zögerte keinen Augenblick, sondern nickte gleich zustimmend. »Das könnte erklären, warum es so viele und schwere Verletzungen sind. Vielleicht trieb den Mann die Gleichgültigkeit der Kinder gegenüber seinen Schlägen nur noch mehr zur Weißglut?«

»Dann muss ich Alfons vernehmen, sobald er in der Lage ist zu sprechen. Ich muss wissen, woher er die Pillen hat.«

Nach dem langen, beschwerlichen Tag fiel es Heller schwer,
die Heimfahrt auf halbem Wege noch einmal zu unterbre-
chen. Am liebsten wäre er einfach weitergefahren, mit der
Linie elf die Bautzner Straße hinauf zum Weißen Hirsch.
Stattdessen stieg er beim Gelände des ehemaligen Gasthofs
Heidehof mit den anliegenden Villen aus. Seit geraumer Zeit
nutzten die Russischen Ministerien des Inneren und der
Staatssicherheit diese Gebäude.

Die Hitze hatte abgenommen, doch ihn quälten Durst, Hunger und der ewige Dreck und Staub. Im Garten von Frau Marquart hatten sie mittlerweile eine verzinkte Wanne aufgestellt,
in der sie Regenwasser sammelten. Hundert Mark, ein Kilo
Kartoffeln, fünfzig Gramm Zucker und zwei Büchsen Ölsardinen hatte sie die Wanne gekostet. Anni planschte oft darin,
wenn Frau Marquart in ihrer Überbesorgtheit es ihr nicht verbot. Auch in Heller wurde jetzt das Verlangen, sich ins kühle
Wasser zu legen, den Kopf unterzutauchen und so lange wie
möglich unter Wasser zu bleiben, fast übermächtig. Er musste
unbedingt einen klaren Gedanken fassen können. Schon seit
zwei Tagen pochte es hinter seinen Schläfen, ein dumpfer
Schmerz, der sich den Weg nach draußen bahnte. Wie konnte
etwas, das so lang zurücklag, sich so anfühlen, als sei es erst
gestern geschehen? Und wieso quälten ihn die Schuldgefühle
nach all den Jahren wieder so, als seien sie nie weg gewesen?
Und dann auch noch Wittek, dessen eigentlich nebensächliche
Bemerkung ihn wie ein Faustschlag getroffen hatte.

All die Jahre hatte er erzählt, dass er sich seine Verwundung in Belgien zugezogen hatte. Nun kam dieser Arzt und widerlegte diese feste Überzeugung mit einer einzigen Bemerkung. Letztlich war es nur eine Kleinigkeit, doch nun fühlte Heller sich unwohl, beinahe wie ein Lügner. Nie hatte jemand seine Aussage angezweifelt, doch was waren Erinnerungen schon wert, wenn man sich selbst nicht einmal trauen konnte.

Er wartete, bis die Leute sich verlaufen hatten, die mit ihm aus der Bahn gestiegen waren. Drei Russenlaster donnerten mit brüllenden Motoren die Straße hinauf. Dicke Dieselabgaswolken hüllten Heller ein, die Fahrer machten sich offenbar einen Jux daraus. Heller gönnte ihnen den Spaß nicht, blieb wie unbeteiligt stehen und hielt die Luft an.

Neuerdings umschloss eine Mauer das Gelände. Dass Heller auf das Eingangstor zuging, hatte ihn offensichtlich in den Augen des misstrauischen sowjetischen Wachsoldaten schon verdächtig gemacht. Der trug keine der üblichen Maschinenpistolen mit Trommelmagazin bei sich, sondern eine Maschinenpistole mit gekrümmtem Magazin, wie Heller sie noch nie gesehen hatte. Jetzt hatte er die Waffe abgeschultert. Heller versuchte möglichst entspannt zu wirken, doch das Haus und die Erinnerungen, die er mit ihm verband machten ihn nervös. Der Russe sagte etwas. Ein zweiter Mann, jung und groß gewachsen, trat aus dem Tor. Er trug Zivil, nur Hose und Hemd, doch mit Pistolenholster am Gürtel.

»Bleiben Sie stehen!«, rief er.

Heller, der noch etwa zehn Meter entfernt war, blieb stehen.

»Oberkommissar Heller, Kriminalpolizei«, erklärte er sich.

»Können Sie sich ausweisen, Genosse?«

»Natürlich.« Heller griff in seine Jacke holte seine Papiere hervor.

172

»Na, kommen Sie schon!« Der junge Mann winkte ihn mit einer nachlässigen Bewegung heran, als sei er ein Bittsteller. Heller ärgerte sich, aber er zwang sich zur Beherrschung, ging näher heran und gab dem Uniformierten den Ausweis.

»Sind Sie wegen einer Vernehmung hier? Haben Sie einen Termin?«

»Ich habe keinen Termin. Doch ich muss in dringlicher Angelegenheit mit einem Inhaftierten sprechen. Mit Heinz Seibling. Es geht um einen zu klärenden Sachverhalt.«

Der junge Mann gab Heller den Ausweis zurück, ging zu einem Fernsprechapparat und telefonierte. Er sprach leise und drehte sich weg, damit Heller nichts verstehen konnte. Schließlich legte er auf. Mit ernster Miene trat er wieder nach draußen.

»Es ist die falsche Zeit. Machen Sie einen Termin. Woher wissen Sie, dass dieser Mann hier inhaftiert ist?«

»Ich weiß es nicht, vermute es nur. Ein kurzes Gespräch genügt mir.«

»Und es hat keine Zeit bis morgen?«

Nun wurde Heller das Verhalten des jungen Burschen ein wenig zu dreist. »Es ist so dringend, dass ich nicht einmal die Zeit hatte, bei Genosse Oberst Ovtscharov vorzusprechen. Das werde ich wohl nachholen müssen und die Angelegenheit auf morgen verschieben. Guten Tag!« Heller hob die Hand zum Gruß und schickte sich an zu gehen.

»Warten Sie, Genosse!«

Heller drehte sich wieder um. Der junge Mann griff nun doch noch einmal zum Telefonhörer und winkte Heller heran. »Kommen Sie.«

Heller folgte ihm ins Haus.

»Warten Sie hier.« Der junge Mann deutete auf eine massive hölzerne Bank im Vorraum und verschwand dann hinter einer schweren Tür. Heller sah sich um und versuchte sich zu erinnern. Doch alles war umgebaut, die Wände neu gemauert, neue Türen eingesetzt. Die Wandbilder und Dekorationen waren mit Kalkfarbe übertüncht worden und die Holzverkleidung war entfernt.

Es war kühl, doch die Luft schmeckte staubig, verbraucht. Der Raum wirkte düster, das Licht war nicht eingeschaltet, einzig durch die vergitterten Scheiben in der Tür drang Tageslicht, weitere Fenster gab es nicht. Es roch nach Schuhcreme, Bohnerwachs, nach altem Holz und Papier. Der Raum war lieblos und karg, einzig eines der allgegenwärtigen Bilder mit Stalin hing hoch oben an der Wand und ließ den großen Führer freundlich lächelnd auf Heller hinabblicken. Heller blieb eine Weile sitzen und stand dann wieder auf, um sich die Beine zu vertreten. Dabei stellte er fest, dass sowohl die Außentür als auch die Durchgangstür nur einen festen Knauf besaß und keine Klinke. Er saß also fest. Heller versuchte, dem nicht weiter Beachtung zu schenken und setzte sich wieder hin.

Eine gefühlte halbe Stunde saß er da, bis er nach einem Blick auf seine Uhr feststellte, dass noch keine zehn Minuten vergangen waren. Heller zwang sich zu einem spöttischen Lächeln. Auf einmal spürte er einen gewissen Druck auf der Blase und augenblicklich verlangte dieses Gefühl nach seiner ganzen Aufmerksamkeit. Er zwang sich, über Alfons nachzudenken, über die kaum verheilten Wunden auf dessen Rücken, über die Spuren von Gewalt auf dem Köper des kleinen Bruders Alfred. Ob auch dieser schon von den Pillen genommen hatte? Wie war es wohl für die Jungen, wenn es den Vater überkam? Fragten sie sich, wer an der Reihe war? Hatte sich Albert vor seine Brüder gestellt? Versuchten sie die Mutter zu schützen? Oder waren sie einfach froh, wenn es einen anderen erwischte?

Heller musste einsehen, dass er seinen Körper nicht überlisten konnte. Er schlug die Beine übereinander, wippte nervös mit dem Fuß und erwischte sich nach einiger Zeit, wie er hinausstarrte und die Sekunden zählte, sich ausmalte, wie lang es noch dauern musste und ob er den jungen Mann zuerst nach dem Abort fragen konnte. Warum dauerte das nur so lang? Hatte er sich zu weit vorgewagt? Telefonierte der Mann gerade? Hatte er die Anweisung bekommen, ihn festzuhalten? War Ovtscharov überhaupt noch in Dresden stationiert? Er hatte jedenfalls nichts Gegenteiliges vernommen, versuchte Heller sich zu beruhigen. Dann dachte er an Utmann, wie er heimkam, wütend und zornig wegen der Ungerechtigkeit der Welt, der Schikane, der Russen, die nun die Herren waren. Heller stellte sich vor, wie der Vater den erstbesten seiner Jungen nahm, der ihm über den Weg lief, wie er sich dann den Gürtel aus der Hose zerrte und den Jungen verdrosch. Wie die Mutter ihm in den Arm fallen wollte und Utmann ihr mit dem Ellbogen einen Schlag ins Gesicht versetzte, der sie taumeln ließ.

Diese Bilder zeigten Wirkung. Sie setzten eine Energie, eine Kraft in ihm frei, für die es nur einen Namen gab: Hass. Es war blanker Hass.

Heller ballte unbewusst die Fäuste.

»Genosse Oberkommissar, kommen Sie bitte!«

Heller sah auf. Ein Mann in Uniform hatte die Durchgangstür geöffnet und hielt sie wartend auf. Heller erhob sich und folgte ihm schweigend durch einen langen, düsteren Gang. Sie bogen links ab, gerieten an eine Tür, die aufgeschlossen werden musste, kurz darauf an eine zweite. Dann stiegen sie eine Treppe hinauf, mussten eine dritte Tür öffnen und erreichten einen Raum, von dem acht schmale Stahltüren abgingen, die mit aufschablonierten Zahlen gekennzeichnet waren. Zwei vergitterte Fenster boten Blick auf einen gepflasterten Hinterhof, der von einer Mauer mit Stacheldraht umschlossen war.

Der Uniformierte ging zu Tür Nummer fünf, schloss sie auf und ließ Heller hineingehen. Ehe Heller etwas über den weiteren Ablauf seines Besuchs in Erfahrung bringen konnte, schlug die Tür hinter ihm zu. Erst jetzt fiel ihm ein, dass er nicht nach einer Toilette gefragt hatte.

Heller sah sich um. Durch ein schmales Fenster drang nur wenig Licht. Außerdem versperrte ein eingemauertes Gitter den sowieso für eine Flucht viel zu engen Spalt. Weit oben an der hohen Decke hing eine nackte Glühlampe, die aber nicht leuchtete, so dass der kleine Raum in ewige Dämmerung getaucht war, wie in den letzten Minuten eines trüben Wintertages. Auf einer Pritsche, deren Gestell in die Mauer und den Boden eingelassen war und die das einzige Inventar dieser Zelle darstellte, lag ein dunkles, bewegungsloses Bündel.

Heller sah sich suchend um, fand aber nichts, worauf er hätte sitzen können. Das Bündel, von dem Heller annahm, dass es sich um Heinz Seibling handelte, regte sich immer noch nicht. Doch Heller spürte, dass der Mann nicht schlief, sondern nur so tat.

»Heinz, ich bin es, Max Heller.«

Der Mann hob den Kopf. Dann drehte er sich hastig um und schob sich mit dem Rücken an der Wand hoch. Er atmete heftig durch, als hätte er die Luft angehalten.

»Darf ich, Heinz?« Heller deutete auf die Pritsche. Er hatte im fahlen Licht das Gesicht Seiblings erkannt. Sein Schweigen deutete er als Zustimmung und setzte sich auf die Bettkante. Er schaute sich noch einmal um.

»Sagen Sie, Heinz, Sie haben nicht zufällig etwas zum Austreten hier? Einen Abfluss oder einen Eimer?«

»Zweimal am Tag bekomme ich einen Nachttopf«, krächzte Heinz und räusperte sich dann, bis sich etwas in seiner Kehle löste. Der Gefangene beugte sich suchend über die Pritsche, wagte jedoch nicht, auf den Betonfußboden zu spucken. Heller gab ihm schweigend sein Taschentuch. Seibling spuckte hinein, wischte sich den Mund ab und reichte das Taschentuch zurück.

»Behalten Sie es«, sagte Heller schnell.

»Das darf ich aber nicht.« Seibling krächzte immer noch. Er klang erkältet, mitten im Sommer. Er hielt Heller unverwandt das Taschentuch hin, das dieser mit spitzen Fingern entgegennahm. Er zögerte kurz und steckte es dann rasch in die Hosentasche.

»Warum sind Sie hergekommen? Das hätten Sie nicht tun sollen«, keuchte Seibling.

Da hat er recht, dachte sich Heller. »Ich wollte nach Ihnen sehen, Heinz. Hab gehört, dass Sie hier sind. Wie kam es denn dazu?«, sagte er.

Seibling hob die Schultern und gab einen abschätzigen Ton von sich. »Solche wie mich haben die immer im Auge.«

»Die?«

Heinz schwieg einen Moment. »Herr Heller, Sie sind ein guter Mann, Sie wissen doch, wie der Hase läuft. Ich mause, wo etwas vom Wagen fällt, hebe ich es auf, ich horche mich um und kriege so einiges mit. Das passt denen nicht, das passt nicht ins bolschewistische Weltbild. Die wollen mich nicht. Aber ich weiß, was sie wollen. Zahlen! Die Zahlen müssen stimmen.«

»Wie meinen Sie das, Heinz?«

Seibling seufzte resigniert. »Die Lager müssen gefüllt werden. Die brauchen Männer für die Steinbrüche.«

»Aber Sie, Heinz, mit nur einem Bein, was sollen Sie denn im Steinbruch?« Heller fiel etwas ein, er tastete das Bett ab und fühlte aber nur die dünne Liegematte und die raue Wolldecke. »Sie haben Ihnen die Krücken weggenommen?«, rief er.

»Und meinen Gürtel. Und meinen Schnürsenkel.«

Heller erschauderte. Er wusste, dass man nicht zimperlich war, weder die Sowjets noch deren deutsche Zuarbeiter. Nicht zimperlich hieß, man holte die Leute aus ihren Wohnungen, sperrte sie weg ohne Anklage, ohne Verfahren, ohne die Angehörigen wissen zu lassen, wohin und wie lang. Man erpresste Informationen und prüfte diese nicht einmal auf ihren Wahrheitsgehalt.

Es war wie eine Reise in die Vergangenheit. Keine weite Reise, drei vier Jahre zurück. Da hatte er solche Zellen gesehen. Und die, die drinsaßen, waren scheinbar wahllos aufgesammelt von einer paranoiden Institution, die in jedem einen Feind sah, der nicht ins vorgegebene Schema passte. Wer einmal drin war, für den gab es keinen Ausweg mehr, denn es gab keine richtigen Antworten. Sie waren einer Maschine ausgeliefert, die nur zwei Einstellungen kannte: an und aus. Freund oder Feind. Und Feinde konnten nicht auf die Gnade einer Maschine hoffen.

»Heinz, was wird Ihnen vorgeworfen? Vielleicht kann ich helfen?«

Seibling schüttelte resigniert den Kopf. »Das hat gar keinen Sinn. Gehen Sie nur. Machen Sie sich keine Gedanken. Es ist doch längst entschieden über mich.«

Heller beugte sich etwas hinüber und legte seine Hand auf Seiblings Arm. »Ich will es aber versuchen. Also, los!«

Seibling richtete sich etwas auf und rückte näher an Heller heran, bis dieser den Gestank aus dem Rachen riechen konnte, nach faulen Zähnen und eitrigem Hals.

»Antibolschewistische Hetze«, flüsterte Heinz. »Jemand, den sie eingesackt hatten, nannte meinen Namen, damit sie ihn gehen ließen.«

»Stimmt denn der Vorwurf?«

»Es geht nicht darum, Herr Heller, verstehen Sie nicht? Es genügte, dass er meinen Namen nannte. Und jetzt soll ich

Namen nennen. Und ich habe ihnen Namen genannt, weil ich kein Held bin. Ich habe doch immer nur versucht, irgendwie durchzukommen. Und wissen Sie was? Es hat gar nichts genützt! Sie spielen nur mit der Hoffnung. Sie lassen einen alles tun, was sie wollen, und dann, wenn man ihnen nichts mehr nützt, geht's ins Lager. So ist das! Und jetzt, nachdem Sie hier gewesen sind, da haben die Ihren Namen, mein lieber Herr Heller. Seien Sie nur vorsichtig. Und nun gehen Sie lieber.«

Heller ließ seine Hand noch ein paar Augenblicke auf Seiblings Arm liegen. Dann stand er auf. »Haben Sie von der neuen Währung im Westen gewusst?«

»Ich sage gar nichts, Herr Heller, ich kann auch nichts sagen, es macht nichts besser.«

»Heinz, wenn ich mich für Sie einsetzen soll, müssen Sie auch etwas für mich tun. Sie wissen das. Das ist der Grund, warum ich Sie nie einsperren ließ. Und erzählen Sie mir nicht, Sie hätten nichts von der neuen Währung gewusst!« Seibling rang mit sich selbst, dann flüsterte er. »Es gab Gerüchte, doch die gibt's immer. Wissen Sie noch, wie die Leute erzählt haben, der Ami wolle beim Russen Hamburg gegen Dresden eintauschen? Oder wie es hieß, der Ami bewaffnet die Wehrmacht, um gegen die Russen zu kämpfen? Aber es gab Geschäfte. Geldgeschäfte.« Heinz verstummte.

»Hat jemand Lebensmittelkarten für Geld ausgegeben, kann das sein?«

»Vielleicht. Aber ich weiß von nichts.« Es war Seiblings Tonfall, der Heller wissen ließ, dass er nicht ganz falschlag mit seinen Vermutungen.

»Woher müssten die Karten gekommen sein?«

»Vermutlich gestohlen.« Jetzt war klar herauszuhören, dass Heller keine weiteren Informationen bekommen würde.

»Also gut. Ich will Ihnen keine falsche Hoffnung machen,

aber ich will sehen, was ich tun kann. Auch ich kenne Leute«, sagte Heller und wollte schon an die Tür klopfen, um herausgelassen zu werden.

Aber Seibling hielt ihn an der Jacke fest. »Der Klaus war es, oder? Er hat Ihnen gesagt, dass ich hier bin.« Er fuhr sich über das Gesicht. »Herr Heller, mit dem stimmt was nicht. Der ist nicht mehr der Klaus, den ich kenne. Dem haben sie das Gehirn gewaschen. Ich meine es nur gut, Herr Heller. Aber passen Sie auf Ihren Sohn auf, vielleicht ist der noch zu retten. Andernfalls gehört er für immer denen. Das sind keine guten Leute«

»Sind Sie denn gut?«, fragte Heller leise.

Heinz ließ ihn los. »Bestimmt bin ich nicht gut. Aber ich heuchele nicht. Ich weiß, welches Leben ich führe. Ich stehle, ich betrüge, ich komme auf keinen grünen Zweig. Aber ich weiß es, verstehen Sie? Ich weiß es! Und Sie wissen es auch, Sie wissen, welches Leben Sie führen. Sie haben unter den Nazis Ihr Ding gemacht und machen es jetzt unter den Russen. Sie wissen, was gespielt wird. Und Sie wissen, dass Sie auch aus deren Hand fressen, wie Sie aus der Hand der Nazis gefressen haben. Aber Sie wissen es! Ich hab nie etwas wirklich Schlechtes getan. Ich musste doch wissen, wo ich bleibe. Und man muss sich kümmern. Jeder muss sich kümmern und zusehen, dass er nicht stirbt. Deshalb haben Sie mich nie verhaftet. Und Sie, Herr Heller, Sie haben auch noch nie was Schlechtes getan, das weiß ich. Das weiß ich gewiss!«

Heller starrte den Einbeinigen an.

»Das wissen Sie nicht, Heinz. Ein jeder hat seine Last zu tragen«, antwortete Heller leise. Dann klopfte er an die Tür.

»Der Briefträger hatte ein Telegramm oder ein Einschreiben für uns und wollte es Frau Marquart nicht geben. Du glaubst nicht, was sie für einen Aufstand gemacht hat«, sagte Karin leise.

Heller kaute gerade auf einem Stück Brot herum und schaute wortlos Karin an, die ihm am Tisch gegenübersaß. Dann trank er einen Schluck Wasser und griff nach einem der Radieschen, die schon ein wenig weich geworden waren.

»Ich habe heute Kartoffelkäfer ablesen müssen. Wenn die zur Plage werden, ist die nächste Hungersnot fast zwangsläufig.«

Heller biss in das Radieschen und war überrascht über dessen unerwartete Schärfe. Karin sah ihn nicht an, sondern malte konzentriert das Karo der Wachstuchdecke mit dem Zeigefinger nach.

»Frau Marquart musste einen Burschen aus dem Garten verjagen, der wollte an die Gurken. Sie war so echauffiert deshalb, dass ich sie vorhin mit Baldrian ins Bett schickte.«

Heller musste an die Wanne im Garten denken. Seine Idee, in der Zinkwanne frisches, kühles Wasser zu sammeln, hatte nicht funktioniert. Er hätte es wissen müssen. Erstens war sie fast leer gewesen und zweitens war der kleine Rest Wasser brackig und grün. Deshalb hatte er sich hinter dem Bretterverschlag unter der selbstgebauten Brause, ›Modell Gießkanne‹, eiskalt abgeduscht. Das war Folter und Freude zugleich gewesen. In Anbetracht der anhaltenden Wärme und weil sie alleine waren, saß er jetzt ausnahmsweise nur mit einer Turnhose bekleidet am Esstisch. Karin trug eines seiner kurzen Unterhemden und einen selbst genähten, leichten Rock, den sie für den Sommer nach innen gerafft hatte. Obwohl es schon fast zehn Uhr am Abend war, wurde es jetzt erst dunkel. Anni schlief schon lange.

»Ob es wohl wieder Krieg geben wird?«, fragte Karin in die Stille hinein.

Die Schärfe des Radieschens brannte angenehm auf Hellers Zunge und am Gaumen. Er hatte das nächste schon in der Hand gehalten, legte es dann aber wieder auf den kleinen Teller. Karin bemerkte das und sah ihn endlich an.

»Heute waren die Warteschlangen länger denn je. Die Händler wollen nichts rausgeben, solange sie nicht wissen, was mit dem Geld wird. Einige haben schon ihre Siebensachen gepackt und sind fort. An den Elbwiesen fehlte bestimmt ein Drittel der Leute. Ich glaube, ich bringe morgen auch unser Geld zur Bank. Was denken sich die Russen eigentlich?«

Heller nahm Karins Hand und hielt sie fest. »In diesem Falle waren es nicht die Russen. Im Gegenteil, es kann ihnen nicht recht sein. Es ist ein Affront!« Er hatte zuerst vorgehabt, Karin von Heinz Seibling zu erzählen und davon, was er über Klaus gesagt hatte. Doch Karin schien für heute genug Negatives gehört zu haben.

»Sie werden es schon regeln. Ohne Krieg. Glaub mir. Niemand hat jetzt Interesse an einem Krieg. Allein schon wegen der Atombomben. Mit denen hat es keinen Zweck mehr, Krieg zu führen.«

»Glaubst du das?«, fragte Karin.

Er glaubte es nicht und nickte trotzdem.

»Gehst du zur Post morgen?«, fragte Karin. »Kann Werner dich vielleicht fahren? Ich werde bestimmt Stunden an der Bank anstehen.«

»Ich erledige das!« Er erhob sich, um seinen Teller weg-zustellen.

»Bring die Streichhölzer mit«, bat Karin und zog den Ker-zenständer heran. Es war nun fast ganz dunkel. Im Garten zirpte eine Grille.

Als Heller mit den Streichhölzern zum Tisch zurückkam, legte er Karin die Hände in den Nacken. Es knisterte leise, als sich die Haut seiner Hände an ihrer rieb. Er beugte sich zu ihr hinunter und presste seine Lippen in ihre Halsbeuge.

»Max«, wehrte Karin ihn spielerisch ab und umfasste seine beiden Hände. Heller machte sich los, nahm seine Frau bei den Schultern und zog sie hoch. In einer fließenden Bewe-gung drehte er sie um und schob mit dem Fuß ihren Stuhl beiseite.

Karin protestierte noch einmal wenig überzeugend. »Aber Max! Die Marquart! Und das Kind!«

»Beide schlafen.« Hellers Hände glitten über ihre Schul-tern bis zur Taille, verirrten sich unter ihr Hemd und wan-derten wieder hinauf, bis zu ihren Achseln. Dann strichen sie über ihren Rücken und verharrten auf dem Rockbund. Karin lächelte und half seinen Händen, den Rock über die Hüfte zu streifen.

»Sind wir nicht ein bisschen zu alt für so etwas?«, raunte sie ihm ins Ohr. »Was willst du nur mit einer alten Frau wie mir?«, sagte sie heiser, drückte sich an ihn und küsste ihn.

Sie war so schön, dachte Heller, so kraftvoll, und sie roch nach Sommer. Aber er sprach kein Wort. Es gab nichts zu sagen, das sie nicht schon wussten. Seine Lippen berührten ihren Mund, gaben ihm von der Schärfe ab.

Heller packte Karin um die Taille und hob sie auf den Tisch.

»Es wird alles gut, nicht? Sag es mir«, hauchte sie in sein Ohr.

Heller wusste es nicht und er durfte nicht lügen. Aber Karin war klug, sie wusste selbst, wie es um die Welt bestellt war. Und es bedurfte keiner Antwort auf ihre Frage. Er wollte ihr nur hier und jetzt zu verstehen geben, dass sie sich hatten, dass sie sich niemals aufgeben würden. Er hielt sie fest, drängte sich zwischen ihre Beine. Sein rechter Fuß schmerzte, doch genau so war es gut, das gehörte dazu. Er war jetzt fünfzig, aber er war immer noch der junge Mann, dessen Hände im Zorn zitterten, dessen Körper vibrierte, dessen Fingerknöchel aufgeschürft waren und dessen Gewissen reden wollte, beichten. Aber dessen Verstand es ihm verbot. Damals wie heute.

Und so war auch Karin heute noch die junge Frau, die seine Erregung falsch deutete, die sich ihm hingab und sich wohlig wand unter seiner Lust.

In der Nacht schrie Anni.

Heller wühlte sich aus dem Bettzeug, in dem er sich verheddert hatte, und lief zu dem Kind. Das Mädchen saß in seinem Bett und starrte mit aufgerissenen Augen an die Wand, als hätte sie dort etwas erblickt, das nur sie sehen konnte. Er nahm sie in den Arm, drückte sie an sich, drückte ihren Kopf an seine Brust und wiegte sie langsam vor und zurück.

»Schschsch«, flüsterte er beruhigend.

Anni erwachte aus ihrem Traum, schlang die Arme um seinen Hals und drängte sich an ihn, ihre dünnen Ärmchen würgten ihn fast.

»Es ist gut, alles gut«, murmelte er.

»Mein Vati«, flüsterte Anni. »Nicht weggehen!«

»Ich geh nicht weg«, erwiderte Heller, wobei es ihm fast die Stimme verschlug. »Schlaf nur weiter, meine Kleine. Morgen scheint die Sonne wieder.«

»Oder es kommt Regen?«, antwortete sie.

»Ja, vielleicht regnet es auch. Das wäre auch schön, nicht wahr?«

»Alles wird nass!«, entrüstete sich die Kleine in aller Ernsthaftigkeit.

»Aber die Blumen freuen sich«, sagte Heller und lächelte.

»Und die Mutti.« Jetzt entließ Anni ihn aus der Umklammerung, legte sich hin und schloss die Augen. Heller strich ihr noch einmal über den Kopf, aber sie war schon eingeschlafen.

Als Heller ins Schlafzimmer zurückkehrte, lag Karin nackt im Bett. Wahrscheinlich hatte die innere und äußere Hitze sie dazu gebracht, die Decke von sich zu werfen. Er betrachtete ihre Silhouette im Dämmerlicht. Sie sah immer noch so aus wie vor vielen Jahren, als sie sich kennengelernt hatten. Mehr als die Hälfte ihres Lebens waren sie nun schon gemeinsam gegangen. Und es fühlte sich immer noch richtig und gut an.

Er legte sich zu ihr, schmiegte sich an sie und warf dann ein Laken über sie beide, um sich vor dem Auskühlen zu schützen. Alles war gut, dachte er, doch als er seine Augen schloss, legte sich eine dunkle Vorahnung über ihn.

22. Juni 1948,
morgens

Heller war noch keine zehn Minuten in seinem Büro und
hatte bereits zwei Telefonate geführt, als sein Telefon erneut
klingelte. Im selben Moment kam Oldenbusch mit einem
kleinen Tablett ins Zimmer, worauf Tassen und eine Kanne
standen.

Heller nahm das Gespräch entgegen und hörte dem Anru-
fer zu, während Oldenbusch Unterteller und Tassen auf dem
Tisch abstellte und ein braunes Gebräu einschenkte. Heller
schnaubte abfällig durch die Nase.

»Nur Lurke«, flüsterte Oldenbusch entschuldigend, doch
Heller winkte ab. Seine Miene hatte nicht dem Ersatzkaffee
gegolten, sondern dem, was man ihm mitgeteilt hatte am
Telefon.

»Hat sie sich ausweisen können?«, fragte Heller. »Vielen
Dank für die Mitteilung, Doktor. Dabei hatte ich eindeutige
Anweisungen gegeben. Versuchen Sie eine Personenbeschrei-
bung zu bekommen. Guten Tag.«

Heller legte auf. »Wir fahren nicht ins Krankenhaus. Alfons
ist am frühen Morgen abgeholt worden. Angeblich von seiner Mutter.«

Wieder klingelte das Telefon und Heller nahm den Hörer
ab.

»... Ja ... Gern! Aha ... Bekomme ich das schriftlich von
Ihnen? ... Danke.«

Sorgsam legte Heller auf. »Das war noch einmal Wittek.
Albert könnte einem ersten Anschein nach ebenso Pervitin

konsumiert haben. Zwar führt das nicht automatisch zum Herzstillstand, jedoch können gewisse Umstände zu einem Herztod führen. Es scheint also sicher zu sein, dass beide Utmann-Jungen Pervitin nahmen. Werner, wir fahren zu den Utmanns und überprüfen, ob Alfons wirklich von seiner Mutter aus dem Krankenhaus abgeholt worden ist. Vielleicht wollte sie auch dem Vater zuvorkommen.« Heller wollte schon aufstehen, da hob Oldenbusch die Hand.

»Moment, Chef, ich habe auch etwas für Sie.«

Heller sah ungeduldig zu, wie Oldenbusch mit zunehmend besorgter Miene zuerst in der linken, dann in der rechten Jackentasche suchte, dann die Innentasche abklopfte, sich schließlich erhob und mit großer Erleichterung einen zusammengefalteten Zettel aus seiner Gesäßtasche zog.

Heller schwankte zwischen Vorwurf und Amüsement, entschied sich dann aber mit einem knappen Lächeln für Letzteres. »Sie hätten mir es auch einfach sagen können.«

»Nee, lesen Sie mal, Max. Ich habe doch eine Bekannte im Meldeamt.«

Heller nahm den Zettel. »Sie meinen die junge Frau, mit der sie sich gelegentlich zum Tanzcafé treffen?«

Oldenbusch errötete. »Woher wissen Sie denn davon?«

»Man hört so dies und das, wenn man durch das Haus läuft«, antwortete Heller ausweichend. Er wollte Oldenbusch nicht sagen, dass er ihn zufällig vor einiger Zeit gesehen hatte, als er mit Karin und Anni einen Sonntagsausflug zur Saloppe gemacht hatte. Um Werner nicht in Verlegenheit zu bringen, waren sie, kaum dass Anni ihre Limonade ausgetrunken hatte, wieder gegangen.

Heller las den Zettel und rieb sich nachdenklich hinter dem Ohr. Peter Glaser, der Leiter der Vergabestelle, wohnte in der Hübnerstraße, nicht weit von der Stelle, an der der tote Albert gefunden worden war. Genau gesagt, sogar sehr nah dran. Was Heller jedoch noch interessanter fand, war der Umstand, dass Glasers Vater Apotheker gewesen war und dass das Lager dieser Apotheke den Krieg offenbar unbeschadet überstanden hatte. Seit einem Jahr wurde es unter Kontrolle der SMA von jemand anderem betrieben. Doch Glaser war nicht enteignet worden. Sein Vater war zwar Parteimitglied gewesen, hatte aber nach dem Krieg guten Leumund bekommen, weil er Verfolgten geholfen hatte. Glaser hatte sein Erbe vor einigen Monaten zu guten Konditionen verkauft.

»Seine Personenbeschreibung – Brillenträger, schmächtig, volles Haar, rasiert – sagt uns zumindest, dass er nicht der Mann mit dem Spitzbart gewesen sein kann. Wissen wir denn eigentlich, ob Glaser heute wieder bei seinem Arbeitsplatz erschienen ist?«

Oldenbusch sprang auf. »Das weiß ich noch nicht, aber ich würde sagen, Sie trinken Ihren Kaffee und ich finde es heraus.«

Gerade als Oldenbusch das Zimmer verlassen wollte, klopfte es energisch. Er öffnete und machte einen Schritt zur Seite, um Klaus Heller eintreten zu lassen.

»Klaus! Guten Morgen«, begrüßte ihn sein Vater.

Klaus erwiderte nichts und setzte sich auch nicht.

Heller blieb ruhig sitzen und beobachtete seinen Sohn. Er ahnte, was kommen würde. »Einen Zichorienkaffee? Es ist zwar Werners, doch ich denke, es macht ihm nichts aus«, sagte er dann.

»Vater, du warst gestern auf der Bautzner Straße beim MWD. Hast du Seibling besucht? Und hast du heute Morgen an höherer Stelle um seine Entlassung gebeten?«, fing Klaus ohne Umschweife das Gespräch an.

Heller sah erstaunt auf seine Uhr. »Das war vor keiner Viertelstunde.«

»Vater, beantworte bitte meine Frage«, insistierte Klaus.

Heller kniff die Lippen zusammen. Dass sein eigener Sohn in diesem Ton mit ihm redete, gefiel ihm ganz und gar nicht. Er schwieg so lange, bis es Klaus auffiel, er sich besann und sich hinsetzte.

»Ich habe Ovtscharov angerufen, habe ihm die Situation erklärt und er hat sich sehr verständig gezeigt«, sagte Heller betont ruhig.

»Du brauchst Seibling als Informanten! Für was?« Klaus war wütend und er konnte sich kaum zügeln.

»Wofür, heißt es«, verbesserte ihn Heller. »Heinz ist ein armer Junge. Er hat niemanden mehr. Er muss sich durchschlagen, mit nur einem Bein, und ich habe Mitleid mit ihm. Außerdem habe ich in Gesprächen mit ihm schon so manche Information erfahren. Da kann man über seine kleinen Diebereien schon mal hinwegsehen.«

»Diebereien? Er betreibt antimarxistische Hetze!«

Heller nahm seine Tasse und trank einen Schluck. Sacht stellte er die Tasse wieder ab. »Klaus, wieso sitzt er in einer winzigen Zelle, ohne Licht, ohne Abort, ohne Wasser? Wo ist seine Anklage, wo sein Verteidiger?«

»Er verspottet die Helden der Großen Revolution, die unbesiegbare Sowjetunion, unsere Befreier. Er verspottet den Sozialismus. Ein Handlanger des Imperialismus ist er. Ein Provokateur für die Westmächte und ein Revanchist.«

»Hörst du dich eigentlich reden?«, fragte Heller leise und brachte seinen Sohn damit zum Schweigen. »Meinst du, es ist rechtens, jemanden ohne Anklage, ohne Haftbefehl einzusperren und zu foltern?«

»Wir foltern nicht, Vater!«

»Nein?«, fragte Heller scharf und wieder schwieg Klaus. »Genügt es nicht, jemanden tagelang in dieses Loch zu sperren? Es hat schon mal eine geheime Polizei und solche Methoden gegeben.«

»Damit kannst du das nicht vergleichen!«, fuhr Klaus auf.

»Was ist es denn sonst? Willkür und Paranoia.«

»Ja, und? Was hast du damals dagegen getan? Hast du ein Mal dein Wort erhoben? Hast du dich ein Mal dagegengestellt?«

Heller atmete tief durch und langte erneut zu seiner Tasse, um sich selbst ein wenig Zeit zu verschaffen. »Nein«, erwiderte er schließlich. »Hätte ich es getan, säße ich nicht hier. Ich musste für eure Mutter sorgen und musste für euch da sein. Es hätte auch gar keinen Zweck gehabt.«

Eine Zeit lang standen diese Sätze unkommentiert zwischen den beiden Männern im Raum.

Dann schlug Klaus einen moderaten Ton an. »Genauso haben viel zu viele gedacht. Deshalb sind wir da. Was wir tun, muss getan werden. So viele haben nicht verstanden, was vor sich gegangen ist. So viele sind noch Nazis und glauben an diese falschen Ideale. Das Unkraut scheint vernichtet, doch die Wurzeln sind noch vorhanden, und sie keimen wieder. Mit Strunk und Stiel muss es ausgemerzt werden. Erbarmungslos. Faschismus darf es nie wieder geben. Wir müssen das mit allen Mitteln verhindern.«

»Aber es ist gegen das Volk. Kaum einer ist zufrieden und kaum einer versteht überhaupt, was vor sich geht!«

»Dann muss es ihnen eingebläut werden!«

»Wie du sprichst, Klaus!«

»Vater«, sagte Klaus eindringlich, »du hast nicht gesehen, was ich gesehen habe. Du weißt nicht, wozu Menschen in der Lage sind, Menschen wie Seibling, wie ich, normale, gut erzogene Menschen. Was sie tun und wie sie es geschafft haben, dass andere es ebenfalls tun. Dörfer zu verbrennen war noch das Geringste. Es ging nur um die Vernichtung, Vater, einzig darum! Und hast du die Lager gesehen, hast du? Du kannst dir nicht ausmalen, was dort vor sich gegangen ist. Und jetzt tuscheln sie schon und behaupten, das sei Russenpropaganda. Sie glauben es nicht, selbst wenn man es ihnen zeigt. Sie klagen nur, wie schlecht es ihnen geht, sie sagen, die Russen seien schuld gewesen an dem Krieg. Und drüben, im Westen, da nutzen sie das aus, da macht der Ami sich breit, da wächst ein Imperialismus, der dem Faschismus in nichts nachsteht. Dort sitzen die Nazis in allen Ämtern. Der RIAS hetzt ohne Unterlass. Sie wollen dem Kommunismus nicht einmal die Möglichkeit geben, sich zu beweisen, sie unterminieren alle Bemühungen. Vater, wach auf!«

Heller trank seine Tasse leer und stellte sie ab. Natürlich wusste er, was Klaus meinte. Natürlich konnte er nachvollziehen, worum es ihm ging, was er wollte. Doch Klaus merkte einfach nicht, dass die Sowjets es falsch anpackten. Umso schlimmer, dass er sich nicht in der Lage sah, das schlüssig darzulegen. Er wusste doch selbst nicht, was der richtige Weg war.

»Und was ist mit den Gulags?«, fragte er mit gesenkter Stimme. »Und warum verschwinden im Zuchthaus von Bautzen die Menschen und tauchen nicht mehr auf?«

Klaus ballte die Hände zu Fäusten. »Du willst mich nicht verstehen, Vater. Du vertraust mir nicht. Deshalb lässt du nicht endlich den Fall mit den toten Jungs ruhen, obwohl ich dich darum gebeten habe. Deshalb lässt du Glaser weiter nachspionieren, weil du noch nicht verstanden hast, dass unsere Arbeit wichtiger ist als deine.«

Nun reichte es Heller. Er sprang auf. »Klaus, nimm dich zusammen! Hättest du mich vorgehen lassen, wie ich es wollte, dann wäre die Bombe nicht explodiert und die Kinder würden noch leben! Und was sagst du da von Glaser? Habt ihr ihn etwa länger schon in Verdacht? Warum sagst du mir das nicht? Der andere Junge ist weg, Alfons Utmann. Hat Glaser da vielleicht seine Hände im Spiel? Finden wir den Jungen auch tot auf, bist du mitverantwortlich! Dann solltest du dich fragen, ob es das wert war, dass die Kinder starben.«

Klaus hatte gewartet, bis Heller fertig war. Doch nun stand er seinem Vater genau gegenüber. »Glaubst du, wir hätten dich nie schreien gehört im Schlaf? Glaubst du, wir haben nie gehört, wie Mutter auf dich einredete in der Nacht? Ich weiß, du hast deine Dämonen mitgebracht aus deinem Krieg. Ich weiß, dass du dagegen ankämpfst seit Jahrzehnten, mit deiner Arbeit und einer Sturheit, die ihresgleichen sucht und der du nicht Herr wirst. Ich weiß auch, dass du nie ein Nazi warst, dass du dich mit denen nie gut gestellt hast. Aber das war zu wenig, Vater. Viel eher schon hättest du Farbe bekennen müssen, viel eher schon hättest du kämpfen sollen.«

»Wirfst du mir das vor?« Genügte es nicht, dass er selbst sich das vorwarf, musste Klaus seinen Finger genau auf dieselbe Wunde legen? »Ihr wart da, du und Erwin, hätte ich das deiner Mutter antun sollen? Ins Zuchthaus gehen, ins KZ? Das war nicht dasselbe, es ist nicht mit dem zu vergleichen, was du tust!«

Klaus setzte sich wieder, nahm sich eine Zigarette und zündete sie an.

»Ob du es glaubst oder nicht, Vater, auch ich habe meine Dämonen mitgebracht aus dem Krieg«, sagte er, nachdem er zwei tiefe Züge genommen hatte. »Auch ich bekomme jede Nacht Besuch von ihnen. Ich schreie nicht, wie du, dafür bin ich wie in einem Fiebertraum. Ich erlebe jede Nacht dasselbe, schreiende Menschen, die am lebendigen Leib verbrennen, in einem Haus. Ich stehe davor, jede Nacht. Ich sehe sie brennen und kann nichts tun! Ich weiß, ich müsste mich nur bewegen, ich müsste die Tür öffnen, gegen die sie hämmern. Das sind keine Soldaten, keine Feinde, das sind Russen, einfache Rus-

sen, Menschen wie du und ich. Ich müsste die Balken entfernen, mit denen die Tür verkeilt ist, nichts einfacher als
das. Aber ich tue es nicht. Wenn ich erwischt würde dabei,
müsste ich sterben. Der Leutnant würde mich erschießen
oder hängen lassen. Umgehend. Und die Menschen im Haus
würden trotzdem sterben, es würde nichts nützen. Verstehst
du? Es hätte keinen Zweck. Ich hätte ihnen nicht helfen können. Und ich fühlte mich nicht schuldig damals, nicht wirklich schuldig, denn es war ein Befehl. Wir alle waren nicht
schuldig, und die meisten von uns, Vater, die wollten das
nicht, die wären am liebsten weitergezogen. Selbst der Leutnant wollte das nicht. Aber auch er hatte einen Befehl. Und
die Leute, die ihm den Befehl gaben, die Generäle, die hatten
ebenso ihre Befehle. Aber warum, sag mir, warum höre ich
sie dann jede Nacht schreien, warum fahre ich aus dem
Schlaf und mein Gesicht glüht vor Hitze und ich fühle mich
schuldig? Warum ist es an mir, jede verdammte Nacht zu
ertragen? Ich kann dir die Antwort geben: Weil ich es hätte
tun müssen! Ich hätte hingehen müssen zur Tür. Es wäre
meine Pflicht gewesen. Auch wenn es euch Leid gebracht
hätte, dir und Mutter. Ich hätte es tun müssen! Das ist meine
Schuld. Und deshalb tue ich, was ich tun muss. Das ist mein
Kampf gegen die Dämonen. Du musst das verstehen!«

Klaus verstummte. Er zitterte am ganzen Körper und Heller
starrte seinen Sohn an. Doch er sah ihn nicht wirklich an. Er
sah durch ihn hindurch, weit zurück in die Vergangenheit.
Er bewegte seine Hände, schloss und öffnete die Finger,
spürte den Schmerz in den Fingerknöcheln, die einzelnen
Glieder der Finger. Er zuckte zusammen, als es plötzlich
klopfte und Oldenbusch kurz darauf das Büro betrat.

Heller riss sich zusammen. »Nun?«, fragte er seinen Assistenten.

»Nicht am Arbeitsplatz erschienen.«

Hellers Blick wanderte zu Klaus. »Was habt ihr über Glaser zusammengetragen?«

Klaus hob den Kopf. Auch er musste sich sammeln, sah auf die Zigarette in seiner Hand. Suchend blickte er sich um. Heller setzte sich, schob seinem Sohn die Untertasse zu, damit er daraufaschen konnte. Nach einer kurzen Pause sagte Klaus: »Peter Glaser, Jahrgang neunzehnhundertfünf, wird unterstellt, dass er seit Monaten schon Vorgänge im Lebensmittelamt manipuliert. Immer wieder kam es zu Fehlbeständen, aber auch gezielten Einbrüchen. Einmal konnten die Diebe zwar nicht in die Vergabestelle eindringen, jedoch gelangten sie an etliche Hundert Lebensmittelkarten. Irgendjemand hatte sie so aufbewahrt, dass sie durch das eingeschlagene Fenster greifbar waren. Ein anderes Mal war der Einbruch ganz offensichtlich nur vorgetäuscht.«

»Und trotzdem nahm man ihn nicht fest?«, fragte Oldenbusch.

»Wir verhinderten das. Die Vermutung liegt nahe, dass Glaser nicht allein zum Zwecke seiner eigenen Bereicherung handelte. Er pflegt verschiedene Kontakte in die westlichen Besatzungszonen. Wir vermuten, er agitiert, betreibt Hetze und Sabotage, benutzt die Kinder dazu, indem er ihnen Essbares zukommen lässt. Außerdem, vermuten wir, besitzt er einen größeren Bestand Pervitin, Stimulanzpillen, mit denen er sich verschiedene Leute gefügig hält. So stiftete er die Kinder zu Straftaten krimineller und politischer Natur an.«

Heller musste nur blitzschnell einen Finger bewegen, um Oldenbusch zum Schweigen zu bringen, der bei der Erwähnung der Pillen aufmerksam geworden war.

»Gut, also nicht Utmann, sondern Glaser. Utmann schien mir sowieso nicht infrage zu kommen. Er ist zu unbeherrscht und zu wenig intelligent. Davon abgesehen, dass du mir am

Sonnabend Glaser vorenthalten hast, erklär mir bitte, warum er das tun sollte?«

Klaus runzelte die Stirn und sah seinen Vater fragend an.

»Ja, warum sollte er das tun, will ich wissen. Glaser hat ein gutes Auskommen, pflegt gute Beziehungen, warum sollte er sein Leben aufs Spiel setzen?« Heller saß mit gezücktem Bleistift da und schaute seinen Sohn erwartungsvoll an. Klaus zögerte keine Sekunde. »Konterrevolution, Revanchismus, Rassenwahn.«

»Ach ja?«, fragte Heller in ehrlicher Verblüffung. Dass Klaus dies tatsächlich als Beweggründe dafür betrachtete, sein Leben zu riskieren, machte ihm erst deutlich, wie fest Klaus selbst an diese Art von Gesellschaft glaubte.

»Vater, es sind Millionen Menschen allein für ihre Überzeugung gestorben, weil sie glaubten, sie seien das Herrenvolk, ein Volk ohne Raum. Was siehst du mich so zweifelnd an?«

Heller wollte antworten, doch schwieg dann angesichts dieses Totschlagarguments.

»Habt ihr denn stichhaltige Gründe zu glauben, die Kinderbande arbeitete für Glaser?«, fragte er stattdessen.

»Wirklich stichhaltige nicht. Jedoch gibt es einen eindeutigen Zusammenhang zwischen Barth, Utmann und Burgmeister. Die Männer dienten zusammen mit Glaser in einem Panzerregiment, zuerst in Russland, später in der Normandie zu Abwehr der Invasionsstreitkräfte. Burgmeister starb in Frankreich, Barth und Utmann gerieten an verschiedenen Tagen in Gefangenschaft. Barth in kanadische und wurde den Engländern übergeben, Utmann in amerikanische. Glaser kam aufgrund einer mittelschweren Verwundung in ein Lazarett und erlebte das Ende des Krieges in einer Klinik in Thüringen. Wir vermuten, dort nahm er Kontakt zu den amerikanischen Besatzern auf. Als diese sich aus Thüringen zurückzogen, ging er freiwillig nach Dresden zurück.«

195

»Und ihr kennt seinen derzeitigen Aufenthaltsort?«

Klaus wich für einen Moment seinem Blick aus und schüttelte den Kopf.

Heller betrachtete sein Papier, auf dem er nichts notiert hatte. Er glaubte nicht an diese Art von Verschwörung. Er wusste, dass die Menschen Wichtigeres zu tun hatten, als Sabotage zu betreiben, zumal diese in einer Größenordnung stattfand, die für die Gesellschaft nicht wirklich von Bedeutung war. Betrug mit Lebensmittelkarten gab es genug, ebenso Diebstahl und Raub, da kam es nicht darauf an, ob ein kleiner Teil davon aus politischen Motiven geschah.

»Und dieser Mann, von dem ich sprach, der die Kinder an der Schule angesprochen haben soll, den habt ihr noch nicht gesehen? Wisst ihr gar nichts von ihm?«

Klaus schüttelte nur den Kopf.

»Wäre es nicht sinnvoll, wenn unsere Behörden zusammenarbeiteten? Ich arbeite an dem Fall des toten Jungen und seines verschwundenen Bruders, du am Fall Glaser. Wir sollten unsere Informationen austauschen.«

Klaus seufzte und erhob sich. »Um das entscheiden zu können, muss ich erst meinen Vorgesetzten zu Rate ziehen. Ich gebe dir umgehend Bescheid, Vater.«

»Mir ist nicht ganz wohl dabei, Chef.« Oldenbusch stellte den Motor des Ford ab, beugte sich vor und betrachtete den Häuserblock durch die Frontscheibe. Die Gebäude waren bei der Bombardierung schwer getroffen worden, manche waren ganz eingestürzt, andere hatten ihre Dächer oder mehrere Etagen eingebüßt. Eventuell noch vorhandene Fassaden waren aus diesem Blickwinkel nicht zu erkennen.

»So etwas haben Sie noch nie gemacht, Max.«

Heller reagierte nicht. Er kurbelte das Fenster zu und stieg aus. Auf der Baustelle hinter ihnen, wo Albert gefunden worden war, wurde schon längst wieder gearbeitet. Der Kran schwenkte gerade seinen Ausleger und ließ einen schweren Bottich hinunter. Die Arbeiter in der zweiten Etage des Neubaus winkten ihn zu sich heran, entriegelten die Sicherung und kippten den Kessel. Der Mörtel ergoss sich wie dicker Brei in ihre Schubkarren. Weiter unten stießen zwei altertümliche Bagger schwarze Abgaswolken aus.

»Kommen Sie, Werner, ich will der Sache jetzt nachgehen.«

»Es wurmt Sie, dass der Klaus Ihnen in die Quere kommt?«

Heller schüttelte unwirsch den Kopf. »Nein, das ist es nicht. Ich finde nur seine Argumentation nicht schlüssig. Außerdem will ich ausschließen, dass Alfons hier festgehalten wird.«

»Ich will denen nur nicht ins Handwerk pfuschen«, merkte Oldenbusch an.

Heller warf seinem Assistenten einen schnellen Seitenblick zu. »Der Geheimpolizei will niemand ins Handwerk pfuschen, weil man fürchtet, der Nächste zu sein, den sie abholen, nicht wahr.«

»So war das nicht gemeint, Chef. Aber wir haben nun mal keinen Hausdurchsuchungsbefehl. So etwas machen Sie normalerweise nicht. Ich sage es ja nur.«

Heller klopfte Oldenbusch auf die Schulter. »Es freut mich, dass Sie sich so viele Sorgen machen um mich. Aber ich weiß schon, was ich tue.«

Auch das Haus Nummer achtundzwanzig in der Hübnerstraße war teilweise zerstört. Zwar lebten hier Menschen, sogar noch im dritten Stockwerk des vormals höheren Gebäudes, doch Heller war sich sicher, dass es demnächst abgerissen werden würde. Es war regelrecht fahrlässig, hier noch Leute wohnen zu lassen. Ein provisorisches Dach verhinderte bei schlechtem Wetter das Schlimmste, bei richtigem Sturm würde es mit Sicherheit davonfliegen. Auch hier ragten Rohre aus den Fenstern und dienten als Behelfskamin. Das war ebenso fahrlässig und gefährlich, und oft kam es zu Bränden oder, schlimmer noch, zum schleichenden Tod durch Kohlenmonoxidvergiftung.

Heller bemerkte eine Bewegung in einem Fenster im zweiten Stock, eine Gardine fiel zu. Zwei Passanten beschleunigten ihre Schritte, sichtlich bemüht, Abstand von ihm zu gewinnen. Weiter hinten auf dem Grundstück, wo ein Trinkwassertank aufgestellt war, um die Bewohner zu versorgen, die noch immer von der Versorgung abgeschnitten waren, lösten sich zwei Kinder aus der Reihe der Wartenden und rannten in einen Hauseingang.

»Kommen Sie, Werner.« Heller wollte die Straße überqueren. In dem Augenblick sprang auf der Baustelle ein Presslufthammer an. Sein maschinengewehrartiges Knattern hallte von den Hauswänden wider. Ein Motorrad schepperte die kopfsteingepflasterte Straße hinauf. Das Vorkriegsmodell knallte und puffte und der Fahrer fuhr Heller beinahe über die Füße.

Heller lief unbeirrt weiter und betrat das offene Treppenhaus, dessen Durchfahrtstor wohl einem der letzten Winter zum Opfer gefallen war. Im Haus war es finster. Das Treppenhaus war völlig schwarz, ausgebrannt wie so viele Häuser, die Ölfarbe des Sockels hatte sich in der Hitze gekräuselt und war so zu einem seltsamen Gebilde erstarrt, als ob das Haus sich häutete. Als er die erste Stufe betreten hatte, öffnete sich im Erdgeschoss eine Tür und wurde augenblicklich wieder zugeschlagen. Missmutig stieg Heller weiter hinauf, Oldenbusch folgte ihm. Glaser sollte im zweiten Stock wohnen.

»Sie wünschen?«, fragte eine Frau, nachdem sie den Absatz zum ersten Stock erreicht hatten. Sie hatte ihre Tür nur einen Spalt geöffnet.

»Ich suche Herrn Glaser«, sagte Heller.

»Hinterhaus!«, blaffte die Frau und warf die Tür zu.

»Ich fürchte, jegliche Überraschung ist dahin«, brummte Heller und ging an Oldenbusch vorbei die Treppe hinunter.

Offenbar betrachtete Oldenbusch dies als eine Möglichkeit, seinem Unbehagen noch einmal Ausdruck zu verleihen. »Wollen wir das nicht den anderen überlassen? Die werden schon wissen, was sie tun.«

Heller blieb abrupt stehen und drehte sich zu seinem Assistenten um. »Die? Wenn ich das schon wieder höre. Die! Als ob es andere wären, aber es sind unsere! Leute wie mein Sohn. Wie soll ich ihm nur erklären, dass er dabei ist, dasselbe zu tun wie all die jungen Männer, die von der Gestapo rekrutiert wurden?«

»Ganz so schlimm sind die aber nicht«, murmelte Oldenbusch.

»Nein? Wissen wir das?«

Oldenbusch hob die Schultern.

Heller besann sich. »Es muss Sie ja nichts angehen. Kommen Sie!«

Der Hinterhof bot ein Bild der Verwüstung. Teile des Dachstuhls waren eingestürzt, Berge von Schindeln und Ziegeln türmten sich. Hier war kaum etwas geräumt, gerade mal der Zugang zum Hinterhaus. Unkraut wuchs in den Schutthaufen. Das Dröhnen und Hämmern der Baustelle drang nur gedämpft hierher. Bei dem Anblick dachte man fast an eine kleine Idylle. Doch das Bild trog. Vom Hof aus gelangte man durch Maueröffnungen und Zugänge in weitere Hinterhöfe, rechts und links von diesen in weitere Gebäude. Ein richtiges Labyrinth und eine gute Möglichkeit, etwas zu verstecken und unterzutauchen, überlegte Heller. Irgendwo mauzte eine Katze. Sie hörte sich kläglich an und Heller suchte mit Blicken die Trümmer ab, konnte das Tier jedoch nicht ausmachen. Etwas schepperte metallen. Heller schauderte. Auch hier konnten Blindgänger liegen.

Im Hinterhaus roch es nach Fäulnis und Pilzen. Es schien, als wucherte der Schimmel und fraß das Gebäude von innen auf. Tatsächlich hörte es sich an, als ob es im Keller plätscherte wie in einer Tropfsteinhöhle. Aus Gewohnheit griff Heller nach dem Handlauf, nahm dann aber seine Hand sofort wieder weg und suchte angeekelt nach etwas, woran er sie abwischen konnte. Da er nichts fand, ging er noch einmal nach draußen, rieb die Handfläche über einen Ziegel, betrachtete dann missmutig das Ergebnis.

»Der ganze Keller ist unter Wasser«, erklärte Oldenbusch, der schon nachgesehen hatte. »Bestimmt ist eine Hauptwasserleitung gebrochen. Soll ich allein hinauf?«

Heller schüttelte nur den Kopf.

»Herr Glaser?«, rief er auf der ersten Etage. Sie war verlassen, anscheinend waren die Bewohner vor dem wuchernden Schimmel geflüchtet.

»Genosse Glaser?« Es widerte ihn an, noch länger in dem Haus zu verweilen. Finster war es, weil alle Fenster mit Brettern und Pappen vernagelt waren. Von irgendwo ganz oben kam ein wenig Licht, vermutlich durch das zerstörte Dach. Von den Kanten der oberen Treppen tropfte gelegentlich Kondenswasser. Heller versuchte, flach zu atmen, wusste aber natürlich, dass das sinnlos war. Er musste atmen, und wie auch immer er es tat, er atmete Schimmelsporen ein.

»Los, höher!«, befahl Heller. War da ein Geräusch? Oldenbusch raschelte hinter ihm, dann hörte Heller ein typisches metallenes Klicken. »Schießen Sie nicht vorschnell«, mahnte er. Dann ging er weiter.

Im zweiten Obergeschoss war die Luft ein wenig besser. An der Front des Hauses entdeckte er ein Loch, das mit Säcken und Lumpen gestopft war, die teilweise bereits wieder hinausgefallen waren. Auch hier drang Feuchtigkeit durch, der Holzboden auf dem Absatz war aufgequollen, Farbe blätterte von den Wänden.

Heller hämmerte mit der Faust gegen die provisorische Tür. Der einfache Schieberiegel war nicht geschlossen, es hing kein Vorhängeschloss daran. Heller gab Oldenbusch ein Zeichen. Oldenbusch trat einen Schritt zurück und legte die Waffe an.

Heller nahm seine Pistole aus dem Holster. »Ich komme jetzt in die Wohnung!«, rief er, zog die Tür auf und wich zur Seite aus. Oldenbusch zuckte, doch nichts geschah.

Der Flur der Wohnung war düster, ein an die Decken genagelter Vorhang diente wohl als Schutz gegen Zugluft. Heller erkannte nur eine Tür. Er öffnete sie leise. Im Raum dahinter lag eine alte Matratze mit einer zerwühlten Decke.

Auf einem Stuhl lag ein Hut. Ein Mantel war über die Lehne gelegt. Oldenbusch suchte zwischen all den Falten im Vorhang nach einem Durchgang, zerrte ihn schließlich unwirsch beiseite. Putz rieselte zu Boden. Der Vorhang fiel herunter, gab den Blick frei auf drei weitere provisorische Türen, eine Wand aus Brettern, ein weiterer Durchgang war mit einem Laken abgehängt. Dieses bewegte sich ganz sacht im Zugwind. Mit einer schnellen Bewegung hob Heller das Laken hoch, hinter dem ein schmaler, ungefähr drei Meter langer Gang zu einem hellen Raum führte. Heller durchquerte den Gang, die Pistole im Anschlag, erreichte einen Raum, der als Küche diente. Ein Buffet diente als Anrichte und in dem einzigen großen Schrank stand ein Besen. Von einem Eisenofen führte ein Rohr zu einem Loch in der Wand. Das Licht kam von einem großen, ganz offensichtlich nachträglich eingebauten Fenster. Auf dem Blech vor dem Ofen lag ein wenig Asche, in seltsam geformten Blättchen. Als Heller sich bückte und eines berührte, zerfiel es augenblicklich. Heller öffnete die Ofenklappe, warf einen Blick ins Innere, schob dann seinen Ärmel zurück, langte hinein, zog mit den Fingerspitzen einen kleinen Stapel beinahe vollständig verbrannter Papiere hervor. Die schwarzen Ränder brachen dabei ab, zerfielen in schwarzen Staub.

Heller sah noch einmal in dem Ofen nach, fand aber keine weiteren Papierfetzen, doch es war offensichtlich, dass ein ganzer Packen Briefe verbrannt worden war. Da sie nicht einzeln zerknüllt worden waren und vermutlich die Klappe zu früh verschlossen wurde, hatten sie sich nicht völlig verbrennen lassen. Hatte Glaser es eilig gehabt? Heller breitete die Blätter vorsichtig auf dem Buffet aus und betrachtete die wenigen noch lesbaren Reste, nicht einmal so groß wie eine halbe Postkarte. Die Schrift war von ein und derselben Person, allerdings musste es sich um verschiedene Briefe handeln, da das Papier unterschiedliche Qualitäten besaß. Eines der Blätter war beidseitig beschrieben, zwei weitere nur einseitig, zwei Blätter waren anscheinend Reste eines Umschlags. Heller las:

…rnommen, daß auch di…
…meraden verloren ha…
…bisweilen sehr heft…
…letztes Weihnachts…
…zerst…orde…

…eschaffung kaum m…
…lich übel mitgespie…
…Rußland nicht ein…
…hlauf, sollte man doch…
…onengrenze. Furchtb…
…uggeln…scht. Nun sitzt…

…ßbar, welches L…
…einer recht gut Stell…
…orgungslage auch stabi…
…ser geliebtes deutsches…
…sselbe sein, wenn die B…

…inen Bitte, auch wenn sie…
…rl und Willy kümmern kö…
…ötigten Mittel zukommen l…
…lbst gekümmert. Ich weiß, w…
…ch bitte, doch harte Zeit…
…rgewöhnliche Mittel, selb…

Heller legte alles vorsichtig wieder zusammen und betrachtete die Reste des Umschlags genauer, konnte jedoch nichts

Verwertbares erkennen und legte alles wieder auf den Stapel. Dann überlegte er es sich anders, nahm sein Notizbuch hervor und legte die Papierblättchen zwischen einzelne leere Seiten. Dann steckte er das Buch weg und kehrte über den Gang zu Oldenbusch zurück, der sichtbar gelangweilt auf ihn wartete.

»Haben Sie denn etwas …«, wollte Oldenbusch ihn fragen, doch im selben Moment sprang die linke der drei Türen auf und ein junges Mädchen stürmte heraus. Heller sprang instinktiv nach vorne, um ihr den Weg abzuschneiden. Als das Mädchen nach ihm schlug, wehrte Heller den Schlag ab und wollte sie packen, da erst verspürte er den heftigen Schmerz im rechten Unterarm. Er verlor alle Kraft in seinen Fingern und ließ die Pistole auf den Boden fallen.

»Die hat ein Messer!«, rief Oldenbusch.

»Nicht schießen!«, befahl Heller. Schon war das Mädchen aus der Wohnung gelaufen und rannte die Treppen hinunter. Oldenbusch war ihr dicht auf den Fersen. Heller irritierte das Blut, das auf den Boden tropfte. Doch es blieb keine Zeit, zu überlegen. Schnell hob er die Pistole wieder auf und steckte sie weg. Dann presste er die andere Hand auf die Wunde und rannte die halbe Treppe hinunter. Mit dem Fuß trat er die restlichen Lumpen aus dem Loch in der Mauer.

»Johanna! Johanna Zeil«, rief er. »Stehen bleiben!« Das Mädchen hatte den Hof noch nicht erreicht. Es polterte im Treppenhaus, dann fiel ein Schuss. Heller hörte Kampfgeräusche, ein Keuchen und Wimmern.

»Max!«, rief Oldenbusch.

Heller quälte sich jetzt aus seiner Jacke, um sie fest um die Schnittwunde zu wickeln. Noch immer verlor er viel Blut und spürte den Schmerz in einer Welle heranrollen. Er wollte dem nicht nachgeben, er wollte das Mädchen nicht verlieren.

Er biss die Zähne zusammen und rannte weiter. Als er im Erdgeschoss ankam, sah er noch, wie sich das Mädchen aus dem Griff von Oldenbusch wand und auf den Hof stürzte. Heller lief an Oldenbusch vorbei, der sich mit einer Hand die Nase hielt und mit der anderen nach seiner Pistole tastete, die auf dem Boden lag.

Das Mädchen hatte den Hof durchquert und die Durchfahrt vom Haupthaus erreicht. Da drehte sie sich um, stolperte, stürzte und rappelte sich panisch auf. Das war Hellers Chance, aufzuholen. Er trat nach ihrem Fuß, doch sie sprang geschickt auf, konnte einen weiteren Sturz abfangen, taumelte aber und schlug mit der Schulter gegen die Wand.

Heller war nicht darauf vorbereitet, als sie ihn plötzlich mit wutverzerrtem Gesicht ansprang, ihm ins Gesicht und auf den verletzten Arm schlug. Er keuchte vor Schmerz. Dann riss sie die Augen auf, wirbelte herum und hetzte davon.

Oldenbusch kam mit gezückter Pistole angelaufen. Er blutete stark aus der Nase und rang nach Luft.

»Werner, schießen Sie! Aber niedrig!«, presste Heller hervor. Er stöhnte auf und ein wilder Schmerz pulsierte in seinem Arm.

Oldenbusch stürmte auf die Straße, Heller schleppte sich hinterher. Beide sahen sie das Mädchen davonrennen. Sie hielt sich jetzt den Bauch und hatte Mühe, aufrecht zu laufen. Mehrere Passanten sahen ihr nach, aber keiner hielt sie auf.

»Kann nicht schießen«, fluchte Oldenbusch, zerrte stattdessen seine Polizeipfeife aus der Tasche und blies kräftig hinein. »Festhalten! Polizei! Halten Sie das Mädchen fest!«, rief er und rannte wieder los.

Heller versuchte ihm zu folgen und humpelte über die

Straße. Ein Mann, der ihm entgegenkam, wich zwar aus, trotzdem stieß Heller mit ihm zusammen.

»Passen Sie doch auf!«, beschwerte sich der Mann scheinheilig.

Heller konnte nicht mehr. Schwer atmend lehnte er sich an eine Hauswand und versuchte, Oldenbusch so lange wie möglich im Blick zu behalten. Auch dem stellten sich die Passanten wie zufällig in den Weg und behinderten die Verfolgung.

»Ich zeige Sie an«, keuchte er und schaute dem Mann jetzt unverwandt ins Gesicht, »wegen Behinderung polizeilicher Ermittlungsarbeit! Wegen Widerstand gegen die Staatsgewalt!«

»Welcher Staat?«, fragte der Mann und grinste schief, entfernte sich aber rückwärts gehend von Heller. »Hab Sie ja gar nicht kommen sehen«, murmelte er und lief dann eilig weg.

Heller presste seine Hand auf die Verletzung und versuchte, ruhig zu atmen. Er musste abwarten, dass ihm jemand zu Hilfe kam.

Endlich kehrte Oldenbusch zurück, keuchend und noch immer aus der Nase blutend. Sein Mund, das Kinn, sogar sein Hals waren blutbeschmiert. Trotzdem kümmerte er sich als Erstes um Heller. Er zerrte sich das Hemd vom Leib, zerriss es, wickelte Heller die Jacke vom Arm und verband die Verletzung mit seinem Hemd. Heller, der den Fehler begangen hatte, einen Blick auf den langen Schnitt an seinem Arm zu werfen, wurde übel.

»Ich hätte sie noch kriegen können«, schimpfte Oldenbusch, »die Leute auf der Straße haben das verhindert. Einer hat sie in einen Hauseingang gezogen und mir die Tür vor der Nase zugeschlagen!«

»Was war mit ihr? War sie verletzt, haben Sie geschossen?«, flüsterte Heller.

»Nein, die hat geschossen. Sie hatte eine Pistole, die muss noch im Haus liegen. Sie hat sie fallen lassen. Ich hab ihr wahrscheinlich in die Leber geboxt. Die hatte Kraft, sag ich Ihnen. Chef? Chef! Setzen Sie sich mal hin. Nicht schlappmachen! Max! Max!«

Der junge Arzt legte sein Operationsbesteck in die Metall-
schüssel, die von einem assistierenden sowjetischen Sanitäts-
soldaten umgehend fortgeschafft wurde.

Auf Russisch gab er einem zweiten Soldaten einen Befehl,
der darauf begann Hellers Arm zu verbinden. Dann sah er
Heller besorgt an.

»Sie haben Glück gehabt. Die Verletzung ist nicht sehr
schwer. Der Schnitt eher lang und nicht so tief. Ich würde
Ihnen gerne eine Tetanusimpfung verpassen, aber ich ver-
füge derzeit nicht über genügend Impfstoff. Die Wunde hat
aber ordentlich geblutet, es sollte also nichts geschehen. Ich
empfehle Ihnen trotzdem dringend, sich eine Pause zu gönnen. Bei dieser Hitze sollten Sie ruhig ein paar Tage daheim
bleiben. Und schonen Sie den Arm. Am besten, Sie tragen
ihn in einem Schultertuch.«

Heller erwiderte nichts. Er wusste, er würde nicht pausie-
ren. Doch darüber wollte er nicht mit dem Arzt diskutieren.
Der sagte ja auch nur das, was er sagen musste.

Im Moment spürte er keine Schmerzen, der Arm war be-
täubt worden. Solange das anhielt, wollte er die Zeit nutzen.
Er befand sich im Gebäude des ehemaligen Landgerichts,
keine zweihundert Meter von Glasers Wohnung entfernt. Seit
Beginn der Besatzung wurde es von verschiedenen sowjetischen Diensten genutzt. Auch unter dem Kittel des jungen
Chirurgen blitzte der Kragen einer sowjetischen Militärjacke
hervor.

»Sie sprechen akzentfreies Deutsch. Sind Sie Deutscher?«, fragte Heller ihn.

Der Arzt erwiderte nichts, ließ den Sanitäter seine Arbeit zu Ende machen und wartete, bis der gegangen war. Er erhob sich und ging zum Waschbecken, um sich die Hände zu waschen.

Heller bereute seine Frage schon.

Jetzt zog der Arzt seinen Kittel aus, straffte seine Uniform und setzte sich wieder.

»Wissen Sie, ich bin ein Verräter«, antwortete er und sah Heller fest in die Augen. »Ein Überläufer«, fügte er hinzu.

Heller schwieg, erwiderte aber den Blick. Was sollte er dazu sagen? Er konnte nicht nachvollziehen, dass einer seine Landsleute im Stich ließ, um zum Feind zu wechseln. Aber wer waren schon seine Landsleute? Die Kameraden neben ihm? Oder das Volk, das mit Hitler den Krieg gewählt hatte, oder Hitler selbst?

»Von Beginn an habe ich die Nazis gehasst, die Willkür, die Wehrerziehung, die Führerverehrung. Natürlich begehrte ich nicht auf. Ich studierte. Dann kam ich als Chirurg sofort an die Front. Ich nutzte die erste Gelegenheit, überzulaufen.« Der Arzt sah jetzt auf seine Hände, die in seinem Schoß ruhten.

Heller räusperte sich und versuchte, gegen das elende Gefühl in sich anzukämpfen. Der Mann hatte nur getan, was Klaus vielleicht auch hätte tun sollen. Er war seinem Gewissen gefolgt.

Am meisten erstaunt war Heller jedoch über sein eigenes unwillkürliches Aufbegehren. Auch er verabscheute den Krieg und die Nazis. Und doch verurteilte er nun diesen jungen Mann, der zum Feind übergelaufen war. Wäre es Klaus gewesen, der so gehandelt hätte, hätte er da genauso empfunden? Vielleicht hatte gerade das Handeln dieses Mannes den Krieg verkürzt und sei es nur um eine Sekunde. Und hätten noch viel mehr so gehandelt, wäre der Krieg schneller vorübergegangen, Dresden stünde noch und Zehntausende würden noch leben. Warum also spürte er diesen Widerwillen in sich, eine Regung, fast wie Abscheu?

»Wie?«, fragte er mit brüchiger Stimme.

Der junge Arzt hielt kurz inne, entschied sich dann aber, seine Geschichte zu erzählen. »Es war im Frühjahr dreiundvierzig, es lag noch Schnee. Ich saß mit meinem Fahrer in einem Sanitätswagen. Es war eine Besorgungsfahrt. Wir sollten Verbandsmaterial holen, von einem Bahnhof. Die Hinfahrt verlief problemlos. Wir fuhren nachts, weil tagsüber die Rote Armee aus der Ferne auf alles schoss, was sich bewegte. Es gab viele Überfälle von Partisanen, doch wir kamen gut durch. Wir mussten über den Tag dann am Bahnhof bleiben, doch als wir in der Dämmerung losfahren wollten, hielt man uns auf. Es gab Gefechte, wir konnten sie hören. Zwei Tage mussten wir letztlich bleiben. Auf dem Rückweg stoppte uns die Feldgendarmerie und wies uns einen anderen Weg an, weil die Russen eine Hügelkette eingenommen hatten.« Der Chirurg lächelte und schüttelte den Kopf. »Krieg ist manchmal seltsam, Genosse Heller, da stehen sich Millionen von Männern an der Front gegenüber, Panzer, Geschütze, und dann gibt es kilometerlange Abschnitte, da ist niemand. Wir fuhren ein Stück, dann wies ich dem Fahrer an, nach Osten zu fahren. Er wollte widersprechen, doch ich behauptete, er hätte die Gendarmen falsch verstanden. Als er merkte, was ich vorhatte, musste ich ihn mit vorgehaltener Pistole zwingen weiterzufahren!«

»Hätten Sie ihn nicht aussteigen lassen können?«

»Mitten im Niemandsland? In der Nacht? Ich ließ ihn das Licht aufblenden und dann fuhren wir und fuhren. Das war volles Risiko, genauso gut hätten wir sterben können. Er sagte, dass er Hitler genauso hasste wie ich, trotzdem fluchte und schimpfte er unentwegt, machte mir Vorwürfe und spuckte aus vor mir. Plötzlich traf ein Schuss unseren Laster. Nur einer, hinten. Ein Warnschuss. Wir hielten, stiegen mit erhobenen Händen aus und warteten. Es dauerte eine Ewigkeit, ehe sie kamen, und währenddessen schimpfte er unablässig weiter. Er schimpfte noch, als sie uns nach Waffen durchsuchten. Ich kann etwas Russisch, erklärte ihnen meine Absicht und bat um gute Behandlung für den Fahrer. Vielleicht hab ich ihm das Leben gerettet.« Der Arzt schwieg eine Weile und sah Heller an. »Eine Woche später war der Frontabschnitt überrollt, von dem wir gekommen waren. Ich hatte richtig gehandelt. Ich arbeitete weiter als Chirurg, operierte ein paar Tausend Mal, rettete Menschenleben, aber was der Mann zu mir gesagt hatte, bekomme ich nicht aus dem Kopf. Und ich spüre es. Jeden Tag. Niemand hat Verständnis dafür, was ich getan habe. Selbst Sie nicht.« Er beugte sich vor und lächelte traurig. »Selbst die Russen nicht. Auch in deren Augen bin ich ein Verräter.«

»Würden Sie heute anders handeln?«, fragte Heller.

Der Chirurg überlegte keine Sekunde und schüttelte den Kopf. »Nein, man muss tun, was man tun muss.«

»Hören Sie doch auf, mich so anzusehen«, murrte Heller.

Oldenbusch wandte seinen Blick ab. Sie standen in der kühlen und schattigen Durchfahrt zum Hinterhof. Oldenbusch trug eine abgewetzte Uniformjacke der Sowjetarmee, die man ihm überlassen hatte. Zufrieden war er mit dieser Lösung nicht. Er hatte sie nur angenommen, um nicht im Unterhemd dazustehen. Heller war das Notizbuch in seiner Jackentasche eingefallen und er hatte es aus der Innentasche hervorgeholt. Es war zum Teil mit seinem Blut getränkt, die meisten Seiten klebten zusammen und mussten vorsichtig gelöst werden. Dazwischen steckten, fast unlesbar, die Reste der Briefe. Er brauchte sich nicht zu wundern, dass Oldenbusch ihn mit vorwurfsvollem Schweigen strafte.

Die Durchsuchung von Glasers Wohnung hatte keinerlei Ergebnisse gebracht. Außer ein paar amerikanischen Zigaretten, einigen Lebensmitteln, deren Menge nicht unüblich war, und einem Schrank voller guter Anzüge und Hemden hatte sich nichts gefunden. Das ganze Haus hatte man durchsucht, einschließlich der Umgebung und des Hofes. Vergeblich.

Heller lehnte sich an die Wand und hielt seinen Arm nach oben, in dem es pochte und pulsierte. Zu schnell hatte die Wirkung der Betäubung nachgelassen. Er war verärgert. Für die Durchsuchung hatte man ihm ein paar grobschlächtige Hilfspolizisten zur Verfügung gestellt, die entweder übermotiviert oder desinteressiert waren, auf jeden Fall aber ohne Erfahrung. Da hatte auch die Anleitung durch Oldenbusch nicht viel bewirken können.

Überall hatten die Leute aus den Fenstern gestarrt und einige Schaulustige waren auf der Straße zusammengekommen. Und zu allem Übel hatten sich dann auch noch drei junge Männer in Zivil zu ihnen gesellt. Kollegen von Klaus, wie sich herausstellte. Sie standen etwas abseits, rauchten, sprachen aber kein Wort und starrten mit ausdruckslosen Mienen vor sich hin. Wenigstens hatten sie sich vorgestellt und signalisierten Präsenz.

»Wir wissen nicht einmal, ob das Mädchen bei Glaser einfach nur eingebrochen ist«, murmelte Oldenbusch. »Es war unmöglich, sie zu bändigen. Haben Sie die Augen gesehen? Rot unterlaufen und irgendwie wirr. Würde mich nicht wundern, wenn die auch an diese Pillen gekommen wäre. Die sind doch alle verrückt, diese Kinder. Niesbach war übrigens auch da und hat nach Ihnen gefragt. Er braucht so schnell als möglich einen Einsatzbericht.«

Heller winkte mit dem Kopf in Richtung Hinterhaus und trat aus dem Schatten des Durchgangs. »Ich muss noch zur Post heute. Haben Sie noch Benzin?«

»Der Tank ist zu einem Viertel voll. Ich habe neue Bezugsscheine bekommen, doch jedes Mal, wenn ich den Tank auffüllen lassen will, gibt es nichts mehr. Schon seit zwei Tagen.«

Sie standen jetzt vor dem Hinterhaus. Wieder stieg ihnen der Schimmelgeruch in die Nase.

»Das Mädchen ist nicht eingebrochen. Hat man ein kaputtes Schloss gefunden? Oder Einbruchsspuren? Und dieses Lager, diese Matratze. Darauf schlief doch nicht der Glaser?«

»Es gibt noch ein richtiges Bett in der Wohnung. Wir können gern noch einmal hinaufgehen.«

»Und das hier?« Heller deutete auf dunklen Flecken im zertretenen Putz auf dem Boden.

»Ein Kollege ist auch in den Keller gegangen und stand bis zum Nabel im Wasser. Der hat in alle Ecken geleuchtet. Eine furchtbare Jauche, sage ich Ihnen, Max, der hat vielleicht gestunken!«

Heller ging bis zum Kellerabgang, der gegenüber des Hinterausganges im Dunkel lag. Die Tür war verrammelt oder zumindest so verzogen, dass sie sich nicht mehr öffnen ließ.

»Werner, gehen Sie um das Haus herum und schauen Sie nach, ob auf der anderen Seite ein Riegel vorgeschoben ist. Vielleicht ist ja auch ein Keil eingeklemmt.«

Oldenbusch nickte und marschierte los. Es dauerte eine Weile, bis Heller erst das Klappern von Ziegeln, dann leises Fluchen und ein Schaben an der Tür hörte. Als sie sich öffnete, gab sie den Blick frei auf einen weiteren Hinterhof. Licht fiel auf den Boden.

»Gar nicht so einfach«, bemerkte Oldenbusch schnaufend

und wischte sich die schmutzigen Hände am ohnehin verdreckten Unterhemd ab. »Aber hier ist ein Pfad, der zum anderen Block da drüben führt.«

Heller warf einen Blick nach draußen, doch was er sah, half ihm nicht weiter. Aus den rückwärtigen Fenstern des gegenüberliegenden Blocks begegneten ihm neugierige Blicke. Doch Heller musste sich jetzt auf den Keller hinter ihm konzentrieren. Er atmete durch und starrte in das dunkle Loch hinunter. Das Wasser lag still da und sah aus wie schwarzes Öl. Kein Plätschern oder Tropfen war zu hören. Mit den Augen suchte Heller die über dem Wasserspiegel liegenden Stufen ab und sah die nur langsam abtrocknenden Fußabdrücke des Polizisten, der im Keller gewesen war. Er verfolgte dessen Spur, die links herum in Richtung Innenhof führte. Er ging in die Hocke und berührte mit der linken Hand die kleinen Sandklümpchen, die unter seinen Fingern zerfielen. Eine zweite Spur feuchter Schuhabdrücke führte, kaum noch sichtbar, die Treppe hinauf und geradewegs zur Hintertür.

»Werner, jemand ist hier unten gewesen. Ich will, dass der Keller abgepumpt wird. Notfalls muss die Feuerwehr ran. Oder vielleicht haben die Sowjets ja die passenden Gerätschaften. Und der Keller und das Haus müssen bewacht werden. Kümmern Sie sich bitte, Werner! Man sollte am besten die gesamte Gegend überwachen. Die Männer sollen Zeugen befragen, die Blick auf den zweiten Hinterhof hatten. Hier sind überall Kinder, die haben bestimmt etwas gesehen. Ich bin mir ganz sicher, dass Johanna Zeil nicht allein hier war. Darauf würde ich mein ganzes Geld verwetten.«

Oldenbusch schnaubte. »Ihr Geld ist nichts mehr wert, Chef.«

Heller sah ihn streng an und warf dann einen Blick auf die Uhr.

»Verflixt! Alfons – zu dem wollte ich doch noch! Schaffen wir das?«

»Vater? Wir haben …«

Heller hatte Klaus nicht herankommen sehen und drehte sich zu ihm um.

Klaus sah ihn erschrocken an. »Bist du verletzt?«

»Es ist nichts Schlimmes«, beruhigte er ihn. » Sprich, was ist los? Seit wann bist du hier?«

»Ich bin gerade angekommen, man sagte mir du wärst hier. Johanna Zeil. Wir haben sie gefunden. Sie hatte sich in einer Ruine in der Nähe versteckt. Zusammen mit Helmut Burgmeister, einem der Jungen aus der Bande von Barth und Sturberg. Er hatte verschiedenes Diebesgut in einem Rucksack, unter anderem Lebensmittelkarten und amerikanische Zigaretten.«

»Wo sind sie jetzt?«

»Bei uns. Auf der Bautzner.«

»Ich möchte die beiden heute noch sprechen. Geht das in Ordnung?«

Klaus nickte, wirkte aber unsicher.

»Ich werde gegen drei da sein. Ich will vorher noch nach Alfons sehen. Klaus, kannst du bitte veranlassen, dass der Keller ausgepumpt wird?«

Klaus nickte wieder, auch wenn man ihm ansah, dass er noch nicht wusste, wie er das anstellen sollte.

Oldenbusch entwich ein erleichtertes Seufzen.

Die Hitze war erdrückend. Der Ford schien es nur mit letzter Kraft den Berg hinauf zu schaffen. Schatten gab es nicht, und die Luft flirrte über dem Kopfsteinpflaster. Alles war wie ausgestorben. Doch als Oldenbusch den Wagen stoppte und das heisere Tuckern verklang, konnte Heller wieder das beständige Klingen und Hämmern aus den Ruinen vernehmen.

»Wollen Sie im Wagen warten?«, fragte Heller und deutete auf die bräunliche Jacke Oldenbuschs. »Dann können wir die Fenster vom Wagen offen lassen. Haben Sie noch ein zweites Hemd daheim?«

»Ja, ich habe noch eins, aber ein Ersatz wäre schon angemessen.«

Heller stieg aus. »Morgen können wir bei der Kleiderkammer neue Kleidung für Sie beantragen. Ich bin gleich zurück.«

Heller ging die letzten Meter die Straße hinauf, balancierte über den Graben und betrat das Utmann'sche Grundstück. Im Garten war es still. Ein Windhauch strich über das gelbfleckige Gras, brachte aber keinerlei Erleichterung.

Hellers verletzter Arm schmerzte mittlerweile unerträglich, was er Oldenbusch nicht erzählt hatte. Eigentlich wollte er sich selbst nicht eingestehen, dass er es kaum noch aushielt.

»Herr Utmann!«, rief er laut, wartete aber nicht auf eine Antwort und betrat das Haus. Im Treppenhaus lehnte er sich schwer atmend an die Wand, hielt seinen Arm angewinkelt nach oben und stützte ihn etwas ab. Es stank nach Benzin, aber wenigstens war es kühl. Alles blieb still. Als der Schmerz in seinem Arm zu einem dumpfen Ziehen geschrumpft war, stieg er die Treppe hinauf und klopfte gegen die Wohnungstür. Kein Laut. Vorsichtig drückte er die Klinke hinunter. Die Tür öffnete sich. Heller stutzte.

»Frau Utmann? Alma? Herr Utmann?«, rief er in die Wohnung hinein. »Ist jemand da? Ich komme jetzt herein.«

Er betrat den Flur, ließ aber die Wohnungstür vorsichtshalber weit aufstehen. Mit zögernden Schritten tastete er sich vorwärts. Ganz bewusst verzichtete er darauf, die Waffe zu ziehen.

Die Küche war leer, das Fenster geschlossen. Heller ging zum Herd und fühlte vorsichtig. Er war kalt. Er warf erst einen Blick in den Abort, dann ins Kinderzimmer, in die gute

216

Stube und auch ins Schlafzimmer, wo er sogar mühsam unter das Bett schaute. Dann öffnete er die Schränke, fand Kleidung vor, Bettzeug und andere Wäsche. Nach einer Flucht sah das nicht aus. Ehe er das Zimmer verließ, warf er noch schnell das Bettzeug zurück. Auch im Bett hatte sich niemand versteckt. Das Bettlaken der Frau zeigte in der Mitte braune Flecken. Ob sie selbst ins Krankenhaus gegangen war?

Etwas knackte über ihm, ganz leise nur, aber es war deutlich zu hören. Heller sah nach oben. Er legte die Bettdecke zurück und strich sie glatt. Dann verließ er die Wohnung und schloss die Tür so leise wie möglich hinter sich.

Eine breite Holztreppe führte zum Dachboden hinauf. Heller gelangte auf den ersten Absatz, von wo aus er die Dachbodentür sehen konnte. Sie stand offen und gab den Blick auf den teilweise eingestürzten Dachstuhl frei. Durch verschiedene Öffnungen drang das Licht. Die größte von ihnen war mit einer weißen Plane überspannt. Heller stieg die letzten Stufen hinauf und wurde von stickig heißem Gewächshausklima empfangen. In der Tür klopfte er gegen den Rahmen.

»Jemand da?«, fragte er freundlich. »Heiner? Bist du hier? Willst du mir guten Tag sagen? Alfred?« Zwei gemauerte Kamine verhinderten die freie Sicht auf den Dachboden. Genügend Raum für Verstecke, dachte er.

»Heiner?«, fragte Heller noch einmal. Instinktiv zog er jetzt doch die Pistole. Aber sie fühlte sich ungewohnt an in der linken Hand. Einen Augenblick überlegte er und wechselte sie dann in die rechte Hand, wobei er vor Schmerz das Gesicht verzog.

»Alfons? Bist du hier?«, fragte er. »Ich will dir nichts tun. Ich will dir helfen.« Langsam ging Heller vorwärts und näherte sich dem rechten Kamin. Die Waffe hielt er nach unten gerichtet. Dann machte er einen letzten schnellen Schritt, um hinter den Kamin schauen zu können. Doch der Platz war leer.

Er blickte zu dem zweiten Kamin, der weiter hinten an dem halb eingestürzten, schlecht reparierten Dach stand. Ihm lief der Schweiß über das Gesicht. Hier mussten mindestens vierzig Grad herrschen. Das Atmen fiel ihm schwer.

»Alfons?« Heller hatte so ein Gefühl, dass Alfons sich hinter dem Mauerstück versteckte. Er musste damit rechnen, dass der Junge bewaffnet war. Vielleicht wollte er sich an ihm rächen, weil er ihn am Tag zuvor festgehalten hatte. Oder lauerte Karl Utmann dort hinten?

Heller haderte mit sich, er machte sich ja lächerlich hier oben, wenigstens vor sich selbst. Es wäre besser, er würde sich zurückziehen und mit Oldenbusch gemeinsam wiederkommen. Dann könnten sie sich von zwei Seiten anschleichen, um dann wahrscheinlich auf ein leeres Versteck zu starren. Davon abgesehen tat sein Arm inzwischen höllisch weh.

Heller ging in die Hocke und legte den schmerzenden Arm kurzzeitig zur Entlastung auf dem hochgestellten Knie ab. Doch die Haltung wurde schnell unbequem. So würde er nicht lange verharren können. Bestimmt würde Oldenbusch ihn bald suchen kommen, wenn er nicht im Wagen eingeschlafen war.

Plötzlich sah er es. Es war nur eine minimale Bewegung. Zuerst dachte Heller, dass es sich um eine kleine schwarze Schlange handelte, die sich vom Kamin auf ihn zubewegte. Doch dann bemerkte er seinen Irrtum. Es war eine zähe Flüssigkeit, wie schwarzes Öl, das über die Planken am Boden lief, in den Ritzen versickerte und doch so schnell nachfloss, dass es sich weiter ausbreitete. Was war das? Kam es aus dem Schornstein? Heller verstand nicht, was er sah, obwohl er spürte, dass er es verstehen sollte. Dann wusste er es.

»Herrgott!«, keuchte er, sprang auf und ließ die Pistole fallen. »Herrgott, Alfons! Junge!« Er lief zu dem Jungen, der auf dem Boden saß. Alfons hatte den Kopf an die Mauer des Kamins gelehnt, das schweißnasse Haar klebte an der Stirn, seine Hände lagen im Schoß und aus den Handgelenken pulsierte das Blut.

»Werner!«, brüllte Heller und riss die Hände des Jungen hoch. »Werner! Hoch zu mir, auf den Dachboden! Sofort! Verbandszeug, wir brauchen Verbandszeug!«

»Meine Mutter … sie ist nicht mehr da«, hauchte der Junge. »Sie hat mich allein gelassen.«

»Rede doch keinen Blödsinn, Junge. Deine Mutter ist nicht weg.«

Heller blickte verzweifelt auf das Blut, das unaufhaltsam zwischen seinen Fingern hervorquoll.

»Ich kann's nicht mehr aushalten, ich will das alles nimmer, lassen Sie mich! Es tut auch gar nicht weh«, wimmerte Alfons und versuchte sich von Hellers Griff zu befreien, doch er war viel zu schwach dafür.

»Ich will zu Albert. Bestimmt ist er ganz allein. Ihm war immerzu kalt. Ich will bei ihm sein.«

»Bei deiner Mutter solltest du sein, Junge. Sie braucht dich. Sie erträgt nicht noch mehr Leid. Wenn ihr doch nur endlich mit mir reden würdet. Bist du allein weggelaufen aus dem Krankenhaus? Alfons, wer war der Mann, der nach euch an der Schule gefragt hat? Alfons, schlaf nicht ein!«

Heller schüttelte den Jungen, hielt dabei seine Handgelenke krampfhaft fest. Er horchte nach unten, konnte aber nichts ausmachen.

»Herrgott, kommt endlich wer? Hilfe! Wir brauchen Hilfe!« Heller sah sich panisch um. Er bräuchte dringend Verbandszeug, aber er durfte die Handgelenke des Jungen nicht loslassen. Nur so hielt er den Jungen überhaupt noch am Leben.

»Alfons, bleib wach, denk was Schönes!«, rief er.

»Ich kann nimmer. Nichts Schönes mehr zu denken da«, flüsterte Alfons mit geschlossenen Augen. Heller verfluchte sein Zögern, verfluchte seine Angst und verfluchte Oldenbusch, der nicht kam.

Doch plötzlich wurde er zur Seite gedrängt. Oldenbusch und zwei Frauen stürmten auf den Dachboden. Die eine von ihnen, die Nachbarin, verband mit hastigen Bewegungen die Unterarme des Jungen, zerrte sie fest. Dann legten sie den Jungen auf den Boden. Alfons' Kopf fiel willenlos hin und her, seine Augen waren geschlossen, alle Farbe war aus dem Gesicht gewichen. Die Nachbarin setzte sich neben ihn auf den Boden und bettete seinen Kopf in ihren Schoß.

Heller hatte sich aufgerappelt. Jemand hatte ihn unsanft zur Seite gestoßen und er war dabei auf seinen Arm gefallen, doch das war jetzt egal. Zusammengesunken kauerte er unter der Dachschräge und blickte verstört auf seine blutbesudelten Hände. Oldenbusch setzte sich neben ihn.

»Ich habe jemanden zum nächsten Telefon geschickt, Chef«, sagte er leise.

»Er muss eine Bluttransfusion bekommen. Aber woher nehmen? Wir kennen ja nicht mal seine Blutgruppe.« Heller konnte seine Verzweiflung nicht verbergen. Es verschwamm ihm der Blick.

Oldenbusch klopfte ihm sacht auf die Schulter.

»Hören Sie, Chef, da kommt schon jemand.«

Heller schaute hoch. »Werner, wollen wir uns nicht duzen?«

Oldenbusch fuhr sich verlegen durchs Haar. »Nee, Chef, lassen wir es mal so, wie es ist, das machen wir mal bei einem Schnaps aus.« Dann erhob er sich umständlich, um den Sanitätern entgegenzugehen.

Heller konnte nicht sitzen bleiben. Er kauerte sich jetzt neben die Blutlache, in der das kleine Messer lag, mit dem

Alfons sich die Pulsadern aufgeschnitten hatte. Mit spitzen Fingern nahm er es aus dem gerinnenden Blut und wischte es an seiner Hose ab, die sowieso vollkommen verdorben war. Es war ein kleines, äußerst scharfes Schnitzmesser mit Horngriff.

Er betrachtete es eingehend. Manchmal verstand er selbst nicht, warum er sich diesen Beruf antat. Das Elend auf diesem Planeten schien niemals ein Ende nehmen zu wollen. Und er würde es niemals besiegen können. Vielleicht sollte er sich nach einem anderen Beruf umschauen. Und mehr Zeit für Karin haben. Er schüttelte unmerklich den Kopf. Aber was würde das am Zustand der Welt ändern? Nichts. Das Elend wäre immer noch da.

Heller drehte das Messer in seinen Fingern, rieb den Griff sauber und hielt ihn ins Licht, in der Hoffnung, Initialen zu entdecken. Aber es gab keinerlei Anhaltspunkte, wem es gehört haben könnte.

»Gestern hat er sich wieder an seiner Frau vergriffen«, hörte er die Nachbarin flüstern. »Geschrien hat die!«

»Warum, zum Teufel, rufen Sie da nicht die Polizei?«, fragte Heller empört und drehte sich zu der Frau um.

Die Nachbarin kniff die Lippen zusammen und senkte den Blick. Sie hielt noch immer Alfons' Kopf in ihrem Schoß und strich ihm vorsichtig übers Haar.

»Waren Sie das, an der er sich schon einmal vergreifen wollte?«, fragte Heller.

Sie nickte. »Besoffen war er da. Und er hat Englisch gesprochen. Ich kann kein Englisch, aber ich weiß, was er gesagt hat. Er wollte mich in den Hausflur zerren. Ich hab ihm ins Gesicht geschlagen. Da ist er ganz nah an mich rangekommen und hat mir zugeraunt, dass er mich umbringen wird. Es mache ihm nichts aus, jemand abzumurksen, hat er gesagt. Er würde mir die Kehle aufschlitzen. Der war noch viel schlimmer als die Russen, sage ich Ihnen. Bei denen wusste man ja, was sie wollen.« Die andere Frau nickte bestätigend. »Da musste man nur still halten. Aber der Kerl, der ist irre. Ich hab mir erst gedacht, ich würde es schon aushalten, aber dann … dann hat er … na, Sie wissen schon … er konnte nicht. Da ist er erst richtig wütend geworden. Alma hat mich gerettet. Sie ist dazwischengegangen und hat wohl meinen Anteil abbekommen.«

»Haben Sie den Jungen kommen sehen? Hat seine Mutter ihn gebracht?«

»Nein, Alma ist heute Morgen los, mit den beiden Kleinen. Ich dachte erst, die wollen zur Tauze. Aber dann fiel mir ein, dass sie die Judenläden zugemacht haben.«

Die fremde Frau räusperte sich und die Nachbarin sah erschrocken auf. Heller beschloss, das überhört zu haben.

Er wusste, dass man dem Gerede, dass die Juden alles Gold und alle Häuser aufkauften und dass die Tauschzentrale allgemein als Judenhandel bezeichnet wurde, nicht Herr werden konnte. Die Vorwürfe entbehrten jeder Grundlage. Aber die Leute beschwerten sich sogar darüber, dass das Güntzwiesenbad wieder in Arnoldbad umbenannt worden war, obwohl der jüdische Bankier einst drei Viertel der Gelder für den Bau des Bades gespendet hatte. Viele glaubten den Berichten über die Gräuel der Nazis nicht und hielten das für Russenpropaganda. Dabei waren sie bereit gewesen, der Nazipropaganda bis in den Untergang zu folgen. Heller würde das nie verstehen.

»Glauben Sie, dass Alma Utmann ihren Mann verlassen hat?«, fragte er die Nachbarin. Unten im Haus waren eilige Schritte zu hören.

»Das glaube ich nicht. Nicht, nachdem sie so viel ausgehalten hat. Vielleicht macht sie nur Besorgungen oder ist zum Arzt mit den Kindern.«

Das konnte Heller sich nicht vorstellen. Was wollte sie einem Arzt denn über die Verletzungen von Alfred erzählen?

In dem Moment kam Oldenbusch mit den Männern auf den Dachboden. Es waren alles Polizisten, aber kein einziger Arzt. Einer der Polizisten maß versiert den Puls des Jungen und zog dessen Augenlider hoch, um die Pupillen zu sehen.

»Exitus«, bestimmte er dann.

»Blödsinn!«, fuhr Heller auf. »Ins nächste Krankenhaus, dalli!« Er wollte den Jungen hochziehen, aber ließ ihn sofort wieder zurückgleiten, weil ein Schmerz ihn durchzuckte.

»In der Chemnitzer unten ist die Kinderheilanstalt, bei der Eisenstuckstraße«, warf die fremde Frau ein.

»Die ist doch völlig kaputt«, meinte Utmanns Nachbarin.

»Haben sie letzten Winter wieder geöffnet. Ein paar Baracken stehen dort und es wird immer entlaust.«

»Lassen Sie mich, Chef!« Oldenbusch packte Alfons und gemeinsam mit den Uniformierten brachte er ihn die Treppe hinunter. Heller folgte ihnen und versuchte den Schmerz im Arm zu ignorieren. Es fühlte sich an, als ob die genähte Wunde aufgeplatzt sei. Er verdrängte den Gedanken.

Unten wurde der Junge auf die Rückbank eines von der Roten Armee ausrangierten verbeulten GAZ-67 Geländewagens gelegt, dessen schwere Geländereifen mit Draht umwickelt waren, um sie beisammenzuhalten.

Die Schutzmänner stiegen ein, und nun erkannte Heller einen der beiden. »Sie sind doch der Weesmann von der Baustelle letzten Freitag«, stellte er fest.

Der junge Mann auf dem Beifahrersitz nickte.

»Das ist der Bruder von dem toten Jungen auf der Baustelle. Alfons heißt er, Alfons Utmann. Bringen Sie ihn zu Doktor Wittek ins Krankenhaus Friedrichstadt. Sorgen Sie dafür, dass sich sofort um ihn gekümmert wird! Haben Sie das verstanden? Doktor Wittek! Sie sollen alles Menschenmögliche versuchen! Bleiben Sie da, bis der Junge wieder stabil ist, und geben mir persönlich Bescheid. Rufen Sie an, verlangen Sie Oberkommissar Heller von der Kripo. Welche Uhrzeit auch immer. Das ist ein Befehl! Los, schalten Sie das Blaulicht an! Haben Sie ein Martinshorn? Fahren Sie los und beeilen Sie sich!«

Müde lief Heller den vertrauten Weg nach Hause. Ihm kam es vor, als habe er hier schon immer gelebt. Vergessen waren die Jahre in Johannstadt, vergessen die Jahre in Pieschen, noch bevor er Karin kennengelernt hatte. Aus irgendeinem Grund dachte er auf einmal an Erwin. Sein jüngerer Sohn war weit weg. Er wusste, es ging ihm gut, doch er hatte ihn schon lange nicht mehr gesehen. Je mehr Zeit verging, desto jünger wurde sein Sohn in seiner Erinnerung. Mittlerweile hatte er den Eindruck, dass er ihn das letzte Mal mit neun oder zehn Jahren gesehen hatte, und nicht mit neunzehn. Wenn das so weiterging, würde sein Sohn eines Tages ein fremder Mensch für ihn sein.

Hellers Eltern waren schon lange tot, hatten den Krieg nicht miterleben müssen, genau wie Karins Eltern. Die meisten seiner Freunde waren in der großen Bombennacht im Februar fünfundvierzig ums Leben gekommen oder hatten sich später in alle Winde zerstreut. Geschwister hatten sie beide nicht. Das Leben war stiller geworden um sie herum. Aber sie lebten nicht schlecht, hatten Glück gehabt mit dem Haus und mit Frau Marquart, damit, dass ihre Söhne noch lebten, dass sie Annie bei sich hatten, überhaupt dass sie sich hatten. Immer noch.

Heller schaute in den Sommerhimmel. Schwalben zischten hoch oben durch die warme Luft, ein lauer Wind wehte. Von irgendwoher klang Musik aus einem Radio. Es könnte schön sein. Und doch war da dieses Gefühl, als würde ihm alles in der Hand zerfließen, als würde alles bald zu Ende sein. Schwer wie ein Stein steckte der Brief, den er gerade abgeholt hatte, in seiner Hosentasche. Wie sollte er es Karin sagen?

Der alte Meyer vom Haus schräg gegenüber grüßte mit einem Nicken. Heller nickte stumm zurück und wunderte sich, warum der Alte ihm so lange hinterherblickte. Schon bei der Post hatten sie ihn angestarrt, kaum dass er aus Werners Wagen gestiegen war. Beinahe schon zu Hause angelangt, drehte er sich ein letztes Mal um, noch immer hing der Blick des Mannes auf ihm.

»Himmel, wie schaust du denn aus?« Karin schlug sich entsetzt die Hand vor den Mund. Sie stand am Gartentor, hielt die verzinkte Gießkanne in der Hand und hatte offenbar hier auf ihn gewartet.

Heller sah fast verwundert an sich herab und erst der Anblick seiner schmutzigen Kleidung beschwor die Bilder der letzten Stunden wieder in ihm herauf.

»Halb so schlimm«, murmelte er, doch das Herz schlug ihm bis zum Hals. Karin nahm seine Hand und betastete vorsichtig seinen Verband.

»Es ist nur ein Schnitt. Ist alles schon versorgt«, versuchte er sie vergeblich zu beschwichtigen. Er betrachtete seine blutbesudelte Hose, das braun befleckte Hemd, die von Alfons' Blut fast schwarzen Hemdsärmel und seine am Ärmel zerfetzte blutige Jacke in der Linken.

»Du musst nicht erschrecken, Karin. Das ist nicht von mir. Können wir hineingehen? Ich erzähle es dir. Wie geht's Anni?«

»Sie wollte heute früh ins Bett. Sie schläft schon.«

»Gut, sehr gut.« Heller nickte und wollte Karin sanft am Ellbogen fassen.

Aber seine Frau blieb stehen. »Max, warst du bei der Post?«, fragte sie.

Heller nickte. Er zog das Einschreiben aus der Hosentasche und gab es ihr zögernd. »Warte noch, ich will mich schnell waschen.«

Mit der blechernen Schüssel kehrte Heller aus dem Garten zurück. Er hatte sich gewaschen und das gebrauchte Wasser anschließend in die Beerenbüsche gekippt. Dann hatte er ein sauberes Hemd angezogen, das wie neu, ihm aber ein wenig zu eng war. Es roch nach Schrank. Seit dem Tod von Herrn Marquart, den er nie kennengelernt hatte, hatte es niemand getragen. Ebenso die Hose. Dann hatte er seine verschmutzten Sachen in der Wanne eingeweicht. Er musste unbedingt daran denken, sie nachher ins Haus zu holen. Im Garten konnte man sie über Nacht nicht lassen, sie würde gestohlen werden. Die Jacke würde Karin flicken müssen, denn außer ihr, seinem Wintermantel und einer zu engen Jacke aus Frau Marquarts Bestand hatte er sonst nichts anzuziehen.

Als er in die Küche zurückkam, saßen Karin und Frau Marquart am Tisch und weinten still. Das amtliche Schreiben lag bereits offen vor ihnen. Heller atmete durch. Nun galt es noch mal, seine Kräfte zu mobilisieren. Auch ihn belastete das alles, und er war vorhin froh gewesen, mit seinen Gedanken erst mal allein sein zu können.

Jetzt setzte er sich zu den Frauen an den Tisch und suchte nach den richtigen Worten. Aber ihm fiel immer nur der magere Trost ein, den er sich selbst aufsagte, seitdem er die Nachricht vom Kindersuchdienst des Deutschen Roten Kreuzes gelesen hatte.

» Sie gehört uns nicht. Wir wussten das von Beginn an.«

»Aber …«, Karin versagte die Stimme. »Anni ist nun schon zwei Jahre bei uns. Es ist, als sei sie unser Kind.«

Es sind noch nicht eineinhalb Jahre, verbesserte Heller in Gedanken, aber er empfand dasselbe. Anni war ihr Kind.

»Wir haben keinen Anspruch auf sie, wir haben sie nur in Pflege genommen, Karin«, sagte er leise.

»Aber mit welchem Recht ...?«, erhob Frau Marquart Einspruch, verstummte dann aber. Es waren die leiblichen Eltern des Kindes, die Anspruch erhoben. Auf der Flucht aus Schlesien hatten sie ihre damals noch nicht einjährige Tochter bei einem Tieffliegerangriff aus den Augen verloren und vermuteten, dass sie mit anderen Flüchtlingen nach Dresden gelangt war.

Karin verlor den letzten Rest an Beherrschung und schluchzte laut auf. Heller legte den Arm um sie und strich ihr übers Haar.

»Und wenn es wirklich ihre Eltern sind? Das wäre doch ein kleines Wunder, wenn sie sich wiederfänden«, sagte er eindringlich und gleichzeitig war ihm jämmerlich zumute. Er konnte schon jetzt den Gedanken nicht ertragen, nie mehr die kleinen Füße durch das Haus trappeln zu hören, nie mehr Annis Flüstern zu hören, wenn sie sich mal wieder nicht traute, etwas laut zu sagen. Nie mehr zu hören, dass sie Vati sagte, wobei er es längst aufgegeben hatte, sie zu korrigieren. Für Karin tat es ihm noch mehr leid, denn er ahnte, dass sie das kleine Mädchen längst als ihr Kind betrachtete und dass Anni sie mit ihrem blonden Haar an den vierjährigen Erwin erinnerte.

Es war Karin, die als Erste wieder das Wort ergriff. Sie besann sich, putzte sich die Nase und tupfte sich die Augen trocken.

»Wir wollen nicht traurig sein. Max hat recht, wenn es ihre Eltern sind, werden sie unendlich glücklich sein. Es wäre wirklich ein Wunder. Ein großes Wunder sogar. Wollen wir das Abendessen anrichten? Frau Marquart, holen Sie uns ein Glas Pilze aus dem Keller? Die können wir zum Brot essen.« Dann zögerte sie. »Max, was ist?«

Heller erhob sich. »Ich muss noch einmal los, bevor es zu spät ist. Ich habe einen Wagen bestellt, der sollte halb sieben da sein. Um zehn bin ich zurück.«

Karin sah auf die Uhr und seufzte.

»Essen wir die Pilze morgen. Dann mache ich dir nur eine Stulle.« Sie schnitt zwei Scheiben Brot ab, beschmierte sie mit Schweineschmalz, klappte sie zusammen und schlug sie in Zeitungspapier ein.

»Komm nicht zu spät, sonst mach ich mir Sorgen.«

Im Haus der Utmanns regte sich noch immer nichts, alles war still, kein Licht brannte, kein Fenster war offen. Heller wies seinen Fahrer an, den Kübelwagen etwas abseits zu parken und zu warten. Dann stieg er aus. Es waren nur noch wenige Leute auf der Straße. Die Sonne würde bald untergehen, doch es würde noch eine Weile brauchen, bis es ganz dunkel war. Die Wunde am Arm schmerzte unerträglich und eigentlich sollte er sich dringend Ruhe gönnen. Doch das ungewisse Schicksal von Alma Utmann und den beiden jüngeren Kindern ließ ihm keine Ruhe. Und er bekam den Anblick von Alfons nicht aus dem Kopf. Er machte sich immer noch Vorwürfe, dass er so lang auf dem Dachboden gestanden hatte, unfähig zu handeln, wie festgefroren, während sich der Junge die Pulsadern aufschnitt.

Dann fiel ihm plötzlich auch ein, dass er Johanna Zeil und Helmut Burgmeister noch vernehmen wollte. Alles schien gerade aus dem Ruder zu laufen, alles entglitt ihm. Dass er hierhergefahren war, das wusste er, war nur ein kläglicher Versuch, mit Handeln seine Niedergeschlagenheit zu bekämpfen.

Anstatt zu rufen, klopfte er einfach nur an die Haustür. Diese war noch immer unverschlossen. Er betrat das Haus, und als ob jemand einen Schalter in seinem Kopf umgelegt hätte, breiteten sich wieder hinter den Schläfen die Schmerzen aus. Der Gestank widerte ihn an, und er fragte sich, ob das kanisterweise verschüttete Benzin wirklich nur Schlamperei gewesen war.

Schnell lief er die Treppe hinauf und ging, nach kurzem Anklopfen, in die unverschlossene Wohnung. Es war niemand daheim. Die Luft war stickig, und obwohl es hier nicht annähernd so penetrant stank, war der Geruch trotzdem allgegenwärtig. Heller spürte, wie die Übelkeit in ihm aufstieg. Er rannte so schnell als möglich die Treppe wieder hinunter und rettete sich ins Freie.

»Geht es Ihnen nicht gut?«, fragte die Nachbarin vom Zaun herüber. Sie hatte ihn wohl gesehen und war herausgekommen.

»Es geht schon.« Heller richtete sich auf. »Sagen Sie, wie heißen Sie?«

»Isolde Wagner.« Die Frau nahm sich das Tuch vom Kopf und richtete ihr Haar.

»Und Sie kennen Alma Utmann schon lange?«

»Das Haus gehörte ihren Eltern. Als sie starben, bekam sie das Haus. Neununddreißig zog ich hier ein. Mein Mann ist einundvierzig gefallen.«

»Und der Karl, war der schon immer so?«

Frau Wagner gab sich vertraulich. »Ich hab ihn nicht oft gesehen. Bevor er eingezogen wurde, arbeitete er viel in Nachtschicht. Jähzornig war er immer schon. Und brüllte manchmal herum. Aber so richtig verdroschen hat er weder die Burschen noch die Frau. Das kam erst nach dem Krieg.«

»Wissen Sie, wo Alma jetzt sein könnte?«

Frau Wagner kam jetzt noch etwas näher an den Zaun. »Also, bevor der Karl wiederkam, da hatte die Utmann was mit einem anderen. Das ging wohl eine ganze Weile, dann kam aber der Karl wieder. Vielleicht ist sie ja nun doch zu dem?«

»Einem Russen?«

Die Nachbarin schürzte die Lippen und zuckte zweifelnd mit den Achseln.

»War das der Mann, von dem Sie sprachen? Der, der nach den Utmanns gefragt hatte?«

Die Frau zögerte. »Die Alma hielt das geheim. Der Karl galt ja nur als vermisst, nicht als tot.«

»Wie sah denn der Mann aus, der zu den Utmanns wollte?«

Frau Wagner überlegte. »Wie ein Mann eben. Nicht zu groß, nicht gerade dürr, aber dick auch nicht.«

»Fiel Ihnen etwas auf?« Heller wollte die Frau nicht beeinflussen, ihr schon gar nichts in den Mund legen.

Sie schüttelte nachdenklich den Kopf.

»Nichts, gar nichts? Eine Narbe, eine Glatze?«, hakte Heller nach.

»Der hatte einen Hut auf.«

»Und vielleicht einen Bart?«

»Ja, jetzt, da Sie es sagen, da fällt es mir ein. Einen Bart hatte er!«

»Was für einen?«

Wieder hob die Frau die Schultern. Heller gab es auf, das hatte keinen Zweck. Die Frau sprach nur nach. Offensichtlich wollte sie ihm gefallen.

»Sagen Sie, was haben die Russen da drin getrieben?« Heller deutete auf das Erdgeschoss von Utmann.

Frau Wagner winkte ab. »Eine Zeit lang haben die Russen dort Treibstoff gelagert und ihre Fahrzeuge betankt. Eine Sauerei haben die veranstaltet! Jemand beschwerte sich, wegen der Brandgefahr. Die rauchten sogar in dem Haus. Dann zogen sie ab. Aber so gestunken wie jetzt hat es nicht da drin. Ich war einmal drüben, nachdem die Russen weg waren. Ich bin mir sicher, das hat der Karl gemacht. Der hat Benzin ver-schüttet, damit man ihnen niemand Fremdes ins Haus setzt. Der hat ja nicht mal die Klempner ins Haus gelassen, wegen dem Gasanschluss!«

»Und das Kind, das jüngste? Alma sagte, es wäre von den Russen.«

»Sieht doch gar nicht aus wie ein Russenkind«, empörte sich die Frau. »Das sagt sie wegen ihrem Mann. Denn wenn es die Russen waren, dann ist das so. Daran kann er nichts ändern. Aber wenn er wüsste, dass es von einem anderen ist, ich schwöre, der würde sie totschlagen und das Kind gleich mit! Da kommt er übrigens.« Ohne einen Gruß eilte die Frau davon.

Heller ging langsam Richtung Tor und wartete dort auf den Mann, der schwankend wie ein Seemann nach langer Fahrt die Straße entlanggelaufen kam. Er war betrunken, das war eindeutig, und suchte immer wieder Halt an Grund-stücksmauern und Zäunen und sprach mit sich selbst. Dann wechselte er die Straßenseite. Heller erkannte eine Glas-flasche in Utmanns Hand.

»Frau!«, brüllte Utmann unvermittelt, als er an seinem Grundstück angelangt war. »Frau.« Er peilte unsicher die Holzplanke an und überquerte sie mit Schwung und Glück.

»Sie ist nicht da«, sagte Heller klar und ruhig, und Utmann, der ihn nicht gesehen hatte, fuhr erschrocken zur Seite und stürzte dabei fast.

»Runner von meim Grunstück!«, lallte er, steckte dann seine Hand in die Hosentasche und zerrte an etwas herum.

Heller zog vorsorglich seine Waffe. Utmann bemerkte das nicht und brachte schließlich einen Schlüssel hervor.

»Die Tür ist offen«, sagte Heller. »Es ist niemand da.«

Utmann blickte auf und musterte Heller, als sähe er ihn jetzt zum ersten Mal. »Was wolln Se?«

»Ihr Sohn hat sich heute die Pulsadern aufgeschnitten, Herr Utmann.«

»Mein Sohn, der ist tot! Is vom Kran gestürzt!« Beim Versuch die Tür aufzuschließen, stieß er mit der Stirn gegen das Holz.

Heller ballte die linke Hand unwillkürlich zur Faust. »Ich meine Ihren Sohn Alfons. Ich habe ihn ins Krankenhaus bringen lassen.«

Utmann hörte nicht mehr zu. Die Tür schwang auf und mit ihr taumelte er ins dunkle Treppenhaus und zog sich, an den Wänden abstützend, die Treppe hinauf. Heller ging ihm nach. Er spürte, wie die Wut in ihm hochkochte. Es entsetzte ihn, dass es den Mann kein bisschen scherte, was mit seinen Kindern geschah. Breitbeinig stand Utmann nun vor der Wohnungstür und hämmerte dagegen.

»Mach auf!«, brüllte er.

»Sie ist nicht da, Herrgott!«, rief Heller.

Utmann klinkte die Tür auf, taumelte, schaffte es, die Flasche abzustellen, stakte mit steifen Beinen zur Toilette, löste die Schleife von dem Strick, der ihm als Gürtel diente, nestelte an seinem Hosenstall und urinierte ungeniert im Stehen. Heller nahm die Flasche, roch daran und fuhr, angewidert vom Fuselgestank, zurück. Er stellte die Flasche in die Küche, auch wenn ihm danach war, sie auszukippen. Dann hörte er es poltern.

Karl Utmann war der Länge nach gestürzt und lag nun, völlig entblößt, rücklings im Flur und hielt sich stöhnend den Kopf. Seine Augenlider flatterten und die Hose war bis auf die Knie gerutscht.

»Reißen Sie sich mal zusammen, Mann!«, knurrte Heller wutentbrannt.

»Hilf mir auf«, stöhnte Karl und ruderte suchend mit seinen Armen durch die Luft, als sei er blind. »Hilf mir, Kamerad.«

Heller lachte kurz auf. Ausgerechnet ihm sollte er helfen? Ausgerechnet diesem Schläger und Säufer? Wie er da lag, müsste man ihn windelweich prügeln. Der Schmerz in seinem Arm vereinigte sich mit dem Kopfschmerz zu einem glühenden Dämon. Erschlagen müsste man ihn, dachte Heller, damit wäre allen geholfen, selbst ihm. Dieses Schwein wagte es, sich an einer Frau zu vergreifen. Hellers Rücken wurde steif, er ballte die Fäuste so sehr und grub die Fingernägel in die Handfläche, bis er glaubte, sein rechter Unterarm müsste platzen. Er sah auf seine Fäuste herab, hob sie an, aber er war nicht in der Lage, die Finger zu lösen.

Utmann wälzte sich auf die Seite. »Der Russe kommt. Hilf mir, mein Freund!«

»Der Albert ist tot und der Alfons wollte sich umbringen, verstehst du das, elender Säufer?« Heller kniete sich hin, packte den Mann mit der linken Hand am Kragen, zerrte ihn hoch und holte mit der rechten Hand aus. Den Schädel müsste man ihm einschlagen, dachte er, mit der bloßen Faust. Mit dem Gürtel sollte man ihn verdreschen, totschlagen müsste man ihn, wie einen räudigen Köter.

Utmann gurgelte und versuchte, Hellers Griff zu lösen. Er krächzte, während Hellers Finger sich tiefer in den Stoff gruben und den Kragen drehten. Doch er schlug nicht zu. Die erhobene Faust hing in der Luft und wurde immer schwerer, bis sie schließlich nach unten fiel. Dann ließ Heller Utmanns Jacke los, stemmte sich auf die Füße und packte den hilflosen Mann grob an, um ihm hochzuhelfen. Utmann schob sich an der Wand hoch, griff nach seinem Hosenbund und zerrte sich die Hose zurecht.

Er steuerte die Küche an, ließ sich dort auf den Stuhl fallen, nahm die Flasche und trank. Dann hielt er Heller die Flasche hin.

»Trink mein Freund«, lallte der Mann. »Alles geht kaputt,

alles geht vor die Hunde. Verrecken wer'n wir alle, einer nach dem anderen. Aber wir gehen nich einfach so, wir nehm' sie alle mit, alle!«

Heller setzte sich ihm gegenüber und nahm ihm die Flasche ab.

Utmann griff sich in die Haare. »Alles ham wir überstanden. Alles. Den Russen. Die Amis mit ihren Flammenwerfern. Keiner konnte gegen uns an. Und nu isser doch tot. Das arme Schwein.« Utmann presste seine Hände zusammen. »Wir alle sind arme Schweine. Verheizt hamse uns! Dieser verdammte Hitler, dieser Verbrecher, dieser elende Lump!«

»Sie waren in der Normandie?« Das war nicht so weit von dem Kriegsschauplatz entfernt, der zu seinem eigenen Trauma geworden war.

Utmann ließ die Faust auf den Tisch fallen. »Die Russen, musste wissen, die ham' gekämpft, Mann gegen Mann. Wie sich das anhört, wenn die Kugeln an den Panzer schlagen? Bingbingbing. Zu Tausenden kamen die gerannt, und wir haben nur so reingepfeffert. Wie Kegel sind die auseinandergespritzt. Umgefallen, einer nach'm annern. Arme Schweine! Manchmal sind wir inne Russen einfach so reingefahrn, ham uns um die Achse gedreht. Die hats zerdrückt wie faule Äpfel! Und wie die mit ihren Stalinorgeln zurückgefeuert haben. Als ob die Hölle sich auftut. Das Heulen bekommst du nicht mehr aus'm Kopp, Kamerad. Da kannste dir nich die Ohrn zuhalten! Das bleibt hier drin für immer, so tief kannste die Finger gar nich in deine Löffel bohren.« Utmann verstummte und lauschte auf den Lärm in seinem Kopf. Dann schreckte er auf.

»Aber dieser Ami. Feiges Judenpack. Die feuern und feuern. Artillerie. Stundenlang. Dann schicken sie die Flieger drüber. Dann erst gehen sie vor. Sobald se auf Gegenwehr stoßen, rennen se wieder weg. Schicken die Flieger wieder. Das ist kein Kampf. Das ist Feigheit. Aber weißte, Kamerad, die schlimmste Schweinerei, das sin diese Flammenwerfer! Damit haben sie die Hecken abgefackelt. Da konnten die nicht rein, da konnten ihnen die Flieger nichts nützen. Deshalb haben die diese verdammten Flammenwerfer hingeschickt. Panzerwagen. Ganzer Tank voll Brennflüssigkeit. Das ist kein Kampf. Das is eine verdammte Schweinerei. Mit denen gab es kein Erbarmen. Die haben wir kaltgemacht. Denen haben wir die Kehlen durchgeschnitten, wenn wir die gekriegt ham.«

Utmann langte wieder nach der Flasche und trank beängstigend viel. Als er sie abstellen wollte, kippte sie und fiel auf den Boden, ehe Heller reagieren konnte. Als Utmann sie aufheben wollte, stürzte er vom Stuhl und blieb wie besinnungslos liegen. Heller sah sich gezwungen, dem Mann ein weiteres Mal zu helfen. Der aber griff nach ihm und zerrte ihn zu sich herunter.

»Weißte, wie das ist, wenn deine Kameraden verbrenn'?«, keuchte er durch seine faulenden Zähne. »Wie die schreien? Wie denen die Haare verglühen und die Haut aufreißt? Die pellt ab, wie bei 'ner heißen Kartoffel. Dann versuchste denen die Uniform vom Leib zu reißen, aber alles brennt, die Haut klebt dran, da kannste nur noch Schluss machen. Die hatten's ja gar nich anders verdient, die Amischweine. Zuerst ham wir die festgebunden. Hättest sie sehen sollen, Kamerad, solche Jüngelchen. So 'ne große Augen ham die gemacht. Gebibbert ham die, vor Angst. Und dann hat der Leutnant gesagt, dass wir denen die Kehlen aufschneiden und die liegenlassen sollen, damit sie die finden und sehn, was wir mit so feigen Hunden machen. Der Leutnant, das war ein harter Hund, der hat's zuerst gemacht. Der war nich so'ne Memme wie der Neue dann.«

Heller versuchte sich loszumachen, doch Utmann hatte

sich mit seinem ganzen Gewicht an ihn gehängt. Sein Schnaps-atem blies Heller ins Gesicht.

»Ich hab's auch getan, nich nur einma' hab ich so ei'm Schwein die Kehle aufgeschlitzt. No no, not me, ham die gebettet, not me. Mami, Mami, no no. Ausbluten haben wir die lassen, einen nach dem andern. Wie die gegurgelt haben … da kam so kleine Bläschen raus, aus'm Schlitz. Das geht mich nich mehr aus'm Kopp, verstehnse? Warum hat der auch nach seiner Mama flennen müssen? Warum konnt'n die nich daheim blei'm?«

Utmann wurde jetzt jämmerlich, begann zu weinen und seine Tränen schienen zu leuchten in der aufziehenden Dun-kelheit. »Immer is das hier drinne. Was ham die auch hier zu suchen gehabt, wärn se doch in ihrm Land geblie'm! Hatten gar keine Ahnung vom Kriech, wie können die nur so Jüngel-chen in 'nen Kampf schicken …«

Endlich ließ Utmann Hellers Kragen los und verrenkte sich, um nach der Flasche zu sehen. Als er sie fand, streckte er sich nach ihr und versuchte im Liegen zu trinken. Dabei schüttete er sich den Schnaps über das Gesicht, was ihn noch mehr zur Verzweiflung brachte. Heller richtete sich auf und betrachtete eine Weile den gebrochenen Mann.

»Tot isser, ja?«, murmelte Utmann nach einigen langen Augenblicken, wälzte sich auf den Bauch und zog sich am Tisch hoch.

Heller trat angewidert einen Schritt beiseite.

»Er ist nicht tot. Er ist im Krankenhaus.«

»Seine Mutter hat's mir doch gesagt. Die Polente hattn Leichnam freigege'm.« Utmann legte seinen Arm auf den Tisch und bettete seinen Kopf darauf.

Heller verstand nicht, er hätte doch eine Benachrichtigung bekommen müssen, dass Alfons gestorben war. War jemand anderes gemeint?

»Wer ist tot?«, fragte er.

»Der Willi. Hab'n gesucht, niemand wuss'e, wo er is. Aber nu isser tot!«

»Welcher Willi, ein Freund? Karl, wer ist dieser Willi, wie heißt der?«

Utmann hob seinen Kopf. »Na, der Willi, der dicke Wilfred!« Nun ließ er den Kopf wieder fallen.

Wilfred. Heller suchte in seinen Taschen nach seinem Notizbuch, doch das lag daheim. »Wilfred, Stiegler? Karl, hieß der so? Reden Sie! Wilfred Stiegler?«

»Gefreiter Stiegler, zu Befehl Herr Leutnant«, murmelte Utmann und machte Anstalten, einzuschlafen.

Stiegler, der Mann der kopfüber in dem Schacht gestorben war.

»Und der Siggi ist auch tot. Was ist mit dem geschehen?«

»Is vor die Bahn gelaufen, armes Schwein. Mensch, erst der ganze Kriech und alles überlebt und nu das!« In völliger Verzweiflung warf Utmann sich auf den Tisch, schlang die Arme um seinen Kopf.

Heller packte Utmann an den Haaren und zwang ihn, den Kopf hochzuheben. Utmann stieß auf, erbrach sich fast dabei. Heller ließ angeekelt die schnapsdurchweichten Haare los.

»Da ist ein Mann, der fragt nach Ihnen. Wissen Sie, wer das ist? Guter Anzug, spitzer Bart.«

»Weiß nich, nie nich gesehn. Und jetzt lassen Se mich, sonst setzt es Schläge! Wo ist mein Essen?«

Heller ließ nicht locker. »Diese Pillen, Pervitin, nehmen Sie die auch?«

»Das geht Se nischt an!«

»Sie wissen, wovon ich spreche. Woher haben Sie die? Sind die hier im Haus?«

Utmann drehte sich auf dem Stuhl mühsam um und

stemmte sich auf Lehne und Tisch. »Ich mach dich kalt, du Bolschewikenschwein!«, krächzte er Heller entgegen.

Heller packte ihn am Kragen, zog ihn hoch und drückte ihn gegen die Wand. Der Schmerz in seinem rechten Arm ließ seine Augen tränen, verschleierte ihm den Blick, ließ ihn nur noch wütender werden. »Woher sind die Pillen!«

»Weiß ich nich!«, zischte Utmann und spuckte Heller ins Gesicht. Einen Augenblick lang sahen sie sich in die Augen. Dann packte Heller blitzschnell den rechten Arm des Mannes und drehte ihn auf den Rücken. Utmann schrie vor Schmerz und Heller presste den Betrunkenen auf den Boden runter und drückte ihm ein Knie ins Kreuz. Mangels Handschellen hielt er ihn mit der linken Hand an seinen Jackenärmeln fest, um mit der rechten Utmann abzuklopfen, auch wenn ihm war, als müsste sein Arm gleich in Flammen aufgehen. Er ertastete etwas kleines Rundes und holte es aus der Jackentasche heraus. Es war eine kleine metallene Röhre, mit Schraubverschluss, orange und blau bedruckt. Pervitin. Heller schüttelte das Röhrchen. Höchstens eine oder zwei Pillen befanden sich noch darin.

Utmann bäumte sich auf.

»Meine, das sind meine, Pfoten weg, du Lump. Du Dieb. Hilfe!«

»Wo hast du noch mehr davon? Sag es mir. Sonst nehme ich die hier mit.«

»Ich weiß nicht. Der Junge bringt sie mir. Er sagt mir nicht, woher er sie hat.«

Heller ließ Utmann los. »Der Junge? Alfons? Oder Albert?«
»Einer von denen.«

Heller warf zornig das Röhrchen in die Ecke, rieb sich das Gesicht. Es war zum Verzweifeln. Log denn hier jeder?

»Peter Glaser, den kennen Sie, wo ist der?«

»Der Peter?«, beinahe bettelnd streckte Utmann Heller

seine Hände entgegen. »Der is doch weggefahren. Hat eine Reisegenem…genehmigung bekomm', nach Berlin, oder in' Westen.«

Heller langte sich an die Nasenwurzel, massierte sie. Konnte es sein, dass eine staatliche Behörde Glaser überwachte und trotzdem nicht wusste, dass er verreist war?

»Behalten Sie Ihre Pillen«, zischte Heller und ließ von dem Mann ab. »Wer weiß, ob Sie noch etwas bekommen werden. Hoffen wir, dass Ihr Sohn die Nacht übersteht.«

Utmann kroch zu dem Pillenröhrchen hin, als fürchtete er, irgendwer könnte es ihm streitig machen.

»Und meine Frau?«, fragte er. »Wo is die?«

Heller drehte sich an der Tür noch einmal zu ihm um.

»Ich weiß es nicht. Und ich würde es Ihnen auch nicht sagen, wenn ich es wüsste.«

Karin war am Küchentisch eingeschlafen und hob den Kopf, als Heller die Küche betrat. »Max?«, fragte sie verschlafen.

Heller setzte sich. Er war erschöpft, er hatte keine Kraft mehr. Für nichts mehr. Karin zündete eine Kerze an und holte eine kleine Schüssel mit Johannisbeeren, die sie Heller hinstellte.

»Es gab einen Anruf für dich. Ein Arzt, Doktor Wittek. Ich habe dir alles notiert.« Karin schob ihm einen Zettel zu.

Heller las im Kerzenlicht: *Alfons U. stabil. Albert U. + Ernst Sturberg untersucht, alle Anz. für regelm. Methamphetamingebrauch! Dringend Rückruf, morgen ab 6.*

»Was ist da los, Max?«

Heller löffelte etwas ungelenk mit links ein paar Johannisbeeren aus der Schüssel und verzog das Gesicht, so sauer waren sie. Aber sie hatten weder Milch noch Zucker übrig, um die Säure zu mildern.

»Irgendwas stimmt da nicht. Ich kann mir keinen Reim darauf machen. Aber ich muss dahinterkommen, ehe noch weitere Kinder ums Leben kommen.«

»Was ist das für ein Medikament?«

»Ein Aufputschmittel. Süchtig machend. Es zerstört den Verstand und den Körper. Morgen werde ich durchgreifen, egal was Klaus …« Heller verstummte und aß noch ein paar Beeren.

»Was ist mit Klaus?«, fragte Karin und legte ihre Hand auf seinen Unterarm.

Heller zögerte, bevor er antwortete. »Er bat mich, meine Ermittlungen zu bestimmten Personen zurückzustellen, da seine Behörde sie unter Beobachtung hat.«

Karin nahm ihre Hand zurück und sah ihn offen an. »Streitet ihr euch deshalb?«

»Nein«, antwortete Heller schnell und wusste im selben Moment, dass er damit zu voreilig gewesen war.

»Exhumieren?«, fragte Oldenbusch skeptisch. Er war noch gar nicht dazu gekommen, sich in Hellers Schreibstube zu setzen. Obwohl es noch sehr früh war, mussten die nächsten Aktionen des Tages bereits koordiniert werden. »Ich fürchte, heutzutage werden die meisten Toten sofort ins Krematorium gebracht.«

Heller überlegte. »Ich glaube, das gilt hauptsächlich für Krankheitsopfer. Wegen der Vermeidung von Epidemien. Siegfried Barth ist bei einem Unfall ums Leben gekommen. Möglicherweise wurde er seiner Familie übergeben und normal bestattet. Können Sie das für mich herausfinden? Oder Sie geben es an Salbach weiter. Alfons übrigens scheint stabil zu sein. Ich werte das als gutes Zeichen. Da ich gestern verpasst habe, Zeil und Burgmeister zu verhören, muss ich das heute nachholen. Haben Sie schon die Zeugenberichte von gestern gelesen?«

Oldenbusch nickte und wiegte bedenklich den Kopf. »Sehr vage, beinahe nichts. Tatsächlich hat jemand behauptet, ein Mann hätte das Hinterhaus, in dem Glaser wohnt, durch die Hintertür verlassen, wäre über die Trümmer hinweg durch den zweiten Hinterhof geflüchtet, und zwar bevor ich mit Johanna Zeil kämpfte und bevor der Schuss fiel. Die Aussage kommt von einem elfjährigen Jungen, der sich zufällig dort aufgehalten haben will. Er wohnt nicht einmal dort, sondern vier Straßen weiter. Seiner Aussage nach war der Flüchtige ein älterer Mann mit Bart. Etwas anderes scheint mir allerdings noch interessanter zu sein. Dieser Sache müssten wir vielleicht nachgehen. Unabhängig voneinander sind zwei Meldungen beim örtlichen Polizeirevier eingegangen. Und zwar behaupten eine alte Frau, deren Fenster bei der Detonation der Bombe zerstört wurden, und ein Elektriker, der sich auf der Durchfahrt zu einem Kundenauftrag befand, vor der Explosion einen Knall gehört zu haben. Wie ein Schuss.«

»Und das wollen die beiden vor der Explosion gehört haben? Falls Sie darauf anspielen, dass der Schuss die Bombe zur Explosion gebracht hat, dann müsste das mehr oder weniger gleichzeitig gewesen sein.«

Oldenbusch drehte die Handflächen nach oben. »Mir scheint es auch etwas vage zu sein, aber wir sollten das menschliche Gehör nicht unterschätzen. Das kann feinste Nuancen wahrnehmen. Außerdem waren beide einhellig der Meinung, der Knall sei von der russischen Kirche gekommen. Oder wurde von ihr reflektiert«, fügte er schnell an, um einem Einwand Hellers gleich zuvorzukommen.

»Dem müssen wir nachgehen. Schicken Sie einen von uns hin. Er soll sich Zutritt verschaffen zu dem Gebäude«, befahl Heller. Er stand auf und nahm sich die etwas zu enge Jacke.

Oldenbusch verzog das Gesicht. »Soll ich nicht lieber selbst gehen, Max?«

»Ich brauche Sie zuerst bei der Schule.«

»Was erlauben Sie sich!«, schnappte Frau Doktor Schleier und stellte sich Heller in den Weg. Heller fühlte sich der Direktorin gegenüber zu keiner Antwort verpflichtet und wollte einfach an ihr vorbeigehen. Er machte einen Schritt nach links und einen nach rechts, doch die Schulleiterin folgte seinen Bewegungen und versperrte ihm hartnäckig den Durchgang. Mindestens hundert Augenpaare beobachteten diesen seltsamen Tanz. Seit die zwei Überfallwagen der

Polizei aufgetaucht und etwa ein Dutzend Volkpolizisten in die Schule eingedrungen waren, hingen Schüler wie Lehrer neugierig an den Fenstern.

Heller senkte den Kopf und atmete einmal tief durch. »Frau Doktor Schleier, wollen Sie, dass ich Sie in aller Öffentlichkeit maßregele?«, drohte er halblaut.

»Nazimethoden sind das!«, fauchte die Schleier und schob ihre Brille hoch. »Sie können nicht alle gleichzeitig verhaften, die ganze Schulklasse, den Lehrer, mich vielleicht auch noch? Das ist reine Willkür.«

Heller hatte keine Lust, sich länger aufhalten zu lassen, und wollte die Frau wortlos beiseiteschieben.

»Fassen Sie mich nicht an!«, kreischte die Schulleiterin.

Heller trat einen Schritt zurück und hob beschwichtigend die Hände. »Niemand wird verhaftet, Frau Doktor Schleier. Aber drei Kinder dieser Klassenstufe sind in den letzten fünf Tagen ums Leben gekommen. Einige sind vermisst und es liegen Anzeigen wegen Sachbeschädigung, Diebstahl und politischer Hetze gegen zehn Schüler vor. Der Bruder von Albert hat einen Suizidversuch begangen, und Johanna Zeil hat einen Polizeibeamten angegriffen. Mehrere der Kinder werden des Rauschmittelkonsums verdächtigt. Genügt das? Ich habe jeden Grund der Welt, die gesamte Schule inklusive des Lehrkörpers zur Vernehmung festzuhalten. Und sei es nur, um weiteres Unglück zu verhindern. Ich kenne Ihre Geschichte nicht, Frau Doktor Schleier, und ich kann in gewissem Maße Ihre Abneigung gegen meine Behörde nachvollziehen, aber es sollte Ihnen klar sein, dass Sie als Leiterin dieser Schule in der Pflicht und Verantwortung stehen. Ihr erstes Anliegen sollte sein, diese Kinder vor weiterem Unheil zu bewahren. Ich erwarte Ihre unbedingte Mitarbeit. Und jetzt gehen Sie beiseite, ich will die Genossen hier einweisen.« Heller nickte der Frau zu, als hätten sie einen freundlichen Plausch gehabt, und ging dann raschen Schrittes an ihr vorbei. Sie tat ihm auf gewisse Weise leid, doch irgendetwas stimmte nicht an dieser Schule. Und irgendetwas stimmte nicht mit der Schulleiterin.

Eine halbe Stunde später kam Heller im Friedrichstädter Krankenhaus an, wo er sofort zu Witteks Abteilung ging. Von einer Schwester ließ er sich den Arzt rufen und wartete solange im Gang. Wittek führte Heller zu einem der hintersten Zimmer auf dem Gang.

»Nachdem ich mir Albert Utmanns Leichnam angesehen habe, wollte ich auch den Leichnam des verunglückten anderen Jungen sehen, Ernst Sturberg«, sagte der Arzt.

»Welche Veranlassung hatten Sie denn dazu, wenn ich fragen darf? Immerhin kennen Sie doch keine Zusammenhänge, oder?«

Wittek strich sich über das Haar. »Ich hatte ein informatives Gespräch mit Doktor Kassner. Er zeigte mir den anderen Jungen. Auch dieser wies dieselben äußerlichen Anzeichen des Drogenmissbrauchs auf. Ausschlag im Gesicht, Zähne im schlechten Zustand, Dehydrierung.«

Woher hatten die Kinder bloß diese Pillen, fragte Heller sich. Und wo befanden diese sich jetzt? Ob man Utmanns Haus genauer durchsuchen müsste oder Glasers Haus? Durchaus möglich, dass der Keller absichtlich geflutet worden war. Warum waren Glaser, Barth und Utmann nicht im Westen geblieben? Glaser wegen seiner Stellung, aber Barth und Utmann? Und Stiegler, den sie tot im Schacht gefunden hatten? Vielleicht waren die Misshandlungen der Kinder nur die Folgen einer ganz anderen Tat? Heller riss sich aus seinen Gedanken und merkte, dass der Arzt ihn abwartend ansah.

»Ich will jetzt den Jungen sprechen«, sagte Heller.

Der Arzt nickte und öffnete die Tür. »Er ist schwach, gehen Sie mit ihm nicht zu hart ins Gericht.«

Alfons lag apathisch im Bett. Das Kopfende hatte man ein wenig aufgestellt.

Er hatte Mühe, die Augen zu öffnen, war bleich und zitterte unmerklich. Nicht vor Kälte, sondern aufgrund der Entzugserscheinungen und des Blutverlustes, der ihn greisenhaft alt wirken ließ.

»Mama?«, flüsterte er.

Heller wollte instinktiv seine Hand nehmen, sah dann aber, dass die bandagierten Handgelenke des Jungen mit straffen Lederriemen am Bettgestell fixiert waren.

»Deine Mutter ist noch nicht zurück, Alfons. Aber ich weiß, sie kommt wieder. Bestimmt versteckt sie sich nur vor dem Vater«, sagte er leise und ruhig.

Alfons' Kinn begann zu zittern, er schloss die Augen wieder und schüttelte den Kopf. »Die ist weggegangen, ich weiß das. Die hat mich allein gelassen.«

»Nein, Alfons, nein!« Heller suchte verzweifelt nach den richtigen Worten.

»Die Familie muss zusammenhalten, hat sie gesagt, immer, ganz egal, was geschieht«, flüsterte der Junge »Und nun? Nun ist sie fort.« Obwohl Alfons dagegen ankämpfte, traten ihm die Tränen unter den geschlossenen Lidern hervor und liefen ihm über die Wangen.

»Egal, was geschieht? Das hat sie gesagt. Sie ist nicht fort. Überleg doch, wo könnte sie sein? Hat sie Freunde, Verwandte?«

»Nein, wir sind ganz allein. Es spricht doch keiner mehr mit uns«, flüsterte der Junge.

»Hat sie kein Versteck?«

Alfons schüttelte nur verzweifelt den Kopf.

»Alfons, hilf mir!«, bat Heller inständig. »Wer hat diese Pillen? Sag es mir. Wer gibt sie euch? Euer Vater? Herr Glaser?«

Alfons presste die Lippen aufeinander.

»Was wolltest du mir sagen in der Schule? Da war doch etwas. Du kannst mir alles erzählen. Ich will dir helfen, verstehst du das nicht?«

Aber Alfons wehrte ihn ab. »Ich darf keinem was erzählen.«

»Aber hier bist du sicher vor dem Vater. Er weiß nicht, dass du hier bist. Er kommt hier nicht rein.«

Alfons öffnete jetzt die Augen und hob etwas den Kopf aus dem Kissen. »Es geht nicht um meinen Vater. Der Vater hat für uns gekämpft. Er hat Russen umgebracht – und Amis. So viele er erwischen konnte. Er ist verraten worden. Vom Führer. Das hat er mir erzählt. Ja, der Führer hat uns verraten. Und die Mutter. Meine Mutter hat den Vater verraten. Als er weg war, da war sie bei einem anderen Mann. Der Heiner ist nicht mein richtiger Bruder. Aber das darf ich dem Vater nicht verraten. Mutter sagte, er darf es nie erfahren. Niemals. Aber der Vater ist doch nicht dumm.« Erschöpft ließ Alfons den Kopf wieder zurücksinken.

Heller beugte sich über den Jungen. Er durfte jetzt nicht aufhören zu reden. Sacht berührte er ihn an der Schulter. »Alfons, der Mann, bei dem sie war, kennst du ihn?«

Alfons schüttelte langsam den Kopf. »Er kam immer nur in der Nacht.«

»Und du hast ihn nie gesehen?«

»Gehört haben wir ihn.«

»War es Glaser? Kennst du ihn?«

»Herr Glaser war mit dem Vater im Krieg. Er lässt uns bei sich schlafen und gibt uns zu essen ab und an. Er sagt …« Alfons wollte seine Hände heben, doch dann merkte er, dass sie gefesselt waren.

»Was?«

»Er sagt, sie hätten schlimme Dinge getan im Krieg. Vater ist gar nicht bös auf uns, er ist nur immer wütend, weil sie so böse Dinge getan haben. Das kann Vater nicht vergessen, deshalb ist er so. Wissen Sie, was er gemacht hat?«

»Dein Vater hat Gefangene umgebracht«, sagte Heller leise. »Das ist nicht erlaubt.«

Alfons drehte seinen Kopf weg. »Aber wenn es ihm befohlen wurde, dann musste der das doch tun, nicht wahr?«

»Auch dein Vater war in Gefangenschaft. Hätte der Ami ihn umbringen sollen?«

Alfons schüttelte hastig den Kopf und begann zu schluchzen.

»Ist es Glaser, der dir die Pillen gibt?«

»Nein!« Alfons kniff die Augen zusammen.

»Alfons, lüg nicht!«

Alfons schüttelte wieder den Kopf, trotzig diesmal.

»Alfons, ihr müsst loskommen von diesen Pillen. Sie machen euch kaputt.«

Jetzt sah ihm der Junge offen ins Gesicht. »Das stimmt nicht. Sie sind gut! Sie helfen mir. Sie helfen mir, wach zu bleiben. Und wenn es Schläge gibt, tut das gar nicht weh. Ich kann Vater beschützen, wenn er getrunken hat.«

Heller drückte Alfons fester an die Schulter. »Alfons, diese Pillen bringen euch um, glaub es mir, wie sie Albert umgebracht haben, und Ernst, und Franz.«

Alfons fuhr auf. »Der Franz war ein Aufschneider! Es geschieht ihm recht, wenn er tot ist. Der schikanierte alle und raubte Leute aus. Der Ernst wollte nicht mehr mitmachen, weil es ihm nicht mehr geheuer war. Er hat sogar in den abgesperrten Ruinen geplündert. Und im Wald hat er mal ein Gewehr, einen Karabiner, gefunden. Ein Mauser. Unheimlich geprahlt hat er damit!«

»Ein Mauser, K98? Hast du es gesehen?«

»Ich hab's ihm weggenommen. Weil er gesagt hat, dass er mich umbringen will!«

»Du hast es ihm gestohlen?«

»Ich habe es aus seinem Versteck rausgenommen. Der glaubt ja, es weiß keiner was davon.«

»Aber du kennst es?«

Alfons nickte.

»Zeigst du es mir?«

Der Junge überlegte kurz. »Nur, wenn Sie mich losmachen.«

Heller schüttelte den Kopf. »Dann läufst du wieder weg, das weiß ich schon.«

»Nein, ich will nur meine Mutter suchen. Und ich muss doch auf den Vater aufpassen!«

Heller betrachtete den Jungen nachdenklich. »Also gut. Ich denke darüber nach. Aber du musst mir jetzt sagen, wo das Gewehr ist.«

»Im Haus. In der Tür.«

»Nein, da war es nicht! Wir fanden nur gestohlene Lebensmittelkarten und Geld«, sagte Heller streng.

Alfons wollte erst widersprechen, dann schwieg er.

Heller versuchte es noch einmal. »Dein Vater wusste von dem Versteck. Hattet ihr Munition?«

Alfons nickte.

»Wie viel Schuss?«

»Ein Magazin war voll.«

In einem Ladestreifen waren fünf Schuss, wusste Heller. neunzehnhundertvierzehn war er an diesem Gewehr ausgebildet worden. »Und Ernst Sturberg wollte nicht mehr mitmachen? Gab es Streit deshalb, zwischen ihm und Franz Barth?«

»Mit dem Franz war nicht gut streiten. Früher, da war er wie ein Freund, jetzt aber nicht mehr.«

»Weißt du etwas von einer Mutprobe? Was wollte Franz bei dem Blindgänger?«

»Vielleicht den Zünder ausschrauben, er hat gesagt, er weiß, wie das geht. Der tut immer, als weiß er alles. Und beim Spielen macht er auch immer Schmu.«

»Und du willst nicht endlich zugeben, dass Herr Glaser euch die Pillen gibt und euch für sich stehlen lässt?«

»Herr Glaser ist ein guter Mann.« Alfons wagte einen Blick zu Heller, wich ihm aber sofort wieder aus. Eine Weile lag er still da und starrte vor sich hin.

Heller wagte ihn nicht weiter zu bedrängen. Aber er wusste, ihm selbst lief die Zeit davon. Es gab noch so viel zu tun. Doch er wollte das Vertrauen, das er bei Alfons gerade mühsam gewonnen hatte, nicht gleich wieder aufs Spiel setzen.

Plötzlich hob Alfons seinen Kopf.

»Und? Machen Sie mich jetzt los?«

»Alle schweigen?«

Oldenbusch nickte. Heller hatte sich von einem Krankenhausfahrer zur Schule bringen lassen. Nun standen sie vor dem Gebäude, Oldenbusch lehnte an der Seite vom Ford, Heller schaute sich misstrauisch um. Etwas lag in der Luft. Es war schwüler als in den letzten Tagen. Gut möglich, dass heute noch ein Gewitter aufzog. Doch der Himmel war klar. Bombenwetter sagten die Menschen seit einiger Zeit dazu.

»Vielleicht haben sie einfach nichts zu erzählen«, versuchte Oldenbusch zu erklären.

Heller schaute in fragend an. »Auch nicht Friedrich Bach? Der Klassenstreber?«

Oldenbusch schüttelte den Kopf. »Stumm wie ein Fisch. Wir haben sie gemeinsam und auch einzeln im Schulleiterzimmer befragt. Es kam buchstäblich zu keiner einzigen Aussage. Der Lehrer Jungblut war der Einzige, der etwas gesagt hat. Er erzählte, dass es vereinzelt zu unerlaubtem Wegbleiben vom Unterricht kam, aber dass das nicht ungewöhnlich sei. Oft gehen mehrere Schüler gemeinsam auf Hamsterfahrt und bleiben tagelang weg. Außerdem ist ihm bei den Utmann-Jungen eine gewisse Verhaltensveränderung aufgefallen, teilweise waren sie apathisch, teilweise aggressiv. Alfons soll sich mit Sturberg geprügelt haben, obwohl er zwei Jahre jünger und viel kleiner ist.«

»Das ist nichts, was wir nicht schon wüssten. Und Frau Schleier?«

»Ist sehr aufgebracht und verfolgt alles stumm und voller Misstrauen. Sie ist auffallend fahrig. Zweimal hat sie ihren Füllfederhalter fallen lassen.«

»Und gibt es einen Bericht aus der russischen Kirche?«

»Die Männer haben Zugang bekommen, doch es ist ein großes Gebäude. Sie suchen alles ab. Auch außen herum. Aber Max, Sie wissen doch selbst, wie es da aussieht. Auf diesem Gelände eine Patronenhülse zu finden wäre reiner Zufall, noch dazu könnte der Schütze so schlau gewesen sein und hätte die Hülse auffangen können. Und haben Sie sich mal überlegt, wie man einen Blindgänger mit einer Pistole aus sicherer Entfernung treffen will? Das ist fast unmöglich, es müsste ein sehr guter Schütze gewesen sein.«

Doch Heller beachtete Oldenbuschs Einwände gar nicht. Er war in Gedanken bereits woanders. »Die Männer sollen an der Stelle suchen, an der Sturberg gefunden worden war. Es war ein Gewehr!«

Oldenbusch stutzte, fand den Gedanken Hellers dann aber durchaus nicht abwegig. »Sturberg lag etwa hundertachtzig Meter entfernt, er könnte sich sicher gefühlt haben. Im Umgang mit einem Gewehr kann er geschult gewesen sein. Die haben doch den Pimpfen schon das Schießen beigebracht, oder? Ich frage mich nur, was sein Motiv gewesen sein soll. Warum soll er auf die Bombe geschossen haben? Und wo ist die Waffe?«

»Eines nach dem anderen, Werner.« Heller nahm seine Mütze ab und wischte sich den Schweiß von der Stirn. Er musste gerade an Karin denken, die heute mit dem ganzen Geld zur Bank gehen wollte. Hoffentlich war es nicht schon zu spät dafür. Seit gestern bezahlten die Leute mit Geldscheinen, denen eine Marke aufgeklebt worden war, alle anderen Scheine galten nichts. Und schon hatte man eine Bezeichnung dafür gefunden. Tapetengeld.

»Es könnte auch Alfons gewesen sein, der geschossen hat. Er wusste von einer Mutprobe und er hatte das Gewehr von Franz Barth gestohlen. Und sein Bluterguss unter dem rechten Auge könnte vom Rückstoß der Waffe stammen.«

Oldenbusch legte den Kopf schief und dachte darüber nach. »Und Sie haben ihn laufen lassen?«

In dem Augenblick hörten sie etwas. Heller drehte den Kopf und Oldenbusch drückte sich vom Wagen ab und sah Richtung Coschützer Straße. Ein kleiner, grau lackierter russischer Lastwagen, ein ZIS-5, kam mit hoher Geschwindigkeit um die Ecke gefahren und bremste scharf. Ihm folgte ein zweiter. Ihre sonst offenen Ladeflächen waren zu fensterlosen Kabinen umgebaut.

Noch bevor der erste Wagen hielt, sprang Klaus Heller heraus, warf im Gehen seinen Zigarettenstummel weg und kam rasch auf seinen Vater zugelaufen.

»Vater«, fauchte Klaus durch die zusammengebissenen Zähne.

»Klaus.« Heller hielt ihm die ausgestreckte Hand entgegen und zwang ihn damit, ihn mit Handschlag zu begrüßen, was diesem ganz offenkundig nicht recht war. Klaus war sehr um einen energischen Ton bemüht.

»Das ist nicht, was wir abgemacht hatten, Vater.«

»Die Umstände erforderten mein Handeln«, antwortete Heller ruhig und bestimmt.

»Du besuchst Utmann, erpresst ihm eine Aussage, du nimmst seinen Sohn gefangen und lässt ihn laufen. Dann führst du, ohne Bescheid zu geben, eine Razzia in der Schule durch!«

Heller hatte die Hand seines Sohnes nicht losgelassen und zog ihn jetzt zu sich heran. »Ich habe nach Alma Utmann und den beiden kleinen Kindern sehen wollen. Und diese

Aktion war mit meinem Vorgesetzten abgestimmt. Ich habe ermittelt.«

Das war hart, er wusste es, doch er musste Klaus in die Schranken weisen.

»Du unterminierst unsere Ermittlungen. Jetzt sind alle vorgewarnt, und wir werden nichts mehr von ihnen erfahren. Johanna Zeil und Helmut Burgmeister schweigen sich beide aus.« Klaus blitzte seinen Vater wütend an.

»Das hätten sie auch so getan«, sagte Heller und hielt dem Blick stand.

»Vater, du sabotierst mich! Keine Stunde, nachdem wir gestern gesprochen haben, bist du zu Glasers Wohnung gefahren und hast damit unsere Deckung auffliegen lassen. Das war alles andere als schlau!«

»Klaus, du hast nicht das Recht, in diesem Ton mit mir zu reden. Ich bin dein Vater. Und ich arbeite in diesem Beruf seit dreißig Jahren«, ermahnte Heller ihn mit gefährlich leiser Stimme.

Klaus wollte seine Hand wegziehen, doch Heller hielt sie weiter fest. Klaus riss sich mit aller Gewalt los. »Das heißt gar nichts! Nichts. Die Zeiten ändern sich, die Prioritäten ändern sich.«

Die abrupte Bewegung hatte einen heftigen Schmerz in Hellers Arm verursacht. Nur mit größter Anstrengung gelang es ihm, einen Aufschrei zu unterdrücken.

»Glaser ist verreist. Wusstet ihr das? Habt ihr von einem Schuss vor der Bombenexplosion gehört? Habt ihr Zeugen dazu befragt? Kennst du den Zusammenhang zwischen Utmann, Glaser, Barth und dem Toten, den wir letzten Donnerstag fanden? Und ist einer von euch dem Unbekannten nachgegangen, von dem die Kinder sprachen?«, presste er zwischen zusammengebissenen Zähnen hervor.

Mit verschlossener Miene hatte Klaus seinem Vater zugehört, ohne etwas entgegensetzen zu können. Nun aber reagierte er. Er packte seinen Vater am Ellbogen. »Ich zeig ihn dir«, zischte er.

»Lass mich sofort los, Klaus!«, befahl Heller.

Aber Klaus hörte nicht hin, sondern zog seinen Vater zur Kreuzung.

»Komm, ich zeig ihn dir. Die nehmen dich auf den Arm, Vater. Die Kinder führen dich an der Nase herum. Du suchst einen Mann mit Anzug und Weste, mit dünnem Haar und Spitzbart. Da, da ist er!«

Jetzt ließ Klaus Heller los und deutete mit gestrecktem Arm hinter sich, ohne sich umzudrehen. An einer Hauswand klebte ein schon vergilbtes Plakat, wie sie seit dem letzten Tag der Oktoberrevolution überall in der Stadt an Laternenmasten und Mauern zu finden waren. *Lang lebe Lenin, lang lebe die Revolution!*, verkündete es und zeigte Lenin in seiner bekannten Pose, frontal, doch das Gesicht im Profil, mit der flachen Hand in die Ferne weisend. Er trug einen Anzug, lang wie ein Mantel, darunter eine Weste.

»Siehst du, er ist überall. Seit dem ersten Moment, als du in der Schule aufgetaucht bist, sind die Kinder misstrauisch und haben sich eine Geschichte ausgedacht, die sie nun immer wieder erzählen. Sie haben sich Lenin ausgesucht, weil jeder weiß, wie er aussieht. Sie haben sich die Utmanns ausgesucht, weil einer schon tot ist und der andere halb verrückt. Nun warst du bei Glaser und alle Welt weiß davon. Sollte jemals etwas bei ihm zu finden gewesen sein, haben er oder die Kinder es fortgeschafft. Jetzt werden wir gar nichts mehr ausrichten können.«

Heller schwieg. Er dachte wieder an die Worte Seiblings und fragte sich, ob er das Recht dazu hatte, seinen Sohn zu verurteilen.

»Klaus, hier geht etwas Besonderes vor. Etwas, das wir

noch gar nicht in Betracht gezogen haben. Glaub mir! Lass mich mit der Zeil und dem Burgmeister sprechen.«

Klaus schüttelte beinahe trotzig den Kopf. »Nein, Vater. Meine Vorgesetzten haben sich mit Niesbach in Verbindung gesetzt. Deine Arbeit an diesem Fall ist beendet. Schon dass du den Alfons hast laufen lassen, war unverantwortlich. Ich werde alle Mühe haben, meinen Vorgesetzten von den Gründen deines Vorgehens zu überzeugen.«

»So etwas musste ich zuletzt vor einem SS-Mann tun, ihn von den Gründen meines Vorgehens überzeugen«, sagte Heller leise und benötigte all seine Kraft, sich zu beherrschen. So kannte er seinen Sohn nicht. Unverschämt, anmaßend, beinahe hochmütig.

»Wage es nicht, das miteinander zu vergleichen«, polterte Klaus erneut los. »Das hier ist etwas anderes. Wir müssen den Faschismus zerschmettern, wir müssen das Böse an den Wurzeln packen. Sieh dich doch um, wie sie sind, wie sie reden. Keiner will Schuld auf sich nehmen. Plötzlich war keiner jemals ein Nazi gewesen. Alle geben sich als Opfer, beklagen sich über die Sowjets, jammern und fordern! Dabei sind sie es noch, Nazis! Und der Westen agitiert, sabotiert und findet fruchtbaren Boden, sein heimliches Zureden stößt auf offene Ohren.«

»Aber die Menschen hungern, Klaus«, widersprach Heller leise, »und die Sowjets lassen immer noch Fabriken abbauen.«

»Das ist ihr gutes Recht!« Klaus' Kopf war hochrot, und keiner der Umstehenden konnte länger vorgeben, nichts zu hören. Alle sahen sie zu Vater und Sohn.

»Aber, du kannst doch nicht ewig …«

»Doch, ich kann!«, unterbrach Klaus ihn umgehend. »Du warst nicht da, Vater! Du hast es nicht gesehen! Sie hätten das Recht, jeden verdammten Stein mitzunehmen, jede Schraube und jeden einzelnen Deutschen!«

»Dass Sie so ruhig bleiben können«, sagte Oldenbusch zu Heller und sah Klaus hinterher.

»Es ist gut, Werner.« Heller hielt seinen rechten Arm und versuchte, sich wieder zu fassen. Dass sein Verdächtiger der Beschreibung nach eine frappierende Ähnlichkeit mit Lenin besaß, war nicht von der Hand zu weisen. Ihm war auch klar, dass die Kinder allesamt etwas verschwiegen. Selbst die Schulleiterin machte den Eindruck, dass sie unabhängig von ihren Ressentiments, die sie ihm gegenüber pflegte, ebenfalls etwas zurückhielt. Doch wie sollte er damit umgehen? Niesbach oder die Staatsanwaltschaft jetzt um ein halbes Dutzend Haftbefehle zu ersuchen, schien im Moment zwecklos. Und als hätte er es in diesem Moment mit seinen Gedanken heraufbeschworen, bog ein ihm gut bekanntes Auto um die Ecke. Es war Niesbachs Wagen, ein schwarz lackierter Horch. Grell reflektierte die steil stehende Sonne im polierten Lack. Heller trat auf die Straße, nahm seine Mütze wieder ab und wischte sich erneut den Schweiß von der Stirn. Erstaunt sah er, dass nicht Niesbachs Fahrer am Steuer saß.

»Genosse Heller?«

Heller nickte nur.

»Ich soll Ihnen etwas ausrichten«, sagte der Mann am Steuer, der weder eine Uniform trug noch sich ihm vorstellte. »Eine Überstellung der sterblichen Überreste von Franz Barth an seine Mutter war nicht möglich, da diese seit zwei Tagen nicht auffindbar ist. Auch ist die Tochter nicht in der Schule erschienen.«

»Das ist alles?«, fragte Heller. »Und Sie kommen von Niesbach?«

»Ja, aber ich muss auch gleich wieder zurück.«

»Gut. Danke.« Heller grüßte militärisch und wartete, bis der Mann abgefahren war. Dann sah er auf die Uhr. »Werner, halten Sie für mich die Stellung hier.«

»Aber sagte Ihr Sohn nicht …«

»Werner, noch empfange ich meine Befehle von meinem Vorgesetzten, und solange ich nichts Gegenteiliges höre, arbeite ich weiter.«

»Aber wenn Sie niemand erreichen kann …« Oldenbusch verstummte, grinste dann und klopfte sich mit dem Zeigefinger an die Nase.

Es herrschte absolute Stille im Wohnhaus der Familie Barth.
Niemand schien zu Hause zu sein, auch nicht der eifrige
Hauswart. Als Heller in der zweiten Etage angekommen
war, musste er erst mal verschnaufen und den schmerzenden Knöchel entlasten. Dann klopfte er an die Wohnungstür
der Barths. Zaghaft erst, dann energischer. Vorsichtig drückte
er die Klinke runter, aber die Tür war verschlossen. Heller
sah sich um, tastete am Türrahmen entlang, hob den Wisch-
lappen an, der als Schuhabstreifer diente. Dann ging er in die
Hocke und tastete die Dielen ab. Eine hatte ein Astloch, in
das Heller seinen Finger steckte und zog. Die Diele ließ sich
anheben, darunter befand sich ein kleiner Hohlraum. Wie
erhofft, fand Heller den Schlüssel und öffnete die Tür.

Er blieb zuerst im Gang stehen und lauschte in die Wohnung hinein. Es war gut möglich, dass die kleine Tochter von
Hilde Barth hier eingeschlossen auf die Rückkehr der Mutter
wartete. Er suchte nach dem Namen des Mädchens, doch er
fiel ihm nicht ein. Er zückte sein Notizbuch, blätterte in den
Seiten und merkte dann, dass er nicht bei der Sache war.
Klaus ging ihm nicht aus dem Kopf. Welcher Teufel war nur
in seinen Sohn gefahren? Was war mit dem Jungen nur geschehen? Daran konnte nicht nur der Krieg schuld sein. Nie
hatten sie über Klaus' Zeit in der Hitlerjugend geredet. Was
den Kindern da bereits eingetrichtert wurde an Rassenwahn
und fanatischer Vaterlandsliebe. Und das ewige Gerede vom
Volk ohne Raum und vom Heldentod. Aber was hätten sie

dagegen tun können als Eltern? Es wäre viel zu gefährlich gewesen, dem Jungen die Absurditäten des Naziregimes vor Augen zu halten, zu gefährlich für Klaus, aber auch für ihn und Karin. Also hatten sie geschwiegen und es hingenommen. Aber vielleicht hatten sie den Jungen damit zu lange alleingelassen?

Heller riss sich zusammen. Er hatte jetzt den Namen der Tochter doch noch in seinem Notizbuch gefunden.

»Ulrike?«, fragte er leise und bewegte sich langsam durch den Korridor. Da hörte er Geräusche im Treppenhaus und erstarrte. Aber es war nur eine Tür, die eine Etage unter ihm geöffnet und wieder geschlossen wurde.

Auch in der Wohnung der Barths sah es nicht nach einer eiligen Flucht aus. In den Schränken befand sich Geschirr, in den Schubladen Scheren, Messer und Besteck. Alles zu wertvoll, um es zurückzulassen. Ebenso Wäsche, Kleidung, Bettzeug, Tischdecken, Gardinen, Fotografien. Sogar Konserven gab es. Ein Paar Schuhe standen neben der Wohnungstür, Männerschuhe. Nachdem er Küche, Wohn- und Schlafzimmer durchsucht hatte, ging Heller in das Kinderzimmer.

Franz' Bett sah aus, als hätte er es gerade erst verlassen. Auf einem Tisch standen kleine Holzhäuser und Zelte, eine Indianerlandschaft. In einem Regal waren Landserhefte, Modellautos aus Blech, ein Holzbaukasten und geschnitzte Holzfiguren zu sehen. Heller nahm eine heraus, einen Bären. Zwar befand sich in diesem Zimmer auch das Bett der Schwester, doch Heller vermutete nach dem Blick ins Schlafzimmer, dass Ulrike bei ihrer Mutter schlief.

Heller nahm das Messer aus seiner Jackentasche heraus, mit welchem Alfons versucht hatte, sich umzubringen. Er hatte es in einen Lappen gewickelt, packte es nun aus, wobei er versuchte seinen rechten Arm ganz still zu halten. Nun nahm er die Bärenfigur, setzte das Messer an und probierte, ob sich damit schnitzen ließe. Es war sehr scharf, ein Span schälte sich ohne Widerstand ab. Doch dies bewies und bedeutete nichts, auch nicht, dass dies einmal Franz' Messer gewesen sein könnte. Heller wickelte es wieder ein und sah sich weiter um.

Doch auch hier gab es nichts, das ihn weiterbrachte. Er ging noch mal in die Hocke und klopfte den Boden ab, suchte nach losen Dielen. Aber er entdeckte nichts. Heller hob auch die Matratze an, sah darunter, fühlte sie nach versteckten Gegenständen ab.

Als letzten Raum nahm er sich das Badezimmer vor. Dessen Rückwand war neu gemauert und unverputzt, zwischen manchen Ziegeln hatte der Mörtel nicht ausgereicht und Licht schien durch die Fugen. Ein Boilerofen diente zum Anheizen des Badewassers. Mangels einer Wanne nutzte Hilde Barth einen großen Waschzuber. An der Wand hing ein kleines, hölzernes Schränkchen. Heller öffnete es und fand ein Seifenstück, einen Rest Waschmittel, Zahnputzpulver. Dazu noch etwas Verbandsmaterial, Medizin und Mundwasser. Heller nahm die braunen Fläschchen, Dosen und Schachteln einzeln heraus und notierte sich die Etiketten sorgfältig: Asthmapulver, Hustentropfen, Pyramidon-Tabletten in einer Dose, Mallebrin zum Gurgeln, Mediment-Salbe zum Einreiben, eine Flüssigkeit namens Nitrangin Liquidum und Kranit-Tabletten gegen Migräne. Pervitin-Pillen fand er nicht. Nach kurzem Zögern nahm er aus den Packungen je eine Tablette heraus und ließ sie in eine der kleinen Papiertüten fallen, die er meist mit sich trug.

Einer Eingebung folgend ging er danach noch einmal ins Wohnzimmer, zog mit einiger Mühe den Vitrinenschrank von der Wand weg und klopfte die Rückseite ab. Dann schob er den Schrank wieder an seinen Platz.

Er war unzufrieden mit dem Ergebnis. War jetzt Hilde

Barth genauso verschwunden wie Alma Utmann? Ob die beiden Frauen sich getroffen hatten, um sich in ihrem gemeinsamen Schmerz gegenseitig Trost zu spenden? Doch warum waren sie über Nacht weggeblieben? Wo hatten sie Unterschlupf gefunden? Plötzlich kam ihm ein Gedanke, der ihn vor Schreck sich hinsetzen ließ. Waren die beiden Frauen sogar noch viel weiter gegangen? Hatten sie das Leid nicht mehr ertragen können und allem ein Ende gesetzt? Hatten sie ihre Kinder mitgenommen? Aber wie und wo? Waren sie in die Elbe gegangen?

Er zwang sich, Ruhe zu bewahren. Überstürzte Hast würde ihm nicht weiterhelfen. Die Frauen waren schon seit zwei Tagen überfällig, da kam es auf ein paar Minuten nicht mehr an. Er erinnerte sich an eine hölzerne Schachtel, die er in der Vitrine gesehen hatte. Er holte sie und entdeckte darin ein Bündel Briefe, was er schon vermutet hatte.

Heller legte die Briefe nebeneinander vor sich auf den Tisch. Vier Briefe stammten von Hilde Barths Mutter aus Bayern, waren älteren Datums, schienen damit vorerst nicht relevant zu sein.

Elf weitere Briefe steckten in Umschlägen, die Heller wohlvertraut waren. Es waren Briefe aus dem Krieg, wie er sie auch von seinen Söhnen bekommen hatte. Siegfried Barth hatte sie nach Haus geschrieben. Ihre Datierung endete im August vierundvierzig. Fünf Briefe, speckig und zerknittert, stammten von Hilde an ihren Mann, der diese aufbewahrt haben musste und aus der Gefangenschaft mit nach Haus gebracht hatte. Vier Briefe von Hilde an ihren Mann, die sie im Herbst vierundvierzig abgeschickt hatte, waren an sie zurückgesendet worden mit dem Vermerk, dass der Aufenthaltsort vom Adressaten derzeit unbekannt war. Ein weiterer Brief, ohne Umschlag, trug ein neueres Datum und stammte aus dem Jahr siebenundvierzig.

Siggi, Liebster,

daß wir uns wiedergefunden haben! So aufgewühlt war ich, so dankbar auch, ich wollt die ganz Welt herzen, obwohl sie doch in Trümmern liegt. Eine Hitze ist in mir …

Heller legte den Brief weg. Das interessierte ihn nicht. Noch einmal blätterte er die Briefe durch, da fiel ihm ein Bogen auf, der sich ein wenig von den anderen unterschied. Das Papier war von besserer Qualität, fester und ganz weiß. Heller las:

München, 17. April 1948

Lieber Siegfried,

es erfüllte mich mit außerordentlicher Freude, daß Du und einige andere Kameraden es doch nach Hause geschafft haben. Und das, obwohl es hieß, daß es die gesamte Kompanie in den Ardennen vollkommen ausgelöscht hätte. Wochenlang fieberte ich im Krankenbett dem Ausgang dieser beinahe final zu nennenden Schlacht entgegen, musste dann jedoch eine schlechte Nachricht nach der anderen vernehmen. Noch vor meiner eigentlichen Genesung ersuchte ich um die Rückkehr zur Front, jedoch erfolglos …

Heller schreckte auf. Auf einmal hörte er Stimmen vor dem Haus. Eine Frau sprach und ein Kind erwiderte etwas. Heller ging ans Fenster und reckte sich, um auf den Gehsteig sehen zu können. Es waren Hilde Barth und ihre Tochter. Heller raffte die Briefe zusammen und wollte sie wieder zur Vitrine bringen, aber er wusste nicht mehr, wie genau sie darin aufbewahrt worden waren. Unten klappte eine Tür. Heller überlegte fieberhaft und hielt die Briefe nach wie vor in der Hand. Dann schloss er schnell die Schranktür, ging zur Wohnungstür und öffnete sie lautlos.

»Hat es sich gelohnt?«, hörte er unten den Hauswart fragen.

»Bis nach Thüringen mussten wir fahren«, erwiderte Hilde Barth. »Und bei Halle nahmen uns dann Polizisten die Eier ab. Deutsche Polizisten, glauben Sie's?«

»Diese Räuber«, empörte sich auch der Hauswart.

Heller stand jetzt im Treppenhaus, zog die Wohnungstür zu und schloss so leise wie möglich ab. Dann bückte er sich, um den Schlüssel zurück in sein Versteck zu legen.

»Anderen haben sie sogar alles abgenommen«, berichtete Hilde Barth weiter. »War etwas in der Zwischenzeit?«

»Ein Bursche war mal da und wollte wohl zu Ihnen. Ich hab ihm gesagt, er soll sich fortscheren!«

Lautlos stieg Heller die Treppe hinauf bis zur nächsten Halbetage.

»Das haben Sie recht gemacht! Sonst niemand?«, erkundigte sich die Frau.

»Nein.«

»Vielen Dank und einen guten Tag noch.«

Hilde Barth und ihre Tochter kamen nun die Treppe hinauf. Heller verhielt sich still und wartete. Er war froh, dass die beiden nur auf Hamsterfahrt gewesen waren. Wenn er jetzt noch erfahren würde, dass Alma mit ihren Kindern dabei gewesen war, könnte er wirklich erleichtert sein.

Er hörte, wie die Frau ihre Taschen abstellte und unter dem losen Brett nach dem Schlüssel suchte.

»Mutti, ich muss mal«, drängelte das Mädchen.

Heller drehte sich um und bemerkte erschrocken die schmale Tür der Toilette hinter sich auf der Halbetage.

»Dann stell den Rucksack ab und geh«, sagte die Mutter. »Und geh danach gleich in den Keller, Wasser holen.«

Heller hörte das Kind den Rucksack abstreifen und bemerkte dann zu seiner Erleichterung, wie es die halbe Treppe hinunterging, um das Etagenklo zu benutzen. Hilde Barth betrat unterdessen ihre Wohnung und ließ die Tür offen stehen. Heller hörte sie durch den Flur laufen, glaubte zu erkennen, dass ihr Schritt sich verzögerte, und fragte sich, was er wohl vergessen haben könnte, aufzuräumen. Er tastete nach seinem Notizbuch, nach seinem Stift, fühlte sogar nach seiner Mütze auf dem Kopf. Er hatte alles dabei. Die Tischdecke hatte er glatt gezogen, der Schrank war zu. War ihr vielleicht ein fremder Geruch aufgefallen?

Die Frau kam zurück ins Treppenhaus, holte Ulrikes Rucksack, ging wieder hinein, schloss aber noch immer nicht die Tür. Heller blieb nichts anderes übrig, als auszuharren. Endlich kam das Mädchen von der Toilette und lief nach unten. Der Henkel eines Blecheimers quietschte bei jedem Schritt. Wieder dauerte es eine halbe Ewigkeit, bis sie mit ihrer schweren Last Stufe für Stufe wieder hinaufkam. Den Eimer stellte sie in der Toilette ab, nahm die letzte halbe Etage mit drei großen Schritten und ging in die Wohnung.

»Mutter, was ist?«, hörte Heller sie rufen.

»Nichts, schließ die Tür.«

Heller wartete noch ein paar Minuten, ehe er sich aus seinem Versteck traute. Er haderte mit seinem überstürzten Vorgehen, aber eigentlich hatte er sich nichts vorzuwerfen. Er hatte nach Hilde Barth gesucht und bei der Gelegenheit die Briefe an sich genommen.

Noch immer bestand die Möglichkeit, einfach anzuklopfen und alles aufzuklären. Aber allein die Tatsache, dass er nicht wusste, ob die Barth über Parteibeziehungen zu wichtigen Leuten verfügte, die ihm das Leben schwer machen könnten, hielt ihn zurück. Die Frau besaß mehr Schneid, als er ihr zugetraut hatte. Sollte sie nun die Briefe vermissen, würde sie das wenigstens nicht mit ihm in Verbindung bringen können.

Er klemmte sich den Packen Briefe unter die Achsel und schlich die Treppe hinunter. Von allen anderen Hausbewohnern unbehelligt verließ er das Haus und atmete auf, als er wieder auf der Straße stand. Als er wegging, vermied er es, zum Fenster hochzublicken, so konnte er als zufälliger Passant gelten. Wieder sah er auf die Uhr. Er hatte noch Zeit. Er wollte noch einmal bei Familie Utmann vorbeisehen.

Als hätte sein Gewissen ein Ventil gesucht, begann wieder ein scharfer Schmerz in seinem rechten Arm zu pulsieren. Eine kurze Weile hielt er es aus, dann entledigte er sich im Schatten eines Baumes seiner Jacke. Er zwängte die Briefe in die Innentasche, so dass sie nicht herausfallen konnten. Dann hängte er sich die Jacke über die linke Schulter und knotete die Ärmel lose zusammen. So konnte er seinen Arm hineinlegen und ihn ein wenig entlasten.

Nach nur wenigen Schritten näherte sich dröhnend ein Fahrzeug und hielt neben ihm. Es war einer der Russenlaster. Klaus öffnete die Beifahrertür.

»Steig ein, Vater!«

Heller sah seinen Sohn an und konnte sein Misstrauen kaum verbergen.

»Woher wusstest du, dass ich hier bin?«

»Genosse Oldenbusch hat es mir gesagt. Wir haben dich schon aus dem Haus kommen sehen, wollten in der Straße aber nicht auffallen.«

»Werner hat es dir gesagt?«

»Es gibt Neuigkeiten. Wir haben in Glasers Haus etwas gefunden.«

»Ach ja? Im Keller?«

»Nicht im Keller. Unsere Männer waren seit heute Morgen wieder vor Ort und haben in der Wohnung ein Versteck gefunden, eine doppelte Wand, mit einem Hohlraum, groß genug, um Menschen verstecken könnten. Willst du nicht einsteigen? Wir fahren hin.«

»Ich muss vorher zu Karl Utmann und in Erfahrung bringen, ob seine Frau und die beiden kleinen Kinder wieder aufgetaucht sind.« Dass er danach noch etwas anderes vorhatte, wollte er Klaus nicht erzählen. »Es ist gleich hier oben.«

»Wir fahren hin«, sagte Klaus ohne zu Zögern.

Heller stieg auf und quetschte sich mit auf den Sitz. Kaum hatte er die Tür zugezogen, fuhr der Fahrer an.

»Was habt ihr gefunden?«

»Lebensmittelkarten, Geld, zwölftausend Reichsmark, hochwertige Lebensmittel, Fischkonserven, Kaviar, Seife in größeren Mengen. Er nahm offenbar, was zu bekommen war, oder bezog es direkt aus dem Westen. Wir fanden fast vierhundert Stück Zigaretten der Marke Camel. Außerdem Medizin. Pillen. Wir müssen sie noch analysieren.«

»Vermutlich Pervitin. Geht zu Doktor Wittek im Friedrichstädter Krankenhaus, der kennt sich aus. Glaser also.« Heller war von der abrupten Wende überrascht. Er wollte seinem Sohn und der Verwaltung des Inneren nicht unterstellen, dass sie Indizien fälschten oder einem Verdächtigen Beweismittel unterschoben. Doch es passte alles so gut zusammen. Zu gut, in seinen Augen, jetzt, da die Ermittlungen gegen Glaser nicht mehr geheim waren. So konnte man gleich Ergebnisse liefern.

»Über seinen Verbleib wisst ihr noch nichts?«

Klaus schwieg, das war Antwort genug. Es lag Heller noch auf der Zunge, danach zu fragen, ob Glasers Haus über Nacht bewacht worden war. Doch er wollte Klaus zu keiner Antwort nötigen, die er vielleicht gar nicht geben durfte.

Heller zeigte auf das Haus.

»Da ist es, haltet hier. Ich bin gleich zurück.« Er stieg aus. Klaus folgte ihm.

»Ich möchte mitkommen. Allein schon wegen deines Armes.«

»Dann komm, aber lass mich allein sprechen.«

Auf den letzten Metern zum Haus nahm Heller seinen Arm aus der provisorischen Schlinge, entknotete die Ärmel und zog die Jacke wieder an. Sie spannte über den Schultern und eigentlich war es zu heiß, doch ohne Jacke kam er sich angreifbarer vor. Außerdem konnte er so seine Waffe besser verbergen. Falls Klaus den Packen Briefe bemerkt haben sollte, fragte er wenigstens nicht danach.

Frau Wagner, die Nachbarin, lief zum Zaun, als sie an ihrem Haus vorbeigingen.

»Hören Sie das?«, fragte sie die Männer.

Heller lauschte konzentriert, vernahm aber zuerst nichts, außer den Geräuschen des Tages, das Hämmern, Motorengeräusche, klackernde Räder auf Kopfstein. Doch dann hörte er gedämpftes Geschrei.

Er zupfte Klaus am Arm. »Komm!«

Gemeinsam rannten sie auf Utmanns Grundstück und drangen ins Haus ein.

»Wo bist du gewesen, verhurtes Weib! Wo bist du gewesen?«, brüllte Karl Utmann. Darauf folgten dumpfe Schläge, ein heiserer Schrei. Stöhnen. Kinderweinen.

»Sag es! Du verhurte Russenschlampe.«

»Nicht vor den Kindern!«, flehte Alma.

»Willst du mir etwa noch ein Russenbalg unterschieben? Du Hure! Du verdammte Hure. Sag jetzt, wo du warst! Bei einem Russen?«

Wieder schlug Utmann zu. Klaus sprang die Treppe hinauf. Heller konnte ihm kaum folgen. Er kam in dem Moment an, als Klaus mit einem Fußtritt die Tür aufsprengte.

Breitbeinig und mit geballten Fäusten stand Utmann über seine Frau gebeugt und hieb ihr so sehr in die Rippen, dass es ihr den Atem aus der Lunge trieb. Utmann fuhr herum, doch schon war Klaus bei ihm, sprang ihm mit dem Fuß voran in die Seite, was Utmann einknicken ließ, und schlug ihm danach ins Gesicht. Utmann fiel rücklings über seine Frau, die ein heiseres Stöhnen von sich gab. Nun wurde sie unter den Männern regelrecht begraben.

»Klaus!«, rief Heller, in der Hoffnung, ihn aufhalten zu können. Aber Klaus ließ nicht ab von Utmann, kämpfte verbissen gegen den Gegner, der zäh war und sich weder durch den Tritt noch durch den ersten ungestümen Angriff beeindrucken ließ.

Utmanns Lippe blutete, er kämpfte sich auf die Beine. »Raus!«, brüllte er. »Raus aus meinem Haus!«

»Du Hund!«, zischte Klaus, schlang seinen Arm um Utmanns Hals, riss ihn nach hinten und würgte ihn. Jetzt stürzten beide Kämpfende wieder zu Boden. Klaus wälzte sich auf den Rücken und riss Karl Utmann mit sich herum. Dieser versuchte, nach dem unter ihm liegenden Klaus zu treten, was aber wirkungslos blieb. Alma Utmann schob sich in Zeitlupe aus dem Tumult heraus. Heller bückte sich, um Utmann von Klaus wegzuziehen, doch Klaus war nicht bereit, loszulassen. Er schlug Utmann mit der Faust ins Gesicht. Utmanns Augenbraue platzte auf.

»Klaus, hör sofort auf!« Heller zerrte nun an Utmann. »Du bist Polizist!«

Zwar hörte Klaus auf zu schlagen, aber stattdessen würgte er nun den Mann. Utmanns Gesicht nahm eine gefährlich dunkelrote Farbe an.

»Ich bring das Schwein um!«, keuchte Klaus.

»Klaus, bitte! Hör jetzt auf, deiner Mutter zuliebe«, rief Heller verzweifelt.

»Der Mutter zuliebe?«, keuchte Klaus. »Denkst du das, ja?«

»Klaus, ich erkenne dich ja gar nicht wieder! Was immer es ist, lass es nicht an ihm aus!«

Utmann kämpfte jetzt ums blanke Überleben und versuchte verzweifelt, Klaus' Arm von seinem Hals zu lösen.

»Weißt du, was man über ihn erzählt, Vater?«, keuchte Klaus.

Heller sah nach links, weil er ein Geräusch gehört hatte. Alfred und Heiner standen Hand in Hand in der offenen Tür ihres Zimmers. Entsetzt blickten sie auf ihre Mutter, die halb bewusstlos auf dem Boden lag, und auf den Mann, der ihren Vater umzubringen versuchte. Alfred schluchzte auf und Heiner hatte seinen Mund zu einem stummen Schrei verzerrt.

»Kriegsgefangene hat er umgebracht«, rief Klaus. »Das erzählt man sich. Wehrlose Männer. Fast noch Kinder. Er prahlt damit, wenn er seinen Lohn in der Kneipe versäuft. Er ist ein Mörder!«

Heller zeigte auf die Jungen. »Und er ist ihr Vater, Klaus!«

Klaus hob ein wenig seinen Kopf, um die Jungen zu sehen. Er brauchte einige Augenblicke, um sich zu besinnen. Dann endlich lockerte er seinen Griff, und Utmann sog krampfartig die Luft ein. Heller griff nach einem seiner Arme, drehte ihn, drückte von hinten gegen den Ellbogen, damit Utmann sich nicht herauswinden konnte. Klaus kroch unter ihm hervor.

»Dreh ihn auf den Bauch. Hast du Handschellen?«

»Klaus, wir sind nicht hier, um ihn festzunehmen.«

Klaus hob den Kopf, ihre Gesichter berührten sich fast. »Immer musst du so korrekt sein, immer muss alles seine Ordnung haben!«, zischte er.

»Es reicht jetzt, Klaus, kümmere dich um die Frau.«

Klaus kniff die Lippen zusammen, ließ dann aber endlich von Utmann ab.

»Wag es nicht, meine Frau anzufassen!«, krächzte Utmann. Heller hebelte seinen Arm nach hinten, das brachte ihn zum Schweigen.

»Lassen Sie mich!«, fauchte da auch Alma und stieß Klaus' Hand beiseite.

»Wo waren Sie?«, fragte Heller die Frau.

»Geht Se nischt an!«

»Es geht mich sehr wohl etwas an. Wenn Sie sich von Ihrem Mann totprügeln lassen wollen, mag das Ihre Sache sein. Ich kann aber nicht zulassen, dass noch einem Kind etwas passiert. Ihr Alfons wollte sich umbringen! Also, wo waren Sie?«

»Wo soll ich schon gewesen sein? Hamstern war ich! Zuerst bei Riesa, dann sind wir aber nach Mügeln gefahren. Es hieß, da gäbe es noch was.«

»Hast mir nischt davon gesagt«, bäumte Utmann sich auf, doch Heller hielt ihn fest. Bestimmt hatte Alma ihm etwas gesagt, wahrscheinlich hatte er es im Suff vergessen.

»Kennen Sie Peter Glaser?«

Karl Utmann fühlte sich angesprochen. »Natürlich kenn ich den, der ist mein Freund, mein Kamerad.«

Alma versuchte jetzt aufzustehen, und die beiden Jungen wollten ihr dabei helfen. Schwankend kam sie auf die Beine und hielt sich an ihren Kindern fest.

»Er bat mich um Alberts Hilfe«, beantwortete sie Hellers Frage. »Er wollte mir nicht sagen, wofür, und bezahlte mit Zigaretten und Geld.«

»Und die Pillen?«

»Albert sagte, die machen, dass es ihm gut geht. Ich fand nichts Schlimmes dabei. Möglich, dass die vom Glaser sind, aber wissen tu ich's nicht.«

»Und Sie wissen nicht, was die Kinder für Glaser machen mussten?«

Alma schüttelte den Kopf.

»Warum weiß ich das nicht?«, blökte Utmann. »Was hast du für Geheimnisse mit dem Peter?«

»Weil du immerzu besoffen bist«, sagte sie leise, und Heller war sich sicher, dass sie später dafür würde büßen müssen.

»Wissen Sie etwas von einem Stiegler Wilfred?«

»Der ist tot!«, mischte Utmann sich ein.

»Still jetzt!«, mahnte Heller ihn. »Also?«

»Nein, nichts, kenne keinen Stiegler«, sagte Alma.

»Und wissen Sie etwas über einen Mann mit Anzug und Weste und spitzem Bart?«

Klaus sah seinen Vater mit zorniger Verblüffung an.

»Auch nicht, nein.« Alma schleppte sich gebückt zum nächsten Stuhl.

Heller ließ Utmann los, stand auf und klopfte sich die Knie ab. Die unbedachte Bewegung löste einen erneuten Schmerz in seinem Arm aus.

Utmann erhob sich und lehnte erschöpft an der Wand.

Heller sah ihn mit schmerverzerrtem Gesicht an. »Ich warne Sie, Utmann. Mäßigen Sie sich im Umgang mit der Frau und den Kindern. Ich kann Ihnen das Jugendamt und die Sitte auf den Hals hetzen, haben Sie mich verstanden?«

Trotzig hob Utmann den Kopf. »Sie können mir gar nichts!«

»Ob Sie mich verstanden haben, frage ich, sonst nehme ich Sie sofort mit!«, sagte Heller laut und deutlich.

»Er hat es verstanden«, mischte sich Alma ein. »Bitte gehen Sie jetzt.«

Heller schüttelte resigniert den Kopf. Der Frau war nicht zu helfen. »Komm, Klaus«, sagte er.

Draußen war es schwül geworden, der Himmel war fast weiß und die Luft drückend heiß und mit Feuchtigkeit gesättigt. Heute Abend würde ein Gewitter losbrechen. Heller wischte sich den Schweiß von der Stirn. Schweigend gingen Klaus und er zum Laster. Dann blieb Klaus keine zehn Meter vor dem Auto stehen und räusperte sich zögernd.

»Vater, hältst du etwas zurück? Mir gegenüber?«

»Natürlich nicht«, sagte Heller und staunte, wie leicht es ihm fiel zu lügen.

Es kostete Heller alle Kraft, nicht der Schwäche und Müdigkeit seines Körpers nachzugeben. Die Lider wurden schwer,
der Drang, sich an der Tür hinter ihm anzulehnen, übermächtig. Es war unerträglich heiß und die Kleidung klebte
ihm am Leib. Er sah auf die Uhr. Er stand schon eine halbe
Stunde in der Einfahrt gegenüber der Schule. Er hatte Ersatzkaffee und Wasser getrunken und auch etwas gegessen. Nun
wollte sein Körper sich ausruhen.

Im Büro hatte Oldenbusch mit Neuigkeiten aufgewartet.
Tatsächlich hatten sie eine Gewehrpatronenhülse gefunden.
Im Schutt neben der Stelle, wo der tote Sturberg gelegen
hatte. Doch von dem Gewehr gab es keine Spur, auch nicht
von einer Angeltasche. Das half nicht weiter, im Gegenteil, es
machte alles noch komplizierter. Außerdem war Salbach verschwunden. Seine Uniform hing in der Schreibstube. Das
Schlimmste war zu befürchten, hatte Oldenbusch orakelt.

Seine Jacke hatte Heller zusammen mit den Briefen im
Büro zurückgelassen. Er hatte sich stattdessen gegen einen
Kleidungsschein aus der Bekleidungskammer ein langärme-
liges graues Hemd geben lassen und einen Panamahut. Der
war zwar leichter als seine Schiebermütze, fühlte sich jedoch
ungewohnt an. Sogar an eine Taschenlampe hatte er gedacht,
die wollte er von nun an immer dabeihaben.

Einen Weg hätte er sich allerdings sparen können. Klaus
hatte nicht übertrieben, als er Johanna Zeil und Helmut
Burgmeister als verstockt bezeichnet hatte. Die beiden sag-

ten nicht mehr, als sie schon gesagt hatten. Sie waren übermüdet, wirkten fiebrig und fahrig. Und sie schwiegen beharrlich auf die Frage, was sie in Glasers Wohnung getan hatten und warum Johanna ihn mit dem Messer angegriffen hatte. Sturbergs und Barths Tod ließ sie offenbar kalt. Dass der Franz sich gern zu Wetten hinreißen ließ, brachte zumindest irgendwann Burgmeister hervor, und dass er sich leicht zu Mutproben provoziert fühlte. Doch wirklich überzeugend klang das nicht.

Sie wussten beide von einem Unbekannten mit spitzem Bart, dünnem Haar und Dreiteiler aus gutem Stoff, der nach den Utmanns gefragt hatte. Aber sie sagten sonst nichts über ihn.

Heller kannte das, so benahmen sich gewiefte Verbrecher, die sich absprachen und schwiegen, egal, was der Ermittler zu wissen behauptete. Die knackte man nur mit Geduld und mit stichhaltigen Indizien, die nicht von der Hand zu weisen waren. Heller hatte nichts von beidem.

Die Tür öffnete sich und eine ältere Frau trat heraus. Sie fuhr erschrocken zurück, als sie ihn sah. »Kann ich helfen?«, fragte sie verschüchtert.

»Polizeiarbeit«, sagte Heller und scheuchte die Frau damit zurück ins Haus.

Es herrschte vollkommene Stille an der Schule, kein Kommen und Gehen. Vielleicht stand er hier ganz umsonst und war zu spät gekommen. Er sah auf seine Uhr, es war schon kurz vor fünf. Dann endlich tat sich etwas. Neubert, der Hausmeister, kam heraus. Er hatte ein Werkzeug unter seinen Armstumpf geklemmt, bückte sich und widmete sich den Beeten. Enttäuscht lehnte sich Heller nun doch an die Wand.

Auch der Besuch in Glasers Wohnung war wenig informativ gewesen. Das Versteck war gut getarnt gewesen. Die doppelte Wand befand sich neben dem schmalen Durchgang zur Küche. Man konnte den Hohlraum dahinter durch die aufzuklappende Rückwand des Besenschranks in der Küche erreichen. Heller vermutete, dass es das Versteck schon länger gegeben hatte. In diesem Raum mussten Glasers Eltern, denen das Hinterhaus gehört hatte, von den Nazis Verfolgte versteckt haben. Umso unlogischer, dass Glaser nun ein antikommunistischer Hetzer sein sollte.

Jetzt sah Heller, wie der Hausmeister mit jemandem sprach, der im Eingang der Schule stand. Und endlich erschien die Schulleiterin auf der obersten Stufe, winkte Neubert einen knappen Gruß zu und machte sich, mit einem Bastkorb unter dem Arm, auf den Heimweg. Heller verließ sein Versteck und folgte ihr.

Frau Doktor Schleier ging mit schnellen Schritten auf der Coschützer Straße in Richtung des Plauener Rathauses, folgte dann der Chemnitzer Straße noch ein Stück und bog links ab, um sich in die Schlange vor einem Lebensmittelgeschäft einzureihen. Heller stellte sich abseits und beobachtete sie.

Die Schulleiterin stand geduldig wartend an und begann ein Gespräch mit der Frau vor ihr. Dabei sah sie immer wieder auf die Uhr. Kurz darauf erschien auf der anderen Straßenseite ein etwa vierzehnjähriges Mädchen und winkte. Sie trug einen schweren Stoffbeutel. Frau Schleier scherte aus der Schlange aus, überquerte die Straße und warf einen Blick in den Beutel. Dann nickte sie, nahm ihn an sich und reichte dem Mädchen etwas, das diese in einem Brustbeutel verschwinden ließ. Sie verabschiedeten sich und gingen in verschiedene Richtungen davon.

Das Mädchen kam Heller entgegen. Um der Schulleiterin zu folgen, blieb Heller nichts anderes übrig, als an dem Mädchen vorüberzugehen und zu hoffen, nicht erkannt zu werden.

Das Mädchen sah zu Boden, als sie aneinander vorbei-liefen. War das Zufall, Schüchternheit oder wusste sie, wer er war?

Heller warf keinen Blick zurück. Es hätte ihn nur verraten. Die Schleier unterquerte jetzt die Bahntrasse, bog rechts ab und folgte dem Lauf der Weißeritz bis zur Würzburger, über-querte sie dort über die behelfsmäßig reparierte Brücke. Sie schien es eilig zu habe.

Heller ließ einen größeren Abstand, wechselte ab und an die Straßenseite oder ging in Deckung hinter langsam fah-renden Karren. Für kurze Zeit glaubte er, die Frau inmitten des dichten Feierabendgetümmels aus den Augen verloren zu haben, doch dann sah er sie in die Klingestraße einbiegen und in einem der Häuser verschwinden. Nun musste er hof-fen, dass sie noch einmal herauskommen würde.

Beinahe zwei Stunden vergingen und Heller wartete noch immer. Er hatte keine andere Wahl, wenn er sehen wollte, was weiter geschah. Denn falls das Mädchen ihn erkannt hatte, würde die Schulleiterin spätestens morgen wissen, dass er ihr gefolgt war. Dann wäre sie gewarnt.

Er würde in Kauf nehmen müssen, dass Karin ärgerlich auf ihn sein würde. Dabei ärgerte er sich schon genug über sich selbst. Längst gab sich Heller keine Mühe mehr, unauffällig zu erscheinen. Er hatte sich auf ein Mauerstück gesetzt und ig-norierte die Leute, die an ihm vorübergingen und ihn miss-trauisch musterten. Das Hemd war mittlerweile schweiß-durchtränkt, unter dem ebenfalls nassen Verband schmerzte und juckte es gleichzeitig, und mit jedem Pulsschlag war es, als wanderte der Schmerz höher, bis zur Schulter.

Inzwischen hatte der Himmel sich zugezogen, die Hitze staute sich und die Luft war diesig, grau. Heller konnte die Elektrizität in der Luft förmlich spüren. Sie schmeckte wie Metall auf der Zunge.

Als Frau Schleier endlich wieder auftauchte, erkannte Heller sie gar nicht gleich. Sie hatte sich umgezogen und trug eine dunkle Hose, eine graue Bluse und ein Kopftuch. Unter ihrem Arm klemmte eine Tasche. Sie bemerkte ihn nicht, und Heller heftete sich unverzüglich an ihre Fersen. Auf der Wallwitzstraße bog sie links ab, ging an der Feuerwache vorbei, hinter welcher sich der neue Annenfriedhof befand, und bog dann wieder rechts ab. Sie wechselte die offensichtlich schwere Tasche auf die andere Seite. Trotz des Gepäcks beschleunigte sie ihr Tempo und huschte unerwartet in den Eingang eines abgesperrten Wohnblocks. Zu diesem Zweck hatte sie ein vermeintlich festes Brett zur Seite geschoben und sich durch den Spalt gezwängt.

Heller musste sich entscheiden: Folgte er der Frau ins Haus oder wartete er hier? Offenbar war sie häufig hier und kannte sich aus. Er musste annehmen, dass sich noch andere Personen im Haus befanden, denen er womöglich über den Weg laufen würde und die nicht davon angetan sein würden, einem Fremden zu begegnen

Die Front des Wohnblocks schien zwar von außen intakt zu sein, doch sicher gab es einen triftigen Grund dafür, dass der Block gesperrt war. Vermutlich waren innen alle tragenden Elemente zerstört, so dass man trotz größter Wohnungsnot nicht zulassen konnte, dass auch nur ein Teil der Wohnungen genutzt werden konnte. Es herrschte eine gespenstische Stille in der Straße.

Auch aus diesem Grund beschloss Heller, wieder zu warten und zu beobachten. Er blieb an der Friedhofsmauer stehen und benutzte einen abgebrannten Baum als Deckung.

Dieses Mal dauerte es nicht so lange. Der schmale Spalt öffnete sich, Frau Schleier stieg wieder nach draußen, rückte das Brett zurück, klopfte sich dann die Hände ab und ging davon. Ihre Tasche hatte sie nicht mehr dabei.

Heller bewegte sich in Deckung des Baumstammes in entgegengesetzter Richtung, bis sie um die Ecke verschwunden war. Ein weiteres Mal baute er auf seine Geduld und seine Erfahrung. In Zeiten wie diesen durfte nichts lange liegen bleiben. Lebensmittel verdarben, Bezugsscheine mussten verbraucht werden, Geld musste zur Bank, um wenigstens einen Teil des Wertes zu retten. Heller war sich sicher, es würde jemand kommen. Und zwar bald.

Diesmal aber schien ihn sein Instinkt getäuscht zu haben. Lange Zeit geschah nichts. Gelegentlich kam ein Passant vorbei, ein Arbeiter von der Spätschicht, Frauen mit schweren Taschen von ihren letzten Besorgungen. Sie beäugten ihn misstrauisch, wechselten die Straßenseite. Heller war völlig durchnässt. Die Schwüle hatte sich wie ein heißes, nasses Handtuch über die Stadt gelegt, und obwohl im Westen schwere schwarze Wolken aufzogen, bewegte sich kein Lüftchen. Die Dämmerung setzte ungewohnt früh ein. Heller entschied, dass er lang genug gezögert hatte, überquerte die Straße, schob das Brett beiseite und drang in die Ruine ein.

Innen wartete er ein paar Augenblicke, um seine Augen an die Dunkelheit zu gewöhnen. Es roch feucht und muffig, absolute Stille umgab ihn.

Langsam nahm Heller Konturen wahr, erkannte ein Hausnamensschild, an dem mit Kreide sogar noch der letzte Hausordnungsplan angeschrieben stand. Die Briefkästen hingen noch. Genauso hatte es in seinem Wohnhaus in Gruna ausgesehen, bis zum dreizehnten Februar fünfundvierzig, bis zu diesem apokalyptischen Moment, in dem die Zeit stehen geblieben war.

Doch hier sah es so aus, als ob die Bewohner des Hauses Hab und Gut noch hatten retten können.

Heller ging weiter, die Türen rechts und links im Parterre fehlten. Er durchsuchte deshalb beide Wohnungen.

Hier waren Plünderer am Werk gewesen, hatten das gesamte Dielenholz herausgerissen, die Türen zerhackt und selbst die Tapeten abgerissen. Heller wunderte sich nicht. Er wusste, die letzten beiden Winter hatten den Menschen alles abgefordert. Die Lampen waren von der Decke und die Kabel aus den Wänden gerissen worden.

Heller ging zurück ins Treppenhaus und näherte sich der Kellertreppe. Und sofort war sie wieder da. Diese Urangst, der er einfach nicht Herr werden konnte. Dann schaltete sein Kopf sich aus, und da war nur noch Furcht und Panik, vor kalter Dunkelheit, unendlicher Tiefe und allgegenwärtigem Bösem.

Ihn schauderte. Später, dachte er sich, ich werde später im Keller nachsehen, wenn ich das Haus durchsucht habe. Dabei wusste er, wie unlogisch das war.

Er suchte den Weg über die Treppe in die nächste Etage und musste sich dort schon bücken, um unter dem Schutt hindurchzugelangen, der nur von einem verkeilten Stahlträger und einem fragilen Gebilde aus sich biegenden Latten und zersplitterten Brettern von einem Absturz abgehalten wurde. Die Last von drei oder vier eingestürzten Etagen lag auf ihnen. Eine leichte Erschütterung würde genügen, um alles zum Einsturz zu bringen.

Heller zwang sich, langsam zu atmen, bemühte sich, nichts zu berühren, und zwängte sich unter dem Träger durch. Er machte einen vorsichtigen Rundgang durch die beiden Wohnungen im ersten Obergeschoss. Obwohl es noch nicht mal acht Uhr abends war, musste er seine Taschenlampe anmachen. Draußen hatten die schwarzen Wolken die Stadt erreicht und ließen den Sommerabend wie Nacht erscheinen. Die Gaslampen auf der Straße waren noch nicht angeschaltet. In der Ferne leuchtete es hell am Himmel. Heller stand an einem der Fenster und lauschte hinaus, doch es folgte kein Donner. Das schien nur ein Wetterleuchten zu sein. Der Friedhof gegenüber bot einen Anblick, der trostloser nicht sein konnte.

Heller überlegte. Frau Schleier war nur wenige Minuten hier drinnen gewesen. Das Versteck musste also leicht zugänglich sein, und ein Versuch, über den Schutt nach weiter oben zu gelangen, war lebensgefährlich. Es blieb also nur noch der Keller. Heller stellte sich seinem Schicksal.

Wenig später stand er vor der Kellertreppe. Und obwohl er gerade noch fest entschlossen gewesen war, es hinter sich zu bringen, zögerte er aufs Neue. Wieder zuckte draußen ein Blitz auf, noch einmal und noch einmal. Und Heller, der es nicht wagte, mit der Lampe hinunterzuleuchten, weil er Angst vor dem hatte, was er sehen würde, machte einen Schritt zur Seite und blickte zu der vernagelten Eingangstür, durch deren Ritzen der Lichtschein drang.

Er stutzte. Er war sich sicher, das lose Brett vorhin wieder an seinen Platz gerückt zu haben. Jetzt stand es schräg ab. Heller wich zurück und presste sich mit dem Rücken an die Treppenhauswand. Langsam griff er nach seiner Pistole, die unter dem Hemd in einem Schulterholster steckte, und verzog das Gesicht vor Schmerz. Aber er wollte die Waffe unbedingt in seiner rechten Hand tragen. Das gab ihm mehr Sicherheit. Dann bewegte er sich nicht mehr. Er wollte den anderen zwingen, zu handeln und sich zu verraten. Es gab nur zwei Möglichkeiten. Entweder versteckte er sich in einer der beiden Parterrewohnungen oder im Keller. So oder so wusste Heller, dass er sich in der besseren Position befand. Er musste nur abwarten.

Nach einigen Minuten war ihm, als hätte er ein leises Geräusch aus einer der Wohnungen gehört. Doch dann umgab ihn wieder Totenstille. Es dauerte eine Ewigkeit, bis wieder etwas zu hören war. Es knirschte leise. Draußen fauchte eine

Bö durch die Straße. Im Treppenhaus begann Sand zu rieseln und ein Laut war auszumachen, wie ein Stöhnen. Heller hielt den Atem an, zog sich langsam vom Kellerabgang zurück.

Dann wurde ihm klar, was er gehört hatte. Der Schutt begann nachzugeben. Sollte ein Gewittersturm losbrechen, befand er sich in akuter Lebensgefahr. Wieder ließ eine Bö die Blätter der Bäume draußen rascheln, fegte durch die offenen Fenster der Ruine und brachte Sand und Staub in Bewegung.

Nun wagte Heller sich doch vor, die Pistole dicht vor dem Körper. Ohne die Füße vom Boden zu heben, schob er sich voran, Zentimeter für Zentimeter. Dabei ließ er den vorderen Bereich des Hausflures nicht aus dem Blick. Gelegentlich blitzte es draußen, erhellte die Szenerie für Sekundenbruchteile, hinterließ Dunkelheit und rotgrüne Konturen auf seiner Netzhaut. Als er beim Aufgang zum ersten Stock angelangt war, leuchtete der Himmel erneut auf. Da erkannte Heller eine Bewegung auf der linken Seite. Er wich unwillkürlich aus und ließ sich nach rechts fallen. Ein schweres Eisen klirrte gegen das Geländer und fiel dann auf den Boden. Hätte der Schlag ihn getroffen, wäre er vermutlich tot. Doch der Sturz auf seinen verletzten Arm genügte, dass Heller schwarz vor Augen wurde. Blind tastete er auf dem Boden umher, um die beim Sturz verlorene Pistole wiederzufinden. Er fand sie, griff nach ihr. Ein Schaben verriet, dass der Gegner das Eisen wieder aufgehoben hatte. Putzbröckchen knirschten unter Schuhsohlen. Heller drückte ab, in die Dunkelheit vor sich. Der Schuss ging in die Wand und ließ den Putz rieseln. Mit schnellen Schritten entfernte sich der Gegner.

Noch immer von Schmerzen überwältigt, erhob sich Heller und tastete nach der Wand hinter sich, um wenigstens den Rücken frei zu wissen. Im nächsten Moment hörte er wieder ein Geräusch und hob instinktiv den linken Arm zur Abwehr. Das Eisen zischte an ihm vorbei, doch Hellers Hand traf zufällig den Angreifer und ließ ihn stöhnend an ihm vorbeitaumeln. Heller trat zu, traf ein Bein, der andere stürzte und rappelte sich sofort wieder auf.

»Polizei! Bleiben Sie stehen, sonst schieße ich!«, keuchte Heller, ihm war übel vor Schmerzen. Der andere blieb stumm. Im Licht eines Blitzes zeichnete sich die Gestalt für einen Moment deutlich ab, nicht sehr groß, das Eisen noch immer in den Händen, bereit zum Schlag.

»Legen Sie das …«, wollte Heller ihn auffordern, da griff der Gegner erneut an. Heller sprang zurück, das Eisen verfehlte ihn ein weiteres Mal, schlug gegen die Wand und sprang dem Angreifer aus den Händen. Der lief weg und Heller schoss. In den Hausflur hinein, dreimal und relativ niedrig auf die Beine. Doch damit schien der andere gerechnet zu haben und rannte jetzt die Treppe hinauf. Als Heller ihm folgen wollte, spürte er plötzlich eine heftige Erschütterung, ein Knirschen und Brechen.

»Das Haus stürzt ein!«, rief Heller. Da ging ein Grollen durch das Gebäude, Steine fielen herab, sprangen über die Stufen, Putzklumpen platzen ab, der Boden zitterte. Heller schmeckte den Staub, der auf ihn hinabregnete. Weiter oben brach etwas und der Eisenträger gab ein grässlich quietschendes Geräusch von sich. Heller zögerte keine Sekunde mehr und hastete die wenigen Stufen wieder hinunter. Hinter ihm stürzte bereits der Schutt herab. Mit ohrenbetäubendem Krachen gingen tonnenweise Stein und Holz zu Boden. Heller rannte den Flur entlang und warf sich mit der linken Schulter gegen die Bretter in der Eingangstür. Er stürzte mit ihnen auf die Straße, fiel hin, rappelte sich wieder hoch und warf sich hinter einen Baumstumpf. Schon sackte die Ruine in sich zusammen. Der Staub explodierte regelrecht aus den toten Fenstern, dann ergossen sich die Trümmer aus der Tür und den Fenstern im Erdgeschoss. Der obere Teil der Fassade begann zu kippen. Heller sprang auf und rannte um sein Leben.

Nur wenige Meter hinter ihm stürzten schwere Gesteinsbrocken zu Boden und prallten gegen die Friedhofsmauer und gegen die Bäume und ließen den Erdboden erzittern. Dann war alles vorbei. Die Trümmerlawine kam zum Stillstand. Vereinzelte Ziegelbrocken rollten noch den Schuttberg hinab. Eine Windbö ließ den Staub aufsteigen wie eine Rauchfahne und nahm ihn mit sich. Feine Steinchen rieselten auf Heller herab.

Schon kamen mehrere Leute angerannt und einer von ihnen entdeckte Heller, der abseits auf dem Gehweg lag.

»Geht es Ihnen gut? Sind Sie getroffen?«

»Ja, ja, mir geht es gut«, log Heller und richtete sich langsam auf.

»War da noch jemand drin?«

»Ja, aber bleiben Sie weg, es ist zu gefährlich«, rief er und hielt sich stöhnend den Arm. »Holen Sie die Feuerwehr und die Polizei. Sagen Sie, Heller ist vor Ort. Oberkommissar Heller.«

»Sie bluten ja«, rief eine Frau. »Kommen Sie, ich helfe Ihnen.«

»Und Sie haben nichts finden können?« Niesbach hörte sich beinahe flehend an. Heller schüttelte müde den Kopf und fuhr sich über das Gesicht und durchs Haar. Noch immer war alles voller Staub.

Als Heller am Abend vorher endlich nach Hause gekommen war, war es spät in der Nacht gewesen und er hatte keinen Lärm machen wollen. Weil es nicht genügend Wasser im Haus gab, hatte er sich auf dem Sofa in der Stube hingelegt, nachdem er es mit Handtüchern abgedeckt hatte, um es nicht schmutzig zu machen. Aber an Schlaf war nicht zu denken gewesen. Sein Arm schmerzte, egal wie er ihn bettete. Das ersehnte Gewitter war nicht gekommen.

Jetzt schmeckte die Luft abgestanden, die Schwüle war schon am frühen Morgen drückend gewesen, verursachte Kopfschmerz und Kreislaufbeschwerden. Und noch etwas anderes hatte ihm den Schlaf geraubt, etwas, das noch schlimmer war als die pulsierende Wunde. Karin. Heller war sich sicher, sie hatte sich schlafend gestellt. Sie war wütend auf ihn gewesen, weshalb sie ihn auch morgens nicht begrüßt hatte. Ihre Art, das zu zeigen. Heller gefiel das nicht. Es wäre ihm lieber gewesen, sie hätte ihrem Ärger Luft gemacht. So war er früh von Niesbachs Fahrer abgeholt worden, ohne dass sie miteinander gesprochen hatten.

»Genosse … Herr Oberkommissar?«, rief sich Niesbach in Erinnerung.

Heller sah auf. Konnte er nicht endlich aus dieser Situation erlöst werden?

»Ich kam nicht dazu, im Keller nachzusehen. Ich war zuerst in den Wohnungen, die betretbar waren. Als ich mich dem Keller zuwenden wollte, war der Angreifer schon im Haus«, antwortete er ungeduldig.

»Und er griff Sie direkt an?«

»Ja, mit einer Eisenstange.«

»Haben Sie sich ihm zu erkennen gegeben?«

»Natürlich. Nachdem er mich ein zweites Mal angriff.«

»Also, Heller, ich versteh Sie nicht. Überlegen Sie doch mal: Sie betreten ein fremdes Haus auf den Verdacht hin, nein, auf die Vermutung hin, dass sich Schmuggel- oder Hehlerware darin befindet. Dann treffen Sie auf eine unbekannte Person, geraten mit ihr in einen Kampf und schießen sogar. Was, wenn es nur jemand ohne Obdach war, der dort sein Nachtlager gefunden hat?«

»Ich sagte doch schon: Frau Doktor Schleier war in das Haus gegangen und hat etwas hineingebracht.«

»Das sagt doch aber gar nichts, vielleicht kann sie ihren Nachbarn nicht trauen und versteckt ihr Eigentum. Wie kommen Sie denn überhaupt darauf, die Schulleiterin zu verdächtigen?«

Hellers zusammengepresste Kiefer mahlten unaufhörlich. Niesbachs Weinerlichkeit zerrte genauso an Hellers Nerven wie Karins demonstrative Ignoranz. Er zwang sich zur Ruhe.

»Ich habe sie nicht verdächtigt, ich wollte nur sehen, was sie macht. Auf dem Heimweg hatte sie ein Mädchen getroffen und etwas übergeben. Ich wollte sehen, was es damit auf sich hat. Mir ist aufgefallen, dass die Klassenbücher an ihrer Schule kaum Fehlverhalten der Schüler vermerkt haben, der Zensurendurchschnitt ist auffallend gut, was aber in einem gewissen Gegensatz zu dem bandenkriminellen Verhalten der halben Schülerschaft steht. Noch gestern Morgen stellte sie sich mir in den Weg und ließ es auf eine offene Konfrontation ankommen. Irgendetwas stimmt da nicht.«

»Sie ist die Schulleiterin, sie hat einen Ruf zu wahren und versucht, ihre Kinder zu schützen«, sagte Niesbach und sah Heller verständnislos an.

Heller winkte ab. Diese Diskussion war Zeitverschwendung, er musste das Thema wechseln. »Was geschieht denn gerade? Wird der Schutt abgetragen? Ist eine Leiche gefunden worden?«

»Natürlich wurde in der Ruine nach Opfern gesucht. Aber warum sollte man den Schutt abtragen? Dafür gibt es gar keine Leute, es gibt Wichtigeres zu tun. Wissen Sie eigentlich, was Ihr Vorgehen für Konsequenzen hat? Das geht jetzt den ganzen langen Weg über das Schulamt, die Partei, das Rathaus, die SMA, bis hin zur Polizeidirektion. Das sind alles Leute, die sich zweimal die Woche treffen, beim FDGB, in den Senatsausschüssen, bei der DSF, bei SED-Versammlungen. Da kennt jeder jeden. Da stehen Sie komplett außen vor! Wenn Sie wenigstens in eine der Blockparteien eintreten würden. In die LDPD oder die NDPD.«

»Würde das an den Tatsachen etwas ändern?« Heller lächelte traurig.

»Wir können es uns unter gegebenen Umständen aber nicht leisten, dass Sie auf bloßen Verdacht gegen die Schleier ermitteln!«, ereiferte sich Niesbach.

»Ich habe nicht gegen sie ermittelt!« Heller wurde jetzt auch laut. »Ich bin lediglich meinem Bauchgefühl nachgegangen. Schon drei Kinder aus ihrer Schule kamen ums Leben, und dann erzählen Sie mir, sie will ihren Ruf wahren? Etwas stimmt nicht mit der Frau. Oldenbusch kann es bezeugen, dass sie in meiner Gegenwart jedes Mal übermäßig nervös wird.«

»Heller!«, zischte Niesbach unerwartet scharf. »Die Frau war im KZ. Männer wie Sie haben sie abgeführt und haben sich noch im Polizeipräsidium an ihr vergangen. Sie haben sie gefoltert, haben sie ihren Mann verraten lassen und dessen Freunde. Allesamt Kommunisten und allesamt sind sie umgebracht worden. Und die Schleier kam nach Buchenwald. Heller, der Frau ist so viel Schlimmes angetan worden, es ist ein Wunder, dass sie überhaupt bereit ist, in dieser Gesellschaft zu leben. Heller, ich bitte Sie, lassen Sie die Frau in Ruhe! Und bitte verzichten Sie auf weitere törichte Alleingänge. Allein, dass Sie den Jungen haben laufen lassen. Ich kann verstehen, dass Ihnen der Fall emotional sehr zu schaffen macht. Aber ich habe Sie nicht als unvernünftigen Mann …«

»Bitte!« Heller war aufgestanden und hatte eine Hand erhoben, um den Redeschwall seines Vorgesetzten zu unterbrechen. »Sie haben bestimmt Wichtigeres zu tun, als sich mit meinem Seelenfrieden zu befassen.« Er wollte Niesbach eigentlich nicht so schroff von sich weisen, doch dass der ihn in einem Atemzug töricht und unvernünftig nannte, wollte er sich nicht gefallen lassen.

»Was haben Sie vor?«, fragte Niesbach offenkundig in einem leisen Anflug von Panik.

»Wenn Sie gestatten, gehe ich jetzt in mein Büro.«

»Salbach ist nicht erschienen«, empfing ihn Oldenbusch.

Heller ging schweigend an seinen Schreibtisch, setzte sich und blätterte mit der linken Hand in den Unterlagen, die Oldenbusch ihm hingelegt hatte. Schließlich blickte er auf.

»Es wurde keine Leiche gefunden?«

»Nichts. Die Leichenhunde schlugen nicht an.«

»Werner, da stimmt was nicht. Ich weiß das. Warum klettert die Frau in die Ruine? Was hat sie dort verborgen? Und wer war der Eindringling? Niesbach glaubt, es hätte auch ein Obdachloser sein können, doch der griff mich ganz zielgerichtet an. Wir sind nicht zufällig aufeinandergestoßen. Er wusste, dass ich in dem Haus war, und er wollte mich erschlagen.«

Oldenbusch kaute nachdenklich auf seinen Lippen. Dann riss er die Augen auf.

»Und wenn es die Schleier selbst war? Kann es sein, dass sie Sie gesehen hat?«

Heller überlegte, ging in Gedanken noch mal den Ablauf durch und dachte auch an seinen Schlag. Wie er zufällig mit der Faust einen harten Treffer gelandet hatte. Dieses Stöhnen.

Er sprang auf. »Werner, wir fahren zur Schule!«

Oldenbusch erhob sich. »Ach, Max«, begann er, schon an der Tür angelangt, »haben Sie schon davon gehört, dass die Russen heute Nacht in den Berliner Westsektoren den Strom abgedreht haben? Und anscheinend sind alle Übergänge blockiert.«

Heller stutzte. »Nein, das ist mir neu. Von den Sowjets?«

»Offenbar wird der ganze Westsektor abgeriegelt. Dass das mal nicht ausartet«, murmelte Oldenbusch.

Heller hielt einen Moment inne. Auch diese Nachricht würde Karin zu schaffen machen. Sie mussten darüber sprechen. Heller setzte sich noch mal an seinen Schreibtisch. »Ich muss noch schnell zu Hause anrufen.«

Oldenbusch startete den Motor und fuhr langsam an, während Heller das Fenster umständlich mit der Linken herunterkurbelte und dem Wachposten vom Parkplatz vor dem ausgebrannten Polizeipräsidium einen Gruß zuwinkte. Zum Einbiegen in die Straße musste Oldenbusch einige Fahrzeuge passieren lassen, dann tat sich eine Lücke auf. Doch er fuhr nicht los.

»Chef, schauen Sie. Will der etwas von uns?« Er deutete auf die angrenzenden Büsche, in denen eine Gestalt zu erkennen war.

»Vielleicht will er nur austreten«, mutmaßte Heller.

»Aber er sieht doch zu uns her!«

Heller beugte sich vor und kniff die Augen zusammen. »Fahren Sie hin, Werner, zügig. Das ist Salbach!«

»Aber was will der denn hier?«, fragte Oldenbusch.

»Reden Sie nicht, Werner, fahren Sie!«

Oldenbusch gab Gas, bog links auf die gegenüberliegende Spur ab und bremste scharf vor dem jungen Polizisten in Zivil ab. Heller sprang aus dem Auto.

»Steigen Sie ein«, rief er dem Mann zu und Salbach quetschte sich auf die Rücksitzbank. Heller klappte seine Lehne zurück, setzte sich wieder ins Auto und zog die Tür zu.

»Fahren Sie los, Werner!«, befahl er, dann drehte er sich um. »Warum sind Sie hier?«

Der junge Polizist sah völlig erschöpft aus. Er konnte kaum die Augen offen halten und das Reden fiel ihm schwer.

»Ich hab den Jungen heute Morgen verloren, Herr Oberkommissar. Er hat mich bemerkt und ist verduftet. Aber ich war die ganze Zeit an ihm dran. Ehrlich! Gleich nachdem er aus dem Krankenhaus abgehauen ist, war er bei Glaser. Aber nicht in der Wohnung, das war ihm wohl suspekt. Dann ist er zu sich nach Hause, ist hineingeschlichen, kam aber gleich wieder raus. Sein alter Herr muss wohl da gewesen sein. Das konnte ich aber nicht überprüfen. Dann ist er in einer Ruine bei dem Friedhof gewesen. Wie heißt der gleich?« Salbach dachte nach.

»Annenfriedhof? Deubener Straße?«

Salbach staunte nicht schlecht. »Ja, genau da, aber da kam er ganz schnell wieder heraus. Er hat ganz furchtbar geflucht und die Fäuste geballt. Dann ist er in die Schule. Ich immer hinterher. Aber es war da schon Abend. Keiner mehr da. Der war richtig verzweifelt, anders kann ich's nicht sagen. Der hat auch nichts gegessen und getrunken. Ich übrigens auch nicht. Dann ist er wieder Richtung Münchner Platz. Ich dachte erst, der will noch mal zum Glaser, aber er ist abgebogen. Und Sie glauben nicht, wohin!«

»Auf die Baustelle, wo man seinen Bruder fand?«, fragte Heller ruhig.

Salbach blieb einen Moment der Mund offen. »Jawohl, dahin. Er ist über den Zaun aufs Gelände geklettert. Das war wirklich kein Problem. Zack drüber, dann über die Baustelle. Da gibt es einen Zugang zu der Ruine auf dem angrenzenden Gelände. Da ist er rein. Ich hab erst gewartet, bin dann aber nachgeklettert und hab mich versteckt. Da war's ganz schön finster, Herr Oberkommissar. Geheuer war mir das nicht, ehrlich. Man weiß ja auch nicht, ob das Ding einstürzt. Dann kam er raus, mit so 'ner Angeltasche über der Schulter. Die schien schwer zu sein, und ich bin mir sicher, da war eine Flinte drin.«

»Sie meinen, ein Gewehr?«

»Ja! Gelacht hat er und in sich reingemurmelt. Und dann ist er losmarschiert. Die ganze Nacht ist der gelaufen, ich schwöre. Gelaufen und gelaufen. Kreuz und quer. Als suchte er wen oder könnt sich nicht entschließen. Aber der hatte was vor. Ich bring dich um, hat er gezischt. Mich kriegste nicht. Aber irgendwann konnt ich dann nicht mehr. Da fielen mir die Augen zu. Im Stehen. Und da war er weg.«

»Und er hat Sie noch gesehen?«

»Ja, könnt ich mir denken.« Salbach blinzelte, seine Lider bewegten sich träge.

»Wen wollte er denn umbringen? Den Vater?«

»Ich bring dich um, hat er gesagt, ich bring dich um.«

Salbach hob entschuldigend die Hände. »Mehr hat er nicht gesagt. Tut mir leid.«

»Wann, wann war das?«

»Am frühen Morgen. Es wurde schon hell.«

»Werner, fahren Sie zu Utmann!«, befahl Heller.

Oldenbusch lachte und schüttelte den Kopf. »Sie sind schon ein gerissener Hund, Chef! Salbach auf den Alfons anzusetzen. Aber mich außen vor lassen! Ich glaube, das nehme ich Ihnen übel, Chef.«

»Dafür ist jetzt keine Zeit, Werner. Vollgas!« Heller drehte sich noch einmal zu dem jungen Polizisten um.

»Haben Sie über Siegfried Barths Unfall noch etwas herausfinden können?«

Salbach versuchte sich mit aller Macht gegen den Schlaf zu wehren, rieb sich das Gesicht mit beiden Händen. »Den fand man neben den Gleisen. Alle Knochen gebrochen, wohl von dem Zusammenprall mit dem Zug. War wohl schon länger tot.«

»Im Bahnhof Plauen?«

»Nein, auf der Strecke, beim Keller. Sie wissen schon, die Brauerei ...«

»Bei der Felsenkeller-Brauerei?«

Salbach nickte schwerfällig. »Jawohl, da, wo das Gleis die Weißeritz überquert, gegenüber vom Luftbad. Beim Aussichtsturm.«

Heller stutzte. »Da gibt es doch nichts zu rangieren. Was hat er da getan? Streckeninspektion? Was sagt die Berufsgenossenschaft? Es muss doch einen Vorgang geben? Fotos, ein Protokoll!«

Salbach winkte abwehrend, wagte Heller aber nicht ins Wort fallen. »Nein, das war gar kein Arbeitsunfall, der hatte gar keine Schicht. Im Totenschein steht ›im schwer angetrunkenen Zustand vor den Zug gelaufen‹.«

»Und kein Zugführer hat den Unfall gemeldet?«
»Nein.«

Als sie das Haus am oberen Ende der Kaitzer Straße erreichten, standen dort zwei Polizeiwagen. Eine kleine Menschenmenge hatte sich angesammelt. Die meisten Zuschauer waren Frauen, aber auch kleine Kinder standen dabei und gafften und tuschelten.

Oldenbusch ließ die Autohupe quäken, woraufhin die Leute auseinandergingen und eine Gasse frei machten. Noch ehe der Wagen richtig gehalten hatte, sprang Heller schon heraus und lief auf das Haus zu. Anscheinend war er wieder zu spät gekommen.

»Heller, Kripo«, stellte er sich dem Polizisten vor, der ihm den Zutritt verweigern wollte. Er stürmte an ihm vorbei und die Treppe hoch. Er war auf alles gefasst. Die Wohnungstür stand offen. Zwei Polizisten, ein Sanitäter und Frau Wagner, die Nachbarin, kümmerten sich um Alma Utmann, die am Boden lag. Die beiden kleinen Jungen standen wortlos in der Tür und starrten vor sich hin. Ihr Vater lag vor ihnen auf dem Bauch, die Hände auf dem Rücken gefesselt, und regte sich nicht.

Alma wehrte sich gegen ihre Helfer und stöhnte auf vor Schmerzen.

»Was ist geschehen?«, fragte Heller.

Isolde Wagner erhob sich. »Ich hab ihn brüllen hören, heute Morgen. Er kam in den Morgenstunden erst heim, völlig betrunken. Dann begann er, sie zu schlagen, wie er es oft tat. Doch diesmal schrie sie um Hilfe. ›Nicht den Heiner‹, schrie sie. Da dacht ich mir, der will dem Kleinen was tun, und bin zu Heinzes gerannt, weil die ein Telefon haben, und hab die Polizei gerufen.«

»War der Alfons nicht da?«, erkundigte sich Heller.

»Nein.«

Heller beugte sich über Alma und betrachtete ihr zerschlagenes Gesicht. Zwei Zähne fehlten ihr, beide Augen waren zugeschwollen. Der Sanitäter versorgte gerade ihr eingerissenes Ohr. Aber Heller konnte für Alma Utmann kein Mitleid mehr empfinden. Er fühlt nur noch Zorn.

»War Alfons bei Ihnen?«, fragte Heller. »Alma, war der Alfons bei Ihnen?«, fragte er noch einmal laut.

»Sie muss ins Krankenhaus. Das muss genäht werden«, mischte der Sanitäter sich ein.

»Ich geh nich weg!«, zischte Alma nur schwer verständlich, da sie ihren Kiefer kaum bewegen konnte. »Ich geh nich zum Arzt!«

»Der Junge?«

»Er war nich da«, fuhr Alma ihn an. »Und die soll verschwinden«, fauchte sie, zeigte auf die Nachbarin.

»Sie wollte Ihnen nur helfen«, sagte Heller.

Alma Utmann lachte bitter auf. »Gesteckt hat sie ihm, dass der Heiner kein Russenkind ist. Sie hat ihm gesagt, dass ich herumgehurt hätte.«

»Das ist nicht wahr«, entrüstete sich Frau Wagner.

Heller gab der Nachbarin ein Zeichen. »Wir nehmen Karl mit. Es ist genug. Ich werde Anzeige gegen ihn erstatten, wenn Sie es nicht tun.«

Alma schlug die Hände der Männer weg, die sie stützten, und wollte sich alleine aufrichten. »Sie können den nicht mitnehm'n!«, schrie sie.

Heller beherrschte sich, doch seine Stimme drohte zu kippen. »Und ob ich das kann!«

Alma zog sich an der Tür hoch und schleppte sich auf Heller zu. Es sah aus, als wollte sie ihn angreifen, und schon machten die Polizisten Anstalten einzugreifen. Doch sie packte nur Hellers Arm, umfasste ihn mit beiden Händen.

»Bitte! Lassen Sie ihn mir. Er wird sich beruhigen, er ist ein guter Mann. So viel hat er durchgemacht. Er braucht Hilfe, meine Hilfe! Bitte, ich flehe Sie an!«

Heller schob ihre Hände vom Arm weg. »Wenn es Ihr ausdrücklicher Wunsch ist«, gab er nach. »Genossen, Sie haben es gehört. Abrücken! Und Sie, Frau Wagner, Sie kommen mit.«

»Haben Sie mit Karl gesprochen?«, fragte er die Frau im Treppenhaus.

Frau Wagner schüttelte heftig den Kopf. »Ich schwöre, ich hab's nicht getan.«

Heller fixierte die Frau mit strengem Blick, doch sie hielt dem stand. Sie schien wirklich nichts damit zu tun zu haben.

Heller ging nach draußen. Er merkte, dass er immer noch seine Hände zu Fäusten geballt hielt. Sein rechter Unterarm war geschwollen, der Verband schnürte ihn ab. Als Oldenbusch ihn kommen sah, setzte er sich sofort auf den Fahrersitz, startete den Wagen und vermied es, Fragen zu stellen.

»Fahren Sie zu der Baustelle am Münchner Platz, ich muss das Versteck sehen.«

»Tut mir leid, dass ich den Alfons verloren hab«, lallte Salbach vom Rücksitz, wo er eingeschlafen und nur mühsam wieder wach geworden war.

Heller drehte sich zu ihm um. »Gut haben Sie das gemacht, Salbach, sehr gut! Tapfer! Zeigen Sie uns noch das Versteck, dann können Sie sich ausruhen.«

Auf der Baustelle am Münchner Platz war es außergewöhnlich ruhig. Die Baufahrzeuge standen alle still, die Presslufthämmer schwiegen. Der Wachposten am Tor trat mit Händen in den Hosentaschen an das Auto heran und beugte sich zu Oldenbusch hinunter. Heller zeigte seinen Ausweis.

»Niemand da heute?«

»Kaum jemand. Der Vorarbeiter ist im Bauwagen«, war die Antwort.

»Ist das der Flossel?«, erinnerte sich Heller.

»Genau der.« Der Wachmann ging beiseite und ließ sie passieren. Vorsichtig lenkte Oldenbusch den Ford um Lehmschwellen und Löcher herum, streckte sogar den Kopf aus dem Fenster, um keinen scharfen Stein zu übersehen. Schließlich gab er es auf und stellte den Motor ab.

»Wo lang, Salbach?«, fragte er.

Der junge Polizist war während der Fahrt wieder eingeschlafen und hob nun müde den Kopf. Verschlafen sah er sich um. Dann zeigte er auf einen mit Unkraut bewachsenen, mehrere Meter hohen Schuttberg.

»Dahinter ist ein Loch im Zaun. Da gelangt man auf das Nachbargrundstück. Über eine Kabelrolle kann man ins Hochparterre gelangen.«

Heller stieg aus. »Zeigen Sie es uns.«

Ohne zu murren kletterte der Bursche aus dem Wagen und führte die Kollegen zu dem Zaun, drückte zwei Bretter zur Seite, ließ Heller und Oldenbusch passieren und kroch ihnen nach. Dann stieg er leichtfüßig auf die hölzerne Kabeltrommel. Heller hatte jedoch seine Mühe mit der Kletterei, auch weil er sich kaum auf seinen verletzten Arm stützen konnte. Als er oben war, hatte Salbach sich schon am Sims eines Fensters hochgestemmt und war in die Ruine geklettert. Dort reichte er Heller die Hand und half ihm hinauf. Gemeinsam halfen sie dann Oldenbusch.

Schwitzend standen sie jetzt zu dritt in einem größeren Raum, dessen Decke wie ein Bergwerksstollen mit schweren Holzbalken gestützt wurde. Salbach kratzte sich am Kopf, während er versuchte sich zu orientieren.

»Da entlang«, entschied er dann und zeigte quer durch

den Saal und auf einen Mauerabsatz. »Hier hatte ich mich versteckt. Und er ging da hin, es war schon fast dunkel.«

»Mehr wissen Sie nicht?«, fragte Heller enttäuscht. »Ging er hinauf oder hinab?«

Salbach schüttelte den Kopf, was ihn fast taumeln ließ.

»Gut, gehen Sie den Wagen bewachen«, befahl Heller. Salbach verstand zuerst nicht, dann aber ging ihm ein Licht auf und er grinste dankbar.

»Jawohl, Herr Oberkommissar!« Er grüßte militärisch und kletterte wieder aus dem Fenster.

»Mutig von Salbach, dem Jungen hier hinein zu folgen, noch dazu im Finstern«, meinte Oldenbusch, als sie alleine waren. Heller nickte und fragte sich, wie unverantwortlich er sich Salbach gegenüber verhalten hatte. Unverantwortlich, unvernünftig, töricht, es lief aufs selbe hinaus. Er konnte Niesbach die harschen Worte nicht einmal verübeln.

Heller nahm seine Taschenlampe und ging voran. Oldenbusch schaltete seine Lampe ebenfalls an, zog seine Waffe und lud sie durch.

Nachdem sie den großen Saal durchquert und eine Abzweigung zweier im rechten Winkel aufeinander zulaufende Gänge erreicht hatten, verlor sich das Licht.

»Hierher, Werner.« Heller leuchtete auf den Boden, wo im Staub Schuhspuren zu erkennen waren. Sie führten nach rechts. Die beiden Polizisten folgten ihnen. An der nächsten Abzweigung bogen die Spuren nach links ab und führten noch etwa zwanzig Meter tiefer in die Ruine hinein, dann verschwanden sie plötzlich. Heller suchte mit dem Lichtstrahl die Umgebung ab und wurde schnell fündig. Zwischen Schutt und Trümmern fand sich ein Reisigbündel.

»Auf dem Rückweg wurde der Boden gefegt, um die Spuren zu verwischen«, sagte er.

»Wenn man es weiß, sieht man es«, bemerkte Oldenbusch.

»Das führt den ganzen Gang bis hinter, aber dort scheint Schluss zu sein.« Der Lichtstrahl huschte über eine herabgestürzte Betonplatte, die sich wie eine steile Rampe im Gang verkeilt hatte.

»Vielleicht müssen wir da hinaufklettern, sehen Sie Max, da sind Fußspuren zu erkennen.« Oldenbusch wollte nachsehen und lief den ganzen Weg bis nach hinten, um beim ersten Kletterversuch aber gleich wieder abzurutschen.

»Zwecklos«, kommentierte er.

Heller wartete, bis er zurück war, und deutete dann auf einen schwer erscheinenden, hölzernen Kasten. Als Oldenbusch ihn bewegen wollte, entpuppte er sich allerdings als sehr leicht, ließ sich mit einer Hand beiseiteziehen und gab eine weiß angemalte Metallklappe preis. Oldenbusch schob den Riegel zurück, kniete sich hin und leuchtete in den quadratischen Schacht.

»Dahinter ist ein Hohlraum. Soll ich mal?«

Heller trat vor und hoffte inständig, dass man ihm seine Angst nicht ansah. Er durfte ihr nicht immer nachgeben.

»Halten Sie mir den Rücken frei«, bat er, ging auf die Knie und kroch in die Öffnung.

Er sollte es sofort bereuen. Er musste durch den Schacht robben und es blieb ihm nichts anderes übrig, als sich auf seinen Ellbogen vorwärtszuziehen. Genauso, wie er es damals im Heer gelernt hatte. Der Schmerz in seinem Arm hämmerte bis ins Schulterblatt.

Der Schacht war etwa vier Meter lang und öffnete sich dann zu einem größeren Raum, der steil nach unten abfiel. Er hätte besser rückwärts hineinkriechen sollen. Umständlich musste Heller nun versuchen, sich zu drehen. Dann ließ er sich hinuntergleiten, tastete sich mit dem Fuß vorwärts, suchte nach den einbetonierten Tritteisen, die er zuvor ausgemacht hatte. Dann stieg er hinunter und sah sich um.

Offenbar war er in einen Heizraum mit einer großen Tür gelangt. Er vermutete, der Schacht diente möglicherweise nur zu Wartung oder zum Notausstieg. Heller ging an zwei großen Heizkesseln vorbei zur Tür, sah aber schon beim Näherkommen, dass sie von dagegen gestürzten Betonbrocken verbeult worden war. Es roch nach Öl, Feuchtigkeit und Rost.

Heller leuchtete an den Rohren entlang und sah unter die Kessel. Hinter einem großen Bedienelement mit Dutzenden von Hebeln und Schraubrädern fand er, in Spalten und Zwischenräumen versteckt, Konservenbüchsen, Zigarettenpackungen, Benzinkanister, russische Schokolade, Hartwurst und in einer Kiste schließlich auch Lebensmittelkarten, Geld und zwei Dosen mit der Aufschrift Pervitin. Eine alte Strohmatratze und zerknüllte Decken dienten als Nachtlager.

Es musste so gewesen sein, dass Albert aus dem Versteck gekommen war und über die Baustelle nach Hause wollte, als er den Herzstillstand erlitt und in die Grube stürzte. Ob Alfons Zeuge gewesen war? Hatte er nichts verraten dürfen? Was musste er gedacht haben? Und woher stammte das Pervitin? Heller schnupperte und rümpfte die Nase über den üblen Geruch, der aufgestiegen war. Er nahm eine der Decken hoch. Sie stank furchtbar nach Schimmel. Er ließ sie angewidert fallen, dabei glaubte er, etwas davonfliegen zu sehen. Er leuchtete zwischen die Rohre und entdeckte einen kleinen Zettel. Er hob ihn auf und las.

Für den Vater, das macht ihn heil!, stand dort mit Hand geschrieben. Heller drehte und wendete den Zettel im Licht, fand jedoch keinen weiteren Hinweis. Er steckte ihn ein.

»Ist bei Ihnen alles in Ordnung, Max?«, rief Oldenbusch.

»Ich komme raus.« Heller sah sich noch einmal um und verließ dann das Versteck.

»Eines scheint mir klar zu sein: Utmann ist nicht der Drahtzieher der Bande. Von dem Versteck hier weiß er nichts«, schlussfolgerte Heller, klopfte sich mit der linken Hand die Knie ab.

»Das war mir von Anfang an klar«, sagte Oldenbusch etwas abfällig. »Der scheint ja kaum in der Lage zu sein, sich die Hosen anzuziehen.«

»Ihn wollte Alfons auch nicht umbringen. Der Junge sagte schon so etwas, als wir ihn zu Wittek brachten. Wen also meint er? Glaser? Ist er deshalb die ganze Nacht mit dem Gewehr durch die Straßen gezogen, weil er Glaser suchte? Und Johanna Zeil? Warum war sie in Glasers Wohnung? Wollte sie etwas stehlen? War sie mit Burgmeister dort? Ich sage Ihnen, Werner, mir passt da so einiges nicht. Wenn Glaser so gerissen ist, außerdem noch politisch motiviert, warum sollte er diese verfängliche Hehlerware in seiner Wohnung lagern, noch dazu, wenn er auf Reisen geht?«

»Chef, Sie bluten!«, rief Oldenbusch plötzlich und deutete auf Hellers Arm. Es war keine große Stelle, doch es blutete durch den Verband.

Aber Heller wehrte Oldenbuschs Einwand ab. »Bringen Sie mich jetzt nicht aus dem Konzept, Werner. Wäre es denn möglich, dass Burgmeister nicht aus der Wohnung Glasers kam, sondern zu ihr hinwollte? Johanna Zeil kam auch aus dem Nebenzimmer und hatte nichts bei sich. Als hätte sie gerade gehen wollen. Dann hörte sie uns.«

Oldenbusch stieg auf das Gedankenspiel ein. »Jemand will Glaser die Hehlerware unterschieben, um von sich abzulenken. Aber wie kommen die Kinder denn auf Glaser? Weil Sie seinen Namen erwähnten?«

»Genau, Werner, das ist es!«, rief Heller. »Wer ist dieser Jemand? Die Kinder werden nur benutzt. Wem gegenüber könnte ich den Namen erwähnt haben?«

»Der Schleier?«

Heller dachte nach, konnte es aber nicht mit Sicherheit sagen. »Lassen Sie uns Salbach absetzen und zu dem eingestürzten Haus fahren. Wer immer mich angegriffen hatte, befand sich im ersten Stock. Ich glaube nicht, dass derjenige es hinausgeschafft hat.«

Vielleicht täuschte sich Heller nur, aber es kam ihm vor, als sei heute mehr Militär als üblich auf der Straße. Vor den wenigen Banken hatten sich lange Warteschlangen gebildet, und auch die Straßenbahnen waren brechend voll, obwohl der Schichtwechsel längst vorüber war. Etwas lag in der Luft, ein dumpfes Gefühl, als ob der kalte Hungerfrieden die längste Zeit gehalten hätte. Alle Gerüchte der letzten zwei Jahre schienen in eine Nachricht zu münden: Krieg. Der Russe gegen den Ami, auf deutschem Boden. Oder aber der Eiserne Vorhang, von dem Churchill in seiner russenfeindliche Rede gesprochen hatte, würde sich noch weiter senken. Heller musste an Erwin denken. Würden sie ihn jemals wiedersehen?

Oldenbusch umkurvte die Absperrungen in der Deubener Straße, fand aber keinen schattigen Parkplatz mehr in der Mittagssonne. Die Luft war heiß, köchelte still vor sich hin und lähmte Gedanken und Muskeln.

Auch an dem eingestürzten Haus war es still. Ein einzelner Schupo, der die Ruine bewachte, löste sich aus einem benachbarten Hauseingang, der noch ein wenig Schatten gespendet hatte. Heller zeigte seinen Ausweis vor.

»Keine Feuerwehr?«, fragte er den Polizisten.

»Nein, Genosse Oberkommissar. Die wurde abgezogen. Die Suche hat nichts gebracht. Die anderen Gebäude sind so weit vor einem Einsturz sicher.«

Heller trat ein paar Schritte weiter zurück und betrachtete

den riesigen Schuttberg, die Holzlatten, die wie Stacheln herausragten, verdrehte Metallgeländer aus dem Treppenhaus, zersplitterte Dachziegel, Mauerteile, ein überdimensionaler Fächer aus Bodendielen, die wie die ausgestreckten Finger einer Hand in der ersten Etage halb über die Straße ragten.

»Was haben Sie denn vor, Chef?«, fragte Oldenbusch misstrauisch und schaute seinen Vorgesetzten von der Seite an.

Heller erwiderte nichts und begann, in den Schutt hineinzuklettern. Dabei hob er Holzbretter hoch, kippte größere Brocken beiseite, zerrte an Stoffresten, die einmal Gardinen waren. Er kletterte immer höher, ging dabei mit äußerster Vorsicht vor und mied Stellen, die ihm nicht stabil genug erschienen. Doch er musste bald einsehen, dass er auf diese Art nichts erreichen würde. Er war nicht höher als drei, höchstens vier Meter gekommen. Und sollte der Angreifer dem Einsturz zum Opfer gefallen sein, war er bestimmt unter Tonnen von Schutt begraben worden. Um ihn zu finden, müsste man das ganze Haus abtragen. Oldenbusch stand unten auf der Straße und beobachtete skeptisch Hellers Vorgehen.

»Was erhoffen Sie sich denn, Max?«, rief er. »Passen Sie auf. Weiter hinauf würde ich nicht, an Ihrer Stelle. Das sieht sehr lavede aus. Achtung, das große Brett da, treten Sie da lieber nicht drauf! Und der Kamin! Wenn der kippt …«

Heller sah sich nach dem Kamin um, der sich gefährlich zur Seite geneigt hatte.

Oldenbusch hatte recht. Warum vertraute er nicht einfach den Kollegen, die angegeben haben, dass kein Opfer zu finden gewesen war? Enttäuscht gab er auf, setzte sich erschöpft auf einen größeren Gesteinsbrocken und wischte sich den Schweiß von Stirn und Nacken. An seinem verletzten Arm sickerte schon wieder Blut unter dem Verband hervor. Wenn Karin das sehen würde, wäre sie erst recht böse auf ihn.

»Ich muss Niesbach dazu bringen, dass er die Ruine abtragen lässt. Wenn es keine Leiche gibt, so muss es doch im Keller noch etwas zu finden geben«, rief er Oldenbusch zu.

»Mir wäre wirklich wohler, Sie kämen da jetzt runter. Und gehen Sie lieber dort links hinunter.« Oldenbusch beobachtete Heller skeptisch, der nun endlich seinem Rat folgte und vorsichtig hinunterkletterte, stets darauf bedacht, sich nur noch mit der linken Hand festzuhalten.

Plötzlich ging ein Grollen und Beben durch das Gestein, und der Boden unter Hellers Füßen gab nach. Wie eine kleine Lawine rutschte das Geröll auf die Straße und zwang Oldenbusch und den Schupo auszuweichen. Heller sprang geistesgegenwärtig auf einen Mauerrest und wartete, bis sich alles beruhigt und die Staubwolke sich gelegt hatte. Dann erst wagte er es, sich nach vorn zu beugen. Er erkannte den Eingangsbereich vom Treppenhaus wieder, dessen Decke nun endgültig nachgegeben hatte. Die Briefkästen schauten zur Hälfte hinaus.

»Und nun?«, rief Heller von seinem exponierten Standpunkt. Der Weg nach unten war ihm jetzt versperrt, und der entstandene Absatz war viel zu hoch, um einfach hinunterzuspringen. Dann fiel ihm etwas auf. Vorsichtig stieg er auf den Mauervorsprung, der einst die Wand gewesen war, an dem die Briefkästen hingen.

»Was machen Sie denn jetzt noch?«, rief Oldenbusch und schaute Heller ehrlich besorgt bei seinen Kletterversuchen zu.

Heller winkte ihn näher heran. »Vorhin sagten Sie etwas, Werner, das mir gerade wieder eingefallen ist: Utmann ist kaum in der Lage, sich die Hosen anzuziehen. Ist Ihnen etwas an ihm aufgefallen?«

Oldenbusch hob ungeduldig die Schultern. »Spannen Sie mich nicht auf die Folter, Max!«

»Er hat nicht einmal einen Gürtel.«

»Ich verstehe immer noch nicht, Chef.«

»Die Namenstafel! Können Sie etwas erkennen? Dritte Etage.«

»Schliemann, Harbach …«, Oldenbusch stutzte, »… Jungblut. Und was hat das mit dem Gürtel zu tun?«

In der Schule war es ebenso ruhig wie auf der Baustelle.
Heller ging eilig die Stufen zum Eingang hinauf, durch-
querte die angenehm kühle Halle und nahm dann die große
Treppe im Laufschritt.

Oldenbusch hatte Verstärkung angefordert. Sollte Alfons
sich bewaffnet in der Schule verstecken, um Jungblut auf-
zulauern, würden sie jeden Raum durchsuchen müssen.

Heller rannte zuerst ins zweite Obergeschoss zu Jungbluts
Klassenzimmer. Die Tür stand offen, der Raum war leer, die
Stühle standen ordentlich auf den Tischen.

Er hetzte wieder eine Etage nach unten, wo man das Kla-
ckern einer Schreibmaschine hörte, und platzte ohne anzuklopfen in das Zimmer der Sekretärin.

»Ist Frau Doktor Schleier da?«, fragte er und war schon bei
der Durchgangstür.

»Sie können doch nicht ...«, protestierte Frau Kühne, doch
Heller hatte die Tür schon aufgerissen. Erschrocken sprang
die Schulleiterin auf und warf dabei ihren Stuhl um.

»Wo ist Jungblut?«, fragte Heller barsch.

»Er hat sich heute Morgen krankgemeldet.« Die Frau
presste sich ängstlich an die Wand hinter sich, als erhoffte sie
sich Schutz vom großen Führer Stalin. Heller stand jetzt so
nah an ihrem Schreibtisch, dass er dessen Vorderkante berührte.

»Krank? Was gab er als Begründung an?«

»Ein Unfall daheim. Ich vermute, er will zur Bank wie all

die anderen.« Die Frau löste sich von der Wand, rührte sich aber nicht vom Fleck.

»Sagen Sie, was denken Sie von mir?«, fragte Heller.

»Sie … Sie tun Ihre Pflicht«, sagte sie zögernd und war sichtlich erstaunt über seine Frage.

»Das denken Sie? Ich tue meine Pflicht? Habe ich Ihnen nicht von Beginn an gesagt, dass mir das Wohlergehen der Kinder am Herzen liegt?«

Heller machte jetzt Anstalten, den Schreibtisch zu umrunden. Die Schulleiterin wich ängstlich aus, darauf bedacht, immer den Tisch zwischen sich und ihm zu wissen. Sie behielt krampfhaft seine Hände im Blick.

»Das haben Sie«, antwortete sie zögerlich.

»Warum glauben Sie mir das dann nicht?«, fragte Heller nachdrücklich, wohl wissend, dass er die Frau gerade psychisch und physisch massiv unter Druck setzte.

»Soll ich die Polizei rufen?«, fragte da die Sekretärin und blieb in der Tür stehen.

»Ich bin die Polizei!«, fuhr Heller sie an und wandte sich sofort wieder der Schleier zu.

»Was ist geschehen, dass ein junger Lehrer wie Jungblut eine promovierte Pädagogin wie Sie, eine Kommunistin, eine Verfolgte der Nazis, dazu bringt, sich bei seinen kriminellen Machenschaften zu beteiligen?«

»Wovon sprechen Sie?«, flüsterte die Schulleiterin.

»Ich habe Sie gestern beobachtet, wie Sie in einem Haus in der Deubener Straße Hehlerware versteckt haben. Eines Ihrer Kinder hat sie Ihnen übergeben.«

»Das ist nur ein Versteck … das ist …«, stotterte die Frau.

Heller fuhr herum. Der Blick der Frau über seine Schulter hinweg hatte ihm verraten, dass jemand das Zimmer betreten hatte. Es war Neubert, der einarmige Hausmeister. In seiner Hand hielt er eine Pistole. Für Heller war es zu spät, die Waffe zu ziehen. Auge in Auge standen sich die beiden Männer gegenüber.

»Sind Sie dumm?«, blaffte Heller den Mann an.

»Was?«, fragte Neubert verblüfft.

»Es heißt ›Wie bitte‹!«, verbesserte ihn Heller. »Ich will wissen, ob Sie dumm sind? Haben Sie im Krieg den Arm und den Verstand verloren? Was glauben Sie, können Sie erreichen, wenn Sie mich erschießen? In wenigen Augenblicken wird ein Überfallkommando hier sein. Glauben Sie, Frau Schleier wird Sie und Jungblut weiter decken, wenn Sie mich erschießen? Nehmen Sie die Waffe runter! Das Einzige, das Ihnen beiden jetzt noch helfen kann, ist bedingungslose Zusammenarbeit. Sie werden mir auf dem Revier in jeder Einzelheit berichten, wie es dazu kam, dass Sie die Schüler zu Diebstahl und Raub anstifteten. Wer ist der Drahtzieher? Wann fingen Sie an die Kinder zu züchtigen? Warum sind Sturberg und Barth gestorben?«

»Das hat damit nichts zu tun!«, rief die Schulleiterin rasch.

»Still!«, befahl Neubert.

Doch bei der Schulleiterin waren jetzt alle Dämme gebrochen. Sie konnte und wollte sich nicht mehr zurückhalten.

»Sie haben mich erpresst«, schrie sie und zeigte auf den Hausmeister. »Er und Jungblut. Ich fand zufällig ein Lager mit Diebesgut in der Schule. Sie wollten mich dafür verantwortlich machen, wenn es jemand verriet. Und Sie geben den Kindern auch die Pillen, damit sie gefügig sind und tun, was man ihnen sagt. Die Utmann-Jungen wollten nicht mehr mitmachen, deshalb wurden sie verprügelt.«

»Seien Sie doch still«, zischte Neubert.

»Nehmen Sie die Waffe runter, Mann.« Heller sah, dass der Hausmeister unsicher wurde, doch noch war er nicht bereit, aufzugeben. »Seien Sie vernünftig und nehmen jetzt die Pistole runter.«

»Die Kinder selbst haben damit angefangen«, sagte Neubert und senkte den Arm. »Der Streich mit der Munition. Jungblut hat sie erwischt, da war er ganz neu an der Schule. Sie haben ihn bestochen, mit Zigaretten und Schokolade. Mich hatte er zunächst nur gefragt, ob es einen Raum im Keller gibt, in dem man etwas abstellen könnte.« Er betrachtete seine Hand, in der er die Pistole hielt, als gehörte sie nicht zu seinem Körper. Dann legte er die Waffe auf die Sitzfläche eines Stuhls.

»Und die Pillen?«, fragte Heller.

»Die fanden die Kinder bei einem Einbruch. Es war wohl das Haus eines Apothekers. Es waren Dutzende Dosen, vielleicht sechzig oder mehr.«

»Sie wussten, welche Wirkung diese Pillen haben?«

Neubert nickte. »Ich habe sie selber nie genommen, ich wusste nur, dass es sie gibt.«

»Dieser Apotheker, war das Glaser?«, hakte Heller nach.

Neubert hob fragend die Schultern. Plötzlich hörte man vor dem Schulhaus Motorenlärm und laute Schritte. Heller ging zum Stuhl, nahm die Pistole mit spitzen Fingern am Abzugsbügel und steckte sie ein. »Ist die von Alfons?«

»Hab ich vorhin gefunden.« Neubert log ganz offensichtlich, aber es war ihm nicht zu widerlegen.

»War der Junge hier? Der Alfons?«, wollte Heller wissen.

»Ich habe ihn gesehen heute«, mischte die Sekretärin sich ein. »Vor einer Stunde etwa. Oder zwei.«

»Weiß er, wo Jungblut wohnt?«, fragte Heller und sah zuerst zu Frau Schleier, dann zu Neubert. Beide reagierten nicht. Die Schulleiterin hielt sich am Tisch fest und krümmte sich, wie unter schweren Magenkrämpfen.

»Wissen Sie, wo Jungblut wohnt?«, fragte Heller deshalb die Sekretärin.

»Ich schreibe es Ihnen auf.« Sie huschte in ihr Zimmer.

Heller ging ihr bis zur Durchgangstür nach und blieb dort stehen. »Sie beide werden in Gewahrsam genommen«, sagte er.

»Sie könnten für mich sprechen«, raunte Neubert. »Ich meine, ich habe nichts weiter damit zu tun. Ich hab den Kindern nichts getan. Und dass die Burschen an den Blindgänger geraten sind, damit haben wir nichts zu schaffen.«

Heller strafte ihn mit Schweigen und versuchte, die Schritte im Haus zu lokalisieren. Es war durchaus möglich, dass Sturberg und Barth als Mitwisser beseitigt wurden. Und dass man Sturberg überredete, mit Barth an den Blindgänger zu gehen, um auf diesen zu schießen. Bestimmt vertraute Sturberg darauf, dass ihm in gewisser Entfernung nichts geschehen würde. Dann aber müsste ihm jemand die Waffe wieder abgenommen haben, da diese nicht gefunden worden war. Heller ahnte, dass es eine schier unlösbare Aufgabe sei würde, diesen Fall zu klären.

Dann kamen Oldenbusch und vier Polizisten ins Zimmer.

»Nehmen Sie die beiden fest. Sie müssen noch heute dem Haftrichter vorgeführt werden«, befahl Heller den Polizisten. »Getrennt transportieren! Außerdem die Schule abriegeln. Alle Räumlichkeiten müssen durchsucht werden.«

Zwei Schupos packten zuerst den Hausmeister unter den Achseln und dirigierten ihn aus dem Raum. Bevor sie die Schulleiterin in die Mitte nehmen konnten, stellte sich Heller ihr noch einmal in den Weg. Die Frau sah elend aus, atmete schnell und flach, es war ihr anzusehen, wie sie unter den nicht sonderlich festen Griffen der Männer litt. So sehr, als müsste sie gleich zusammenbrechen.

»So oft hatten Sie die Gelegenheit, mir etwas zu sagen, Frau Doktor Schleier«, sagte er. »Auch die Jungen. Auch deren Mutter. Warum will sich niemand helfen lassen? Warum nur hatte keiner Vertrauen zu mir?«

»Weil niemandem zu trauen ist«, erwiderte sie und blickte ihn bleich und angstvoll an.

Heller seufzte und wollte sie vorbeigehen lassen.

»Ich hatte Ambitionen, als ich hierherkam. Ich wollte alles gut machen, eine neue Welt schaffen, eine bessere, menschlichere.« Frau Schleier knickten die Knie ein und die Polizisten hielten sie fest.

Heller winkte der Sekretärin. »Bringen Sie ihr Wasser, bitte.«

»Aber das geht nicht, wissen Sie? Das ist alles zum Scheitern verurteilt. Wegen der Menschen, verstehen Sie das? Jeder denkt nur an sich. Es gibt keine Menschlichkeit mehr.« Die Frau war einer Ohnmacht nahe und die Polizisten legten sie vorsichtig auf dem Boden ab.

»Ich wollte nicht, dass all das geschieht. Ich wollte nicht, dass jemand stirbt. Aber dann war es geschehen, und ab diesem Moment geriet alles außer Kontrolle.« Frau Schleier trank, indem Heller ihr den Kopf und die Sekretärin das Glas an ihre Lippen hielt.

»Wussten Sie, dass Jungblut die Kinder verprügelte?«, fragte er sie.

»Ich glaubte, es sei der Vater gewesen.«

Heller betrachtete die Frau einige Sekunden lang forschend und fragte sich, ob sie die Wahrheit sagte. Er wusste es nicht. Vielleicht, weil auch er niemandem mehr traute.

Neulehrer Jungblut lebte in einem kleinen dörflichen Wohngebiet im Ortsteil Mockritz. Die Fahrt dorthin dauerte nur eine Viertelstunde. Oldenbusch stellte den Wagen etwas abseits ab. Es roch nach Mist und Hühnern. Unmittelbar an der Siedlungsgrenze erstreckte sich ein weites Getreidefeld.

Jungblut war in einer Einliegerwohnung unter dem Dach eines alten Bauernhauses in der Rippiner Straße untergekommen. Heller zählte die Häuser ab, fand das richtige und stellte fest, dass im Dachgeschoss die Fenster geschlossen waren. Das war keine günstige Situation. Alfons könnte bereits hier sein und Jungblut auflauern, sollte der nicht zu Hause sein. Dafür gab es genug Verstecke. Andererseits würde der Junge bestimmt schnell die Geduld verlieren.

»Was werden wir tun?«, fragte Oldenbusch.

Heller merkte, wie er schwitzte. Zu der drückenden Schwüle hatte sich eine innere Hitze gesellt. Hellers Wunsch nach Schatten und vor allem Ruhe wurde auf einmal übermächtig.

»Wir gehen hin«, entschied er.

Am Tor zum Grundstück blieben sie stehen und warteten. Die Gegend war wie ausgestorben, doch Heller war sich sicher, hier starrte sie aus jedem Haus ein Augenpaar an. Als alles ruhig blieb, betraten sie das Grundstück und probierten die Haustür, doch die war verschlossen.

»Hintereingang!«, bestimmte Heller. Sie liefen ums Haus herum und fanden den Eingang zur Waschküche. Diese Tür war nicht verschlossen, der Raum dunkel und kühl. Zinnbottiche standen auf dem steinernen Boden und ein Waschzuber aus Holz auf einer Werkbank. Es roch gleichzeitig nach Moder und Seife. Heller stieg mit gezogener Waffe die wenigen Stufen zum Wohnhaus hoch, aber die Tür war verriegelt. Er deutete stumm zum Sims des kleinen Fensters, auf dem ein umgedrehter Blumentopf stand. Darunter fand Oldenbusch den Schlüssel.

Im Haus war es still und dunkel und es roch nach Heu. Oldenbusch wandte sich nach rechts, Heller nach links. Beide Männer zuckten zusammen, als ein Knarren durch das Gebälk ging. Danach war wieder alles still. Oldenbusch wollte gerade die Treppe hinaufgehen, da bemerkte Heller einen Schatten in einer offenen Tür. Mit einem leisen Zischen durch die Zähne gab er Oldenbusch ein Zeichen und deutete in diese Richtung. Oldenbusch nickte, schob sich an Heller vorbei, stieß die Tür ganz auf, nahm dann die Waffe herunter und gab Entwarnung. Jetzt betrat auch Heller das Zimmer, die frühere gute Stube, gleich neben dem Haupteingang, und inspizierte den Fund, einen großen, prall gefüllten Seesack mit zwei Tragegurten. Heller öffnete ihn und zog eine Decke heraus, außerdem eine Jacke, ein Paar Hosen und diverse Nahrungsmittel – Brot, eine Tüte Zwieback, Zwiebeln, Speck, alles durcheinander.

»Der will stiften gehen«, flüsterte Oldenbusch und zeigte nach oben. Heller nickte.

Gemeinsam schlichen sie die Treppe hinauf, immer darauf bedacht, einen eventuellen Angriff von oben abzuwehren. Aber nichts geschah. Unterm Dach war es unerträglich heiß. Heller fragte sich, wie hier überhaupt jemand schlafen konnte in dieser Jahreszeit. Er spürte unangenehm die heiße Luft in seiner Lunge. Dicke Fliegen prallten im trägen Flug ans Fenster, fielen auf das Fensterbrett, um dann erneut zu starten. Eine Truhe stand aufgeklappt in einem Eck, Bettzeug hing über den Rand und ein einzelner Strumpf lag auf dem Boden. Bei einer Kommode standen alle Schubladen offen und waren ausgeräumt worden.

»Hat der den Seesack unten stehen lassen?«, fragte Oldenbusch zweifelnd.

»Da!« Heller sah durch das Fenster nach draußen, wo er eine Gestalt über das Feld Richtung dem Dorf Bannewitz laufen sah. Der Mann war schon recht weit entfernt, doch lief er im Getreide, scheinbar ohne Orientierung, einen Bogen nach rechts, in Richtung der Stadt.

Oldenbusch stürmte los und Heller ließ ihm gerne den Vortritt. Er kam sowieso nicht so schnell die Treppe hinunter.

»Er ist aus dem Küchenfenster!«, rief Oldenbusch von unten und sprang hinterher, rannte über die ungepflasterte

314

Straße und folgte der Schneise, die Jungblut zwischen die Ähren geschlagen hatte.

»Werner!«, rief Heller und kletterte aus dem Fenster und ließ sich hinab. »Werner!«

Oldenbusch bremste ab und drehte sich fragend zu ihm um.

»Die Wagenschlüssel!« Heller rannte Oldenbusch jetzt entgegen, der ihm allerdings nur äußerst widerstrebend den Schlüssel herausgab. »Können Sie denn …?«

Heller riss ihm den Schlüssel unwirsch aus der Hand. »Sie müssen ihn nicht einholen, Werner, aber er darf ruhig wissen, dass wir hinter ihm her sind. Ich fahre die Innsbrucker stadtauswärts entlang und schneide ihm den Weg ab. Los, nun laufen Sie schon, Werner.«

Heller rannte zum Ford zurück und startete den Motor. Er musste die Kupplung ganz durchdrücken, so heruntergefahren war sie schon, und schaffte es nur mit Gewalt, den ersten Gang einzulegen. Dann fuhr er los.

Er war schon lang nicht mehr Auto gefahren und war froh, dass er keine Zeit hatte, sich über diesen Umstand zu viele Gedanken zu machen. Die Lenkung ging schwerfällig, und sein lädierter rechter Arm schaffte es gerade so, den Schalthebel zu bedienen. In rasantem Tempo bog er in die Boderitzer Straße ein, beschleunigte noch mal, schaltete aber erst viel zu spät in den zweiten Gang. Der Motor heulte gequält auf. Doch nun nahm der Wagen richtig an Fahrt auf und Heller musste mächtig in die Bremsen treten, damit er beim nächsten Linksabbiegen auf der staubigen Straße nicht ins Schleudern geriet. Im Spiegel sah er die riesige Staubwolke, die er wie einen Schweif hinter sich herzog. Auf dem Getreidefeld konnte er allerdings nichts erkennen, dazu lag die Straße zu tief. Doch der Flüchtige konnte noch nicht so weit gekommen sein. Heller näherte sich jetzt der Innsbrucker

Straße, einer dicht befahrenen Ausfallstraße, und zwängte sich zwischen die Fahrzeuge, veranlasste einen Lasterfahrer zu einem Schlenker und einer wütenden Geste. Als sich im Gegenverkehr kurz darauf eine Lücke auftat, überquerte Heller die Fahrbahn und bremste scharf am Wegesrand.

»Dämlicher Hund!«, brüllte ein Autofahrer im Vorbeifahren. Heller stieg aus dem Wagen und kletterte über die Motorhaube auf das Dach, um sich einen Überblick zu verschaffen. Schnell erkannte er Jungblut, der beinahe genau auf ihn zulief.

Heller kletterte vom Wagen herunter, nahm seine Pistole und wartete. Es dauerte nicht lange und der Lehrer brach keine zehn Meter entfernt von Heller keuchend durch das Getreide. Er trug ein Gewehr in der Hand und bremste mit rudernden Armen kurz vor dem Straßenrand ab, um nicht überfahren zu werden. Dann erst bemerkte er Heller, der schon mit erhobener Waffe auf ihn zugegangen war. Er wollte nach links ausweichen zurück ins Getreide, doch da schnitt ihm Oldenbusch schon den Weg ab. Panisch suchte Jungblut nach einem Weg über die Straße, gab dann aber auf.

»Waffe fallen lassen und Hände hoch!«, rief Heller und legte auf Jungblut an.

Der Mann folgte dem Befehl nicht und entfernte sich mit kleinen Schritten vom Straßenrand. Als er das Gewehr hob, drückte Heller ab.

Jungblut stürzte zu Boden und schrie auf vor Schmerz. Oldenbusch stürmte zu ihm hin und stellte einen Fuß auf den Karabiner. Heller kniete neben dem Verletzten und presste seine Hände auf die Wunde im Oberschenkel.

»Handschellen!«, befahl er. »Wo ist Alfons?«, fragte er Jungblut.

»Weiß nicht«, stöhnte der Verletzte, während Oldenbusch ihm die Hände fesselte.

»Holen Sie das Verbandszeug aus dem Wagen, Werner, schnell!«

Oldenbusch eilte fort und Heller wandte sich wieder dem Lehrer zu.

»Waren Sie es, der mich gestern im Haus in der Deubener angegriffen hat?«

»Nein, das war ich nicht!«

Heller bemerkte eine starke Schwellung an Jungbluts Unterkiefer. »Und das?«

»Ein Unfall, bin gestern von der Treppe abgerutscht«, wimmerte der Mann.

»Warum wollten Sie fliehen?«

»Alle verschwören sich gegen mich. Der Neubert und die Schleier sind die Schuldigen!«

Heller riss Jungbluts Gürtel aus der Hose.

»Sie haben die Jungen geprügelt, und das kann ich Ihnen ganz leicht nachweisen. Ihr Gürtel hat eindeutige Spuren auf der Haut hinterlassen. Sie sagen mir jetzt, wo der Alfons ist. Los, sprechen Sie. Er wollte zu Ihnen!« Er legte dem Lehrer den Gürtel um den Oberschenkel, zog ihn fest.

Jungblut stöhnte. »Er hat mir aufgelauert. Das hat mir jemand verraten, als ich vorhin heimkam.«

»War das hier sein Gewehr? Wo ist er jetzt?« Heller spürte, wie eine unbändige Wut in ihm aufstieg, wie eine Urgewalt, die nicht mehr aufzuhalten war. Er zurrte den Gürtel, so fest er konnte. »Wenn Sie mir nicht sofort sagen, wo der Junge ist, vergesse ich mich!«, presste er zwischen den Zähnen hervor.

»Ich ertappte ihn in seinem Versteck hinter dem Holzwagen. Er wollte auf mich schießen, konnte aber mit dem Gewehr nicht umgehen. Ich schlug ihm die Waffe aus der Hand und er lief weg. Bitte, das müssen Sie mir glauben. Bitte … mein Bein … ich verblute. Lieber Himmel, ich will nicht sterben!«, wimmerte Jungblut.

»Aber dass die Jungen starben, war Ihnen egal«, sagte Heller verächtlich und machte Platz für Oldenbusch, der mit dem Verbandszeug zurück war.

Jungblut krümmte sich und verzerrte das Gesicht vor Schmerzen, als Oldenbusch eine Binde fest um den Oberschenkel wickelte.

»Nein, damit habe ich nichts zu tun. Ich schwöre es bei meiner Mutter.«

»Nein?« Heller atmete tief durch und zwang sich zur Ruhe. Er musste versuchen einen kühlen Kopf zu bewahren, wenn er Klarheit in den Fall bringen wollte.

»Das tut so weh«, keuchte Jungblut.

»Das ist ein Druckverband, der muss so sein«, knurrte Oldenbusch und warf Heller einen mahnenden Blick zu. Der Lehrer verlor viel Blut.

»Haben Sie Barth und Sturberg zu der Bombe geschickt?«

»Herrgott, nein! Wozu? Barth war immer ein Aufrührer. Der hat nach Abenteuer gesucht.« Jungblut verzerrte wieder das Gesicht. »Man musste ihm ständig Einhalt gebieten. Jede noch so dumme Wette nahm er an. Einmal stahl er einen Topf Kartoffeln aus einem Polizeirevier.«

Davon hatte Heller sogar gehört. Ein Armutszeugnis für die Polizei.

»Und Albrecht Utmann? Warum starb er? Gaben Sie ihm die Medizin?«, fragte Heller weiter.

»Ja, ich gab den Kindern die Pillen.«

»Warum nur? Können Sie mir das sagen?« Heller schüttelte ungläubig den Kopf.

»Sie haben sie zufällig gefunden. Barth nahm sie als Erster, er wusste, was sie bewirken, und dann nahmen sie alle. Das hat ihnen gefallen. Sie fühlten sich gut damit. Ich habe sie ihnen dann weggenommen, damit sie sich mit dem Zeug nicht umbringen würden. Aber ich wollte sie ihnen auch nicht ganz wegnehmen. Dafür war es schon zu spät. Ich rationierte sie ihnen. Täglich bekam jeder seine Dosis.«

»Sie haben die Kinder mit ihrer Sucht gefügig gemacht, verdammt noch mal«, blaffte Heller.

»Aber nein, so dürfen Sie das nicht sehen. Die hätten sich umgebracht damit, wenn ich es ihnen nicht weggenommen hätte. Aber sie brauchten die Pillen. Die haben mich erpresst, verstehen Sie? Wir alle steckten schon zu tief drin. Können … können Sie mich jetzt zu einem Arzt bringen!«

Heller nickte. »Wir sind gleich fertig hier. Die Pillen waren aus Glasers Wohnung?«

Jungblut nickte schwach. »Ja. Er ließ manchmal eines der Kinder bei sich schlafen, er kannte die Väter von Utmann und Barth. Bei ihm fanden sie die Pillen, in einem Versteck.«

»Und Sie ließen die Kinder Diebesgut in Glasers Wohnung schaffen, um meine Aufmerksamkeit auf ihn zu lenken? Wann?«

»Ja … vorgestern. Deshalb war doch Johanna in der Wohnung und der Burgmeister. Bitte, mein Bein …«

»Warum haben Sie die Utmann-Jungen verdroschen?«

»Ich musste das tun. Sie haben nicht gespurt, mich immer wieder bestohlen, und ich musste doch den anderen zeigen, dass das nicht geht, dass das Konsequenzen hat. Aber sie waren unbelehrbar. Sie ließen sich von den Schlägen nicht beeindrucken. Die brauchten die Pillen für ihren Vater. Genosse Heller, Sie dürfen mich hier nicht verrecken lassen.«

Heller ging nicht darauf ein. Er war noch nicht fertig mit Jungblut. »Und Sie waren es, der mich gestern in Ihrem alten Wohnhaus angegriffen hat, weil ich drauf und dran war, Ihr Versteck zu finden?«

»Nein, ich war das nicht. Das müssen Sie mir glauben. Ich bin doch die Treppe hinuntergefallen und konnte mich gestern Abend kaum bewegen.«

»Wir können Ihre Vermieter fragen«, warnte Heller.

»Das geht nicht, die waren nicht da gestern.« Jungblut versuchte, mit seinen gefesselten Händen den straffen Verband an seinem Bein zu lösen.

Heller stand auf und klopfte sich den Staub von den Hosen ab. »Ich glaube Ihnen kein Wort, Herr Jungblut. Wir bringen Sie jetzt zum Arzt. Sobald Sie versorgt sind, werden wir uns weiter unterhalten, und Sie werden mir in jeder Einzelheit berichten, was geschehen ist. Und es werden Leute kommen, die Sie nach Ihren politischen Motiven fragen werden. Ich rate Ihnen also …«

»Was? Russen? Kommen Russen?«, rief der Lehrer panisch. »Ich wollte doch nur … ich wollte doch nur etwas zu essen haben … und die Kinder, die hatten es doch auch gut …«

»Los, Werner!« Heller hatte genug und war nicht gewillt, dem Lehrer länger zuzuhören. Gemeinsam zerrten sie den Verletzten hoch und schleppten ihn zum Auto, wo sie ihn auf die Rückbank schoben.

»Nicht die Russen«, begann Jungblut wieder zu betteln. »Herr Kommissar, seien Sie kein Unmensch, ich erzähle alles. Aber nicht die Russen. Bitte, ich will nicht nach Sibirien …«

24. Juni 1948,
früher Abend

Heller stand vor dem Polizeipräsidium. In der linken Hand trug er seine Tasche, über den rechten Arm, der in einer Schlinge lag, hatte er seine Jacke gehängt. Der Himmel hatte sich mit einer dünnen Wolkendecke zugezogen und leuchtete in unangenehm grellem Weiß. Die Luft stand.

Heller starrte auf den Gehsteig. Reglos. Doch in seinem Innersten tobte es und er musste dringend seine Gedanken ordnen.

Jungblut war geständig gewesen. Noch im Auto hatte er begonnen, jede Einzelheit aufzuzählen. Er gab zu, Frau Doktor Schleier erpresst, ihre Angst und Schwäche ausgenutzt zu haben. Er gab zu, die Utmann-Jungen mit dem Gürtel verprügelt zu haben. Und er gab auch zu, dass er darauf spekuliert hatte, dass ihr trunksüchtiger Vater dafür verdächtigt werden würde. Er war bereit, alles zuzugeben und als Krimineller deklariert zu werden, nur, um nicht in die Hände des sowjetischen Geheimdienstes zu geraten.

Mit Verachtung erinnerte sich Heller an sein weinerliches Reden, die flehenden Gesten, die widerliche Unterwürfigkeit Jungbluts. Es ekelte ihn regelrecht an, wie der Mann versuchte, seinen Kopf zu retten. Egal, was sie dem Lehrer vorhielten, er nahm die Schuld auf sich.

Alles, nur nicht den Tod der Kinder. Weder Albert Utmanns noch Franz Barths und Ernst Sturbergs Tod. Obwohl es Sinn ergäbe. Aber es war genug für Heller, um für heute nach Hause zu gehen. Er musste sich dringend um Karin kümmern, der es nicht gut ging, seitdem der Brief vom Roten Kreuz eingetroffen war.

Aber es gab noch ein Problem: Alfons war nicht auffindbar. Er war nicht daheim, nicht in der Schule, nicht bei einem der Verstecke, die Jungblut aufgezählt hatte. Und Jungblut behauptete weiterhin, er hätte mit Alfons' Verschwinden nichts zu tun, der Junge sei nach einem kurzen Kampf davongerannt. Und er blieb bei der der Behauptung, nicht in der Ruine in der Deubener Straße gewesen zu sein und dass seine Schwellung im Gesicht von seinem Sturz herrührte. Das alles ließ Heller keine Ruhe.

Das und die Frage, ob es Zufall war, dass Wilfred Stiegler in den Schacht gestürzt und ertrunken war, und was Siegfried Barth an den Gleisen zu tun gehabt hatte, obwohl er gar nicht im Dienst gewesen war.

Heller hob den Kopf. Er hatte einen Entschluss gefasst. Er kehrte um, betrat das Gebäude und ließ sich vom Pförtner telefonisch einen Fahrer bestellen.

Als sie am Ziel angekommen waren, befahl er dem Fahrer, hier zu warten.

»Mit der Tankladung dürften wir gerade noch zurückkommen«, gab dieser zu bedenken.

Heller stieg aus dem offenen Kübelwagen. Der Fahrtwind war ihm in der drückenden Schwüle erst eine Erleichterung gewesen, doch jetzt hatte er den Eindruck, dass er sich in seiner durchgeschwitzten Kleidung leicht verkühlt hätte.

»Warten Sie hier«, wiederholte er noch einmal nachdrücklich und ging dann durch die kleine Grünanlage, die keine hundert Meter von dem Haus der Utmanns entfernt lag. Der Park war schmal und langgestreckt und zog sich an der Felskante oberhalb des Plaunschen Grunds entlang, durch den sich die Weißeritz, die Bahngleise und die Dresdner Straße, die nach Freital führte, schlängelten. Es war nicht weit bis zum Geländer, hinter dem der granitähnliche Monzonitfelsen jäh endete, wie ein Steilufer an der Meeresküste. Vierhundert Meter weiter, auf der anderen Talseite, wuchs der Fels wieder steil empor, dort lag das Luftbad Dölzschen. Die Straße unten wand sich um eine Felsnase. Links unterhalb von Heller befand sich das in den Felsstollen gehauene Lager der Brauerei, von dem es in einer Legende hieß, es lebe der Eiswurm darin, ein Drache, der das Bier beschütze.

Heller hatte keinen Nerv für solche Albernheiten, heute schon gar nicht. Er beugte sich weit über das Geländer, konnte aber nichts erkennen. Er wusste noch bessere Aussichtsstellen und ging weiter bis zu einem Felsvorsprung, von dem aus er tiefer hinabsehen konnte. Auch hier gab es Geländer, allerdings nur noch unvollständig, denn Teile davon waren Metalldieben zum Opfer gefallen. Heller probierte an einer Stelle, ob es stabil genug war, ihn zu halten, und wagte sich dann einen Schritt nach vorn und sah nach unten. Es ging mindestens dreißig Meter hinunter, wenn nicht sogar mehr. Er wusste nicht genau, wo Siegfried Barth gelegen hatte, doch die Stelle, an der die Gleise den Fluss querten, lag ziemlich genau unter ihm.

Viel logischer, als dass Barth da unten von einem Zug erfasst worden war, schien doch, dass er hier hinuntergestürzt war. Barth hatte keine fünf Minuten Fußweg von hier gewohnt, ins Tal hätte er eine steile Treppe gehen müssen, sofern das Gelände der Brauerei nicht sowieso gesperrt und bewacht war.

Heller hockte sich hin und betrachtete den Boden aus Fels, Wurzelwerk, Laub und loser Erde. Als er wieder hochblickte, entdeckte er rechts von sich einen weiteren Aussichtspunkt. Er folgte dem schmalen, fast zugewachsenen Weg, bis er zu einer kleinen, längst erloschenen Feuerstelle kam, um die herum grüne Scherben lagen. Der Weg führte weiter bis zur nächsten Aussichtsstelle, von der aus man sonst einen weiten Blick bis zu den Weinhängen von Radebeul haben musste, aber heute war es zu diesig. Auch hier fehlte das Geländer, nur die Stümpfe der in den Fels eingelassenen Stangen waren noch übrig.

Zu beiden Seiten des Aussichtspunkts wuchs das Grün bis über den Abgrund. Am dichten Gebüsch fiel Heller eine seltsame Stelle mit ganzen Büscheln verwelkter Blätter auf. Als er näher kam, erkannte er, dass einige Äste an dieser Stelle abgeknickt waren. Probeweise griff Heller mit der linken Hand ins Gebüsch und hängte sich mit seinem Gewicht daran. Er suchte sich einen dickeren Ast vom Stamm einer jungen Birke, probierte dessen Festigkeit, hielt sich daran fest und wagte sich dann so weit an den Abgrund vor, dass er hinuntersehen konnte. Ein Stück unter ihm erkannte er eine weitere Birke. Einige ihrer Äste waren abgeknickt, hingen kopfüber.

Heller zog sich wieder hinauf und musste dabei auch den rechten Arm benutzen, was dieser mit einem scharfen Schmerz quittierte. Heller überlegte kurz, ging dann zu der erloschenen Feuerstelle, nahm eine Handvoll Scherben und warf sie an der Stelle mit den abgebrochenen Zweigen den Abhang hinunter. Er lauschte ihrem Aufschlag, hörte das leise Klirren auf dem Schotter. Dann kehrte er zurück zum Wagen.

Der Fahrer war eingedöst und schreckte auf, als sich Heller in das Auto setzte.

»Fahren Sie hinunter zur Brauerei«, gab er die Anweisung.

»Aber das Benzin …«, wandte der Mann zögernd ein.

»Das ist ein Befehl!«

Heller stieg am Bahnübergang aus und gab dem Fahrer die Anweisung, bis an das Betriebstor der Brauerei zu fahren und erneut zu warten. Dann folgte er den Schienen am Gleisbett entlang. Immer wieder legte er den Kopf in den Nacken und suchte am Felshang nach der abgerissenen Birke. Doch Vorsprünge versperrten ihm die Sicht. Vorsichtig ging er auf dem schmalen Pfad zwischen Gleis und Fels weiter. Sein rechter Knöchel ließ ihn den Weg über den groben Schotter sofort mit anschwellenden Schmerzen büßen, doch Heller wollte nicht auf den Schwellen gehen, weil er nicht wusste, wann und wie schnell die Züge hier fuhren.

Dann fand er eine Stelle, an der das wenige Grün neben dem Gleis breitgetreten war, und entdeckte im Schotter auffallend dunkle Flecken. Heller bückte sich, nahm einen faustgroßen Stein hoch, untersuchte ihn genauer, glaubte altes Blut zu erkennen. Keinen Meter daneben fand er die grünen Scherben. Nun war er sicher, Siegfried Barth war abgestürzt und hatte versucht, sich zu retten. Entweder war er ausgerutscht oder aber er war gestoßen worden.

»Wo waren Sie vor drei Wochen, in der Nacht zum zweiten Juni?«, fragte Heller den Lehrer, der auf der Pritsche seiner Untersuchungshaftzelle nicht weit von Hellers Büro im Keller des Polizeipräsidiums lag.

Jungblut stöhnte gequält. Heller ließ sich nicht beeindrucken. Noch vor zwei Stunden hatte der Lehrer alle Energie gehabt, sein Leben zu retten. Außerdem wusste Heller ihn medizinisch gut versorgt, die Kugel steckte zwar noch im Bein, jedoch war der Knochen heil und die Blutung war gestoppt.

»Es war ein Dienstag.«

Jungblut stützte sich auf die Ellbogen. Von seiner Flucht durch das Getreide waren sie ganz zerschnitten. »Ich war daheim, wie jede Nacht.«

»Können das Ihre Vermieter bestätigen? Oder waren sie an diesem Tag auch nicht da?«

»Sie waren nur gestern Abend nicht da. Sonst essen wir abends immer zusammen, danach gehe ich hoch.«

»Sie könnten sich hinausgeschlichen haben. Vielleicht haben Sie sich ja bei einer ähnlichen Aktion gestern Abend das Gesicht gestoßen?«, bemerkte Heller sarkastisch und sah den Lehrer unbewegt an. »Franz Barths Vater, kannten Sie den?«

»Er kam zu einer Elternsprechstunde.« Jungbluts Gesicht war verschlossen, er wollte anscheinend eine andere Taktik ausprobieren.

»Wussten Sie, dass er und Glaser sich kannten?«

»Nein.«

»Wussten Sie, dass er und Karl Utmann sich kannten?«

»Nein.«

»Kennen Sie Wilfred Stiegler?« Heller beobachtete Jungblut genau.

»Nein.«

Keine Regung, der Mann war mit allen Wassern gewaschen.

»Als Franz Barths Vater ums Leben gekommen war, wie benahm sich Franz in der Schule?«

»Er fehlte zwei Tage.«

»Wann war das?«

»Am dritten und vierten Juni wohl.« Jungblut schwieg wieder, und zwischen den Männern entspann sich ein Blickduell, bei dem keiner nachgeben wollte.

»Wo waren Sie in der Nacht zum siebzehnten Juni?«, fragte Heller.

»Daheim.«

»Verfügen Sie über Kontakte in die westlichen Besatzungszonen?«

»Nein.«

Heller nickte, so gefiel es ihm besser, auch wenn er keinen

Schritt weitergekommen war. Er klopfte gegen die Stahltür. Der Beamte draußen schloss auf und ließ Heller raus.

»Heller!«, rief ihm Jungblut hinterher. Er hatte sich jetzt aufgerichtet und offenbarte mit seiner Miene auf einmal eine ganz andere Seite. »Sie suchen einen, dem Sie alles anhängen können. Aber das lasse ich nicht zu. Wenn ich untergehe, nehme ich Sie mit!«

Heller erwiderte nichts und wandte sich ab.

»Sie glauben, ich hätte keine Handhabe, aber die habe ich. Sie wissen, wie das läuft«, drohte Jungblut.

»Schließen Sie ab«, befal Heller dem Beamten.

»Ich muss gar nichts wissen über Sie«, rief Jungblut noch, als die Tür sich schon wieder geschlossen hatte. »Eine Behauptung genügt. Wenn ich aussage, dass Sie bei der Gestapo waren, dass Sie ein Nazi sind, dann sind Sie dran. Sie wissen das, Heller!«

Heller war an die verschlossene Gittertür im Gang getreten und wartete auf den Beamten, damit er sie aufschloss.

»Sie lassen sich doch von solchem Gewäsch nicht beeindrucken, Herr Oberkommissar«, sagte dieser freundlich und ließ Heller hinaus.

»Ach, was!« Heller hob die Hand zum Gruß. Doch er wusste, dass der Lehrer recht hatte.

Karin war wütend auf ihn. Das hatte er ihr schon angesehen, als er heimgekommen war. Doch angesichts seines Zustandes, verdreckt, müde und ausgelaugt, war ihr Ärger schnell in Sorge umgeschlagen. Schweigend half sie ihm, Hemd und Hose auszuziehen, richtete ihm eine Schüssel Wasser zum Waschen her und gab ihm ein neues Hemd und seine geflickte Hose. Dann stellte sie ihm einen Teller mit belegten Schnitten hin.

»Der Lehrer?«, fragte Karin nach einiger Zeit.

Heller nickte und biss von dem Brot ab. Es lag zwar Wurst darauf, aber die schmeckte, als sei sie mit Mehl oder mit zerriebenen Eicheln gestreckt. Als Aufstrich hatte Karin zerlassenen Speck benutzt.

»Also doch nicht der Vater?«

Heller legte das Brot auf den Teller und nahm die dünnen Wurstscheiben herunter. Weil er sie nicht wegwerfen wollte, steckte er sie im Ganzen in den Mund und schluckte sie hinunter, ohne zu kauen. Dann kniff er die Lippen zusammen und schüttelte den Kopf.

»Der Lehrer und der Vater«, berichtigte er.

Karin atmete tief ein und schaute gedankenverloren aus dem Fenster, wo ihr Blick ein paar Augenblicke zu lang in der Ferne hängen blieb. »Und er ist geständig?«, fragte sie dann.

»Es reicht, um ihn wegzusperren. Vieles spricht gegen ihn. Für einen Indizienprozess reicht es allemal.«

»Aber du machst nicht den Eindruck, als sei der Fall abgeschlossen. Immer ist das so, Max.« Der Vorwurf in ihrer Stimme war nicht zu überhören.

Heller biss vom Brot ab. Er könnte jetzt gut einen Schnaps gebrauchen.

»Egal, was mit dem Fall ist, Max. Du wirst mich morgen nicht allein lassen«, sagte Karin bestimmt.

Heller aß und schwieg. Der Termin beim Jugendamt. Nein, er würde sie nicht allein lassen.

»Elf Uhr.« Karin starrte ihn an.

Er nickte. »Wir gehen zusammen hin, Karin.«

Sie schwiegen. Von oben hörte man Anni sich im Schlaf bewegen. Frau Marquart rumorte in ihrem Zimmer, sie ging um die Zeit immer zu Bett, doch bestimmt würde sie heute schlecht einschlafen. Noch immer regte sich draußen kein Lüftchen. Es war feucht und stickig wie in einem Gewächshaus. Eine Grille zirpte im Haus.

»Sie hat heute nach dir gefragt, Max«, unterbrach Karin das Schweigen. »›Wo ist Vati?‹, hat sie gefragt. Ich wollte ihr erklären, dass …« Karin verstummte und tippte mit den Fingern auf die Wachstuchdecke. »Ich brachte es nicht übers Herz.«

Heller nickte. Auch er wollte nicht an den morgigen Tag denken.

»Ich konnte das Geld einzahlen«, wechselte Karin das Thema. »Gerade noch. In der Schlange gab es viel Getuschel. Jeder kennt jemanden, der in den Westen gegangen ist. Weißt du, dass sie nur zwanzig Mark eintauschen konnten drüben? Der Rest wurde entwertet. Sparguthaben sind angeblich nur noch ein Zwanzigstel wert. Sie haben unsere Scheine mit solchen Marken beklebt. Die sehen wie Briefmarken aus. Und außerdem haben sie die Westsektoren in Berlin abgeriegelt.«

Heller legte seine Hand beruhigend auf die ihre, die unablässig über die Tischdecke strich. »Karin, hab keine Angst. Es wird keinen Krieg mehr geben. So unvernünftig wird niemand sein.«

Karin nickte stumm, aber ihr sorgenvoller Blick blieb. Wieder kehrte Stille ein. Aus dem schwül-diesigen Tag war auf einmal Nacht geworden. Nur über dem Westen lag noch ein schwacher Lichtschein.

Karin erhob sich, ging aber nicht zur Spüle, sondern setzte sich jetzt auf den Stuhl neben Heller.

»Etwas nagt doch an dir«, sagte sie und berührte Hellers Wange mit ihrer Hand. »Ich wollte nicht böse sein auf dich, aber mir macht das alles Angst. Mir kommt es vor, als würde dich dieser Fall von mir entfernen, verstehst du, was ich meine?«

Heller nickte. Selbst jetzt. Selbst jetzt war er in Gedanken woanders. Er dachte an Alfons, fragte sich, wo er sein könnte, und sah ihn vor sich, wie das Blut aus seinen Pulsadern strömte.

Was Menschen sich gegenseitig antun konnten. Was Eltern ihren Kindern antun konnten.

»Max«, flüsterte Karin. »Max, du kannst nicht ändern, was geschehen ist.«

Da verstand er, was los war. Ihm schoss das Blut in den Kopf, eine heiße Welle überflutete seinen Körper. Er sah auf, aber wagte es nicht, Karin ins Gesicht zu sehen.

»Du weißt …?«, wollte er fragen.

Eine Träne rollte über ihr Gesicht. »Ja, ich weiß, was geschehen ist. Ich wusste es schon damals«, sagte sie so leise, dass er es kaum verstand.

Heller schwíeg. Er konzentrierte sich auf das Atmen, ein und aus, ein und aus. Doch selbst dazu musste er sich zwingen. Karin wusste es also. Karin wusste, was damals geschehen war, und trotzdem war sie hier bei ihm. Noch immer. All die Jahre.

»Max, es ist vorbei, lang schon. Denk nicht darüber nach«, flehte sie ihn an.

»Ich habe es versucht. Aber es ist wieder da, seit dem Tag, als ich den toten Jungen fand«, sagte Heller leise.

Jetzt nahm Karin sein Gesicht in beide Hände und fuhr ihm durchs Haar. »Nicht immer muss alles ans Licht, hörst du? Lass es gut sein, es ist, wie es ist.«

Heller nickte automatisch, doch er wusste, dass es nicht so war. Es war da und es würde immer bleiben. Dass Karin es wusste, war ihm Erleichterung und Last zugleich.

»Aber er starb daran«, rief er fast verzweifelt.

Karin griff ihm wieder ins Haar, so sehr, dass es schmerzte. Ihr Kinn zitterte und sie konnte die Tränen nicht zurückhalten. Jetzt zog sie ihn zu sich heran, umarmte ihn, presste ihr Gesicht an seines.

»Nein, Max, er ist erst Monate später gestorben. Mit dir hatte das nichts zu tun, das musst du mir glauben«, stieß sie hervor.

Heller hielt seine Frau fest und hielt sich an ihr fest. Er widersprach ihr nicht, doch er wusste es besser.

In der Nacht konnte Heller nicht einschlafen. Er war zwar völlig zerschlagen, doch die drückende Hitze und die Gedankenflut in seinem Kopf wollten ihn nicht zur Ruhe kommen lassen. Außerdem pulsierte immer noch der Schmerz in seinem Arm besorgniserregend. Er konnte es nicht länger leugnen, die Wunde heilte nicht so, wie sie sollte.

Karin lag fast nackt neben ihm und schlief, die Decke unter sich zusammengedrückt. Heller widerstand der Versuchung, sie zu berühren. Stattdessen schob er sich seitlich aus dem Bett, ging leise in den Flur. Er warf einen Blick auf Anni, die das genähte Püppchen fest im Arm hielt und, wie jedes Kind auf dieser Welt, im Schlaf so zerbrechlich wirkte, dass Heller sich abwenden musste, um nicht von Liebe und Sorge überwältigt zu werden. Vielleicht war dies die letzte Nacht, die sie hier sein durfte. Schon morgen konnte alles vorbei sein.

Heller ging hinunter in die Küche, trank einen Schluck lauwarmes Wasser aus dem abgedeckten Krug und probierte den Lichtschalter aus. Doch der Strom war abgestellt.

Also setzte er sich im Schein der Kerze an den Küchentisch und nahm sich die Briefe aus Hilde Barths Wohnung vor. Er sortierte sie erneut, nahm den Brief von Hilde, den er schon zu lesen begonnen und wieder weggelegt hatte. Er holte den kleinen Zettel heraus, den er im Versteck der Jungen gefunden hatte, verglich die Schrift, fand keine Übereinstimmung und verglich die Schrift auch mit dem Brief aus München. Auch hier gab es keine Übereinstimmung. Dann nahm Heller die angebrannten, mit seinem eigenen Blut befleckten Papierfetzen, die er in Glasers Ofen gefunden hatte, und legte sie auf den Münchner Brief. Das Papier schien dasselbe. Wieder verglich er die Schrift, die seltsamen Kringel über dem kleinen r und die schrägen, weit hochgezogenen ß. Das musste ein und dieselbe Person geschrieben haben.

München, 17. April 1948

Lieber Siegfried,

es erfüllte mich mit außerordentlicher Freude, daß Du und einige andere Kameraden es doch nach Haus geschafft haben. Und das, obwohl es hieß, daß es die gesamte Kompanie in den Ardennen vollkommen ausgelöscht hätte. Wochenlang fieberte ich im Krankenbett dem Ausgang dieser beinahe final zu nennenden Schlacht entgegen, musste dann jedoch eine schlechte

Nachricht nach der anderen vernehmen. Noch vor meiner Gene-
sung ersuchte ich um die Rückkehr zur Front, jedoch erfolglos.
Ihr alle galtet als tot oder vermisst. Welche Freude, wenn auch
durch Zufall, Deinen Namen zu hören, lieber Kamerad und
Freund. Was haben wir nicht alles gemeinsam durchgestanden,
welch bitterer und tapferer Gegner wir unseren Feinden waren!
So viele Helden gibt es zu betrauern und so viele Geschichten zu
erzählen. Geschichten von Hingabe und Kampf, von Kamerad-
schaft und Stolz! Weißt du noch, wie fremd ich mich mit Dir ge-
tan habe zu Beginn, und wie feste wir wurden über die Monate
und Jahre. Und wie aussichtslos es in dem russischen Wäldchen
schien und wie wir uns selbst rausgehauen haben! Was war das
für ein wildes Geknatter, und wie haben wir gelacht nachher,
weil keinem ein Härchen gekrümmt wurde und der letzte Schuss
verbraucht. Ja, gelacht haben wir!

Nun, da unser Reich ein Scherbenreich ist, müssen wir trotz-
dem weiter zusammenhalten. Hast du von den anderen etwas
gehört? Die anderen Dresdner in der Kompanie, mit diesem
grässlichen und doch so wunderbaren Dialekt. Hat der Karl es
geschafft? Sicherlich, so zäh und unbeugsam, wie der war. Von
Peter habe ich gehört, daß er jetzt Bolschewik ist, was ich nicht
recht glauben will. Und der Wilfred? Ich habe hier ein recht
gutes Auskommen, vielleicht kann ich euch Hilfe anbieten.
Was benötigt ihr? Womit kann ich euch helfen? Zwei habe ich
schon gefunden. Der Heribert lebt nun bei Hamburg, auf dem
elterlichen Gut. Er hat ein Auge verloren. Und Gernot hat es
geschafft, hat sich zu Frau und Kind nach Fulda retten kön-
nen, ohne in Gefangenschaft zu geraten.

Siegfried, mein Freund, melde dich doch alsbald zurück, ich habe
Dir Briefmarken in den Umschlag getan. Sei nicht zu bescheiden,
deine Wünsche zu äußern, noch immer trage ich doch die Ver-
antwortung für Euch, und mein Gewissen plagt mich, daß mich
in der dunkelsten Stunde eine solch läppische Verletzung abge-

*halten hat, mit Euch zu sein, Euch zu führen und aus dem Schla-
massel zu hauen.*
Freundlichst, Dein Kamerad und »Leutnant«
Markus

Heller rieb sich die Stirn und notierte sich nacheinander die
Namen in seinem Notizbuch. *Leutnant*, schrieb er, *Markus*,
München. Er suchte den Brief selbst nach dem Namen des
Absenders ab, blätterte die anderen Briefe nach dem fehlenden Umschlag durch. Nichts. Dann kam ihm eine Idee. Da
der Brief offensichtlich mit einem Tintenstift geschrieben
worden war, hatte sich beim Adressieren des Umschlages
möglicherweise die Schrift auf das innenliegende Papier
durchgedrückt. Heller faltete den Brief wieder zusammen,
legte ihn dann auf den Tisch und schraffierte ganz sacht mit
seinem Bleistift das Papier. Dann hielt er das Papier ins Licht.
Er erkannte die Adresse von Siegfried Barth, doch ihn interessierte viel mehr der Absender.

…kus …tei …ck, konnte Heller entziffern. Vom Straßen-
namen waren nur einzelne Bögen oder Striche zu erkennen.
Der Abstand zwischen Vor- und Nachnamen des Absenders
war kaum groß genug für einen Buchstaben, U E A O S I kamen in Kombination mit dem T infrage, ein leichter Schwung
am unteren Ende schloss jedoch E A I aus. *Stei(n)*, notierte
sich Heller, *Utei… Otei… Itei…*

Er legte das Papier ab, um sich aus der Wohnzimmervit-
rine eine Lupe zu holen. Mit ihrer Hilfe erkannte er ein B.
Steinbock, Steinbeck. Das war etwas, womit man arbeiten
konnte. Zufrieden lehnte Heller sich zurück.

Im selben Augenblick klingelte das Telefon. Heller sprang
auf, lief in den Flur, um abzuheben.

»Hier ist Heller.« Er hörte eine Weile zu. »Gut, ich finde Sie
im Krankenhaus? Danke!« Heller hängte auf, nahm gleich

wieder den Hörer ab und wählte das provisorische Präsidium am Königsufer an.

»Oberkommissar Heller, alarmieren Sie Kommissar Oldenbusch und schicken Sie mir einen Fahrer in den Rißweg. Oldenbusch soll mich beim alten Präsidium erwarten.« Heller hängte ein und wollte ins Schlafzimmer gehen, um sich anzuziehen. Karin stand schon im Flur, ein Bettlaken umgehängt und über den Arm seine Kleidung gelegt. Sogar seine Uhr hatte sie dabei. Stumm hielt sie ihm die Sachen hin.

»Um elf, beim Jugendamt«, sagte sie leise.

»Ich werde da sein, Karin.« Er sah auf die Uhr, es war halb eins in der Nacht.

Heller kannte den Arzt nicht, der ihn hatte anrufen lassen. Es war ein älterer Mann mit grauem, schütterem Haar. Ein wahrer Kontrast zu dem jungen, eitlen Wittek.

»Eine Schwester machte mich auf den Fall aufmerksam. Ich rief deshalb Wittek an, der bat mich, Sie umgehend zu informieren«, erklärte der Arzt.

»Danke. Wie ist der Zustand des Jungen?«

»Kritisch. Ich kann zu diesem Zeitpunkt keine genaue Aussage machen. Er wurde asystolisch aufgefunden, doch der Notarzt konnte sein Herz mit Adrenalin reanimieren. Er ist intubiert und bekommt Sauerstoff. Zurzeit versuchen wir, ihn einfach stabil zu halten. Ich habe ihm Cortison geben lassen, ich vermute eine bronchospastische Reaktion.« Der Arzt zeigte auf eine Durchgangstür, Heller folgte ihm zu den Behandlungsräumen.

»Wer brachte ihn her?«

»Polizisten. Die Mutter hatte Gasgeruch wahrgenommen. Sie lüftete und weckte die Familie, als sie entdeckte, dass ihr Sohn bewusstlos war, hat sie um Hilfe gerufen. Hier entlang.« Der Arzt öffnete eine Tür zu einem Raum. Dort lag Heiner Utmann in einem Bett.

»Wir haben getan, was getan werden konnte. Den anderen Kampf wird er selbst durchstehen müssen. Einen besonders kräftigen Eindruck macht er mir nicht.«

»War seine Mutter dabei, als er eingeliefert wurde?«, wollte Heller wissen.

»Ja, sie war dabei, mit einem anderen Kind. Wir haben sie nach Hause geschickt. Wir haben hier keinen Platz.«

»Und sie zeigte keine Symptome?«

»Die Frau hatte keine Beschwerden, der größere Junge klagte über Halsschmerzen, aber es bestand keine Lebensgefahr.«

»Es war Gas? Stadtgas?«

»Nach Aussage der Frau, ja.«

Heller nickte. Ein Unfall erschien gar nicht mal abwegig, denn seit Tagen wurde an den Gasleitungen gearbeitet. Viel wahrscheinlicher war es jedoch, dass jemand einfach den Gashahn aufgedreht hatte.

»Wie Sie gestern auf das Autodach geklettert sind, Chef!«, sagte Oldenbusch vorwurfsvoll, führte die Sache aber nicht weiter aus. »Glauben Sie, der Utmann wollte das fremde Kind loswerden, jetzt, da er wusste, dass seine Frau sich mit einem anderen Mann eingelassen hat?«

»Ich denke nicht.« Hatte er wieder einen Fehler gemacht, als er Almas Flehen, ihr den Mann dazulassen, nachgegeben hatte?

»Der ist doch verrückt genug! Und er arbeitet bei der DREWAG. Bestimmt weiß er mit Gas umzugehen.«

Oldenbusch bog auf die Kaitzer Straße ab. Der Motor begann wieder zu klingeln, als er im niedrigen Gang die steile Straße hinauffuhr.

In der Nachbarschaft war die Aufregung groß, viele Menschen standen auf der Straße. Ein Wagen der Feuerwehr stand bereit, Männer der DREWAG in Arbeitskleidung leuchteten in die Baugrube vor dem Haus. Schutzpolizisten hatten die nähere Umgebung zum Haus abgesperrt. Oldenbusch hielt hinter dem Spritzenanhänger des Tanklöschfahrzeugs.

»Werner, lassen Sie sich von den Arbeitern die Gasventile zeigen, versuchen Sie Fingerabdrücke zu nehmen und auch gleich Vergleichsabdrücke von jedem, der etwas angefasst hat.« Heller stieg aus und fragte sich zum Einsatzleiter durch.

Ein Uniformierter ging vor ihm in Habachtstellung. »Genosse Oberkommissar? Hauptwachtmeister Laube.«

Heller grüßte militärisch. »Wo ist die Frau?«

»Nachdem sie ins Krankenhaus gebracht wurde, ist sie nicht wieder aufgetaucht.«

»Der Mann?«

»Nicht anwesend. Nachbarn sagen, er sei heute Nachmittag fortgegangen. Vermutlich sitzt er in einer Kneipe, das geschähe wohl sehr oft, dann kommt er betrunken heim. Vermutlich misshandelt er seine Frau und die Kinder.«

»Ja, davon weiß ich«, sagte Heller ungeduldig. »Ein zwölfjähriger Junge ist nicht da gewesen. Alfons?«

»Nein.«

Heller nickte, wandte sich ab und suchte in der Menschenmenge nach Frau Wagner. Er fand sie hinter ihrem Zaun stehend.

»Sie haben die Feuerwehr gerufen?«

Isolde Wagner nickte. »Sie müssen etwas tun, so kann das nicht weitergehen. Der bringt sie alle noch um.«

»Glauben Sie denn, er war es? Wegen des Kindes? Meinen Sie, es ist für ihn ein Unterschied, ob es von einem Russen ist oder einem anderen?«

»Natürlich ist es ein Unterschied, ob sie es wehrlos geschehen lassen musste oder mit Absicht gemacht hat.« Frau Wagner sah Heller herausfordernd an.

»Aber sie musste doch glauben, er sei gefallen im Krieg.«

Die Nachbarin hob die Schultern. »Andere warten, bis sie es sicher wissen«, sagte sie vorwurfsvoll.

»Manche müssten ewig warten.« Heller stutzte. Ein Stück weit die Straße hinunter fiel ihm im Schein der trüben Laternen etwas auf. Dort lag anscheinend jemand auf der Straße und ein anderer beugte sich über ihn.

»Sie und Sie, mitkommen!«, befahl er zwei Schutzpolizisten und lief zügigen Schrittes in die Richtung. Als sie sich auf etwa fünfzig Meter genähert hatten, begann die stehende Person an der liegenden zu zerren, sah dann auf und flüchtete in die Dunkelheit.

»Hinterher!«, befahl Heller. »Nur ergreifen, nicht schießen!«, rief er noch. Er war sich sicher, dass es Alfons war, den sie verfolgten. Dann lief Heller zu der Person am Boden.

Es war Karl Utmann. Er war kaum in der Lage, seinen Körper zu kontrollieren. Heller beugte sich zu ihm hinunter und fuhr sofort zurück. Der Mann stank abstoßend nach Schnaps und Erbrochenem. Heller vermutete eine Alkohol- oder sogar eine Methanolvergiftung. Er versuchte, den Mann mit leichten Schlägen ins Gesicht zur Besinnung zu bringen und ihn aufzurichten. Aber Utmann wehrte sich, wälzte sich am Boden und würgte.

»Muss zur Frau ...«, ächzte er.

»Sie können ihr jetzt nicht helfen! War das Alfons gerade, ja?«

»Hat gesacht, ich soll der Mutter helfen.«

»Karl, wer ist Markus?«, rief Heller und schüttelte Karl Utmann.

»Der hat gefragt, wer's tut und ich hab's getan! Mit'm

Messer, über die Kehle.« Utmann fuhr sich mit dem Zeige-finger über seinen Hals. »Ich hab's gemacht, als Erster. Und nu lass mich.« Utmann wälzte sich auf die Seite, richtete sich auf. »Diese Hure, treibt's mi'm andern, kaum dass ich nicht daheim bin.«

Heller presste Utmann die flache Hand auf die Brust und drückte ihn auf den Boden.

»Haben Sie das Gas aufgedreht?«

Im Augenwinkel nahm er eine Bewegung wahr, doch es war schon zu spät. Aus der Dunkelheit sprang ihn Alfons von der Seite an und stieß ihn von Utmann weg.

»Lassen Sie ihn!«, schrie er und warf sich auf Heller. »Das ist mein Vater, lassen Sie ihn endlich in Ruhe, Sie böser Mann! Der hat nix gemacht, der war gar nicht daheim.«

Heller konnte den Jungen kaum bändigen. Doch die zwei Polizisten waren schon da und zogen ihn weg. Alfons kämpfte wie besessen, ließ sich fallen, sprang auf, stampfte, zerrte an seinen Armen, versuchte, nach allen Seiten zu beißen. Einer der Polizisten griff ihm ins Haar und zog brutal den Kopf nach hinten.

»Lassen Sie meinen Vater in Ruhe, er hat nichts getan. Er war nur ein Soldat. Er hat nichts Böses gemacht!«, keifte Alfons.

Heller wandte sich wieder Utmann zu und presste ihn zu Boden.

»Wer ist das, dieser Markus? Der Leutnant? Wie heißt der, Steinbock, Leutnant Steinbock?«

Utmann lallte halb bewusstlos. »Leutnant Steinbeck, der war gut«, krächzte er. »Guter Mann, unter ihm ist nie einer weggeblieben. Der war listig.«

»Markus Steinbeck. Was ist aus ihm geworden, war er verletzt? Sagten Sie nicht, Sie hätten einen neuen Leutnant bekommen?«

»Dem hat's ein Stück vom Kinn abgerissen.«

»Hat er versucht Kontakt zu Ihnen aufzunehmen?«

»Der Peter, der hat wohl geschrieben mit dem. Wollte wohl herkomm', ausm Westen. Wo is der Junge? Alfons, komm her«, keuchte Utmann.

Heller ließ von ihm ab und gab den Polizisten ein Zeichen, Alfons freizulassen. Der stürzte sofort zu seinem Vater, legte sich dessen Arm um die Schulter und versuchte, ihn hochzustemmen. Utmann kam umständlich auf die Füße, sein gesamtes Gewicht lastete auf dem Jungen.

»Komm, Vater«, stöhnte Alfons, und gemeinsam taumelten sie los.

Heller ging zur Seite, ließ sie vorbeigehen, machtlos gegen die Sturheit der geschundenen Frau und des geplagten Sohnes. Offenbar war die Familie bereit, dem Vater bedingungslos zu verzeihen. Was konnte er dagegen ausrichten?

Heller erwachte von einer Bewegung neben sich im Bett. Aber er wollte die Augen noch nicht öffnen, wollte jeden Moment auskosten, der noch unbelastet war von Sorgen und Gedanken. Er hatte auf der linken Seite gelegen und gut geschlafen, der Schmerz im verletzten Arm hatte nachgelassen.

Da kitzelte ihn etwas im Nacken, ein kleiner Lufthauch blies ihm ins Ohr. Heller musste lächeln. Doch im selben Augenblick holten ihn die Umstände wieder ein. Heller drehte seinen Kopf ein wenig und öffnete ein Auge.

»Haben wir ein Kätzchen im Bett?«, fragte er. Anni kicherte und versteckte sich hinter seiner Schulter. Heller gab sich wieder schlafend, und Anni, die das nicht zulassen wollte, kletterte über ihn.

»Miau«, flüsterte sie. Heller drehte sich zu ihr um und kraulte sie hinter dem Ohr.

»Wann hast du dich eingeschlichen, kleine Miez?«, fragte er leise.

»Vati, aufwachen«, flüsterte Anni und gab ihm ein Küsschen auf die Wange.

Heller richtete sich halb auf. »Du bist ja schon fein angezogen«, staunte er. Anni sah an sich hinunter auf ihr Kleid und deutete auf ein kleines Stoffblümchen.

»Hast du das gemacht?«, fragte Heller. Dann hörte er Karin die Treppe hinaufkommen.

»Ich konnte sie nicht mehr aufhalten«, sagte sie und zog die Vorhänge auf.

»Wie spät ist es?«

»Erst sieben. Frau Marquart ist schon fort, Besorgungen machen.«

Heller wusste, was das bedeutete. Die alte Dame war gegangen, weil sie sich nicht verabschieden konnte von Anni.

Das Telefon klingelte. Schnell stand Heller auf und lief die Treppe hinunter. Karin und Anni folgten ihm.

»Heller.«

»Vater, Klaus hier. Du musst kommen, ich habe schon einen Fahrer losgeschickt.«

»Nein, das geht nicht. Um elf müssen wir beim Jugendamt sein. Alle, Mutter, Anni und ich.«

»Vater, du musst kommen. Du bist zurück bis elf, ich sorge dafür.«

»Was ist denn so eilig?«, fragte Heller.

Klaus zögerte mit der Antwort. »Du musst es selbst sehen«, sagte er schließlich.

Das klang in Hellers Ohren nicht nach guten Neuigkeiten.

»Also gut, dann rufe bitte Oldenbusch an, er soll dazukommen.«

»Aber …« Klaus sprach es nicht aus, aber es passte ihm nicht.

»Keine Widerrede«, bestimmte Heller und legte auf.

»Was will denn der Junge?« Karin stand neben Heller am Telefon und schaute ihn beunruhigt an.

Hellers Hand lag noch auf dem Telefonhörer. »Erinnerst du dich, als er dem Steiger-Jungen damals beim Spielen aus Versehen den Kopf blutig geschlagen hatte? So hörte er sich jetzt an.«

Karin schüttelte besorgt den Kopf. »Ob er sich in Schwierigkeiten gebracht hat?«

Heller konnte darauf nichts erwidern. Sein Blick war an

Anni hängen geblieben, wie sie ruhig dastand, ihre Hand an Karins Kleid. »Er will einen Fahrer kommen lassen. Karin, keine Sorge, wir werden pünktlich zum Termin erscheinen.«

Der Fahrer, der in einer großen Horch-Limousine vor Hellers Haustür hielt, war einer der Männer, die bei Glasers Wohnung gestanden hatten. Ohne ein Wort zu sagen, fuhr er ihn jetzt über das Blaue Wunder, bog am Schillerplatz links ab und fuhr den langen Weg am Johannisfriedhof mit seinem monumentalen Krematorium vorbei. Weiter nach Tolkewitz, am Wasserwerk vorbei, welches eingeweiht wurde, als Heller gerade drei Jahre alt gewesen war. Die Sonne schien, doch das Licht war diffus, die Schwüle hatte sich noch immer nicht aufgelöst, trieb Heller den Schweiß aus den Poren und ließ ihn beinahe fiebrig frösteln.

In Richtung Laubegast überquerten sie den Lockwitzbach, dann hielt der Fahrer. Er stieg zusammen mit Heller aus und führte ihn hinter einem Grundstück entlang in Richtung des Sportplatzes. Doch noch ehe sie ihn erreichten, bogen sie wieder links ab und gingen wieder zurück zur Österreicher Straße. Sie waren fast im Kreis gelaufen. Heller hielt seine Verwunderung über dieses Versteckspiel zurück.

Klaus erwartete ihn vor einem Haus.

»Komm, wir müssen in den ersten Stock.«

Heller folgte ihm, doch langsam wurde er ungehalten.

»Klaus, was ist los? Was soll das alles hier?«

»Wir erfuhren von einem Kontrollposten in Thüringen, dass Glaser sich auf der Rückreise befand und heute Morgen in Dresden eintreffen müsste. Als er vorhin, um sechs Uhr dreiundzwanzig, im Bahnhof Neustadt aus dem Zug stieg, wollten wir ihn ergreifen, doch dann fiel uns ein Mann auf, der ihn offenbar erwartet hatte. Wir entschieden uns deshalb gegen einen Zugriff.«

343

»Wegen eines anderen Mannes? Hättet ihr nicht beide fest-halten und kontrollieren können?«

Klaus nickte. »Wir wollten sehen, was die beiden im Schilde führten. Und ich wollte deine Meinung zum weite-ren Vorgehen erfragen.«

Sie waren jetzt im ersten Obergeschoss angekommen. Oldenbusch stand an der Tür und sah gleichzeitig müde und doch amüsiert aus.

Die Wohnung, die sie betraten, war bewohnt. Eine ältere Frau saß verschreckt in der Küche auf einem Stuhl und hielt zwei kleine Kinder auf dem Schoß. Jetzt erst verstand Heller, dass es nicht um dieses Haus und ihre Bewohner ging, son-dern dass von hier aus eine Observierung erfolgte.

»Oberkommissar Heller«, stellte er sich vor. »Haben Sie keine Angst, es ist gleich vorbei«, ergänzte er mit ruhiger Stimme.

Klaus stellte sich ans Küchenfenster, wo ein Kollege für ihn Platz machte und Heller einen Feldstecher reichte.

»Auf der Sommerterrasse.« Klaus wich dem fragenden Blick seines Vaters aus. Er zeigte über die Straße, zu Donaths Neuer Welt, einer Gaststätte mit Tanzsaal und Gästezimmern. Vor dem Haus wurde ein Biergarten betrieben. Er war gut besucht, es war Frühstückszeit.

Heller stellte den Feldstecher scharf und suchte die Ter-rasse ab, obwohl er weder wusste, wie Glaser noch wie der andere Mann aussah. Doch dann blieb er an einem Tisch hängen, an dem zwei Männer saßen, die gerade bedient wurden. Der eine war ein schmaler, bebrillter Mann in leid-lich guter Kleidung, der andere sah gut genährt aus und saß im aufgeknöpften Zweireiher da. Er trug eine Weste mit einem Goldkettchen, das aus seiner Uhrentasche hing. Er hatte eine Halbglatze, und sein Gesicht zierten ein Schnauz-und Spitzbart. Er nickte bestätigend zu Glasers Worten, lächelte, sah sich immer wieder um. Heller nahm den Feldstecher herunter.

Oldenbusch war ihnen in die Wohnung gefolgt. »Mir scheint, Lenin ist auferstanden«, konnte er sich nicht verkneifen zu sagen.

»Nun, was meinst du, was sollen wir tun?«, fragte Klaus seinen Vater und ignorierte Oldenbuschs Bemerkung demonstrativ.

»Das ist Markus Steinbeck. Er kommt aus München. Er war Leutnant einer Panzerkompanie. Es besteht der Verdacht, dass sich diese Kompanie unter seiner Führung einiger Kriegsverbrechen schuldig gemacht hat. Er nahm vor einigen Monaten Kontakt zu seinen ehemaligen Untergebenen auf. Seitdem starben Wilfred Stiegler, Siegfried Barth und der Junge von Karl Utmann. Möglicherweise fiel er einer Verwechslung zum Opfer und der Anschlag galt seinem Vater. Es könnte sein, dass Steinbeck versucht, die Zeugen der Kriegsverbrechen zu beseitigen. Entweder hilft Glaser ihm dabei oder er soll sein nächstes Opfer werden. Deshalb empfehle ich sofortigen Zugriff.«

Klaus sah seinen Vater an und konnte seine Verblüffung nicht verbergen. Heller nahm das Fernglas wieder vor die Augen.

Steinbeck scherzte mit der Kellnerin, drückte ihr etwas in die Hand, das sie schnell in ihrer Schürzentasche verschwinden ließ.

»Weiß er, dass er beobachtet wird?«, fragte Heller.

Steinbeck sah auf seine Uhr, blickte zur Straße.

»Der Mann bei der Litfaßsäule, ist der von euch?«

Klaus schob sich hinter Heller ans Fenster. »Ja.«

»Steinbeck weiß, dass er da steht, er sieht zu ihm hin. Da, sie brechen auf. Hat er ein Fahrzeug?«

»Sie sind mit der Straßenbahn hierhergekommen.«

»Wie viele Männer haben wir?«, fragte Heller knapp.

»Fünf, mit dir und Genosse Oldenbusch sieben.«

»Sie gehen hinein. Wie viele Ausgänge hat das Gebäude?«

»Vordereingang an der Straße, die Sonnenterrasse, einen Wirtschaftseingang. Alle unter Beobachtung.«

»Nehmt sie fest«, befahl Heller. »Ich halte mich mit Werner in Reserve. Los! Aber nicht schießen!«

Klaus und sein Kollege rannten die Treppe hinunter.

»Entschuldigen Sie die Umstände, auf Wiedersehen«, wandte sich Heller an die ältere Frau. »Wo steht der Wagen, Werner?«, fragte er dann Oldenbusch, und gemeinsam verließen sie eilig die Wohnung.

»Das hat er nun davon, dass er Sie bloßstellt in der Öffentlichkeit.« Oldenbusch konnte seine Schadenfreude nicht verbergen. Er öffnete die Tür des Ford.

Heller kommentierte Oldenbuschs Bemerkung nicht. Dazu war jetzt keine Zeit.

»Motor an!«, befahl er und ließ die Gaststätte nicht aus den Augen. Er wusste nicht, ob Klaus' Kollegen schon ins Haus eingedrungen waren. Eine Straßenbahn fuhr vorbei und klingelte, weil der Ford die Straße blockierte. Es herrschte viel Betrieb, Passanten mit Rucksäcken und Handwagen, Fahrradfahrer, Lastwagen mit dröhnenden Motoren versperrten immer wieder die Sicht.

»Sollten wir nicht hingehen?«, fragte Oldenbusch.

»Es ist mir zu ruhig. Hätten sie ihn gestellt, wären sie doch schon rausgekommen.« Heller wollte nicht zugeben, dass er sich um Klaus Sorgen machte. Wenn Steinbeck etwas zu verbergen hatte, würde er sich nicht wehrlos ergeben. Ob sich Karin auch immer um ihn sorgte?

»Vielleicht sind die auf der anderen Seite des Gebäudes. Soll ich nachsehen?«

»Sitzen bleiben, Werner!«, befahl Heller. Ein kleiner Laster bog, vom Zentrum kommend, in die Einfahrt neben dem Gasthaus ab und verschwand hinter dem Haus.

»Oder fahren wir hin?« Oldenbusch zappelte nervös auf dem Sitz hin und her.

»Da!« Heller deutete auf die Einfahrt, wo der Laster mit dröhnendem Motor plötzlich wieder auftauchte, mit offener Ladeklappe rechts abbog und dabei ein Motorrad beiseitedrängte und fast zum Fallen brachte. Schon röhrte der Laster an ihnen vorbei und verlor Ladung, nach der sich einige Passanten sofort bückten.

»Werner, hinterher!«, rief Heller. Es war eindeutig: Steinbeck lenkte, Glaser war Beifahrer.

Oldenbusch ließ die Kupplung kommen, schlug das Lenkrad voll ein und jagte dem Laster hinterher. Der stieß schwarze Rauchwolken aus und beschleunigte auf gerader Strecke.

»Vollgas!«, beschwor Heller. »Hupen!«

Oldenbusch hupte energisch. Das Horn gab klägliche Laute von sich, die jedoch ihre Wirkung zeigten. Die Menschen sprangen von der Straße und gaben den Weg frei. Der Ford war nun im Vorteil, nahm schnell an Fahrt auf und verkürzte den Abstand. Bald waren es nur noch zwanzig Meter. Heller kurbelte sein Fenster runter und zog seine Pistole, die Schmerzen im Arm musste er ignorieren.

»Versuchen Sie, sich in der Straßenmitte zu halten, ich will auf die Reifen schießen.«

Heller zog seine Pistole, merkte aber schnell, dass er seinen verletzten Arm nicht aus dem Fenster hängen konnte. Er versuchte es anders und legte sein Handgelenk auf dem Fensterrand ab.

»Links vorbei!«, rief er. Oldenbusch gehorchte und versuchte zu überholen, musste jedoch wegen einer entgegenkommenden Bahn augenblicklich bremsen und einlenken.

Schweißtropfen standen ihm auf der Stirn. Er hupte wild, um Passanten daran zu hindern, hinter der Bahn über die Straße zu laufen. Sobald sich wieder die Gelegenheit ergab, beschleunigte er und versuchte erneut, links an dem Laster vorbeizuziehen. Der fuhr jetzt wilde Schlenker. Heller zielte, sah jedoch keine Möglichkeit zu schießen, ohne zu riskieren, jemanden auf dem Gehweg mit einem Querschläger zu treffen.

Plötzlich dröhnte es neben ihnen. Der große Horch schoss an ihnen vorbei und wollte den Laster rechts überholen. Einer von Klaus' Kollegen hing halb aus dem Fenster, ebenfalls eine Pistole in den Händen. Heller wies Werner an, sich zurückzuhalten. Inzwischen hatten sie die Straßenbahnabzweigung zur Leubener Straße erreicht. Kaum war der Horch rechts neben dem Laster angelangt, trat Steinbeck in die Bremse, ließ den Wagen an sich vorbeischießen, bog abrupt rechts ab, folgte der Bahnlinie neunzehn Richtung Leuben. Oldenbusch reagierte sofort, warf, ohne zu bremsen, das Lenkrad herum, dass die Reifen quietschten. Er bekam gerade noch die Kurve, touchierte aber den Bordstein auf der anderen Straßenseite, ließ einige Passanten panisch zur Seite springen und gab augenblicklich wieder Gas.

Der Laster hatte jetzt wieder einigen Vorsprung, während Oldenbusch den Ford erst wieder auf Touren bringen musste. Zwei Fehlzündungen knallten wie Schüsse und veranlassten ein paar Leute, sich auf den Boden zu werfen. Heller sah sich nach dem anderen Auto um und bemerkte, dass es jetzt erst auf die Leubener einbog. Es war kaum noch zu sehen, so weit lagen sie schon zurück. Oldenbusch hatte sich inzwischen näher an den Laster herangekämpft, konnte jedoch kaum die Spur halten.

»Was ist?«, fragte Heller mit einem beunruhigten Seitenblick.

»Reifen platt«, erwiderte Oldenbusch knapp. Der Kämpfer war in ihm erwacht, sein verbissenes Gesicht zeigte, dass er den Laster nicht entkommen lassen wollte. Der hatte inzwischen das bewohnte Gebiet fast durchquert. Gleich würden sie das Überflutungsgebiet kreuzen, welches den Ortsteil Laubegast bei Hochwasser zur Insel werden ließ. Der Ford holte trotz Reifenschaden wieder auf, und Heller wagte es, sich noch einmal aus dem Fenster zu beugen. Hier, am unbefestigten Straßenrand, waren wenige Menschen unterwegs, aber vorn am Leubener Friedhof wartete eine Straßenbahn und würde ihnen gleich entgegenkommen.

Oldenbusch hatte den Laster eingeholt und wollte an ihm vorbeiziehen, doch Steinbeck riss das Lenkrad immer wieder hin und her und schien fest entschlossen zu sein, sich nicht erwischen zu lassen. Heller zielte, schoss zweimal, traf den Laster, jedoch nicht an entscheidender Stelle. Er schoss noch einmal, traf einen Reifen, der augenblicklich an Druck verlor, was Steinbeck jedoch nicht daran hinderte, weiter Vollgas zu fahren. Sollte er so ungebremst auf die nächste Kreuzung schießen, würde er auf den belebten Straßen unweigerlich einen schweren Unfall riskieren.

»Rammen!«, befahl Heller.

Oldenbusch kniff die Lippen zusammen, täuschte ein Lenkmanöver nach links an, zog rechts neben den Laster, lenkte dann den Ford bei voller Geschwindigkeit nach links gegen die Hinterachse des Lasters. Der Kotflügel verkeilte sich unter der hölzernen Ladefläche, das rechte Hinterrad des Lasters zerfetzte. Sofort verlor Steinbeck die Kontrolle über den Laster. Er geriet ins Schleudern, versuchte gegenzusteuern, geriet links auf den Straßendreck, woraufhin sich der Laster querstellte, umkippte, sich überschlug und ins Grün rechts neben der Fahrbahn rutschte.

Oldenbusch hatte in die Bremse getreten und war selbst

ins Schleudern geraten. Aber er vermied es geschickt, erneut mit dem Laster zu kollidieren, und brachte den Ford zum Stehen.

Es qualmte aus dem Motorraum, die aufgestemmte Haube verhieß keine guten Nachrichten. Heller sprang aus dem Wagen und lief mit gezogener Waffe zum Laster, der auf der Seite lag. Das Fahrerhaus war eingedrückt und sämtliche Scheiben zersplittert. Steinbeck lag halb über Glaser. Beide Männer bewegten sich zuerst nicht. Doch der ehemalige Leutnant kam schnell zu Bewusstsein, sah sich um, fand sich in hilfloser Lage wieder und versuchte trotzdem, sich mit hektischen Bewegungen zu befreien. Schon kam Oldenbusch angelaufen, und auch der Horch bremste geräuschvoll. Heller steckte die Waffe weg und begann, Steinbeck von Glaser herunterzuziehen. Gemeinsam mit Oldenbusch gelang es ihm, den Mann ins Freie zu bringen.

»Sind Sie verletzt?«, fragte er.

Steinbeck wollte sich aufrappeln, doch Heller drückte ihm die Hand auf die Schulter. Es sah so aus, als hätte der Mann den Unfall unverletzt überstanden. Sein Bart hatte sich gelöst. Darunter konnte man eine Keramikprothese erkennen, die sein zerstörtes Kinn ersetzte. Auch Teile seines Unterkiefers samt Zähne waren künstlich.

»Oberkommissar Heller von der Kripo Dresden. Herr Steinbeck, Sie sind verhaftet. Ihnen wird Mord an drei Menschen vorgeworfen.«

»Nein«, schrie Steinbeck. »Das ist idiotisch, lassen Sie mich, ich bin ein freier deutscher Bürger. Das ist Willkür! Ich habe Beziehungen, das bereuen Sie!«

Heller winkte Oldenbusch heran, der dem Mann die Hände mit Handschellen auf dem Rücken fesselte, ihn auf die Beine stellte und schließlich an die Männer von der DVdI übergab.

»Wo ist Klaus?«, fragte Heller und beugte sich wieder in den Laster. Glaser war noch drin. Er war bewusstlos, doch er atmete und verlor kein Blut.

»Ist wohl bei der Gaststätte zurückgeblieben«, antwortete einer der Männer.

»Wie meinen Sie, zurückgeblieben?«

Doch da kam schon einer der grauen Laster angefahren. Klaus fuhr selbst, brachte das Fahrzeug zum Stehen und stieg aus.

Heller atmete erleichtert aus. »Klaus, kümmere dich bitte um die beiden. Ich will sie auf meinem Revier vernehmen.« Er sah auf die Uhr, es war noch Zeit.

Klaus nickte, auch wenn es nicht den Anschein machte, dass er mit seinem Vater einer Meinung war.

Heller sah sich um und suchte Oldenbusch. Er fand ihn, vor seinem Auto kniend, als er versuchte, etwas an dem Kotflügel zu richten. Ein aussichtsloses Unterfangen.

Oldenbusch erhob sich, als er Heller kommen sah. »Ich fürchte, der ist hin«, brummte er. »Die Radaufhängung ist abgerissen, der Motor ist auch futsch. Das krieg ich nie wieder repariert.« Oldenbusch ließ den Kopf hängen und konnte nur mit Mühe seine Gefühle unterdrücken.

Heller klopfte ihm die Schulter. »Ich meine, es war die Sache wert.«

Oldenbusch sah Heller mit gequältem Lächeln und feuchten Augen an.

»So einen kriegen wir nie wieder, Max.«

Wie seltsam war doch die Zeit, dachte sich Heller. Da vergingen Jahre wie im Flug. Stunden wurden zu Augenblicken, eine Abfolge unsortierter Bilder. Die Jungen waren groß geworden. Gerade noch kleine Burschen, die sich rauften, waren sie nun Männer. Sie waren ihnen entglitten, besser gesagt entrissen worden. Und während ihm die letzten Tage wie feiner Sand durch die Finger gerieselt waren, beinahe unbemerkt, dehnten sich nun die Sekunden in die Ewigkeit.

Er sollte froh darüber sein und jede von ihnen genießen. Zwischen ihm und Karin saß dieses kleine Mädchen, welches ihnen so lieb geworden und ans Herz gewachsen war, als sei es ihr eigenes Kind.

Annie war ihr Kind geworden in den letzten anderthalb Jahren, hatte sprechen und lachen gelernt, hatte Mutti und Vati gesagt, ganz leise nur, als wagte sie kein lautes Wort, als traute sie ihrem Glück nicht und wollte es nicht auf die Probe stellen. Jede Sekunde länger, in der sie seine Hand hielt, sollte er als ein Geschenk betrachten. Doch Heller hielt es nicht mehr aus. Das Warten war eine schreckliche Qual, die Ungewissheit, das Hinauszögern des Wunders, das einem Elternpaar das Kind wiederbringen sollte.

»Warten Sie bitte«, hatte die Dame vom Jugendamt gesagt, nachdem sie die Personalien festgestellt hatte, nicht unfreundlich, doch ganz sachlich. Für sie war es nur ein Vorgang, einer von Tausenden. Dann war sie nach draußen gegangen. Und nun saßen sie in ihrem großen hellen Büro, zu dritt auf zwei Stühlen, Anni zwischen ihnen. Sie wusste nicht, was mit ihr geschah, und sah immer wieder zu Karin, die sich die Augen tupfte und versuchte, die Fassung zu bewahren. Karin sah zu Anni und lächelte tapfer. Ganz fest hielt sie die Hand des Mädchens, und Heller fürchtete, sie würde sie nicht loslassen können im entscheidenden Augenblick.

Heller fühlte sich seltsam taub und stumpf. Er wusste, er sollte sich freuen, wenn Anni ihre wirklichen Eltern wiederbekam, wenn sie endlich wieder den Namen hörte, mit dem sie getauft worden war. Und doch wusste er, es würde Karin einen Stoß ins Herz versetzen, von dem sie sich wahrscheinlich niemals mehr erholen würde. Und er …

»Vielleicht«, begann Karin, schluckte und versuchte, ihrer Stimme einen festen Klang zu verleihen. Heller schüttelte den Kopf, sie sollte besser nichts sagen. Doch Karin sah ihn gar nicht an, sie brauchte einfach einen Halt, einen Beistand.

»Vielleicht kann man sie überzeugen, hierzubleiben, in Dresden. Vielleicht könnten sie sogar bei uns …« Karin blieb jetzt doch die Stimme weg.

Anni schaute zu Heller hoch, schwieg, aber der Druck ihrer Finger wurde stärker. Sie weiß es, dachte sich Heller. Sie ahnt es.

Er wusste, dass letztlich alles auf ihm lasten würde. Karin war es, die darauf gedrängt hatte, Anni in Pflege zu nehmen, die den Anblick des kleinen Mädchens zwischen all den anderen verlorenen und vergessenen Seelen im Waisenhaus nicht ertragen konnte. Doch jetzt kam sein Part. Er würde die ganze Last tragen müssen. Karins Schmerz. Seinen eigenen. Seine Vergangenheit.

Schritte wurden laut, näherten sich. Heller setzte sich gerade hin. Die Tür öffnete sich. Karin erhob sich, Annis Hand fest in ihrer.

»Nach den Unterlagen wurde das Kind von Soldaten der Sowjetarmee am elften Februar siebenundvierzig unter nicht näher benannten Umständen mit einigen anderen Kindern in der Dresdner Heide gefunden«, erklärte die Frau vom Jugendamt den Leuten, die sie aus dem Wartezimmer geholt hatte, noch im Gang und hielt dabei immer noch die Klinke in der Hand. »Das Mädchen war verwahrlost, unterkühlt und unterernährt. Offenbar ist sie von uns nicht bekannten Personen nach Kriegsende gefunden und in Obhut genommen worden. Geschätztes Alter war drei. Sie sprach kein Wort und kam in ein Waisenhaus in Wachwitz. Anfang siebenundvierzig wurde sie von Familie Heller in Pflege genommen.« Jetzt öffnete die Frau die Tür ganz und gab den Weg frei. »Kommen Sie herein.«

Ein Mann und eine Frau betraten zögernd den Raum. Sie trugen ordentliche, doch abgenutzte Kleidung und waren von unbestimmtem Alter, vielleicht dreißig oder auch jünger. Ihre Gesichter waren gezeichnet von Hunger und Elend. Mager, das Haar des Mannes zu lang, das der Frau straff zusammengebunden. Die Frau war blond, genau wie Anni. Der Mann wagte einen Schritt in das Büro, die Frau blieb in der Tür stehen, als gäbe es eine unsichtbare Barriere, die sie nicht überwinden konnte. Dann plötzlich schlug sie die Hände vors Gesicht und begann zu weinen.

Der Mann kam näher, die Augen auf Anni gerichtet, hockte sich vor sie hin und streckte seine Hand aus.

»Marikchen, bist du das, kleine Mareike?«, flüsterte er. Anni wurde unsicher und wich ängstlich zurück, doch Karin hielt sie fest an der Hand und ließ sie nicht gehen. Anni blieb stumm. Sie reagierte nicht auf den Mann, starrte ihn nur an. Der berührte sie jetzt im Gesicht und strich ihr über die Wange.

»Edwin, das ist sie nicht«, stöhnte die Frau an der Tür. Heller sah ihr an, wie sie litt. Langsam erhob er sich.

Karin wollte ihre Hand von Annis lösen, doch Anni griff mit beiden Händen schnell wieder nach ihr und drängte sich hinter sie.

Der Mann war noch nicht bereit, aufzugeben. »Kennst du mich nicht mehr? Deinen Paps? Marikchen!« Der Mann begann ein Lied zu summen. »Weißt du nicht mehr? ›Alle Vöglein fliegen, lustig in die Höh‹?«

»Hör auf, Edwin, bitte hör auf«, flehte die Frau, schleppte sich ins Zimmer und zog verzweifelt an ihrem Mann, der auf einmal alle Kraft, allen Lebensmut verloren hatte. Sie zerrte an ihm und musste ihn wegführen, wie einen Verwundeten, der sich gerade noch auf den Beinen halten konnte.

Heller spürte in sich den Impuls, den beiden zu helfen, doch er stand wie erstarrt da. Diese beiden mussten einen furchtbar langen Weg alleine gehen, mussten weitersuchen oder es schaffen, einen Weg in ein neues Leben zu finden. Irgendwann. Irgendwie. Es gab keine Worte, keinen Trost.

»Komm Edwin, wir müssen, wir müssen weiter«, flüsterte die Frau und schlang ihren Arm um seine gebeugten Schultern.

Dann trat die Frau vom Jugendamt vor Heller und Karin.

»Vielen Dank, dass Sie gekommen sind. Sie finden sicher allein hinaus. Auf Wiedersehen«, sagte sie, schüttelte Hellers Hand, schüttelte Karins Hand und begleitete dann das andere Paar aus der Tür.

»Ich zeige Ihnen die Kantine, da können Sie markenfrei essen«, hörte Heller sie noch sagen.

Da war Karin plötzlich an seiner Seite, lehnte sich an ihn, und ihre Anspannung entlud sich augenblicklich in einem heftigen Weinkrampf. Heller nahm sie in den Arm. Er war natürlich erleichtert, wie sie auch, und doch blieb ein bitterer Nachgeschmack zurück. Ihr Glück war das Leid zweier anderer Menschen. Müssten sie nicht mit den anderen leiden, anstatt erleichtert zu sein, das Kind behalten zu dürfen? Er hielt Karin immer noch fest umarmt und sah den beiden anderen hinterher, wie sie langsam den Flur entlanggingen und aus ihrem Leben wieder verschwanden.

Karin fasste sich wieder und ging zu Anni, um sie auf den Arm zu nehmen. Das Mädchen schlang die Arme um ihren Hals, presste ihre Wange fest an Karins. Dann sah sie zu Heller und winkte ihn mit ihrem kleinen Zeigefinger heran. Heller strich ihr sanft über die Wange und fragte sich, was wohl in den letzten Minuten in dem Kind vor sich gegangen sein musste.

Dann sah er plötzlich auf die Uhr. »Geht ihr jetzt nach Hause. Ich habe noch viel zu tun. Der Fahrer wartet unten. Ich versuche, zum Abendessen daheim zu sein.«

Karin nickte und ließ Anni wieder herunter. »Wenn man die beiden nur irgendwie hätte trösten können«, sagte sie leise.

»Wir können sie nicht trösten, Karin«, antwortete er.

Und noch jemanden gab es, den er nicht würde trösten können.

»Warten Sie bitte hier«, bat er Klaus' Kollegen. Heller stieg aus dem Horch und straffte die Jacke, die er trotz der Schwüle trug. Seinen Arm hatte er wieder in die Schlinge gelegt. Der Knoten drückte unangenehm am Hals, deshalb richtete er das Tuch. Dann überquerte er die Bernhardstraße, an deren oberen Ende sich ein kleiner Friedhof befand. Das war Hellers Ziel.

Schnell entdeckte er die kleine Gesellschaft, die sich um ein ausgehobenes Grab versammelt hatte. Zögernd ging Heller näher, blieb jedoch dann etwas abseits stehen.

Die wenigen sterblichen Überreste, die man von Franz Barth gefunden hatte, wurden in einem Sarg beigesetzt, einem einfachen, hölzernen Kasten. Hilde Barth war ganz in Schwarz gekleidet. Ihr Gesicht kaum zu erkennen unter dem schwarzen Damenhut mit dem dunklen Schleier. Sie hatte ihre Tochter an der Hand, die starr in die Grube blickte und keine Miene verzog. Der Pfarrer hielt eine lange Rede, in der zweiten Reihe weinten zwei ältere Frauen. Die anderen Personen standen mit den Rücken zu Heller gewandt. Nur ein einziger Mann war da. Am Fußende des Grabes stand Alma Utmann, neben ihr Alfred. Sie trugen keine schwarze Kleidung, weil sie wahrscheinlich gar keine besaßen. Der Leichnam ihres Sohnes war noch nicht freigegeben. Auch dieser Beisetzung, hatte Heller sich vorgenommen, würde er beiwohnen.

Nachdem der Sarg hinabgelassen worden war, gab jeder der Anwesenden mit einer Schaufel ein wenig Erde hinzu, die älteren Frauen warfen Blumen auf den Sarg. Jeder reichte Hilde die Hand, auch Alma ging zu ihr. Die beiden leidgeprüften Frauen sahen sich in die Augen.

Nun sah Heller den Zeitpunkt für gekommen. Er ging zu Hilde Barth, während der Friedhofsgehilfe schon begann, das Grab zuzuschaufeln.

Frau Barth sah auf. Heller nahm seinen Arm aus der Schlinge und reichte der Frau die Hand.

»Frau Barth, Sie können versichert sein, dass ich alles in meiner Macht Stehende tun werde, um die Umstände seines Todes aufzuklären.«

»Das weiß ich, danke«, murmelte Hilde Barth, öffnete aber kaum den Mund und wollte sich abwenden.

»Ist etwas mit Ihnen? Sind Sie krank?«, fragte Heller.

»Ich muss zum Zahnarzt.«

»Wenn Sie möchten, ich könnte Ihnen vielleicht jemanden …«

»Danke, ich habe schon einen Termin«, nuschelte die Frau, dann ließ sie ihn stehen.

Heller stand am Schlafzimmerfenster, das zur Straße zeigte. Sein sorgenvoller Blick galt der schwarzen Wolkenwand, die sich nach Nordosten über das Elbtal schob. Das Fenster stand offen, als eine schwere Bö die Bäume und Büsche bog, die Gardine aufbauschte und Heller feine Sandkörnchen in die Augen blies. Er schloss das Fenster. In die Erleichterung, dass das Gewitter Abkühlung bringen würde, mischte sich bereits die Sorge, dass sich draußen ein heftiger Sturm entwickeln könnte.

Unten in der Küche las Karin Anni im Schein der Glühlampe aus einem Buch vor. Frau Marquart zupfte über einer Schüssel die winzigen Stiele von den heute geernteten Johannisbeeren und ein seliges Lächeln lag ihr auf dem Gesicht. Sie waren satt geworden heute Abend, sie hatten an nichts gespart. Sogar Schnaps hatten sie getrunken. Im Überschwang ihrer Gefühle hatte die alte Frau vorgeschlagen, diesen Tag zu Annis Geburtstag zu machen. Karin hatte dem schnell und entschieden widersprochen. Es sollte der zwölfte Februar bleiben, der Tag, an dem sie Anni das erste Mal im Waisenhaus gesehen hatten.

Das Radio spielte so leise, dass man weder Stimmen noch Musik verstand. Als das Licht ausfiel, zündete Karin eine Kerze an, schaltete dann Licht und Radio ab, damit sie nicht irgendwann in der Nacht davon überrascht wurden, und las weiter vor.

Dann hielt sie inne und schaute Heller an.

»Was ist mit dir? Du kannst immer noch nicht loslassen, oder?«, meinte sie unvermittelt.

Heller schüttelte den Kopf. Nein, er konnte nicht loslassen. Noch nicht. Denn weder die Verhaftung Jungbluts noch die Festnahme von Steinbeck und Glaser hatten sie weitergebracht. Bei der Vernehmung der Letzteren war Heller schnell klar geworden, dass sie zu keinen neuen Erkenntnissen gelangen würden. Beide Männer wichen keinen Deut von ihren Geschichten ab.

Glaser sei bei Verwandten zu Besuch gewesen und habe den Einbruch in seinem Haus vor wenigen Wochen gemeldet. In seinem Medikamentenfundus in der an den Staat übergebenen Apotheke hatten sich größere Mengen Pervitin gefunden, aber das allein war kein Straftatbestand. Den Diebstahl von Lebensmittelkarten aus seiner Ausgabestelle habe er ordnungsgemäß gemeldet.

Steinbeck, der im Dienst des bayrischen Staates stand, gab vor, besorgt um seine ehemaligen Kameraden gewesen zu sein und ihnen nur helfen zu wollen. Deshalb habe Steinbeck sie ausfindig gemacht und deshalb habe er an der Schule nach den Utmann-Jungen gefragt. Allein die Angst vor der bolschewistischen Willkür habe ihn zur Flucht mit dem Laster veranlasst. Steinbeck war sich sicher, man würde ihn nach Sibirien schicken. Sollte es gerecht zugehen, musste es auf einen Indizienprozess hinauslaufen, was für Heller und die junge Staatsanwaltschaft bedeutete, jede einzelne Handlung nachvollziehen und beweisen zu müssen. Vom möglichen Mord an Siegfried Barth über den Tod von Wilfred Stiegler bis hin zum Anschlag auf Karl Utmann, der versehentlich Albert traf, sofern es ein Anschlag gewesen war. Ob und in welchem Zusammenhang der Tod von Franz Barth und Ernst Sturberg mit diesem Fall stand, müsste erst geklärt werden. Und Heller hatte nichts in der Hand. Nichts, außer seinen Vermutungen, den Briefen und einem Dutzend Leute, die keine oder nur die nötigsten Aussagen machten. Für Steinbeck als Täter sprachen bisher nur das Motiv und die Tatsache, dass er sich zum Zeitpunkt der Todesfälle in Dresden aufgehalten hatte. Angesichts der sich verhärtenden Fronten zwischen den sowjetischen und amerikanischen Besatzern schien es aussichtslos zu sein, über die Behörden herauszufinden, ob gegen Markus Steinbeck wegen Kriegsverbrechen ermittelt wurde. Steinbeck selbst leugnete natürlich, je eine solche Untat begangen zu haben. Und bis jetzt hatte man keinerlei Anhaltspunkte, die gegen ihn sprachen.

Genauso verhielt es sich im Fall des Lehrers Jungblut. Solange niemand eine wirkliche Aussage machte, war ihm kaum etwas nachzuweisen. Dass Hausmeister Neubert und die Schulleiterin Schleier gegen ihn aussagten, war nicht wirklich von Bedeutung. Immerhin waren beide daran interessiert, selbst glimpflich aus der Sache herauszukommen. Auf dem Gewehr befanden sich Finger- und Handabdrücke, deren Analyse Heller mit einiger Hoffnung entgegensah, doch das konnte noch Wochen dauern. Er hatte sich Schriftproben geben lassen von Jungblut, Steinbeck und Glaser, von Neubert und Frau Doktor Schleier und von Johanna Zeil und Helmut Burgmeister. Doch keine davon stimmte mit der Schrift auf dem kleinen Zettel überein, den er in dem Versteck der Utmann-Jungen gefunden hatte und auf dem stand *Für den Vater, das macht ihn heil!*

»Anni, ab ins Waschhaus, wir machen Katzenwäsche. Husch, kleine Miez«, rief Karin und gab Anni einen liebevollen Klaps auf den Po.

»Wir gehen ins Bett, Max, und ich lege mich zu Anni. Falls sie wegen heute Morgen noch unruhig sein sollte.«

Heller nickte halb abwesend. Er musste etwas tun, jetzt noch. Er musste sich an etwas festhalten, beschäftigt sein, etwas tun, irgendwas. Wenn das Gewitter losbrach, durfte er nicht mit sich und seinen Gedanken im Bett liegen. Etwas war noch da draußen.

Karin stand noch in der Tür. »Es grollt schon in der Ferne.«

»Das wird was werden«, unkte Frau Marquart.

»Ich muss unentwegt an all die Mütter denken, die ihre Kinder verloren haben«, sagte Karin nachdenklich. »Weißt du, Max, ich habe ein richtig schlechtes Gewissen. Wie sehr habe ich mir heute gewünscht, dass es nicht Annis Eltern sind. Ich schäme mich so dafür.«

Heller war aufgestanden. »Bitte, Karin, so darfst du nicht denken. Jeder kann das nachvollziehen. Denk nicht mehr darüber nach. Schlaft gut, ihr beiden«, sagte er und lächelte. Etwas hatte sich gerade in seinem Kopf festgesetzt. Eine Ahnung. Etwas, das Karin gesagt hatte. Das schwang in seinen Gedanken nach wie eine angeschlagene Klaviersaite.

Er sah wieder Hilde Barth auf dem Friedhof vor sich, nuschelnd, mit dicker Wange. Heller holte seine Tasche und breitete deren Inhalt auf dem Küchentisch aus. Frau Marquart räumte wortlos ihre Beerenschüssel beiseite und machte ihm Platz. Karin war zu Anni gegangen.

Heller sortierte die verschiedenen Dinge auf dem Tisch. Da waren zuerst die Briefe, die verbrannten Fetzen, dann die braune Flasche, der kleine Zettel und die Schriftproben der Festgenommenen.

Als Erstes nahm er sich die braune Flasche vor. Oldenbusch hatte nur die Fingerabdrücke Alberts an ihr finden können. Heller roch noch einmal daran und drehte sie an dem schmalen Hals zwischen Daumen und Zeigefinger.

»Frau Marquart, haben Sie eine Ahnung, was da drin gewesen sein könnte?«

Die alte Dame sah kurz auf. »Vielleicht Hustentropfen oder Herztropfen?«

»Herztropfen. Wie hießen die gleich noch mal?«

»Nitroliquid oder so ähnlich.«

»Nitrangin Liquidum?« Heller nahm sein Notizbuch und blätterte darin. Dann stand er auf und ging zum Telefon im Flur. Er sah auf seine Uhr, es war noch nicht sechs, er könnte Glück haben. Er wählte eine Nummer.

»Hier ist Oberkommissar Heller. Ich brauche den Wittek, bitte! Dringend.«

Der Arzt wurde eilig an das Telefon geholt. »Doktor, Gott sei Dank«, rief Heller. »Ich habe eine Frage. Nitrangin Liquidum: Meinen Sie, es könnte sich tödlich auf Albert Utmann ausgewirkt haben?« Heller machte sich umständlich Notizen, den Hörer zwischen Ohr und Schulter geklemmt.

»In seinem Zustand also durchaus möglich. Überdosierung? Meinen Sie, jemand könnte das bewusst herbeigeführt haben? Ein Apotheker?« Heller lauschte, notierte, aber Witteks Antwort war unbefriedigend.

»Und Heiner? Ist er stabil? … Er atmet selbstständig, sehr gut. Vielen Dank, Doktor.«

Heller legte auf und ging zurück zum Tisch. In dem Moment ließ ein heftiger Donner das Haus erzittern. Frau Marquart zuckte zusammen. Im Waschhaus schrie Anni auf und man hörte Karins Stimme, die beruhigend auf das Mädchen einredete.

Heller war schon wieder in seinen Gedanken bei dem Fall. Hatte Jungblut Albert Utmann umbringen wollen, weil er fürchtete, verraten zu werden? Hatte er aus demselben Grund Sturberg überredet, auf die Bombe zu schießen, um ihn und Franz Barth loszuwerden? Wollte er ein Exempel statuieren? Das war so weit herbeigeholt wie auch plausibel. War es wirklich nur Zufall, dass Hilde Barth innerhalb kurzer Zeit gleich zwei Schicksalsschläge erleiden musste? War das vielleicht der Schlüssel zur Lösung?

Wieder zuckte grelles Licht durch den Raum und wenige Momente später donnerte es. Eine Sturmbö fegte ums Haus und ließ es knirschen und quietschen.

»Es kommt näher«, sagte Frau Marquart.

Heller nickte, doch er achtete nicht auf das Gewitter. Auch in seinen Gedanken kam etwas näher und drohte ihn zu überrollen wie eine Sturmflut. Ihm war, als würde sich etwas entladen.

Es krachte erneut und ließ das Haus erbeben.

Da stand plötzlich Karin in der Tür, mit Anni auf dem Arm. Das Mädchen war in ein großes Handtuch gewickelt, nur das Gesicht schaute heraus und Tränen rollten ihr über die Wangen.

»Sag Gute Nacht, Anni«, forderte Karin sie auf.

Anni blieb stumm und legte ihren Kopf in Karins Halsbeuge. Sie winkte Heller nur müde zu, und Heller winkte zurück.

Dann versank er wieder in seinen Gedanken. Es musste etwas geben, das er bis jetzt außer Acht gelassen hatte. Etwas zutiefst Menschliches. Es gab mehr als nur Raffsucht und Gier nach Macht und Bedeutung, mehr als politische oder rassistische Beweggründe. Es gab Liebe, Stolz, Rachedurst und Wut.

Warum war er nicht schon früher daraufgekommen? Dabei hatte er doch ein Beispiel direkt vor Augen. Sich selbst. Er hätte von Anfang an mehr auf seine Intuition hören sollen.

Inzwischen befand sich das Gewitter direkt über ihnen. Zweige peitschten gegen die Fenster, der Baum vor dem Haus knarrte bedenklich im Sturm. Regenschauer klatschten gegen die Hauswand, schwere Tropfen prasselten wie Hagelkörner auf die Fensterbretter.

Heller ging zum hundertsten Mal die Briefe durch. Er legte die von Steinbeck beiseite und sah sich Hildes Briefe an, die sie ihrem Mann an die Front geschickte hatte. Er legte Alfons' Zettel daneben. Es war dieselbe Schrift, ganz eindeutig. Aber es war nicht die Schrift von diesem anderen so vertraulichen Brief, von dem er immer geglaubt hatte, er sei von Hilde gewesen. Hastig las er ihn durch, dann noch einmal. »Natürlich«, flüsterte er. Dann sprang er auf, rannte beinahe zum Telefon und wählte Oldenbuschs Nummer. Ohne Erfolg. Daraufhin versuchte er es im Präsidium. Dort nahm jemand ab.

»Aufmachen! Polizei!«, rief Heller und hämmerte zum wiederholten Mal gegen die Haustür der Utmanns. Es goss schon in Strömen. Das Gewitter näherte sich schnell.

»Sollen wir die Tür aufbrechen?«, fragte einer der Polizisten, die Heller mitgenommen hatte. So wie auch er, waren sie schon völlig durchnässt.

»Los!« Heller gab den Weg frei. Dem heftigen Fußtritt hatte die Tür nichts entgegenzusetzen und brach auf.

»Herr Utmann? Heller hier! Alma? Alfons bist du da?« Heller stürmte in das Haus.

»Ich bin da und der Alfred. Vater ist nicht da«, rief eine Stimme von oben, es musste Alfons sein.

»Wir kommen hoch.« Heller ließ zwei Polizisten vorangehen und folgte ihnen die Treppe hoch zur Wohnung. Alfons drückte sich an die Wand, als die Uniformierten in die Wohnung stürmten, um die Zimmer zu durchsuchen.

»Nicht anwesend«, meldeten sie kurz darauf.

»Dachboden, Erdgeschoss, Keller«, gab Heller seine knappe Anweisung. »Wo ist die Mutter?«, fragte er dann Alfons.

»Nicht da. Sie ist vorhin gegangen, weiß nicht wohin.«

»Woher hattest du das Gewehr, mit dem du Jungblut erschießen wolltest?«, fragte Heller den Jungen.

»Gefunden.« Alfons sah ihn mit ausdruckslosen Augen

an. Heller packte ihn an den Schultern. »Es ist genug jetzt. Es ist an der Zeit, endlich die Wahrheit zu sagen. Woher war das Gewehr?«

»Hab ich gefunden.« Alfons sah ihn mit einer Mischung aus Angst und Stolz an. Heller hatte gute Lust, dem Jungen eine Ohrfeige zu verpassen. Der Junge zuckte zurück, als könnte er Hellers Gedanken lesen.

»War Sturberg hier, hier bei euch? Hat deine Mutter mit ihm gesprochen? Es gibt Zeugen dafür, die Nachbarin.«

»Die war gar nicht da an dem …« Alfons verstummte.

Heller ging leicht in die Knie, damit er ihm auf gleicher Höhe in die Augen sehen konnte. »Alfons, du kannst niemanden mehr schützen. Du hast deine Arbeit getan und du hast es gut gemacht, glaub mir. Du musst jetzt reden, ehe alles noch viel schlimmer wird. Sturberg war also hier?«

»Ja. Am Samstag.«

»Und deine Mutter gab ihm etwas?«

»Marken. Er sollte für sie eine Besorgung machen.«

»Und deine Mutter, wo war sie an dem Tag?«

»Weiß nicht, sie ist tagsüber immer unterwegs.«

»Auch am Sonntag? Als die Bombe explodierte?«

»Ich weiß es nicht!«, rief Alfons verzweifelt und blickte zur Seite.

»Alfons, woher hast du das Gewehr?« Heller fasste ihn am Kinn, drehte das Gesicht des Jungen zu sich. »Jetzt kannst du wirklich tapfer sein.«

»Mutter hat gesagt, ich soll es in die Elbe werfen, aber ich hab's versteckt«, nuschelte Alfons.

»Dein Versteck habe ich gefunden und den Zettel hier. Der ist von Frau Barth, von Hilde, hab ich recht?« Heller holte den Zettel heraus.

»Sie hat ihm eine Medizin für Vater gegeben, aber Albert wollte sie für sich selbst behalten. Die Mutter vom Franz hat uns früher manchmal Medizin gegeben. Sie hat im Krieg in der Kronen-Apotheke gearbeitet. Früher waren wir oft mit denen beisammen.«

»Und den Mann, der deine Mutter besucht hat, hast du nie gesehen?«

Alfons schüttelte den Kopf.

»Hast du die beiden denn gehört?«

»Manchmal. Sie haben immer leise geredet.«

»Kam dir die Stimme denn nicht bekannt vor?« Heller seufzte und tat etwas, was er sonst vermied. »Ist es vielleicht der Vater vom Franz gewesen?«

Alfons schüttelte den Kopf, doch für einen winzigen Moment hatten sich seine Augen geweitet.

Die Polizisten kehrten von der Durchsuchung zurück. »Niemand weiter da«, meldeten sie.

»Sonst etwas Auffallendes?«, wollte Heller wissen.

»Überall ist Schlamm im Haus. Jemand hat im Garten etwas ausgegraben.«

Heller stand im strömenden Regen im Garten hinter dem Haus und starrte in das Erdloch. Es war nicht sehr tief und begann sich mit Regenwasser zu füllen. Darin konnte alles Mögliche vergraben worden sein. Waffen, Munition, Geld, Schmuck, Lebensmittel. Das Gewitter hatte sie nun endgültig eingeholt. Heller kümmerte sich nicht darum. Ein Spaten lag daneben, Heller nahm ihn auf und begann, auf gut Glück an anderer Stelle zu graben. Wortlos nahm ihm einer der Schupos das Werkzeug ab und grub weiter.

»Dort vielleicht.« Heller hatte sich umgesehen, deutete auf eine Stelle, an welcher der Rasen ganz gelb geworden war. Der Polizist stieß den Spaten in den Boden, traf sofort auf einen Widerstand und grub tiefer.

»Es ist ein Kanister«, meldete er schließlich und zerrte

einen Wehrmachtseinheitskanister aus dem Schlamm. Ein Blitz fuhr ganz in ihrer Näher nieder und der Donner erschütterte die ganze Gegend.

Heller wusste jetzt, wo Alma war.

»Alle Mann aufsitzen«, befahl er und eilte mit den Männern ums Haus herum zum Wagen.

»Gitterseestraße!«, befahl Heller auf dem Beifahrersitz. »Die Straße runter, zweite links. Tempo!«

Mit beängstigender Geschwindigkeit fuhren sie die steile Kaitzer Straße hinunter, der Mann am Steuer hatte alle Mühe, den Wagen vor der nächsten Kreuzung zu bremsen. Der Staub der letzten Wochen hatte sich auf der Fahrbahn mit dem Regen zu einem schmierigen Film gemischt, der wie Glatteis wirkte. Vom Sturm abgerissene Äste und Laub lagen auf der Straße. Heller stemmte sich gegen die Tür, als der Wagen sich zu drehen begann. Sie schlugen längs gegen den Bordstein, prallten von ihm ab und wurden auf die andere Straßenseite geschleudert. Der Fahrer drehte wild am Lenkrad und bekam das Auto wieder in den Griff. Im selben Augenblick blitzte und krachte es. Fast fuhren sie blind. Der kleine Scheibenwischer kam gegen den starken Regen kaum an. Die herabstürzenden Wassermassen schluckten das Licht der Scheinwerfer.

»Die zweite rechts.« Heller zeigte nach vorn. »Dieses Haus da.«

Kaum war er aus dem Auto gesprungen, hielt hinter ihnen schlitternd der zweite Wagen und die Polizisten sprangen heraus. In der Dunkelheit und bei der Nässe waren sie kaum voneinander zu unterscheiden. Als ein weiterer Blitz ganz in der Nähe einschlug, duckten sich alle gleichzeitig.

Das Haus lag allein und dunkel da. Der Sturm zerrte am Dach, und es lagen bereits einige Schindeln zersplittert auf der Straße.

»Das Haus umstellen«, rief Heller. »Obacht, sie könnte bewaffnet sein! Im Notfall Schusswaffengebrauch.« Heller hielt einen der Männer fest. »Sie kommen mit mir.«

Die Eingangstür stand offen. Drinnen war es dunkel. Heller sog die Luft ein. »Benzin!«

Der Polizist nickte. Er hatte seine Pistole gezogen.

»Nicht schießen«, flüsterte Heller. Er drückte die Tür auf und lauschte ins Innere. Doch das Gewitter tobte so laut um sie herum, dass er kaum etwas wahrnahm. Er deutete dem Polizisten an, hineinzugehen und links im Kellerabgang in Deckung zu gehen. Der Schupo folgte der Anweisung und Heller betrat nach ihm das Haus. Er ließ die Tür offen und tastete kurz den Boden mit seinen Fingerspitzen ab, roch dann an ihnen. Benzin. Auf einmal gab es ein Geräusch. Heller legte den Finger an den Mund, zeigte nach oben. Der Schupo nickte. Er hatte es auch gehört. Mit einem Glucksen lief Benzin die Treppe hinunter und klatschte auf den Treppenhausboden. Heller winkte den Polizisten heran.

»Die Männer sollen an die Erdgeschossfenster klopfen und die Bewohner evakuieren«, flüsterte er ihm zu. Der Uniformierte nickte und wollte hinausgehen, trat dabei aber aus Versehen gegen einen leeren Kanister, den sie beide übersehen hatten. Mit lautem, metallischem Poltern kippte er um. Sofort verstummte jedes Geräusch.

Heller ging einen Schritt weiter ins Treppenhaus hinein.

»Es ist genug, Alma!«, rief er nach oben.

Stille.

Hinter einer Wohnungstür wurde jedoch rumort.

»Was ist denn hier los?«, fragte der Hauswart.

»Polizei! Löschen Sie sofort alle Lichter und verlassen Sie die Wohnung!«, befahl Heller. Er stand jetzt an der Treppe und sah nach oben.

»Alma, ist denn nicht schon genug Unheil angerichtet?«

Noch immer blieb es still.

»Es hat keinen Zweck mehr. Ich weiß über alles Bescheid. Ich weiß, dass Sie ein Kind von Siggi Barth haben. Ich weiß, dass Sie ihn vom Fels gestoßen haben und dass Sie Ernst Sturberg überredet haben, auf die Bombe zu schießen. Sollen denn noch mehr Menschen sterben?«

»Aber sie wollte uns doch alle umbringen, mit Gas vergiften. Und meinen Albert hat sie mir genommen«, rief Alma jetzt mit vor Zorn bebender Stimme von oben.

»Den Karl sollte es treffen. Weil Sie ihr den Siggi genommen haben, nicht wahr?«, rief Heller die Treppe hinauf.

»Nein!«, schrie Alma. »Sie hat ihn mir genommen. Er war mit mir zusammen. Mit mir! Wir haben uns nach dem Krieg gefunden. Das war Schicksal, denn verliebt war er schon vorher in mich. Er wollte mich heiraten, weil er doch dachte, sie seien alle tot, Hilde und die Kinder und auch der Karl. Und da taucht sie plötzlich wieder auf und nimmt ihn mir weg! Das ist doch nicht recht!« Almas Stimme überschlug sich fast.

»Ich weiß, Alma.« Der Benzingestank machte Heller schwindlig.

»Angefleht hab ich ihn, bei mir zu bleiben, ein neues Leben anzufangen, wegzugehen von hier. Aber er ging zu ihr zurück.« Alma schluchzte auf.

»Ich habe Ihren Brief an Siegfried gelesen, Alma. Er hatte ihn aufgehoben und Hilde fand ihn. Deshalb ahnte sie, wie der Siggi ums Leben gekommen war. Aber warum, Alma? Sagen Sie mir, warum? Sie hatten doch auch den Karl zurück?« Was für ein schwacher Trost, dachte Heller beschämt.

»Ja, der Karl.« Alma stand jetzt auf dem Podest der Halbetage und Heller konnte sie sehen. »Ganz verrückt war der geworden vom Krieg. Aber ich habe mich damit abgefunden.

Hab mich schlagen lassen, damit es die Jungen nicht immer abbekamen. Immer wieder hab ich mir gesagt, dass er ja nichts dafür kann, dass der Krieg schuld daran ist, dieser verdammte Krieg. Und die Familie muss zusammenhalten, wir hatten doch nur noch uns.«

»Aber warum haben Sie den Siggi umgebracht? Oder war es nur ein Unfall? Ist er aus Versehen abgestürzt?«

Alma lachte laut auf. Aus dem Augenwinkel bemerkte Heller, dass sich inzwischen mehrere Wohnungstüren geöffnet hatten, aber niemand regte sich. Als er wieder zu Alma hochsah, bemerkte er ein silbern glänzendes Feuerzeug in ihren Händen.

»Eine Nachricht hatte er mir geschickt. Er wollte mich treffen, er wollte sprechen mit mir. Und ein paar selige Stunden lang dachte ich, er wollte doch zurück zu mir. Sogar die Koffer hatte ich schon gepackt, um wegzugehen mit ihm und den Kindern. Aber wissen Sie, was er wirklich wollte?« Sie lachte wieder bitter auf.

»Er wollte Karl beichten, dass Heiner sein Kind ist«, mutmaßte Heller. Er hatte seine Pistole auf die Frau gerichtet. Er wäre gezwungen, auf sie zu schießen, wenn sie das Benzin entzünden wollte. Doch auch ein Schuss würde die Gase explodieren lassen. Er stieg noch eine Stufe höher und steckte die Pistole weg.

»Ja! Dieser Dummkopf von einem Mann, was glaubte er denn, was der Karl tun würde? Totgeschlagen hätte der mich, mich und den Heiner und vielleicht auch die Jungen. Das wollt der Siggi mir aber nicht glauben. Der Karl tut so was nicht, hat er gesagt, der wird es verstehen, wir sind doch Kameraden. Dabei wusste er doch nur zu gut, wie der Karl war. Er hatte mir doch selbst erzählt, was der Karl mit den Amerikanern gemacht hat.« Alma wischte sich mit der flachen Hand über das Gescht, wieder und wieder. »So wütend war ich, ich wollt ihn schlagen, den Siggi, wollt ihm klarmachen, dass er das dem Karl niemals sagen durfte, niemals. Ausgelacht hat er mich. Da hab ich ihn gestoßen.« Alma hielt inne. »Aber er hat sich noch festhalten können an den Ästen. Hilf mir, Alma, hat er gerufen. Hilf mir, du liebst mich doch. Da bin ich ihm auf die Finger getreten, bis er losgelassen hat«, sagte sie tonlos.

Heller war währenddessen langsam noch einen Schritt nach oben gegangen. Er war sich bewusst, dass er mitten im Benzin stand und dass nur ein Funke genügen würde, um alles in Flammen aufgehen zu lassen.

Er musste Alma dazu bringen, weiterzusprechen. »Ich weiß, wie es weiterging, Alma. Hilde ahnte, wie der Siggi ums Leben gekommen war, sie wollte sich rächen, nicht wahr. Sie wollte, dass der Albert dem Karl die Herztropfen gab, doch der Albert hat es selbst genommen, weil er glaubte, es heile ihn von der Sucht. Ich selbst zeigte Ihnen die kleine Flasche. Und anstatt mir zu sagen, dass die Flasche von Hilde war, brachten Sie den Franz um. Dass Ernst dabei auch starb, war Ihnen nur recht. Im Gegenzug versuchte nun wiederum Hilde, sie alle mit dem Gas zu vergiften. Alma, hören Sie nicht, wie absurd das ist?« Stufe für Stufe war er währenddessen hochgestiegen.

»Das wollt ich nicht, dass der Ernst dabei stirbt«, flüsterte die Frau.

»Alma, geben Sie auf jetzt. Sie können sowieso nicht mehr entkommen. Das Haus ist umstellt.«

»Dann zünd ich mich eben selbst an. Es ist doch eh alles verloren«, sagte Alma Utmann mit leiser Stimme.

»Wissen Sie eigentlich, was das für Qualen sind, wenn man verbrennt? Sie haben den Albert verloren, aber drei Kinder haben Sie noch. Den Alfons, den Albert und der Heiner, der wird durchkommen. Was soll aus denen werden, Alma?«

Heller ging noch mal zwei Schritte weiter. Der Benzindunst war kaum auszuhalten.

»Herr Oberkommissar!«, flüsterte einer der Polizisten von unten mahnend.

Alma schüttelte den Kopf und wich zurück. »Die werden sie mir wegnehmen, das weiß ich.«

Heller war noch zwei Stufen von dem Podest entfernt. Er streckte die Hand nach dem Feuerzeug in Almas Hand aus.

»Die Kinder werden bei Karl sein, und der wird sich zusammennehmen, dafür werde ich sorgen. Wenn Sie mir helfen, den Fall aufzuklären, gehen Sie für einige Zeit ins Zuchthaus, aber wenn Sie rauskommen, werden Sie Ihre Jungen wiederhaben. Sie haben schon so viel ausgehalten. Schauen Sie sich an, grün und blau geprügelt, die Zähne ausgeschlagen. Nun ist genug. Ich kann nicht dulden, dass noch mehr passiert!«

Wieder zuckte ein Blitz auf, gefolgt von unmittelbarem Donner. Auch dabei konnte Gas sich entzünden, wusste Heller.

Alma zögerte und wirkte unentschlossen. Vielleicht war sie selbst auch schon benommen von dem Gestank. Sämtliches Holz war von Benzin durchtränkt, in Pfützen stand es auf dem Fliesenboden der Podeste.

Heller fehlte nur noch ein Meter, bis er bei Alma war. »Wollen Sie, dass der Heiner aufwacht und erfährt, dass seine Mutter tot ist?«

»Lebt er denn wirklich noch?« Alma sah ihn unglücklich an.

»Natürlich lebt er. Ganz allein liegt er im Krankenhaus. Sie hätten nur hingehen müssen. Geben Sie das jetzt her«, forderte Heller sie auf und deutete wieder auf das Feuerzeug.

Alma sah auf ihre Hand und schien erst jetzt das Feuerzeug zu registrieren, dessen Deckel noch immer aufgeklappt war. Sie wollte es Heller geben, doch ihre Hand zitterte so sehr, dass sie es fallen ließ. Heller wollte zugreifen, verfehlte es und warf sich schützend die Arme vors Gesicht.

Doch nichts geschah.

Heller bemühte sich, ruhig zu bleiben, als er sich bückte, um das Feuerzeug aufzuheben. Er fischte es aus der Benzinpfütze, klappte es zu und steckte es ein. Dann gab er Alma die Hand und führte sie Schritt für Schritt die Treppe hinunter.

»Im Keller ist ein Schlauch angeschlossen. Spülen Sie das Benzin weg!«, befahl er dem Polizisten, den er als Ersten unten antraf. »Sie beide gehen hinauf und nehmen Hilde Barth fest.«

»Die ist nicht da«, rief der Hauswart vom Eingang aus. »Ist gleich nach der Beerdigung weggegangen.«

»Hatte Sie die Tochter dabei? Koffer? Taschen?«

»Ja, bestimmt will sie wieder auf Hamsterfahrt.«

Heller wusste es besser. Er war zu langsam gewesen. Hilde Barth war geflohen.

Irgendwer hatte Oldenbusch anscheinend doch informiert. Heller war froh, ihn in seinem Büro dabeizuhaben, als Puffer zwischen sich und Klaus, der gerade gekommen war. Außerdem war er froh, seinen Assistenten als Protokollanten einsetzen zu können. Ihm selbst zitterte die Hand zu sehr. Wegen der Verletzung. Wegen des Adrenalins, das sich mindestens so schlecht abbaute wie Alkohol. Wegen all der Erinnerungen, die ihn überfluteten.

Klaus starrte ihn an. Oldenbusch starrte ihn an. Heller war sich dessen bewusst. Doch er hatte alles gesagt, alles, was ihm bisher eingefallen war. Seine Theorie, die nur von Alma Utmann bestätigt werden konnte.

Das Gewitter war weitergezogen. Morgen würde man sehen, welchen Schaden es angerichtet, wie viel Getreide es platt gedrückt hatte und wie viele Früchte vom Hagel zerschossen worden waren. Er würde nicht schlafen können diese Nacht. Und es fühlte sich an, als würde er keine Nacht mehr schlafen können. Heller ballte die Hände zu Fäusten, betrachtete sie und wunderte sich, dass man ihnen nichts ansah. Als er aufblickte, begegnete er Klaus' hartem Blick.

»Hilde Barth hat Sie also in der Ruine auf der Deubener Straße angegriffen?«, fragte Oldenbusch, dem die Stille zu lang geworden war.

»Sie hatte bemerkt, dass ich in ihrer Wohnung gewesen bin und die Briefe mitgenommen habe. Sie wusste, dass ich auf Almas Brief an Siegfried stoßen würde. Deshalb folgte sie mir in die Ruine und griff mich an. Als ich mich wehrte, bekam sie einen Schlag ins Gesicht. Heute auf dem Friedhof hatte sie eine geschwollene Backe. Da war ich allerdings noch derart auf Jungblut fixiert, dass ich Hilde Barth als Täterin gar nicht in Erwägung zog.«

»Und sie wusste von Utmanns Pervitinabhängigkeit und wollte ihn mit den Herztropfen umbringen?«

»Doktor Wittek meint, dass es sich durchaus so abgespielt haben kann. Man muss dem natürlich noch genauer nachgehen. Nitrangin Liquidum sind Herztropfen, man nimmt zehn davon am Tag. Albert hat möglicherweise alles auf einmal getrunken.«

»Aber wie wahrscheinlich war es denn, dass die Tropfen tödlich wirken? Vielleicht wusste sie doch nichts von den Umständen von Siggis Tod und wollte wirklich nur helfen?«

Heller nickte, auch daran hatte er schon gedacht. »Aber sie hatte den Brief, und sie war es, die mich angegriffen hat. Vielleicht waren keine Herztropfen in der Flasche, vielleicht war es ein Gift. Wir können es nur erfahren, wenn wir sie festsetzen können.«

Klaus, der bis jetzt geschwiegen hatte, meldete sich zu Wort. »Aus der Wohnung fehlen alle Dokumente, die nötigste Kleidung und die Lebensmittel. Alles deutet auf eine Flucht hin. Die Fahndung ist ausgerufen. Sollte sie jedoch eine dauerhafte Reisegenehmigung haben, kann sie mit dem Zug bis Plauen oder nach Thüringen gekommen sein und von dort über die grüne Grenze in den Westen.«

»Ist sie denn auch für den Tod von Wilfred Stiegler verantwortlich?«, fragte Oldenbusch skeptisch.

»Das ist wohl eher Alma. Dies ist jedoch Spekulation. Zeugen sagen aus, Stiegler hätte die Kneipe in der Nacht seines Todes sturzbetrunken an der Seite einer Frau verlassen. Vielleicht fürchtete Alma, Siegfried könnte ihm etwas erzählt haben. Er, Siegfried und Karl trafen sich gelegentlich. Möglicherweise ist er aber wirklich nur unglücklich gestürzt.«

Wieder breitete sich Stille im Raum aus. So vieles war noch vage, so vieles musste noch aufgeklärt werden. Unvermittelt stand Heller auf.

»Genug für heute. Gehen wir heim. Morgen gibt es genug Arbeit.«

21. Mai 1922,
Nacht

In der Ferne war der Donner eines Gewitters zu hören. Es war schon dunkel, und die sich nähernde Wolkenwand presste die Hitze des Tages auf den Boden. Kaum jemand war unterwegs, und Heller humpelte mit schmerzverzerrtem Gesicht die Straße entlang. Im trüben Licht der Gaslaterne war er mit seinem schlechten Fuß auf eine Baumwurzel getreten und umgeknickt, und nun schien es, als sei er in seiner Genesung wieder um Jahre zurückgeworfen.

Aber das war ihm egal. Er trug nur Hemd und Weste und hatte sogar den Hut vergessen. Er war weit gelaufen, um in die Sebastian-Bach-Straße zu gelangen. Wie er wieder nach Hause kommen sollte, wusste er noch nicht. Droschken würden heute keine mehr fahren.

Als er vor der Hausnummer acht stand, hakte er das Gartentor auf, lief durch den Vorgarten, nahm die drei Stufen zur Tür und hämmerte mit der Faust dagegen. Ein Wind war aufgekommen und am Himmel flackerten hektische Lichter auf.

»Wer ist da?«, rief der alte Kolbert.

»Ich bin's«, sagte Heller.

Kolbert öffnete die Tür einen Spalt und lugte misstrauisch heraus. »Max!«, rief er überrascht. »Was treibt dich so spät hierher?«

Heller erwiderte die aufgesetzte Fröhlichkeit nicht. Wortlos knöpfte er seine Weste auf und krempelte erst den linken, dann den rechten Hemdärmel hoch.

Kolberts Lächeln verflog augenblicklich. Er wich vor ihm

zurück und sah sich panisch nach etwas um, mit dem er sich zur Wehr setzen konnte. Der große, starke, alte Mann erkannte etwas in dem jungen, vor Wut zitternden Mann, dem er nichts entgegensetzen konnte.

»Ich schrei um Hilfe!«, drohte er.

Heller war mit drei schnellen Schritten bei Kolbert. Der Schmerz in seinem Fuß war jetzt zu einem roten Dämon geworden. Doch er spürte es nicht. Er ballte die Fäuste und ließ sie wie zwei schwere Steine in den Magen des Alten krachen. Kolbert wollte in sich zusammensacken, doch Heller zog ihn sofort wieder hoch und drückte ihn mit seiner Schulter gegen die Tür. Immer wieder hieb er ihm die Fäuste in den Leib, drei, vier, fünf, sechs Mal. Harte Schläge, die dem Mann die Luft aus dem Leib trieben. Heller ließ kurz von ihm ab, und mit weit aufgerissenen Augen sank Kolbert auf den Boden. Dann packte Heller den Alten, der fast doppelt so viel wog wie er, erneut und schleuderte ihn in rasendem Zorn zur Seite. Kolbert flog durch die offene Tür des Wohnzimmers und stürzte zu Boden, wälzte sich auf den Bauch und robbte zum Sessel, an dem er sich hochzuziehen versuchte.

»Max!«, stöhnte er.

Heller folgte ihm. Er konnte kaum seine Beine bewegen, so vollgepumpt waren sie mit Adrenalin. In seinen Schläfen rauschte das Blut. Er ging zu dem hilflos keuchenden Mann, dem der Hosenträger abgesprungen, das Hemd aus der Hose gerutscht war, und drosch ihm wieder und wieder die Faust in die Nieren. Kolbert schrie bei jedem Schlag auf wie ein Tier auf der Schlachtbank.

»Du schlägst mich ja tot«, wimmerte er und schnappte vergeblich nach Luft. Heller richtete sich auf, öffnete seinen Gürtel, zog ihn mit einem Schwung aus den Schlaufen und wickelte das Ende um die rechte Faust, sodass die Schnalle frei schwang.

»Nein! Hab Erbarmen«, heulte Kolbert sabbernd auf, und Speichel tropfte auf den Teppich.

»Erbarmen?«, presste Heller hervor, holte aus und schlug dem Mann den Gürtel über den Rücken.

Kolbert bäumte sich auf und jaulte, doch sein Schrei ging im Donnergrollen unter. Mehrmals schlug Heller zu. Er schien gar kein Ende zu finden. Irgendwann verstummten die Schreie Kolberts und er kippte zur Seite.

Langsam ließ Heller seine Hand sinken. Er zitterte am ganzen Leib. Er atmete keuchend ein und aus, leckte sich die Lippen, schmeckte Blut. Er hatte sich in die Zunge gebissen. Schwer atmend und mit starren Fingern fädelte er seinen Gürtel wieder ein, knöpfte seine Weste zu und schob die Ärmel herunter. Er betrachtete seine Finger, sah die aufgeschürften Knöchel.

Kolbert röchelte und bewegte sich schwach auf dem Boden. Blut lief aus einer Platzwunde am Jochbein und er hatte einen Zahn verloren. Verzweifelt krallte er sich in Hellers Hosenbein.

»Hilf mir, Max!«, keuchte der Mann. »Hilf mir, ich sterbe sonst. Max …«

Heller beugte sich hinunter und drückte ihn auf den Boden. Noch immer brodelte der Hass in ihm, der aufgeflammt war, in der Sekunde als er zum ersten Mal Karins nackten, geschundenen Rücken gesehen hatte.

»Du wirst Karin nie wieder schlagen, hörst du? Niemals wieder! Karin nicht und auch keinen anderen. Hast du das verstanden?«

Kolbert bewegte sich nicht.

»Sonst komme ich zurück. Und ich schwöre bei Gott, dann schlage ich dich tot!«

Glossar

DREWAG: Dresdner Stadtwerke

Druschba (russ.):   Freundschaft

DSF (Gesellschaft für Deutsch-Sowjetische Freundschaft):   Massenorganisation der DDR zur Vermittlung von Kultur und Gesellschaft der Sowjetunion

DVdI (Deutsche Verwaltung des Inneren):   Das Ministerium des Innern zählte zu den Ministerien der bewaffneten Organe und war unter anderem für die Volkspolizei und die Kampfgruppen zuständig.

FDGB (Freier Deutscher Gewerkschaftsbund):   Dachverband der Einzelgewerkschaften in der DDR

FDJ (Freie Deutsche Jugend):   die in der DDR einzige staatlich anerkannte und geförderte Jugendorganisation

HJ (Hitlerjugend):   Jugend- und Nachwuchsorganisation der Nationalsozialistischen Deutschen Arbeiterpartei (NSDAP)

Kassiber: geheime schriftliche Mitteilung eines Gefangenen an andere Gefangene oder aus dem Gefängnis heraus an die Außenwelt

LDPD (Liberal-
Demokratische Partei
Deutschlands):

eine im Juli 1945 gegründete,
ursprünglich liberale Partei in der
Sowjetischen Besatzungszone und
der späteren DDR (Vorgänger der
FDP)

MGB (Ministerium
für Staatssicherheit):

Vorläufer des Komitees für
Staatssicherheit (KGB)

MWD (russ.:
Ministerstwo
Wnutrennich Del):

Ministerium für innere Angelegen-
heiten

NDPD (National-
Demokratische Partei
Deutschlands):

Blockpartei in der DDR, ging 1990
in der gesamtdeutschen FDP auf

NSD:

Nationalsozialistischer Deutscher
Ärztebund

Pajok (russ.):

Verpflegungsration oder Marsch-
verpflegung

RIAS (Rundfunk
im amerikanischen
Sektor):

Rundfunkanstalt mit Sitz in
West-Berlin.

Schupo
(Schutzpolizei):

landläufige Bezeichnung für
Schutzmann oder Schutzpolizist

SED:

Sozialistische Einheitspartei
Deutschlands

SMAD:

Sowjetische Militäradministration
in Deutschland

Tschako:

Kopfbedeckung der Polizei und
des Militärs

VoPo:

kurz für Volkspolizei oder Volkspolizist

FRANK
GOLDAMMER

ROTER RABE

KRIMINALROMAN

Ein Fall für Max Heller

dtv

ISBN 978-3-423-21917-4

8. September 1951,
Nachmittag

Es war still im Zugabteil. Heller war erschöpft und müde. Seine Glieder fühlten sich taub und schwer an. Das rhythmische Klack-Klack der Eisenbahnräder untermalte die Stille, nur unterbrochen vom metallischen Quietschen in den Kurven. Heller konnte nicht schlafen. Mit brennenden Augen starrte er aus dem Fenster.

Karin saß ihm gegenüber. Annis Kopf lag in ihrem Schoß und sie kraulte das schlafende Kind hinter dem Ohr. Die anderen Passagiere im Abteil, Herr und Frau Kramer aus Radebeul und ein stiller Mann in Zivil, der sich nicht vorgestellt hatte, dösten. Die lange Fahrt, die Wartezeiten in Berlin, die ewigen Kontrollen und der Umweg über Potsdam hatten sie allesamt so ermüdet, bis sogar die ewig lamentierenden Kramers verstummt waren. Sie waren jetzt schon acht Stunden unterwegs, und die Fahrt war noch lange nicht zu Ende.

Obwohl der Zug langsam fuhr, verwischte vor Hellers Augen die Welt. Er war zu müde, um seinen Blick zu fokussieren. Der Schatten des Waggons begleitete ihn, huschte über Gräser, Büsche und Häuser hinweg und wurde größer, je länger die Fahrt andauerte. Heller hatte den Kopf an die Scheibe gelehnt, was sonst gar nicht seine Art war. Seit ein paar Tagen war er in einer seltsamen Stimmung, eigentlich schon seit Beginn ihrer Reise an die Ostsee.

Sehr überraschend war Niesbachs Offerte gekommen,

zehn Tage Urlaub in einem FDGB-Heim in Ahrenshoop anzutreten. Er sollte das als eine Belobigung betrachten, hatte der Chef der Kripo ihm zu verstehen gegeben, für seine Verdienste beim Aufbau der DDR und des Sozialismus. Heller hatte das mit keinem Wort kommentiert. Der wahre Grund blieb natürlich unausgesprochen. Niesbach wusste, dass Heller sich zu einem Parteibeitritt weder erpressen noch locken lassen würde. Er selbst schien es aufgegeben zu haben, Heller zu drängen, aber sicherlich wurde er von höherer Stelle weiterhin genötigt, es zu versuchen.

Karin, die seit einem Jahr als Schreibkraft bei den Sachsenwerken arbeitete und seitdem auch Mitglied des FDGB war, hatte problemlos Urlaub bekommen. Auch das, wusste Heller, war das Werk der SED. Vermutlich hatte ein Anruf bei ihrem Abteilungsleiter oder der Kaderleitung genügt. Pflegetochter Anni sollte erst nächstes Jahr eingeschult werden. Zum einen war man sich wegen ihres Alters nicht sicher, zum anderen galt sie noch immer als sehr still und zurückgezogen.

Heller hatte dem Urlaub zugestimmt. Seiner Frau und dem Mädchen zuliebe.

Karin nestelte an ihrem Rucksack und zog etwas hervor. Heller starrte unverwandt aus dem Fenster und ließ seinen Blick über die Felder streichen. Er wusste nicht genau, wo sie sich jetzt befanden. Königs Wusterhausen lag schon hinter ihnen. Zwischen den zerstörten Städten Rostock, Berlin und Dresden war es, als hätte es nie Krieg gegeben. Auf den abgeernteten Äckern sah man immer wieder Menschen, die sich nach einzelnen Ähren bückten oder Kartoffeln aufklaubten.

»Magst du?«, fragte Karin und hielt Heller die Trinkflasche entgegen. Er sah kurz auf und schüttelte den Kopf. Anfangs hatte es geheißen, ein Mitropa-Wagen sei angehängt, doch das hatte sich als Trugschluss erwiesen. Beim letzten Halt vor Berlin hatte er die Blechflasche noch einmal mit Wasser füllen können. Während der Gepäck- und Passkontrollen in Berlin war es ihnen verboten gewesen auszusteigen. Seinen Pass und den des stummen Mannes hatten sie besonders sorgfältig kontrolliert. »Als ob wir Verbrecher wären«, hatte Frau Kramer gemurmelt, als sie wieder allein im Abteil waren.

Karin schraubte die Flasche auf und trank direkt daraus. Heller beobachtete sie dabei. Ihr blondes Haar war in der Sonne heller geworden und sie hatte Farbe im Gesicht bekommen. Karin blickte auf, fühlte sich ertappt, lachte und verschluckte sich beinahe.

»Es schlafen doch alle«, entschuldigte sie sich flüsternd für ihr Verhalten.

Heller schüttelte kurz den Kopf. Deshalb hatte er sie nicht angesehen.

»Hoffentlich hat sie etwas zu essen da, wenn wir daheim sind«, flüsterte Karin weiter.

»Bestimmt«, erwiderte Heller, obwohl ihm gerade gar nicht zum Sprechen zumute war.

»Hoffentlich hat sie das Haus nicht abgebrannt«, fügte Karin halb scherzend und halb ernsthaft hinzu. Frau Marquart war seit einiger Zeit ihre größte Sorge. Sämtliche Nachbarn hatte Karin vor ihrer Abreise instruiert, nach der alten Dame zu sehen, in deren Haus sie nach wie vor wohnten und die so vergesslich geworden war in den letzten zwei Jahren. So rapide hatte sich deren Zustand verschlechtert, dass sie manchmal vergaß, einen Satz zu beenden oder die Milch vom Herd zu nehmen, oder sie trank ihren Tee kochend heiß, was sie nicht einmal zu spüren schien.

»Ich habe noch so viel zu tun, wenn wir angekommen sind«, stöhnte Karin. Doch ihrem Gesicht war anzusehen, dass die Unternehmungslust sie gepackt hatte. Heller spürte die Veränderung seiner Frau mit jeder Faser. So viele Jahre hatte sie sich aufgeopfert, erst für die Jungen, dann im Krieg, der keinen Raum gelassen hatte für Individualität, dann in den schweren Jahren danach. Doch seit einigen Wochen schien sie zu glühen. Ihr Gesicht leuchtete und sie war förmlich aufgeblüht, wie Heller sie zuletzt an dem Tag erlebt hatte, als es hieß, der Krieg sei zu Ende.

Dabei drohte längst wieder der nächste Krieg. Seit einem Jahr kämpften die Amerikaner in Korea, und jeder wusste, dass die Sowjets die Kommunisten dort mehr als nur unterstützten, auch wenn sie es nicht offen taten. Der Ton zwischen den ehemaligen Alliierten war seit der Währungsumstellung und der Berlinblockade noch schärfer, die Bedrohungen immer realer geworden. Die Fronten zwischen der DDR und der BRD waren völlig verhärtet, und man warf sich gegenseitig vor, an der Teilung Deutschlands Schuld zu haben.

Man hatte es an den Kontrollen bemerkt. Als Polizist war es ihm seit einiger Zeit verboten, Westberliner Boden zu betreten. Auslöser dafür war der Zwischenfall mit ein paar Funktionären vom Kulturbund, die nur dreihundert Meter über Westberliner Gelände abgekürzt hatten. Sie waren von der Westberliner Polizei aufgegriffen, die mitgeführten Akten konfisziert worden. Nun konnten sie nicht zurück in die DDR, denn ihnen drohte hier der Prozess wegen Spionage und Boykotthetze. Die Regierungen waren nervös, die Nerven zum Zerreißen gespannt. Jederzeit konnte der noch fern ausgetragene Konflikt zwischen den Großmächten auf deutschen Boden überschwappen und in einem Krieg ausgefochten werden, der entscheiden sollte, wer die Welt beherrschte, und als dessen Ergebnis einzig die totale Vernichtung Deutschlands sicher schien.

»Es wird schon alles gut sein«, beruhigte Heller eher sich selbst als Karin. Er zwang sich, nicht schwarzzusehen, und beschwor seinen Glauben an den klaren Menschenverstand, der sich der Konsequenzen eines Atomkrieges schon bewusst sein würde.

Karin nickte und sah für einen Moment aus dem Fenster.

»War das nicht schön?«, seufzte sie unvermittelt. »Wer hätte gedacht, dass das Wetter so herrlich wird. Und der Strand, fast nur für uns. Anni hat in den vergangenen Tagen mehr gesprochen als in den letzten beiden Jahren zusammen. So gelöst war sie.«

Gelöst, das war das Wort, nach dem Heller gesucht hatte. Karin wirkte gelöst, geradezu befreit.

Karin sah auf Annis Kopf, der in ihrem Schoß lag, und lachte erneut.

»Sie hat noch Sand im Ohr«, flüsterte sie. »Bestimmt wird noch in zwei Wochen alles voller Sand sein.«

Zwei Wochen, dachte Heller. So lange würde Karin weg sein. Wie sehr sie sich freute auf ihre nächste Reise, während er von Wehmut überrollt wurde. Sie wollte sich die Freude nicht mit traurigen Gedanken verderben und eigentlich tat sie gut daran. Auch er sollte dankbar sein für diese vergangenen zehn Tage.

»Machst du dir Sorgen um mich?«, fragte Karin, beugte sich ein wenig vor und berührte seine Hand.

»Ein wenig schon«, murmelte Heller. »Nicht ungefährlich, die Reiserei.«

»Das musst du nicht, Max, ich kann auf mich aufpassen. Das weißt du!«

Anni regte sich und Karin lehnte sich wieder zurück. »Max, hast du gehört?«

Er nickte. Und im Grunde wusste er es ja auch. Aber das war nicht alles. Der Urlaub war wirklich schön. Die Ostsee, der Weststrand, die Villa, in der sie untergebracht waren. Das schlichte, aber reichliche Essen in der HO-Gaststätte. Das Rauschen der Wellen, die Wärme, der laue Wind. Die Weite. Alles war schön. Zu schön. Ab jetzt würde sich alles an diesen zehn Tagen messen müssen. Und zum ersten Mal seit Jahren schien ihm ein sonst so beständiger Teil seines Lebens ungewiss.

9. September 1951,
Vormittag

»Hast du auch alles?«, fragte Heller und sprach fast zu leise gegen den Lärm auf dem Bahnhof Dresden Neustadt an. Auf dem Bahnsteig herrschte reges Treiben, unzählige Menschen redeten, riefen und lachten durcheinander, Gepäckstücke wurden in die Waggons gereicht, weiter hinten kreischten die Bremsen eines einfahrenden Zuges. Die Lautsprecher knackten und die kaum verständliche Durchsage kündigte, vielfach hallend, die baldige Abfahrt des Zuges an, mit dem Karin erst einmal nach Leipzig fahren würde.

»Hat du deinen Pass? Die Reisegenehmigung? Die Fahrkarten?«, fragte Heller und schaute seine Frau besorgt an.

»Max, das fragst du nun zum fünften Mal.« Karin lächelte vorwurfsvoll und traurig. »Du musst sie jetzt nehmen«, bestimmte sie dann.

Heller nickte und wollte Anni, die sich an Karins Hals klammerte, wegziehen. Seitdem das Mädchen den Bahnhof gesehen und damit realisiert hatte, dass Karin wirklich wegfahren würde, war sie untröstlich. Vorsichtig löste Karin Annis Arme von sich, die aber nicht loslassen wollte. Heller gelang es schließlich, das Kind zu sich zu ziehen und neben sich auf den Bahnsteig zu stellen. Doch schon war Anni wieder zu Karin gerannt und klammerte sich an deren Hüfte.

Heller seufzte und legte seine Hand auf Annis Kopf. »Vergiss nicht, immer alles abstempeln zu lassen, aber lass den Rückreisetag nicht vorschnell eintragen. Sollte sich etwas än-

11

dern, kannst du das auf diesem Schein nicht mehr korrigieren, das ist nicht erlaubt.«

»Max, das weiß ich auch. Du hast es mir mehr als einmal erklärt. Ich muss jetzt einsteigen.«

»Und lass nie das Gepäck aus den Augen!«, ergänzte Heller mit ernster Stimme.

»Werde ich nicht. Anni, du musst jetzt loslassen.«

»Will mitfahren!«, schluchzte das Mädchen.

Karin befreite sich aufs Neue und ging in die Hocke, um Anni in die Augen sehen zu können. »Du darfst leider nicht mitfahren. Aber du musst auf den Vati aufpassen und auch auf Frau Marquart, damit sie keinen Unsinn anstellt. Versprichst du mir das, ja? Und in zwei Wochen bin ich wieder da, das verspreche ich dir. Ich bringe dir auch ganz bestimmt etwas mit.« Sie streichelte Anni die Tränen von der Backe.

»Scholade?«, fragte das Mädchen und versuchte die Tränen wegzublinzeln, was ihr nur schlecht gelang.

»Scho-ko-lade, ja. Sei schön artig, auch im Kindergarten, hörst du?« Karin gab dem Mädchen einen Kuss auf die Wange, erhob sich und strich ihr noch einmal über das gescheitelte und zu zwei langen Zöpfen geflochtene Haar. Heller bezweifelte, ob er in der Lage sein würde, dem Kind die Haare so zu flechten, obwohl Karin es ihm im Urlaub mehrmals gezeigt hatte. Nun gab sie ihm einen beinahe flüchtigen Kuss und stieg schnell die drei steilen Stufen hinauf in den Waggon.

Heller, der mit diesem kurzen Abschied nicht gerechnet hatte, wollte noch etwas sagen, doch verstummte dann. Sie hatte recht. Sie konnte auf sich aufpassen. Bis nach Eisenach war ihre Reiseroute gesichert. Doch sobald sie die Grenze überschritten hatte, war sie, um nach Köln zu kommen, auf die Eisenbahnverbindungen drüben angewiesen, hatte weder einen Fahrplan noch einen Fahrschein und besaß nur zweihundertfünfzig Deutsche Mark der DDR und musste sich darauf verlassen, dass sie diese gerecht eintauschen konnte. Noch immer bestand jederzeit die Gefahr, beraubt zu werden. Und wie die Zustände im Westen waren, konnte Heller nur ahnen. Im März war in Thüringen ein Volkspolizist über die Grenze hinweg erschossen worden.

Da erschien Karin am offenen Fenster ihres Zugabteils. Heller nahm Anni auf den Arm, woraufhin das Mädchen sofort die Arme nach Karin ausstreckte. Heller trat einen kleinen Schritt zurück. Vielleicht hätten sie das Kind zu Hause lassen sollen. Ihm allein fiel es schon schwer, Karin wegfahren zu sehen. Wie mochte es erst Anni ergehen, die das alles nicht verstand und nur Angst um die Frau hatte, von der sie glaubte, es sei ihre Mutter.

»Ich komme bald wieder, Anni, ich verspreche es dir. Du musst nicht weinen! Ich besuche deinen Bruder, den Erwin, weißt du. So lange hab ich den nicht mehr gesehen. Freust du dich nicht für mich, dass ich ihn wiedersehen darf?«

Ihre schon lange beantragte Reisegenehmigung nach Westdeutschland war ebenso überraschend gekommen wie Niesbachs Urlaubsangebot.

»Lass ihn ein Foto von sich und seiner Frau machen«, bat Heller, doch auch das hatte er schon drei Mal gesagt.

Karin lächelte nur und winkte. Dann gellte ein Pfiff und der Zug fuhr mit einem Rucken an. Heller hob die Hand. Plötzlich war ihm, als müsste er noch etwas sagen. Etwas, das ihm seit dem Eintreffen der Reisegenehmigung vor vier Wochen auf der Zunge lag. Etwas, weswegen er letzte Nacht nicht hatte schlafen können. Doch die Worte wollten ihm nicht über die Lippen kommen, weder in den vergangenen Wochen noch jetzt, da es die letzte Gelegenheit war. Es war einfach zu albern.

Auf seinem Arm brach Anni wieder in Tränen aus und winkte heftig, als versuchte sie, Seifenblasen aus der Luft zu schnappen. Und dann war es zu spät, etwas zu sagen, und er stand einfach da und sah zu, wie der Zug die dunkle Bahnhofshalle verließ, um ins gleißende Mittagslicht einzutauchen.

Die wenigen auf dem Bahnsteig zurückgebliebenen Leute verstreuten sich und es wurde merklich ruhiger um sie herum.

»Wollen wir sehen, ob wir irgendwo eine Bockwurst bekommen?«, fragte Heller das Mädchen und setzte es ab.

»Mit Sempf?«, fragte sie leise.

»Mit Senf, ja, und möchtest du Luftschaukel fahren?« Er hoffte, die Schaukel stand noch am Alaunplatz, wo er sie zuletzt vor dem Urlaub gesehen hatte.

Anni nickte und fasste nach seiner Hand. Für den Moment schien sie sich damit abgefunden zu haben, dass Karin weggefahren war. Sei nicht dumm, ermahnte Heller sich selbst. Sei nicht dumm.

Und trotzdem fühlte er sich mit einem Mal ganz und gar verloren.